Eowin Ivey

A MENINA DA NEVE

Tradução:
Paulo Polzonoff Junior

©2012 Eowyn Ivey
Publicado sob acordo com Little, Brown, and Company, Nova York,
Nova York, EUA.
© 2015 Editora Novo Conceito
Todos os direitos reservados.

Nenhuma parte desta publicação poderá ser reproduzida ou transmitida de qualquer modo ou por qualquer meio, eletrônico ou mecânico, incluindo fotocópia, ou qualquer outro tipo de sistema de armazenamento e transmissão de informação sem autorização por escrito da Editora.

Esta é uma obra de ficção. Nomes, personagens, lugares e acontecimentos descritos são produtos da imaginação do autor. Qualquer semelhança com nomes, datas e acontecimentos reais é mera coincidência.

1ª Impressão — 2015
Impressão e Acabamento Intergraf 280815

Produção Editorial:
Equipe Novo Conceito

Dados Internacionais de Catalogação na Publicação (CIP)
(Câmara Brasileira do Livro, SP, Brasil)

Ivey, Eowyn
    A menina da neve / Eowyn Ivey ; tradução Paulo Polzonoff Junior. -- Ribeirão Preto, SP : Novo Conceito Editora, 2015.

    Título original: The snow child.
    ISBN 978-85-8163-801-0

    1. Ficção norte-americana I. Título.

15-07235   CDD-813

Índices para catálogo sistemático:
1. Ficção : Literatura norte-americana 813

Rua Dr. Hugo Fortes, 1885
Parque Industrial Lagoinha
14095-260 – Ribeirão Preto – SP
www.grupoeditorialnovoconceito.com.br

Parte da renda deste livro será doada para a **Fundação Abrinq**, que promove a defesa dos direitos e o exercício da cidadania de crianças e adolescentes.
Saiba mais: **www.fundabrinq.org.br**

Para minhas filhas Grace e Aurora

PARTE UM

— *Esposa, vamos para o jardim fazer uma linda menininha de neve, e talvez ela ganhe vida e seja uma filhinha para nós.*

— *Marido, diz a velha, não dá para saber o que vai acontecer. Vamos para o jardim e façamos uma menininha de neve.*

— "Little Daughter of the Snow", de Arthur Ransome

CAPÍTULO 1

Rio Wolverine, Alasca, 1920

Mabel sabia que haveria silêncio. Esse era o sentido de tudo, afinal. Nenhuma criança gritando nem uivando. Nenhum filho de vizinho se divertindo em patins pela rua. Nada de barulho de pezinhos nas escadas de madeira gastas lentamente durante gerações, nem o barulho de brinquedos batendo no chão da cozinha. Todos esses sons do fracasso e arrependimento dela seriam deixados para trás e, no lugar deles, havia apenas silêncio.

Ela imaginava que na natureza intocada do Alasca o silêncio seria pacífico, como neve caindo à noite, o ar cheio de promessa, mas, sem som, não foi isso o que ela descobriu. Pelo contrário, quando ela varria o chão, a vassoura arranhava a madeira como uma ferramenta afiada qualquer ferindo seu coração. Quando lavava a louça, pratos e potes batiam uns nos outros como se fossem se quebrar em pedacinhos. O único barulho feito por outra coisa era o crocitar repentino de um corvo lá fora. Mabel pendurou o pano de prato num gancho e olhou pela janela da cozinha a tempo de vê-lo lançando-se no ar do galho nu de uma bétula para outra. Nenhuma criança correndo atrás da outra em meio às folhas de outono, gritando o nome uma da outra. Nem mesmo uma criança solitária num balanço.

Houve uma. Uma coisinha que nasceu imóvel e silenciosa. Dez anos se passaram, mas ainda hoje ela se percebe voltando ao nascimento para tocar o braço de Jack, pará-lo e pedir ajuda. Ela deveria. Deveria ter colocado a cabeça do bebê na palma da mão e sugado uns fios do cabelinho para prendê-los num nó em sua garganta. Ela deveria ter olhado o rostinho e sabido se era menino ou menina, e depois ter ficado ao lado de Jack, que enterraria o bebê no chão frio do inverno da Pensilvânia. Ela deveria ter construído um túmulo. Ela deveria ter se permitido aquele luto.

Afinal, era uma criança, apesar de parecer mais com um monstrinho de contos de fadas. O rosto fino demais, a boca minúscula, orelhas pontudas; isso tudo ela vira e chorara porque sabia que ainda assim era capaz de amá-lo.

Mabel ficou tempo demais na janela. O corvo já havia desaparecido no alto das árvores. O sol sumira atrás de uma montanha e a luz diminuíra. Os galhos estavam nus, a grama, amarelada. Nenhum floco de neve. Era como se tudo de bom tivesse sido varrido do mundo como pó.

Novembro estava próximo, e isso a assustava porque sabia o que novembro trazia — frio no vale como a morte, o vento glacial entrando nas frestas entre as madeiras da cabana. Mas o pior era a escuridão. Uma escuridão tão completa que até mesmo as horas mal iluminadas se asfixiariam.

Ela passou o inverno anterior às cegas, sem saber o que esperar dessa terra nova e hostil. Agora ela sabia. Em dezembro, o sol nasceria pouco antes do meio-dia e roçaria os picos das montanhas por algumas horas de lusco-fusco antes de se pôr novamente. Mabel cochilaria sentada numa cadeira ao lado do fogão a lenha. Ela não pegaria nenhum de seus livros preferidos; as páginas não teriam vida. Não desenharia; o que haveria para registrar em seu caderno? Céus maçantes, cantos marcados pelas sombras? Ficaria cada vez mais difícil sair da cama quentinha pela manhã. Ela andaria pela cabana com sono, prepararia refeições e penduraria as roupas molhadas pela sala. Jack teria dificuldades para manter os animais vivos. Os dias se acumulariam, o inverno ganhando força.

A vida toda ela acreditara em algo mais, no mistério que moldava seus sentidos. Era o bater das asas de uma mariposa sobre o vidro e a promessa de seres mitológicos nos riachos de águas turvas. Era o cheiro dos carvalhos nas noites de verão pelas quais ela era apaixonada; e como ela se jogava no bebedouro das vacas e transformava a água em luz.

Mabel só não conseguia se lembrar da última vez em que tivera uma epifania assim.

Ela pegou as camisas de trabalho de Jack e se pôs a costurar. Tentou não olhar pela janela. Se ao menos houvesse neve... Talvez a brancura amenizasse os contornos sombrios. Talvez a neve pudesse captar um pouco de luz e refleti-la nos olhos de Mabel. Ela pensou no frio horrível que a deixaria sozinha presa na cabana e começou a respirar rápido e ansiosamente. Levantou-se para andar de um lado para o outro. Silenciosamente, ela repetia para si mesma: "Não consigo. Não consigo".

Havia armas na casa e ela já tinha pensado nisso. O rifle de caça ao lado da estante de livros, a espingarda sobre a porta e o revólver que Jack guardava na primeira gaveta da penteadeira. Ela nunca tinha atirado, mas não era isso o que a impedia. Era a violência e a contundência do ato, e a culpa que dele surgiria. As pessoas diriam que ela tinha a mente ou o espírito fraco, ou que Jack era um mau marido. E quanto a Jack? Que tipo de vergonha e raiva ele teria de suportar?

O rio, porém... O rio era diferente. Nenhuma alma a culpar, nem mesmo a dela. Seria um infeliz passo em falso. As pessoas diriam: ah, se ao menos ela soubesse que o gelo não sustentava seu peso... Se ao menos ela conhecesse o perigo...

A tarde virou crepúsculo e Mabel se afastou da janela para acender um lampião na mesa, como se fosse preparar o jantar ou esperar pela volta de Jack, como se aquele dia fosse terminar como qualquer outro, mas por dentro ela já estava seguindo pela trilha na floresta até o rio Wolverine. O lampião queimava enquanto Mabel amarrava as botas de couro, colocava o casaco sobre o vestido e saía. Suas mãos e cabeça estavam expostas ao vento.

Ao caminhar em meio às árvores nuas, Mabel estava ao mesmo tempo empolgada e entorpecida, assustada com a clareza do seu objetivo. Ela não pensava no que estava deixando para trás, apenas naquele instante de precisão. O bater pesado de suas botas na terra congelada. O vento frio nos seus cabelos. Sua respiração espaçada. Mabel se sentia estranhamente poderosa e segura.

Ela emergiu da floresta e ficou de pé no barranco do rio congelado. O cenário estava calmo, exceto por rajadas de vento que colavam sua saia contra as meias de lã e lançavam gelo no ar. Rio acima, o vale glacial se estendia por meio quilômetro com pedregulhos, pedaços de madeira e canais rasos, mas nesse ponto o rio era estreito e profundo. Mabel via o penhasco argiloso do outro lado que se misturava à água, formando um gelo escuro. Sob a superfície, a água cobriria sua cabeça com folga.

O penhasco tornou-se seu destino, apesar de ela esperar morrer afogada antes de alcançá-lo. O gelo tinha apenas três ou cinco centímetros de espessura, e até mesmo no auge do inverno ninguém ousaria cruzá-lo naquele ponto traiçoeiro.

A princípio suas botas ficaram presas nas pedras, congeladas na prainha arenosa, mas ela desceu o barranco íngreme e cruzou o filete de água onde o gelo era fino e frágil. Pisou e partiu o gelo, alcançando a areia seca por baixo. Então Mabel cruzou um terreno estéril de pedras e levantou a saia para passar sobre um tronco gasto pelo tempo.

Ao alcançar o canal principal do rio, onde a água ainda fluía pelo vale, o gelo não estava mais tão frágil e branco, e sim negro e firme, como se tivesse se solidificado na noite anterior. Ela deslizou a sola da bota pela superfície e quase riu do próprio absurdo — do cuidado para não escorregar, apesar de planejar se afundar no gelo.

Mabel estava há alguns metros do terreno seguro quando se permitiu parar e espiar entre as botas. Era como caminhar sobre vidro. Ela podia ver pedras de granito sob a água azul-turquesa em movimento. Uma folha amarelada passou flutuando e ela se imaginou sendo levada também e olhando para cima de maneira breve, através do gelo inacreditavelmente claro. Antes que a água enchesse seus pulmões, será que ela seria capaz de ver o céu?

Aqui e ali, bolhas do tamanho da mão dela estavam congeladas em círculos brancos, e em outros lugares havia fissuras. Mabel se perguntava se o gelo era mais frágil naqueles lugares e se ela deveria buscá-los ou evitá-los. Ela endireitou os ombros, olhou para a frente e caminhou sem olhar para baixo.

Ao cruzar o meio do rio, a face do penhasco estava quase ao alcance da mão, a água era um rugido abafado e o gelo cedia um pouco sob o peso dela. Contra a vontade, ela olhou para baixo e o que viu a deixou apavorada. Nada de bolhas. Nada de rachaduras. Apenas o negro sem fim, como se houvesse um céu noturno sob seus pés. Ela se moveu para dar outro passo rumo ao penhasco e ouviu um barulho profundo e ressonante, como o de uma enorme garrafa de champanhe sendo aberta. Mabel abriu as pernas e seus joelhos tremeram. Ela esperou que o gelo cedesse, que seu corpo mergulhasse no rio. Então houve outro barulho, e ela teve certeza de que o gelo tinha se quebrado sob suas botas, mas milimetricamente, de forma quase imperceptível, exceto por aquele barulho horrível.

Mabel esperou e respirou fundo, e a água não veio. O gelo a suportou. Ela deslizou os pés lentamente, primeiro um e depois o outro, várias vezes, movimentos lentos até chegar ao ponto onde o gelo se encontrava com o penhasco. Ela nunca imaginou que chegaria ali, do outro lado do rio. Mabel colocou as mãos nuas sobre o gelo e depois todo o corpo até que sua testa estivesse encostada na argila e ela pudesse sentir o cheiro das pedras antigas e úmidas.

O frio começou a invadi-la, então ela colocou os braços ao lado do corpo, tirou o rosto do penhasco e começou a jornada de volta pelo mesmo caminho que fizera. Seu coração pulsava na garganta. Suas pernas estavam trêmulas. Ela se perguntava se agora, no caminho de volta para casa, cairia no rio e morreria.

Ao se aproximar da terra firme, ela quis correr, mas o gelo estava liso demais sob seus pés, então Mabel escorregou como se estivesse patinando e caiu perto do barranco. Ela ofegou e tossiu e quase começou a rir, como se tudo tivesse sido uma aventura louca e divertida. Então se abaixou com as mãos nuas nas coxas e tentou se acalmar.

Quando se levantou devagar, a paisagem se estendia amplamente diante dela. O sol se punha no rio, lançando uma luz fria e rosada pelas montanhas cobertas de gelo que emolduravam os dois lados do vale. Rio acima, os arbustos e as pedras, as florestas de abetos e as porções de álamo cresciam diante das montanhas, num azul de aço. Nada de plantações e cercas, casas ou estradas; nenhuma alma viva até onde ela conseguia enxergar em qualquer direção. Somente a natureza selvagem.

Era lindo, Mabel sabia, mas era uma beleza que escancarava seu corpo e tirava suas entranhas, deixando-o impotente e exposto. Ela deu as costas para o rio e voltou para casa.

O lampião ainda queimava; a janela da cozinha brilhava enquanto Mabel se aproximava da cabana e, quando abriu a porta e entrou, o calor e a luz trêmula a afogaram. Tudo era estranho e dourado. Ela não esperava voltar.

Parecia que ela tinha saído por horas, mas ainda não eram seis da tarde, e Jack não tinha voltado. Mabel tirou o casaco e foi até o fogão de lenha, deixando que o calor se abatesse dolorosamente em suas mãos e pés. Assim que conseguiu abrir e fechar os dedos, ela pegou potes e panelas, maravilhada por se perceber realizando um trabalho tão mundano. Colocou mais lenha no fogão, preparou o jantar e sentou-se ereta diante da mesa de madeira entalhada, com as mãos no colo. Poucos minutos depois, Jack entrou, bateu as botas e tirou a palha de seu casaco de lã.

Certa de que ele de alguma forma saberia pelo que ela passara, Mabel ficou olhando e esperando. Jack lavou as mãos na pia, sentou-se diante dela e baixou a cabeça.

— Abençoe este alimento, Senhor — murmurou ele. — Amém.

Mabel pôs uma batata no prato de cada um, com cenouras cozidas e feijões. Nenhum dos dois falou. Só se ouvia o raspar das facas e garfos nos pratos. Ela tentou comer, mas não conseguiu. As palavras se amontoavam como rochedos sobre seu colo e, quando finalmente Mabel falou, as pedras eram pesadas e incômodas e foi só o que ela conseguiu arranjar.

— Fui até o rio hoje — informou.

Jack não ergueu a cabeça. Ela esperou que ele perguntasse por que ela teria feito uma coisa dessas. Talvez então ela devesse contar.

Jack segurou as cenouras com o garfo e depois passou uma fatia de pão nos feijões. Ele não deu nenhum sinal de ter ouvido.

— Ele está todo congelado, de um barranco ao outro — disse ela, quase num sussurro. Os olhos baixos, a respiração rasa, ela esperou, mas só se ouvia o mastigar de Jack, seu garfo no prato.

Mabel levantou os olhos e viu as mãos queimadas pelo vento e as mangas manchadas dele, os pés de galinha que se espalhavam nos cantos dos olhos. Ela não se lembrava da última vez que ele tocara sua pele, e aquele pensamento doía como solidão em seu peito. Então ela viu alguns fios prateados em sua barba avermelhada. Quando eles apareceram? Ele também estava ficando grisalho? Os dois desaparecendo sem que nenhum notasse o outro.

Ela ficou remexendo a comida com o garfo. Mabel olhou o lampião pendendo do teto e viu os raios de luz fluindo. Ela estava chorando. Por um instante, ficou sentada e deixou que as lágrimas escorressem ao lado do nariz até chegarem perto da boca. Jack continuou a comer, a cabeça baixa. Mabel se levantou e levou o prato de comida até a bancada da cozinha. Virou-se e enxugou o rosto com o avental.

— Aquele gelo ainda não está sólido — comentou Jack da mesa. — Melhor ficar longe de lá.

Mabel engoliu em seco, pigarreou.

— Sim. Claro — disse.

Ela ficou ocupada ali até que seus olhos secassem, depois voltou à mesa e pôs mais cenouras no prato de Jack.

— Como está a nova plantação? — perguntou ela.

— Quase pronta. — Ele pôs uma batata na boca e a limpou com as costas da mão. — Vou cortar o restante das árvores e tirá-las de lá nos próximos dias — disse ele. — Depois vou queimar um pouco mais da vegetação.

— Você gostaria que eu fosse ajudar? Posso cuidar do fogo para você.

— Não, eu vou dar um jeito.

Aquela noite, na cama, ela tomou consciência dele, o cheiro de palha e abeto em seus cabelos e barba, o peso dele ao ranger da cama, o som de suas respirações lentas e cansadas. Ele se deitou de lado, de costas para Mabel. Ela esticou a mão, pensou em tocá-lo no ombro, mas baixou o braço e ficou deitada na escuridão, encarando as costas dele.

— Acha que vamos sobreviver ao inverno? — perguntou ela.

Ele não respondeu. Talvez estivesse dormindo. Ela se virou e ficou olhando para a parede de madeira.

Quando Jack falou, Mabel se perguntou se era sono ou emoção o que deixava a voz dele grave.

— Não temos muita escolha, não é?

CAPÍTULO 2

A manhã estava tão fria que, quando Jack saiu e pôs a sela no cavalo, suas botas de couro ficaram duras e suas mãos não mexiam direito. Um vento do norte soprava vindo do rio. Ele teria gostado de ficar dentro de casa, mas já tinha guardado as tortas de Mabel numa caixa para levá-las à cidade. Ele deu tapas em seus braços e bateu os pés para que o sangue fluísse. Estava insuportavelmente frio e até mesmo a roupa que estava embaixo de sua calça jeans parecia apenas um fino lençol de algodão ao redor de suas pernas. Não era fácil deixar o conforto do fogão a lenha e encarar aquilo sozinho. O sol ameaçava surgir do outro lado do rio, mas a luz era fraca e prateada e não oferecia nenhum conforto.

Jack subiu na carroça aberta e bateu com as rédeas. Ele não olhou para trás, mas sentiu a cabana encolher em meio aos abetos atrás de si.

No caminho que passava pelos campos, o cavalo parecia avançar sozinho até que começou a balançar a cabeça de um lado para o outro. Jack diminuiu a velocidade até parar e procurou por alguma coisa no campo e nas árvores ao longe, mas não viu nada.

Maldito cavalo! Ele queria um animal manso, lento e forte. Mas cavalos eram mais escassos do que dentes de galinha naquele lugar, e ele não teve muita escolha — uma égua velha que parecia estar nas últimas ou esta jovem e mais bem preparada para se mostrar em concursos do que para o trabalho duro. Jack temia que ela fosse sua morte.

Outro dia mesmo ele estava tirando madeira da plantação quando o animal viu um galho e jogou Jack no chão. Ele quase foi esmagado por um pedaço de lenha enquanto o cavalo saía em disparada. Seus braços e pernas ainda estavam arranhados e suas costas doíam todas as manhãs.

E ali estava o problema. Não o cavalo nervoso, e sim o velho cansado. A verdade se acumulou no fundo do seu estômago como algo feito de errado. Aquilo era trabalho demais para um homem da sua idade. Ele não estava fazendo progresso, nem mesmo trabalhando todos os dias no máximo de suas forças. Depois de um longo verão e de um outono sem neve, ele ainda não estava nem perto de terminar de limpar a terra para ganhar a vida. Jack conseguiu uma ridícula safra de batata de um de seus campos menores nesse ano, e ela mal serviu para comprar farinha para o inverno. Ele achava que tinha dinheiro o bastante que sobrara da venda da sua parte da fazenda no leste para sobreviver mais um ano, mas só se Mabel continuasse vendendo suas tortas na cidade.

Aquilo tampouco estava certo, Mabel varrendo o chão e ao mesmo tempo vendendo assados. Como a vida dela era diferente. Filha de um professor de literatura, família privilegiada, ela poderia ter estudado seus livros e arte e passado as tardes convivendo com outras mulheres finas. Empregados e xícaras de porcelana e docinhos assados por outra pessoa.

Ao chegar ao fim do campo semilimpo, o cavalo parou de novo, jogando a cabeça para o lado e bufando. Jack puxou as rédeas. Ele semicerrou os olhos e estudou as árvores caídas e para além delas as bétulas, os abetos e os choupos. A floresta estava em silêncio, nenhum pio de pássaro. O cavalo bateu com a pata no chão duro e ficou imóvel. Jack tentou respirar baixinho para poder ver e ouvir melhor.

Algo o estava observando.

Foi um pensamento tolo. Quem estaria ali? Ele se perguntou não pela primeira vez se animais selvagens podiam fazê-lo se sentir assim. Animais bobos como vacas e galinhas podiam olhar para as costas de um homem o dia todo sem que ele ficasse arrepiado, mas talvez criaturas selvagens fossem diferentes. Ele tentou imaginar um urso andando pela floresta de um lado para o outro, estudando ele e o cavalo. Parecia improvável assim tão perto do inverno. Os ursos deveriam estar procurando um lugar onde hibernar.

Aqui e ali seus olhos viam algum volume ou um ponto de sombra em meio às árvores. Ignore, velho, disse a si mesmo. Você vai ficar louco procurando algo que não existe.

Jack se pôs a bater as rédeas, mas então espiou uma última vez por sobre os ombros e viu — um movimento rápido, uma mancha de cabelos castanhos. O cavalo bufou. Jack se virou lentamente no assento da carroça.

Uma raposa-vermelha passou correndo em meio às árvores caídas. Ela desapareceu por um instante e apareceu novamente, mais perto da floresta, correndo com seu rabo peludo perto do chão. Ela parou e virou a cabeça. Por um instante, seus olhos se fixaram nos de Jack e ali, nas íris douradas, ele percebeu a selvageria do lugar. Como se estivesse encarando a própria natureza.

Ele olhou para a frente na carroça, balançou as rédeas e deixou o cavalo trotar, os dois ansiosos para esquecer a raposa. Durante a hora seguinte, ele avançou encolhido e frio enquanto a carroça sacolejava ao longo de quilômetros de floresta intocada. Ao se aproximar da cidade, o cavalo aumentou a velocidade e Jack teve de contê-lo para evitar que a caixa caísse da carroça.

Em sua terra, Alpine não seria chamada de cidade. Não era nada além de alguns prédios empoeirados, construídos entre os trilhos dos trens e o rio Wolverine. Perto dali, vários proprietários de terra desmataram a floresta antes de abandonar o lugar. Alguns foram garimpar ouro ou trabalhar para a ferrovia, mas a maioria voltou para casa sem nenhum plano de retornar ao Alasca.

Jack levou a caixa de tortas até o restaurante do hotel, no andar de cima, onde a esposa do proprietário abriu a porta para ele. Com mais de sessenta anos, Betty tinha cabelos curtos e masculinos e cuidava do lugar como uma ditadora. Seu marido, Roy, trabalhava para o governo local e raramente estava por perto.

— Bom dia, Betty — disse Jack.

— O dia está feio, até onde sei. — Ela fechou a porta com um baque atrás deles. — Mais frio do que o inferno e sem sinal de neve. Nunca vi nada parecido. Trouxe algumas tortas da Mabel?

— Sim, senhora. — Ele as pôs no balcão e as tirou dos panos que as envolviam.

— Aquela mulher sabe cozinhar — disse ela. — Todo mundo está sempre pedindo as tortas.

— Que bom saber disso.

Ela contou algumas cédulas do caixa e as pôs no balcão ao lado das tortas.

— Só para que você saiba, estou correndo o risco de perder alguns clientes, Jack, por isso acho que não vou mais precisar de tortas depois de hoje. Minha irmã vem morar com a gente e Roy diz que ela terá de pagar suas contas cozinhando.

Ele pegou o dinheiro e o colocou no bolso do casaco como se não tivesse ouvido o que ela disse. Então Jack se deu conta.

— Nada de tortas? Tem certeza?

— Desculpe, Jack. Sei que não é o melhor momento, com o inverno chegando, mas... — Ela deixou a frase no ar e pareceu estranhamente constrangida.

— Podíamos diminuir o preço, se ajudasse — disse ele. — Precisamos de cada centavo que conseguirmos ganhar.

— Sinto muito. Posso lhe dar uma xícara de café e alguma coisa para comer?

— Café seria bom. — Ele escolheu uma mesa perto de uma janelinha que dava para o rio.

— É por conta da casa — disse ela, colocando a xícara diante dele.

Ele nunca ficava por muito tempo ao levar as tortas à cidade, mas naquela manhã Jack não estava com vontade de voltar para sua propriedade. O que ele diria a Mabel? Que eles tinham de arrumar as coisas e voltar para casa com o rabo entre as pernas? Desistir como todos fizeram antes deles? Jack mexeu o açúcar no café e ficou olhando pela janela. Um homem com botas sujas de couro e o ar abatido de um homem das montanhas caminhava ao longo do rio. Ele usava um saco de dormir na mochila, guiava um husky por uma corda e na outra mão tinha um rifle de caça. Para além dele, Jack via a névoa branca cercando os picos. Nevava nas montanhas. Logo haveria neve no vale também.

— Sabe, eles estão procurando trabalhadores lá na mina. — Betty colocou um prato de bacon e ovos diante dele. — Você provavelmente não vai querer fazer disso sua profissão, mas pode ajudar a passar por esta fase apertada.

— A mina de carvão no norte?

— Sim. O salário não é ruim e eles ficarão aqui até que os trilhos da ferrovia estejam limpos. Eles vão lhe dar comida e abrigo e lhe mandar para casa com um dinheirinho extra. Não custa nada pensar.

— Obrigado. E obrigado por isso. — Ele apontou para o prato.

— Claro.

Um trabalho miserável, o da mina de carvão. Agricultores nasceram para trabalhar à luz do dia, não em túneis escavados na rocha. Em sua terra, ele vira homens voltarem das minas com os rostos pretos de fuligem e tossindo sangue. Mesmo que ele tivesse vontade e força, isso significaria deixar Mabel sozinha na propriedade durante dias ou talvez semanas.

Mas era de dinheiro que eles precisavam. Só um ou dois meses talvez bastassem para que sobrevivessem até a próxima colheita. Ele poderia suportar praticamente qualquer coisa por um ou dois meses. Jack comeu o último pedaço de bacon e estava prestes a ir embora quando George Benson apareceu fazendo barulho pela porta do restaurante.

— Betty, Betty, Betty. O que você tem para mim hoje? Alguma daquelas tortas?

— Elas acabaram de chegar, George. Sente-se que vou lhe trazer uma fatia.

George se virou para as mesas e viu Jack.

— Oi, vizinho! Vou lhe dizer uma coisa: sua esposa faz uma torta de maçã e tanto. — Ele jogou o casaco no encosto da cadeira e deu um tapinha na barriga redonda. — Se importa se eu me juntar a você?

— De jeito nenhum.

George vivia a uns dez quilômetros do outro lado da cidade com sua esposa e três meninos. Jack o vira algumas vezes na mercearia e ali no restaurante. Ele parecia uma boa pessoa e sempre falava como se fossem amigos. Ele e George tinham praticamente a mesma idade.

— Como anda sua propriedade? — perguntou George, sentando-se diante dele.

— Indo.

— Tem ajuda lá?

— Não. Trabalho sozinho. Tem um ou outro campo limpo. Sempre tem mais a fazer. Você sabe como são as coisas.

— Deveríamos trocar alguns dias aqui e ali, eu e meus meninos vamos até suas terras com nossos cavalos e depois você nos dá uma ajuda na nossa propriedade.

— Isso é muito generoso da sua parte.

— Podemos ajudá-lo a terminar de preparar a terra — continuou George. — E sua esposa pode vir e passar um tempo com Esther, conversar sobre cozinha ou costura ou o que quer que elas queiram. Ela vai adorar a visita de vocês.

Jack não disse nem sim nem não.

— Seus filhos já estão crescidos e saíram de casa? — perguntou George.

Jack não estava preparado para aquilo. Ele e Mabel já eram tão velhos que seus filhos podiam estar criados e ter suas próprias famílias. Ele se perguntava se deixava transparecer que se sentia como se alguém tivesse esticado o pé e o feito tropeçar.

— Não. Nunca tivemos filhos.

— Sério? Nunca tiveram?

— Não.

Ele ficou observando George. Se você dissesse que não tinha filhos, parecia uma escolha, e isso seria loucura! Se dissesse que não podia ter filhos, a conversa ficaria estranha e eles avaliariam sua virilidade ou a saúde da sua esposa. Jack só esperou e engoliu em seco.

— É uma forma de viver, acho. — George balançou a cabeça e riu. — Muito mais silêncio na sua casa, aposto. Às vezes aqueles meninos gostam de me fazer beber. Reclamando disso e daquilo, saindo da cama pela manhã como se fossem paralíticos. Conseguir um bom dia de trabalho do mais novo é quase tão fácil quanto lutar contra um javali.

Jack riu e relaxou, bebeu um pouco do seu café.

— Tive um irmão assim. Era quase mais fácil apenas deixá-lo dormir.

— Sim, é como alguns deles são, pelo menos até terem sua própria casa e verem como são as coisas.

Betty veio até a mesa com uma xícara e uma fatia de torta para George.

— Estava falando para o Jack que eles estão procurando mão de obra na mina — disse ela ao servir o café. — Sabe, para atravessarem o inverno.

George arqueou as sobrancelhas e franziu a testa, mas só falou depois que Betty voltou para a cozinha.

— Você não vai, não é?

— É algo em que pensar.

— Meu Deus! Você está ficando louco? Você e eu, nós não somos mais jovens e aqueles buracos infernais são para os mais novos, se é que são para alguém.

Jack fez que sim, incomodado com aquela conversa.

— Sei que não é da minha conta, mas você parece um sujeito bom — continuou George. — Sabe por que eles estão procurando homens?

— Não.

— Eles têm dificuldades para manter os empregados depois que os incêndios começaram, há alguns anos. Quatorze mortos. Alguns tão queimados que não dava para saber quem era quem. Meia dúzia nunca foi encontrada. Estou lhe dizendo, Jack, não vale a pena o que eles lhe pagariam.

— Estou ouvindo. Estou, mas... Bem, estou contra a parede. Não sei o que fazer.

— Você precisa sobreviver até a próxima colheita? Tem dinheiro para as sementes na primavera?

Jack abriu um sorriso triste.

— Desde que não comamos de vez em quando.

— Você tem cenouras e batatas guardadas, não?

— Claro.

— Você já caçou um alce?

Jack fez que não.

— Nunca fui bom caçador.

— Bem, veja só, é só o que você precisa fazer. Pendure um pouco de carne no celeiro e você e sua esposa terão o que comer até a primavera. Não vai ser bolo e caviar, mas vocês não morrerão de fome.

Jack ficou olhando para sua xícara de café vazia.

— É o que acontece com muitos de nós — disse George. — Os primeiros anos são de aprendizado. Estou lhe dizendo: você pode enjoar de alce e batata, mas isso vai mantê-lo vivo.

— Verdade.

Como se a conversa tivesse chegado ao fim, George terminou de comer a torta com mordidas enormes, limpou a boca com um guardanapo e se levantou. Ele estendeu a mão para Jack.

— É melhor ir embora. A Esther vai me acusar de desperdiçar o dia se não voltar para casa. — O aperto de mão dele era firme e amigável. — Não se esqueça do que eu disse. E, quando chegar a hora de limpar aqueles campos, vamos ficar felizes em ajudá-lo. O dia passa mais rápido quando temos companhia.

Jack fez que sim.

— Agradeço.

Ele ficou sentado sozinho à mesa. Talvez tenha sido um erro se isolar como fizeram, Mabel sem uma amiga com quem conversar. A esposa de George poderia ser uma bênção, principalmente se ele fosse trabalhar nas minas do norte e Mabel ficasse sozinha na propriedade.

Ela diria que não. Afinal, eles não deixaram tudo para trás justamente para começar uma vida sozinhos? Preciso de paz e tranquilidade, disse ela mais de uma vez. Mabel tinha se retraído e se desgastado demais, e tudo começou quando eles perderam o bebê. Ela disse que não suportaria participar de outra reunião de família com todas aquelas conversas tolas e fofocas. Mas Jack se lembrava de mais ocorridos. Ele se lembrava das mulheres grávidas que sorriam ao acariciar suas barrigas e dos recém-nascidos chorando quando eles passavam pelos parentes. Ele se lembrava da menininha que puxou a saia de Mabel e a chamou de "mamãe" ao confundi-la com outra mulher, e Mabel parecendo que tinha levado um tapa. Ele também se lembrava de tê-la decepcionado, de ter saído para conversar com uns homens e fingido que não vira.

O filho mais velho dos Benson estava prestes a se casar e logo haveria um bebê andando pela casa. Jack pensou em Mabel, aquele sorriso contido e triste e as rugas nos cantos dos olhos dela que deveriam produzir lágrimas, mas que nunca as fizeram.

Ele acenou a cabeça na direção de Betty ao pegar a caixa vazia e ir até a carroça.

CAPÍTULO 3

O céu carregado parecia prender a respiração. Dezembro se aproximava e ainda não havia neve no vale. Durante vários dias, os termômetros marcaram trinta graus abaixo de zero. Quando Mabel saiu para alimentar as galinhas, ficou paralisada pelo frio. Ele cortava sua pele e doía em seu quadril e ossos e nos nós dos dedos. Ela ficou olhando uns floquinhos secos de neve caírem, mas era apenas uma poeirinha, e o vento do rio soprava contra rochas e arbustos em rajadas curtas. Era difícil identificar o cheiro da neve do sedimento glacial que, soprado em lufadas do rio, recobria tudo.

Jack disse que as pessoas na cidade estavam aliviadas pela ausência da neve — os trilhos do trem estavam limpos e a mina funcionava. Mas outros temiam que o frio extremo significasse uma primavera tardia e um atraso na plantação.

Os dias ficavam mais curtos. A luz durava apenas seis horas e era fraca. Mabel organizava suas horas em períodos — limpar, costurar, cozinhar, limpar, costurar, cozinhar — e tentava não se imaginar flutuando sob o gelo como uma folha amarelada.

O dia de assar era uma bênção, um motivo para olhar para a frente. Nesse dia, Mabel acordou mais cedo e estava pegando um saco de farinha e uma lata de gordura quando sentiu a mão de Jack em seu ombro.

— Não precisa — disse ele.

— Por que não?

— Betty me disse para não entregar mais tortas.
— Esta semana?
— Para sempre. A irmã dela vai cozinhar.
— Ah — disse Mabel. Ela guardou a farinha e ficou surpresa com a força da sua decepção. As tortas eram sua única contribuição verdadeira para a casa, um trabalho do qual ela se orgulhava. E havia ainda o dinheiro.
— Vamos ter o bastante, Jack, sem as tortas?
— Vou dar um jeito. Não se preocupe com isso.

Mabel agora se lembrava de acordar e encontrar o lado dele da cama vazio. Ele esteve à mesa da cozinha, sob a luz de velas, papéis espalhados diante de si. Ela voltara a dormir sem pensar naquilo. Mas pela manhã Jack parecia velho e cansado. Ele andava com um ligeiro mancar e, ao sair da cama, gemia e colocava as mãos nas costas. Quando Mabel perguntou se estava tudo bem, ele resmungou algo sobre o cavalo, mas disse estar bem. Ela começara a acariciá-lo, mas Jack a dispensou. Deixe assim, disse. Só deixe.

Mabel lhe trouxe biscoitos e ovos cozidos para o café da manhã.

— George Benson e os meninos vêm hoje mais tarde para me ajudar a mover a lenha — disse ele ao descascar o ovo. Ele não pareceu notar o olhar fixo dela.

— George Benson? — perguntou Mabel. — E quem é George Benson?

— Hum? O quê?
— Nunca vi esse homem.
— Sei que já o mencionei antes. — Ele mordeu o ovo e, com a boca cheia, continuou: — Sabe, ele e Esther vivem do outro lado do rio, depois da cidade.
— Não. Não sabia disso.
— Eles chegarão daqui a algumas horas. Não se preocupe com o almoço, vamos dar um jeito. Mas encontre três outros pratos para o jantar.
— Pensei que... Não concordamos... Por que eles vêm aqui?

Jack ficou quieto, se levantou da mesa e pegou as botas de couro ao lado da porta. Ele se sentou na cadeira, calçou as botas e as amarrou em movimentos rápidos e precisos.

— O que devo dizer, Mabel? Preciso de ajuda. — Ele manteve a cabeça baixa e apertou os laços. — É simples assim. — Jack pegou o casaco do gancho, abotoando-o ao sair, como se não pudesse esperar para passar pela porta.

George Benson e dois de seus filhos chegaram mais ou menos uma hora mais tarde. O menino mais velho parecia ter dezoito ou vinte anos, o mais novo não mais do que treze ou quatorze. Mabel olhava pela janela enquanto eles encontravam Jack no celeiro. Eles se cumprimentaram, Jack anuindo com a cabeça e dando risadinhas. Os homens pegaram as ferramentas e foram para o campo, guiando a tropa de cavalos que os Benson trouxeram. Eles nunca tinham vindo até a cabana. Ela esperou que Jack olhasse para ela na janela, para lhe acenar como ele às vezes fazia pela manhã, mas ele não olhou.

A noite caiu e Mabel acendeu os lampiões e preparou o jantar. Quando os homens voltassem do trabalho, ela tentaria ser educada, mas não amigável demais. Ela não queria encorajar aquilo. Jack podia precisar de ajuda naquele dia específico, mas eles não precisavam de amigos nem de vizinhos. Senão, por que teriam se mudado para lá? Eles podiam ter ficado em sua terra natal, onde havia muitas pessoas. Não, a ideia era encontrar consolo sozinhos. Será que Jack não tinha entendido isso?

Quando os homens voltaram, eles não olharam muito para Mabel. Não foram rudes. George Benson e os meninos a cumprimentaram educadamente e disseram "obrigado" e "senhora" e "por favor, passe as batatas", mas sem olhar direito para ela, e em geral falaram alto uns com os outros sobre trabalho, cavalos, clima e plantações. Eles riram de ferramentas quebradas e da ideia de "propriedade" naquele lugar esquecido por Deus e George bateu com a mão no joelho e pediu perdão por tomar o Santo Nome em vão e Jack riu alto e os dois meninos encheram a boca de comida. Enquanto isso, Mabel ficava na bancada da cozinha, um pouco afastada da luz do lampião.

Eles seriam parceiros, ela e Jack. Aquela seria a vida nova deles juntos. Agora ele se sentava rindo com estranhos, ao passo que ele não sorria para ela havia anos.

Mais tarde, depois do jantar, George mandou os meninos cansados se levantarem e lhes disse que era hora de voltarem para casa.

— Sua mãe deve estar se perguntando onde é que nos metemos — disse ele. George acenou a cabeça para Mabel. — Muito obrigado pela refeição. Sabe, disse ao Jack aqui que vocês dois têm de nos visitar um dia. A Esther com certeza vai gostar de conhecê-la. A maioria dos proprietários de terra daqui é de pessoas velhas solteironas mal-humoradas. Vai ser bom para ela um pouco de companhia feminina.

Ela deveria tê-los agradecido por virem ajudar e dizer que um dia conheceria a esposa dele, mas não disse nada. Mabel podia se ver nos olhos deles — uma mulher afetada do leste. Ela não gostou do que viu.

Depois que George e os meninos foram embora, ela esquentou água no fogão a lenha e limpou os pratos, encontrando alguma satisfação no barulho, mas sua ansiedade logo desapareceu ao ver Jack dormindo na cadeira. Mabel ficou sozinha com sua confusão ineficiente e com o barulho.

Cobrindo as mãos com o avental, ela pegou a bacia com água suja da louça, abriu a porta com o cotovelo e saiu. Mabel caminhou pelo jardim cheio de tralhas e jogou a água no barranco atrás da cabana. O vapor a envolveu e desapareceu rapidamente. No alto, as estrelas brilhavam, metálicas e distantes, e o céu noturno lhe pareceu cruel. Ela deixou o ar frio encher suas narinas e arrepiar sua pele. Ali perto da cabana, o ar estava calmo, mas ela ouvia o vento soprar no rio Wolverine.

Passaram-se vários dias até que Jack mencionasse os Benson novamente, mas ele abordou o assunto como se fosse uma conversa em andamento.

    — O George disse que deveríamos visitá-lo no Dia de Ação de Graças ao meio-dia. Eu disse que você faria uma das suas tortas. Ele sente falta de comê-las no hotel.

    Mabel não concordou nem protestou nem fez perguntas. Ela ficou pensando em como Jack podia estar tão certo de que ela o ouvira.

    Ao folhear seu caderno de receitas, escolhendo o que assar, ela pensou no Dia de Ação de Graças no vale do rio Allegheny, onde tias, tios, primos, avôs e netos, amigos e vizinhos de Jack se reuniam na fazenda da família para o banquete. Aqueles dias foram os piores para Mabel. Mesmo quando criança, ela não gostava muito de multidões, mas, ao envelhecer, ela descobriu que as discussões e conversas eram ainda mais insuportáveis. Enquanto os homens caminhavam pelos pomares discutindo negócios, ela ficava presa no reino feminino dos nascimentos e mortes, assuntos que ela não se sentia à vontade para transformar em conversas simples. E sob a superfície dessa tagarelice havia a insinuação de seu fracasso, sussurrado e depois silenciado quando ela entrava e saía dos ambientes. Talvez, diziam os sussurros, Jack devesse ter procurado uma mulher mais saudável, uma mulher que não tivesse medo de trabalho duro e que tivesse quadris apropriados para o parto. Aquelas aristocratas podiam ser boas em discutir política e alta literatura, mas seriam capazes de dar à luz, meu Deus do céu?! Você vê como ela anda, como se não pudesse empinar ainda mais o nariz? As costas eretas. Um porte, ah, tão delicadinho. Orgulhosa demais para adotar um órfão.

    Mabel pedia licença para sair e tomar um pouco de ar, mas isso só atraía mais a atenção de uma tia fofoqueira ou de uma cunhada bem-intencionada que a aconselharia que, se ela fosse mais aberta e amigável, talvez convivesse melhor com a família de Jack.

Talvez fosse acontecer o mesmo com os Benson. Talvez eles presumissem que ela não servia para sobreviver numa propriedade no Alasca e a considerassem estéril e fria e um fardo para Jack. Um poço de ressentimento já crescia dentro dela. Ela pensou em falar para Jack que estava doente demais para ir. Mas se levantou cedo no Dia de Ação de Graças, bem antes de Jack, colocou mais lenha no fogão e começou a preparar a massa. Faria uma torta de castanhas com a receita da mãe e também uma torta de maçãs secas. Duas tortas bastavam? Ela vira os dois meninos comendo, engolindo bocadas e limpando os pratos sem esforço. Talvez devesse fazer três. E se as massas ficassem duras ou se eles não gostassem de castanhas e maçãs? Ela não deveria se importar com a opinião dos Benson, mas as tortas a representariam. Ela podia ser durona e ingrata, mas, meu Deus, como cozinhava bem.

Com as tortas no forno, Mabel escolheu um pesado vestido de algodão que esperava ser o mais apropriado. Ela esquentou o ferro no fogão a lenha. Mabel queria parecer apresentável, mas não como uma forasteira exagerada. Assim que se aprontou e que as tortas estavam assadas, ela pegou cobertores de lã e protetores de rosto para ela e Jack. Seria uma longa e fria viagem na carroça aberta.

Depois que Jack deu comida e água aos animais e pôs a sela no cavalo, Mabel se sentou ao lado dele na carroça, as tortas ainda quentes envoltas em toalhas no seu colo. Ela sentiu um inesperado tremor de emoção. Independentemente do que acontecesse na casa dos Benson, era bom sair um pouco da cabana. Ela não saía da propriedade havia semanas. Jack também parecia mais animado. Ele estalou a língua para os cavalos e, enquanto seguiam fora da propriedade pela trilha, Jack mostrou a Mabel onde estava limpando e lhe contou suas ideias para a primavera. Ele descreveu como o cavalo quase o matara outro dia e que vira uma raposa.

Mabel lhe deu o braço.

— Você fez um trabalho e tanto.

— Não teria feito isso sem os Benson. Aqueles cavalos deles eram incríveis. É de humilhar este animal. — Ele balançou as rédeas.

— Você conheceu a esposa dele?

— Não. Só George e os filhos. George era garimpeiro quando jovem, mas conheceu Esther e eles decidiram se assentar e ter uma família. — Jack hesitou e limpou a garganta. — De qualquer forma, parece um bom homem. Ele nos ajudou muito.

— É, ajudou mesmo.

Ao chegarem à propriedade dos Benson, alguém saiu do celeiro trazendo consigo um peru sem cabeça. Era George, pensou ela a princípio, mas a pessoa era baixinha demais e tinha uma grossa trança grisalha sob a touca de lã.

— Deve ser Esther — disse Jack.

— Você acha?

A mulher os cumprimentou levantando a cabeça e depois lutou contra o enorme pássaro agonizante em seus braços. O sangue pingava em seus pés.

— Vão até a casa — gritou ela para os dois. — Os meninos ajudarão com o cavalo.

Na cabana, Mabel se sentou sozinha na atulhada mesa da cozinha, enquanto Jack desaparecia lá fora com George e o filho mais novo. Com as mãos no colo e as costas eretas, ela se perguntava onde eles comeriam. A mesa estava cheia de catálogos, fileiras de jarros vazios e limpos e tecidos. A cabana cheirava a repolho e amoras silvestres azedas. Não era muito maior que a de Jack e Mabel, exceto por um espaço amplo onde Mabel supunha estarem as camas. A cabana era oblíqua de uma forma estonteante, com o chão pendendo para um lado e os cantos não tão retos. Rochas e cabeças de animais e flores silvestres secas decoravam os peitoris. Mabel não se mexeu, mas estudava tudo só deixando que seus olhos vagassem pelo lugar.

Ela deu um salto quando a porta se abriu.

— Maldito pássaro! Achava que eu sabia o bastante para julgá-lo morto. Mas não, ele fez o inferno mesmo sem ter cabeça.

— Ah. Ah, querida. Posso fazer algo para ajudar?

A mulher passou correndo pela mesa sem tirar as botas sujas e jogou o peru na bancada cheia. Uma lata de gordura caiu no chão com um estrondo. Esther a chutou e se virou para Mabel, que permanecia de pé, frustrada e um pouco assustada. Esther deu uma risadinha e estendeu a mão suja de sangue.

— Mabel? Não é isso? Mabel?

Mabel fez que sim e estendeu a mão para o cumprimento vigoroso de Esther.

— Esther. Mas acho que você já deduziu isso. Bom ter você e sua família aqui.

Sob o casaco de lã, Esther usava uma camisa com estampa de flores e um macacão masculino. Seu rosto estava manchado de sangue. Ela tirou a touca de lã e mechas de cabelo se eriçaram. Ela ajeitou a trança nas costas e começou a encher um panelão com água.

— Seria de pensar que com todos estes homens aqui eu encontraria alguém para matar e depenar um peru para mim. Mas não tenho tanta sorte.

— Tem certeza de que não posso ajudar em nada? — Talvez Esther fosse pedir desculpas por sua aparência e pela bagunça na casa. Talvez houvesse uma explicação, um motivo.

— Não. Não. Só relaxe e fique à vontade. Você pode preparar um pouco de chá, se quiser, enquanto coloco este maldito pássaro no forno.

— Ah, sim. Obrigada.

— Sabe o que nosso caçula fez? Criamos uns perus aqui apenas para cozinhá-los em ocasiões como esta, daí meu filho vai e mata uns lagópodes-brancos ontem. Vamos preparar isso no Dia de Ação de Graças, disse ele. Para que preciso de uma dúzia de lagópodes mortos no Dia de Ação de Graças? Por que alimentar perus se vamos comer lagópodes?

Ela ficou olhando para Mabel como se esperasse uma resposta.

— Eu... não tenho a menor ideia. Não sei nem se comi lagópode um dia.

— É bem bom. Mas o Dia de Ação de Graças é dia de peru, pelo que sei.

— Trouxe tortas. Para a sobremesa. Coloquei-as na cadeira. Não sabia direito onde pôr.

— Perfeito! Não tive chance nem de pensar em doces. O George diz que a Betty é uma idiota por não querer suas tortas. Ele ama sua comida. Não que ele precise. Você viu a barriga do homem?

Novamente, ela ficou olhando para Mabel como se esperasse algo.

— Ah, eu não...

A risada de Esther era alta e incrivelmente boba.

— Continuo dizendo que ele sozinho sustenta aquele restaurante e que está começando a ficar evidente — disse ela.

Foi como se Mabel tivesse caído num buraco e saído em outro mundo. Não era nada parecido com seu mundo silencioso e ordenado de escuridão e luz e tristeza. Aquele era um lugar sujo, mas receptivo e cheio de risadas. George provocou dizendo que as duas mulheres ficavam tagarelando em vez de preparar a comida, e o jantar só foi servido depois de caída a noite, mas ninguém pareceu se importar. Todos puderam escolher as partes que queriam. O purê de batata estava cremoso e perfeito. O molho estava embolotado. Esther não pediu desculpas. Eles comiam com pratos equilibrados no colo. Ninguém rezou, mas George ergueu o copo e disse:

— Aos vizinhos. E à vida até o próximo inverno.

Todos brindaram.

— E a comermos lagópodes ano que vem — disse Esther, e todos riram.

Depois do jantar e das tortas, os Benson começaram a contar histórias sobre seu tempo na propriedade, de como uma vez a neve acumulou tanto que os cavalos podiam pular a cerca quando quisessem, de um tempo tão frio que a água da louça suja virava gelo no ar quando Esther a jogava fora.

— Mas eu não viveria em nenhum outro lugar — declarou Esther.

— E você? Vocês dois vieram de fazendas no sul?

— Não. Bem, a família de Jack é dona de uma fazenda no rio Allegheny, na Pensilvânia.

— O que eles plantam lá? — perguntou George.

— Maçãs e feno — respondeu Jack.

— E quanto a você? — perguntou Esther para Mabel.

— Acho que sou a ovelha negra. Ninguém na família pensaria em viver numa fazenda ou se mudar para o Alasca. Meu pai era professor de literatura na Universidade da Pensilvânia.

— E vocês abandonaram tudo para vir aqui? No que é que vocês estavam pensando? — Esther deu um soquinho amigável no braço de Mabel. — Ele convenceu você, não é? Geralmente é assim. Esses homens carregam suas pobres mulheres consigo, levando-as ao extremo norte em busca de aventura, quando só o que querem mesmo é um banho quente e uma mulher para cuidar da casa.

— Não. Não. Não foi nada disso. — Todos os olhos estavam sobre ela, até mesmo os de Jack. Mabel hesitou, mas seguiu adiante. — Eu quis vir para cá. Jack também, mas viemos por vontade minha. Não sei exatamente por quê. Acredito que precisávamos de uma mudança. Precisávamos fazer as coisas sozinhos. Faz sentido? Abrir a mata e saber que a terra é sua, livre e limpa. Dar valor a tudo. O Alasca parecia o melhor lugar para um recomeço.

Esther deu uma risadinha.

— Você teve uma sorte e tanto com esta mulher, não é, Jack? Não deixe a notícia se espalhar. Não há muitas como ela.

Apesar de manter a cabeça baixa, Mabel sabia que Jack a estava observando e que seu rosto havia ficado todo vermelho. Ela muito raramente falava na companhia de estranhos. Talvez ela tenha falado demais.

Então, quando a conversa começou a tomar outro rumo, ela se perguntou se tinha dito a verdade. Foi mesmo por isso que eles se mudaram para o norte — para construir uma vida do zero? Ou foi o medo o que a motivou? Medo do cinza, não só nas mechas dos seus cabelos e nas suas bochechas flácidas, mas do cinza mais profundo, nos ossos, tanto que ela achava que podia se transformar em poeira e simplesmente se espalhar com o vento.

Mabel se lembrou daquela tarde há menos de dois anos. Ensolarada e brilhante. O cheiro do pomar no ar. Jack estava sentado no balanço da varanda da casa dos pais dele, os olhos protegidos do sol. Era um piquenique familiar, mas eles ficaram sozinhos por um instante. Ela colocara a mão no bolso do vestido e de lá tirara um folheto — "junho de 1918. Alasca, Nossa Nova Casa".

Eles deveriam ir, dissera ela. Para casa?, perguntou ele.

Não, disse ela, e estendeu o anúncio. Para o norte, disse.

O governo federal buscava agricultores para cuidar de propriedades ao longo da nova ferrovia do território. A Ferrovia Alasca e uma empresa de navegação a vapor ofereciam taxas com desconto para aqueles corajosos o bastante para empreender a viagem.

Ela tentou manter o tom de voz calmo, não deixar o desespero transparecer. Jack sabia do seu entusiasmo. Ambos estavam se aproximando dos cinquenta anos. Era verdade que na juventude ele sonhou em ir para o Alasca, em se submeter a um teste num lugar grandioso e selvagem, mas agora não seria tarde demais?

Claro que Jack tinha tais dúvidas, mas ele não as expressou. Ele vendeu sua parte na terra e nos negócios aos irmãos. Ela encheu os baús com louças e panelas e o máximo de livros possível. Eles viajaram de trem até a Costa Oeste e depois de navio a vapor de Seattle a Seward, Alasca, e de trem novamente até Alpine. Sem alerta nem sinal de civilização, o trem parava e um homem solitário desembarcava, as malas nos ombros, e desaparecia nas florestas de abetos e vales. Mabel colocara a mão no braço de Jack, mas ele ficou olhando pela janela do trem, a expressão incompreensível.

Ela os imaginara trabalhando em campos verdejantes emoldurados por montanhas altas e nevadas como os Alpes Suíços. O ar seria limpo e frio, o céu vasto e azul. Lado a lado, suados e cansados, eles sorririam um para o outro como se fossem jovens namorados. Seria uma vida difícil, mas seria a vida deles sozinhos. Aqui no fim do mundo, longe de tudo e em segurança, eles construiriam uma nova casa na natureza selvagem e o fariam como parceiros, sem a sombra de pomares cultivados e longe da expectativa de parentes.

Mas ali estavam eles, nunca juntos nos campos, falando um com o outro cada vez menos. No primeiro verão, ele a deixou na cidade, hospedada num hotel barato, enquanto construía a cabana e o celeiro. Sentada na beirada da colcha que certamente abrigara mais mineiros e caçadores do que as mulheres de toda a Pensilvânia, Mabel pensou em escrever para a irmã. Ela estava sozinha. O sol incansável não lhe dava um minuto de sossego. Tudo diante dela — as cortinas de renda nas janelas, o criado-mudo e suas próprias mãos velhas — perdia a cor. Ao sair de seu quarto de hotel, ela encontrou uma única trilha enlameada e sulcada ao lado da ferrovia. Ela começava e terminava nas árvores. Nada de calçadas. Nada de cafés ou livrarias. Só Betty, usando camisas masculinas e calças de trabalho e dando intermináveis conselhos sobre como guardar chucrute e carne de alce, como eliminar a coceira das mordidas de mosquitos com vinagre e como espantar ursos com uma buzina.

Mabel se pôs a escrever para a irmã, mas não pôde admitir que simplesmente cometera um erro. Todos a haviam alertado de que o território do Alasca era para homens perdidos e mulheres mundanas, que não haveria lugar para ela na natureza selvagem. Ela se apegou ao anúncio que prometia uma nova casa e não escreveu quaisquer cartas.

Quando finalmente Jack a levou à propriedade, ela quis acreditar. Então este era o Alasca — cru e austero. Uma cabana de madeira cortada da terra, uma porção de terreno limpo e arbustos como jardim, montanhas que cortavam o céu. Todos os dias, ela perguntava: Posso ir para o campo com você? Mas ele dizia que não, você deve ficar. Ele voltava à noite com as costas arqueadas e ferido de arranhões e mordidas de insetos. Ela cozinhava e limpava e cozinhava e limpava, e se percebeu mais e mais consumida pelo cinza até que sua visão emudeceu e o mundo a seu redor perdeu as cores.

Mabel passou as mãos no colo, alisando as rugas no tecido várias vezes até que seus ouvidos captaram algumas das palavras ao seu redor. Algo sobre a mina ao norte da cidade.

— Estou lhe dizendo, Jack. Nem pense nisso — dizia George. — É uma forma bem rápida de deixar este mundo.

Mabel se manteve calma e imóvel.

— Você disse mina de carvão? — perguntou ela.

— Sei que estamos em dificuldades, Mabel, mas não há motivo para se envergonhar — falou George, piscando para ela. — Só mantenha seu homem em casa e fique firme. Tudo vai dar certo.

Quando George e seus filhos começaram a falar sobre as formas terríveis como um homem podia ser soterrado e morto no subsolo, Mabel se virou para Jack e sussurrou enfática:

— Você estava pensando em me deixar para trabalhar na mina?

— Conversaremos sobre isso mais tarde — disse ele.

— Vocês só precisam ter um alce no celeiro e economizar para a primavera — explicou George.

Mabel fez uma cara feia, sem compreender.

— Alce? — perguntou. — No nosso celeiro?

Esther riu.

— Não um alce vivo, querida — comentou ela. — Carne. Só para mantê-los alimentados. Nós mesmos fazemos isso há anos. Vocês talvez fiquem enjoados de purê de batata, batata frita, carne cozida e carne frita, mas vão sobreviver.

— Tarde demais para caçar alce — resmungou o menino mais novo de onde estava na cozinha, as mãos nos bolsos. — Teria sido melhor conseguir um antes do cio.

— Eles ainda estão por aí, Garrett — disse George. — Ele só vai ter de se esforçar um pouco mais para encontrar um.

O menino deu de ombros.

— Não dê ouvidos a ele — recomendou Esther, apontando na direção do menino. — Ele acha que é o próximo Daniel Boone[1].

Um dos filhos mais velhos riu e lhe deu um soco no braço. O mais jovem cerrou o punho e depois empurrou o mais velho com força o bastante para fazê-lo bater na mesa da cozinha. Uma discussão barulhenta teve início e Mabel ficou assustada até perceber que Esther e George não estavam se importando. Por fim, quando o barulho se tornou demais até mesmo para os Benson, Esther gritou:

— Chega, meninos!

E eles se acalmaram novamente.

— Garrett pode ser grande demais para as calças que usa, mas vou lhe dizer uma coisa, Jack, ele é bom com um rifle. — George apontou com a cabeça orgulhosamente na direção do caçula. — Ele matou seu primeiro alce quando tinha dez anos. Ele traz para casa mais caça do que todos nós juntos.

Esther se aproximou de Mabel e disse:

— Incluindo aqueles abençoados lagópodes.

Mabel tentou sorrir, mas seus pensamentos eram tormentosos. Jack iria abandoná-la. Deixá-la sozinha na cabana pequena e escura.

Agora os homens falavam sobre caçar alces e novamente Mabel teve aquela sensação incômoda de que todos tinham conversado sobre o assunto antes e que, novamente, ela era a estranha ignorante.

— Você tem de levar seu rifle com você, mesmo quando estiver apenas trabalhando na plantação — ela ouviu o mais novo dizer a Jack. — Levante-se nas colinas. Em geral, a neve já os empurrou para o rio. Mas a neve está demorando, então eles ainda devem estar no alto, comendo bétula e aspen.

O menino mal conseguia esconder seu desprezo por Jack.

---

[1] Pioneiro e explorador norte-americano. (N.T.)

— Você vai ter de se esforçar para caçar. Os alces só se reúnem em manadas durante o cio. Eles ficam diferentes. Os machos ficam loucos nas florestas. Batem com as ancas ensanguentadas nas árvores. Rolam na própria urina. Mugem pelas fêmeas.

— Ouvi alguma coisa há mais ou menos um mês — disse Jack. — Estava cortando madeira e algo veio rosnando em minha direção da floresta. Depois, "ploft, ploft". Como se outra pessoa estivesse cortando madeira.

— Alce macho. Alertando você, batendo com o corpo contra a árvore. Ele queria brigar. Ele achava que você era outro macho. — O menino quase riu, como se Jack não fosse do mesmo nível que um alce.

Esther percebeu o desconforto de Mabel, mas o compreendeu errado.

— Não se preocupe, querida. Você vai se acostumar à carne de alce. Ela pode ser meio dura nesta época do ano, mas vai mantê-los alimentados.

Mabel deu um sorrisinho.

Quando chegou a hora de ir embora, os Benson tentaram insistir para que Jack e Mabel passassem a noite, mas Jack disse que eles precisavam voltar para casa e cuidar dos animais, e Mabel agradeceu, mas disse que dormia melhor em sua própria cama.

— Está muito frio lá fora hoje à noite — avisou Esther, ajudando Mabel a vestir o casaco.

— Vamos ficar bem. E obrigada.

Esther colocou um pote dentro do casaco de Mabel, o abotoou como se ela fosse uma criança e ajeitou o colarinho.

— Mantenha este fermento aquecido até em casa, senão você vai matá-lo. E lembre-se do que eu disse sobre acrescentar um pouco de farinha de vez em quando.

Mabel prendeu o pote frio contra o corpo e agradeceu a Esther novamente.

O tempo estava limpo e com vento. O luar iluminava os sulcos da trilha e lançava uma luz azulada sobre a terra e as árvores. À medida que se afastavam, Mabel olhou para trás, para as janelas da casa dos Benson, e depois escondeu o rosto no cachecol. Jack limpou a garganta. Mabel esperava que ele dissesse alguma coisa sobre seu plano de ir trabalhar na mina. Ela estava preparada para ser justa em sua raiva.

— Eles são uma família e tanto, não? — perguntou Jack.

Ela não disse nada.

— Sim — finalmente respondeu Mabel. — Com certeza são.

— Esther gostou de você. Sobre o que vocês duas conversaram?

— Ah, acho que sobre tudo.

Mabel ficou quieta e depois acrescentou:

— Ela perguntou por que nunca tivemos filhos.

— E?

— Ela disse que podemos pegar os meninos sempre que quisermos.

Jack deu uma risada e Mabel riu dentro do cachecol, a despeito de suas reservas.

CAPÍTULO 4

Na noite seguinte, a neve caiu com o crepúsculo. Os primeiros flocos se grudavam ao serem soprados pelo vento e caírem no chão. Primeiro só uns poucos aqui e ali, mas depois o ar ficou carregado de neve, capturada pela luz da janela em lufadas delirantes. Isso fez Mabel se lembrar de quando era uma menininha, ajoelhada no sofá perto da janela para assistir aos primeiros flocos do inverno filtrados pela luz da rua.

Ao voltar para a janela da cozinha, mais tarde, ela viu Jack emergir da floresta e caminhar pela neve. Sua caçada tinha sido um fracasso; ela soube isso por causa da cabeça baixa e do andar pesado dele.

Mabel voltou a preparar o jantar. Ela abriu as cortinas de algodão das prateleiras da cozinha e de lá pegou dois pratos. Abriu a toalha de mesa. Mabel pensou na cabana bagunçada dos Benson e riu sozinha. Esther usando macacão masculino — como ela entrou confiante na cozinha e bateu com o peru morto na bancada. Mabel nunca tinha conhecido uma mulher como ela. Certamente não pedia licença nem se fingia de impotente ou recobria suas opiniões com delicadezas.

Na noite anterior, George contou a história de como Esther atirara num urso-pardo de dois metros e meio no jardim, vários verões atrás. Ela estava em casa sozinha quando ouviu um barulho. Quando olhou para fora, viu o urso tentando invadir o celeiro. O urso ficou apoiado nas patas traseiras e bateu com as imensas patas dianteiras contra a porta de madeira. Então ele se apoiou nas quatro patas e pôs o focinho na lenha e cheirou. Mabel teria se apavorado, mas não Esther. Ela ficou louca. Nenhum urso comeria suas vacas. Calmamente, ela entrou e pegou um rifle, voltou ao jardim e imediatamente atirou no urso. Mabel podia imaginá-la perfeitamente — Esther na terra, os pés ligeiramente espaçados, a mira firme. Nada de hesitar ou se preocupar com o decoro.

Mabel estava na janela novamente. A neve caía com mais intensidade e rapidez. Enquanto ela observava, Jack saiu do celeiro carregando um lampião e a neve o envolvia num círculo de luz. Ele virou a cabeça como se pressentisse o olhar dela e os dois se encararam, cada qual na sua porção de luz, a neve caindo entre eles como um véu. Mabel não se lembrava da última vez em que eles deliberadamente se olharam, e aquele instante foi como a neve, lento e fugaz.

Quando ela se apaixonou por Jack, sonhara que podia voar, que numa noite quente e escura ela tinha decolado da grama com os pés nus para flutuar entre as copas folhosas das árvores e as estrelas em sua camisola. A sensação voltara.

Pela janela, o ar da noite parecia denso, cada floco de neve desacelerando em sua queda longa e tumultuada pela escuridão. Era o tipo de neve que fazia com que as crianças saíssem correndo pelas portas, olhassem para cima e rodopiassem com os braços bem abertos.

Mabel ficou paralisada com seu avental, um pano na mão. Talvez fosse a lembrança daquele sonho ou a natureza hipnótica da neve que caía em espiral. Talvez fosse Esther usando macacão e blusa florida, atirando em ursos e rindo alto.

Ela deixou o pano de lado e tirou o avental. Pôs os pés nas botas, vestiu um dos casacos de lã de Jack e encontrou um chapéu e um par de luvas.

Lá fora, o ar estava limpo e frio contra seu rosto, e ela sentia o cheiro da fumaça que saía da chaminé. Ela deixou a neve flutuar ao redor de si e depois fez o que fazia quando criança — olhou para o céu e tirou a língua para fora. O redemoinho era estonteante e Mabel começou a girar lentamente. Os flocos de neve caíam em seu rosto e sobre as pálpebras, molhavam sua pele. Então ela parou e ficou observando a neve se acumular em seus braços e casaco. Por um instante, estudou o desenho de um único floco de neve estrelado antes que ele congelasse na lã. Ali, e depois desaparecido.

Ao redor de seus pés, a neve se avolumava. Ela a chutou de leve e a neve se acumulou, molhada e pesada. Bola de neve. Mabel pegou um punhado com as mãos nuas. A neve se compactou e manteve a forma dos seus dedos. Ela vestiu as luvas e pegou mais um pouco de gelo, apertando e formando uma bola.

Ela ouviu os passos de Jack e levantou a cabeça para vê-lo se aproximando da cabana. Ele estreitou os olhos na direção dela. Mabel raramente saía de casa, e nunca à noite. A reação dele despertou um desenho infantil imprevisível nela. Mabel apertou a bola de neve mais algumas vezes, observou Jack e esperou. Quando ele chegou mais perto, ela jogou a bola nele e, quando a bola de neve deixou sua mão, ela percebeu que era uma coisa estranha de se fazer e se perguntou o que aconteceria em seguida. A bola de neve bateu na perna dele, pouco acima do cano da bota.

Ele parou, olhou para o círculo de neve na calça e depois para Mabel, uma mistura de irritação e confusão em seu rosto, e então, apesar das sobrancelhas arqueadas, um sorrisinho apareceu no canto da boca. Jack se abaixou e cuidadosamente pôs o lampião ao seu lado na neve e bateu com a mão coberta na perna para tirar a neve. Mabel prendeu a respiração. Ele permaneceu abaixado, a mão na bota; então, mais rápido do que Mabel podia reagir, pegou um punhado de neve e jogou uma bola perfeitamente redonda na direção dela. A bola bateu em sua testa. Ela ficou imóvel, com os braços caídos ao lado do corpo. Ninguém disse nada. A neve caía ao redor deles, sobre suas cabeças e ombros. Mabel limpou a neve úmida da testa e viu Jack boquiaberto.

— Eu... não... não quis...

E ela riu. A neve que derretia escorrendo em suas têmporas, floquinhos de neve caindo em seus cílios. Mabel riu e riu até se dobrar e depois pegou outro punhado de neve e jogou em Jack, e ele rebateu, e as bolas de neve eram lançadas no ar. A maioria delas caía nos pés um do outro, mas às vezes elas batiam de leve nos ombros e no peito. Rindo, eles se perseguiram ao redor da cabana, escondendo-se nos cantos e espiando a tempo de ver outra bola de neve em sua direção. A neve resvalava pela barra da saia comprida de Mabel. Jack a perseguia, uma bola de neve na mão. Ela tropeçou e caiu e, quando Jack correu na direção dela, ela jogou neve nele, o tempo todo rindo, e ele cuidadosamente jogou bolas de neve nela. Depois pôs as mãos nos joelhos, as costas dobradas e respirando com dificuldade.

— Estamos velhos demais para isso — disse ele.

— Estamos?

Ele se abaixou e puxou Mabel até que os dois ficassem de frente um para o outro, ofegantes e sorridentes e cobertos de neve. Mabel pôs o rosto no colarinho úmido de Jack e ele a envolveu com seu casaco espesso de lã pelos ombros. Eles ficaram assim por um tempo, deixando que a neve caísse sobre eles.

Então Jack se afastou, limpou a neve de seus cabelos molhados e pegou o lampião.

— Espere — disse ela. — Vamos fazer um boneco de neve.

— O quê?

— Um boneco de neve. É perfeito. Neve perfeita para um boneco de neve.

Ele hesitou. Estava cansado. Era tarde. Eles estavam velhos demais para essa bobagem. Havia uma dezena de motivos para não fazer aquilo, Mabel sabia, mas mesmo assim ele colocou o lampião de volta na neve.

— Certo — concordou ele. Havia relutância no modo como ele pendia a cabeça, mas Jack tirou as luvas de trabalho. Ele apanhou o rosto de Mabel com a mão nua e com o dedo tirou neve derretida de debaixo do olho dela.

— Certo.

A neve era perfeita. Ela se acumulava em camadas grossas enquanto eles moldavam as bolas do corpo do boneco. Mabel fez a última e menor para a cabeça, e Jack as empilhou umas sobre as outras. O boneco mal alcançava a cintura deles.

— É meio pequeno — comentou ele.

Ela recuou e o inspecionou a distância.

— Está ótimo — disse ela.

Os dois colocaram neve nas fissuras entre as bolas de neve, alisaram as beiradas. Ele se afastou da luz do lampião e da janela da cabana, aproximando-se das árvores. Jack voltou com dois galhos de bétula e colocou um de cada lado da criação. Agora o boneco tinha braços.

— Uma menina. Vamos fazer uma menininha — decidiu ela.

— Certo.

Mabel se ajoelhou e começou a moldar a parte de baixo como uma saia que se abria. Ela virou as mãos para cima, pegando mais neve e desenhando os contornos até que o boneco se parecesse com uma garotinha. Ao se levantar, ela viu Jack trabalhando com um canivete.

— Aqui — disse ele, recuando. Esculpidos em neve branquinha estavam perfeitos olhos, um nariz e lábios. Ela até achou que estava vendo também bochechas e um queixinho.

— Ah.

— Não gosta? — Ele parecia decepcionado.

— Não. Ah, não. Ela é linda. Só não sabia...

Como ela podia expressar a surpresa? Traços tão delicados formados por suas mãos calejadas, um vislumbre de seus sonhos. Claro que ele também queria ter filhos. Eles falavam sobre isso com tanta frequência quando se casaram, brincando sobre ter umas dez crianças, mas na verdade planejando apenas três ou quatro. Como o Natal seria divertido com a propriedade cheia de pequenos, disseram eles um para o outro em seu primeiro inverno juntos. Havia um ar de solenidade quando abriram os presentes, mas eles acreditavam que um dia suas manhãs de Natal seriam cheias de crianças correndo e gritos de felicidade. Ela costurou uma meiazinha para o primogênito e Jack planejou construir um cavalinho de madeira. Talvez o primeiro filho fosse uma menina, ou seria um menino? Como eles poderiam saber que vinte anos mais tarde ainda não teriam filhos e seriam apenas um velho e uma velha sozinhos na natureza selvagem?

    Eles ficaram juntos e a neve caía com mais força e rapidez, dificultando que se vissem mais do que alguns metros.

— Ela precisa de cabelos — disse ele.

— Ah. Pensei em outra coisa também.

Jack foi ao celeiro. Mabel, para a cabana.

— Aqui estão — ela gritou do jardim ao sair. — Luvas e um cachecol para a menininha.

Ele voltou com um punhado de capim amarelo de perto do celeiro. Jack enfiou porções na neve, criando um cabelo loiro, enquanto ela passava o cachecol em volta do pescoço do boneco e colocava luvas nas extremidades dos galhos de bétula, o fio vermelho que as mantinha unidas nas costas da criatura. A irmã dela as tinha tricotado com lã vermelha e o cachecol tinha sido feito com um ponto que Mabel nunca vira antes — ponto sereno, como sua irmã o chamava. Em meio aos pontos largos, Mabel via a neve branquinha.

    Ela correu até um canto da cabana onde um arbusto de amoras silvestres crescia. Mabel pegou um punhado de frutos congelados, voltou até a menininha de neve e cuidadosamente esfregou o suco nos lábios dela. A neve ganhou um tom avermelhado.

    Ela e Jack ficaram lado a lado e olhavam para sua criação.

— Ela é linda — disse Mabel. — Não acha? Ela é linda.

— Ficou linda mesmo, não é?

Imóvel, ela percebeu o frio em suas roupas úmidas e tremeu.

— Está com frio?

Ela fez que não.

— Vamos entrar e nos aquecer.

Mabel não queria que aquele momento tivesse fim. A neve tranquila, a proximidade. Mas seus dentes começaram a bater. Ela fez que sim.

Lá dentro, Jack colocou vários pedaços de lenha no fogão e o fogo crepitou. Mabel ficou o mais perto possível e despiu as luvas molhadas, o chapéu e o casaco. Ele fez o mesmo. Porções de neve caíram sobre o fogão e chiaram. O vestido de Mabel pendia pesado e úmido contra sua pele, e ela o desabotoou e o tirou. Ele desamarrou as botas e tirou a camisa úmida pela cabeça. Em pouco tempo estavam os dois nus e trêmulos um ao lado do outro. Ela só percebeu a nudez quando Jack se aproximou e ela sentiu a mão áspera dele em suas costas.

— Melhor? — perguntou ele.

— Sim.

Ela pôs as mãos sobre os ombros de Jack, onde a pele ainda estava fria, e, quando pôs o nariz no pescoço dele, sentiu gotículas de neve derretida em sua barba.

— Vamos para a cama — disse Jack.

Depois de todos aqueles anos, ainda um lugar dentro dela se eriçou ao toque dele e, quando sua voz rouca e baixinha roçou o ouvido dela, Mabel se arrepiou. Nus, eles foram até o quarto. Sob as cobertas, eles tocaram os corpos um do outro, braços e pernas, costas e quadris, até encontrarem os pontos conhecidos e ternos no velho mapa aberto e fechado várias vezes ao longo dos anos.

Depois, ficaram deitados juntos, o rosto de Mabel contra o peito de Jack.

— Você não vai mesmo para a mina, não é?

Ele pôs os lábios no alto da cabeça dela.

— Não sei, Mabel — sussurrou ele em meio aos cabelos da esposa. — Estou fazendo o melhor que posso.

CAPÍTULO 5

Jack acordou com o frio. Nas poucas horas que dormira, o clima havia mudado. Ele sentia o cheiro e a dor disso em suas mãos com artrite. Apoiou-se no cotovelo e se segurou no criado-mudo até encontrar um fósforo e acender a vela. Suas costas e seus ombros estavam duros quando ele tirou as pernas da cama. Jack se sentou na beirada do colchão até que o frio fosse insuportável. Não muito longe do travesseiro no qual Mabel dormia, o gelo se infiltrava pelas fissuras nas madeiras, em cristais delicados. Ele xingou baixinho e a cobriu com a colcha de retalhos. Um lar quentinho e seguro — ele não podia lhe dar isso. Jack levou o castiçal até a sala. A pesada porta de metal do fogão a lenha rangeu quando ele a abriu. Uns poucos pedaços de carvão queimavam em meio às cinzas.

Ao pegar as botas, pela janela ele viu um movimento. Foi até o vidro recoberto de gelo e olhou.

A neve fresca recobria o chão e brilhava prateada sob o luar. O celeiro e as árvores ao longe eram contornos mudos. Jack fechou os olhos lentamente, os abriu de novo e tentou focar.

Ali estava. Uma imagenzinha em meio às árvores. Aquilo era uma saia cobrindo pernas? Um cachecol vermelho no pescoço e cabelos brancos caindo nas costas? Pequena. Rápida. Uma menininha. Correndo perto da floresta. Depois desaparecendo nas árvores.

Jack esfregou os olhos com as costas das mãos. Não dormira o bastante — tinha de ser isso. Dias longos demais. Ele se afastou da janela e calçou as botas, sem amarar os cadarços. Abriu a porta e o frio lhe tirou o ar. A neve rangia sob seus pés enquanto ele avançava para a pilha de lenha. Ao voltar carregado de pedaços de bétula, ele percebeu a menininha de neve deles. Jack pôs a madeira no chão e, com os braços vazios, foi até o boneco. Em seu lugar havia um amontoadinho de neve. As luvas e o cachecol haviam desaparecido.

Ele remexeu a neve com a ponta da bota.

Um animal. Talvez um alce tenha tropeçado no boneco. Mas e quanto ao cachecol e às luvas? Um corvo ou gaio-cinzento, talvez. Pássaros silvestres são conhecidos por roubar coisas. Ao se virar, Jack viu as pegadas. O luar iluminava os buracos. As pegadas corriam pela neve, afastando-se da cabana e em direção às árvores. Ele se abaixou. A luz prateada era fraca, tão fraca que a princípio ele não confiou no que via. Um coiote ou talvez um lince. Alguma coisa além disso. Ele se abaixou mais e tocou a pegada com a ponta de seus dedos expostos. Pegadas humanas. Pequenas. Do tamanho de pés infantis.

Jack tremeu. Sua pele se arrepiou e seus dedos nus doeram de frio dentro de suas botas. Ele abandonou as pegadas e o monte de neve, pegou a lenha e voltou para dentro, rapidamente fechando a porta atrás de si. Ao colocar cada pedaço de lenha dentro do fogão, ele se perguntou se a bagunça acordaria Mabel. Só os olhos dele lhe pregando peças. Tudo faria sentido pela manhã. Jack permaneceu ao lado do fogão a lenha até que o fogo rugisse novamente, e depois fechou a tampa.

Ele se deitou sob a colcha e contra o corpo quente de Mabel, e ela gemeu baixinho no sono, sem acordar. Jack deitou-se ao lado dela, seus olhos arregalados e sua mente girando até que finalmente caiu numa espécie de sono que não era muito diferente do despertar, um sono misterioso e cansado no qual os sonhos caíam do céu e derretiam como flocos de neve, no qual crianças corriam descalças pelas árvores e cachecóis voavam presos ao bico de corvos negros.

Quando Jack acordou novamente, foi no meio da manhã; o sol já ia alto e Mabel estava na cozinha. Seu corpo estava cansado e duro, como se ele não tivesse dormido, e sim passado a noite cortando lenha ou transportando fardos de feno. Ele se vestiu e, de meias, foi até a mesa. Sentiu o cheiro de café fresco e panquecas quentes.

— Acho que deu certo, Jack.

— O quê?

— O fermento que a Esther me deu. Aqui, experimente.

Mabel colocou um prato de panquecas sobre a mesa.

— Você dormiu bem? — perguntou ela. — Parece esgotado. — Com uma das mãos no ombro dele, ela lhe serviu café da chaleira azul. Jack pegou a xícara e a segurou, quentinha, entre as mãos.

— Não sei. Acho que não.

— Está tão frio lá fora, não? Mas lindo. Tudo branquinho de neve. Está tão claro.

— Você saiu?

— Não. Não desde que saí correndo para a casinha no meio da noite.

Ele se levantou da mesa.

— Não vai tomar café? — perguntou ela.

— Só vou pegar um pouco de lenha. Quase deixei o fogo apagar.

Jack pôs o casaco desta vez, e luvas, antes de abrir a porta. A neve refletia tanto a luz do sol que ele semicerrou os olhos. Jack foi até a pilha de lenha, depois se virou para a cabana e viu a menina de neve, ou o que sobrou dela. Ainda apenas o amontoado de neve. Nada do cachecol. Nada de luvas. Exatamente como na noite passada, mas agora exposta à verdade sob a luz do dia. E as pegadas ainda corriam pela neve, pelo jardim e até as árvores. Então ele viu a lebre morta ao lado da soleira. Jack passou por ela sem parar. Lá dentro, ele deixou a lenha cair no chão ao lado do fogão com um estrondo e ficou olhando para o nada.

— Notou alguma coisa? — perguntou ele finalmente.

— Está falando do ataque de frio?
— Não. Estou falando de algo extraordinário.
— Como o quê?
— Achei ter ouvido algo na noite passada. Provavelmente nada.

Depois do café, Jack saiu para alimentar os animais. A caminho do celeiro, ele pegou a lebre morta e a segurou firmemente ao lado do corpo, para que Mabel não a visse pela janela. No celeiro, ele a analisou melhor. Ele podia ver que ela fora estrangulada, provavelmente com um fio fino que cortou seus pelos brancos e a pele macia. Ela estava completamente congelada. Mais tarde, depois de cuidar dos animais, ele foi para trás do celeiro e jogou a lebre o mais longe que pôde em direção às árvores.

Ao voltar para a cabana, Mabel estava aquecendo água para lavar.
— Viu as pegadas? — perguntou ela, olhando para trás.
— Que pegadas?
Ela apontou para a janela.
— Aquelas? — indagou ele. — Deve ter sido uma raposa.
— E as galinhas estão seguras?
— Bem. Estão todas bem.

Jack pegou a espingarda que estava perto da porta e lhe disse que pegaria a raposa. Agora ele sabia o que o havia incomodado tanto nas pegadas. Elas começavam no amontoado de neve e levavam a uma só direção — para dentro da floresta. Não havia pegadas entrando no jardim.

A trilha serpenteava pelas bétulas, passava sobre galhos caídos e ao redor de arbustos espinhosos de rosas silvestres. Jack seguiu as voltas e curvas. Não pareciam pegadas de uma criança perdida.

Pareciam mais pegadas de um animal selvagem, uma raposa ou um arminho. Virando aqui e ali, correndo por sobre a neve, dando voltas e mais voltas até que Jack não soubesse direito se ainda estava seguindo a trilha original. Se ela estava perdida, por que não batia na porta? Por que não pedia ajuda? E as pegadas não iam até a ferrovia, para o sul, para a cidade ou outras propriedades. Em vez disso, elas passavam por entre as árvores sem nenhuma direção, e, quando Jack olhou para trás de si, não conseguiu mais ver a cabana e entendeu que a trilha ia para o norte, para as montanhas. As pegadas de botas se uniam aqui e ali por conjuntos diferentes de pegadas. Raposa, cruzando as pegadas da criança e depois desaparecendo. Ele continuou seguindo a trilha da menina. Por que uma raposa seguiria uma menininha em meio às árvores? Ele olhava para baixo de vez em quando e duvidava de si mesmo. Talvez a menina estivesse seguindo a raposa. Talvez por isso é que a trilha fosse tão irregular.

    Jack parou diante de um choupo caído, recostou-se no tronco grosso. Ele deve ter perdido a trilha. Enxugou o suor da testa. Estava frio, mas o ar era seco e calmo, e ele estava com calor. Jack se perguntava se não tinha olhado com cuidado. Talvez estivesse seguindo pegadas de raposa o tempo todo. Ele voltou às pegadas e se abaixou perto delas, meio que esperando ver marcas de garras ou patas. Mas não, ainda eram pegadas frescas de pés infantis.

    Ele seguiu a trilha um pouco mais até que ela descesse pela ravina e entrasse numa floresta densa de abetos. Ele não podia passar com facilidade por aquelas árvores. Jack já estava fora há algum tempo. Virou-se e sentiu uma pontada momentânea de pânico — ele estava tão concentrado em seguir as pegadas que não prestara atenção à paisagem. As árvores e a neve eram iguais em todas as direções. Então Jack se lembrou das pegadas das suas botas na neve. Seria um caminho longo e sinuoso até em casa, mas as pegadas lhe diriam o caminho.

    Mabel estava nervosa na porta quando ele voltou. Ela limpou as mãos no avental e o ajudou a tirar o casaco.

    — Estava começando a ficar preocupada.

Jack aqueceu as mãos no fogão a lenha.

— E então? Encontrou a raposa?

— Não, só mais pegadas, por todos os cantos.

Ele não lhe disse nada sobre a menina ou sobre a lebre morta na soleira. De alguma forma, Jack achou que isso a perturbaria.

CAPÍTULO 6

Mabel olhou nervosa para as pegadas na neve ao voltar da casinha. Nunca antes uma raposa se aproximara tanto da cabana. Ela sabia que eram animais pequenos, mas ainda assim eles a assustavam. Ela pisou sobre as pegadas, mas as formas alongadas e lisas delas chamaram sua atenção. Não eram pegadas de animal. Cada uma era a impressão perfeita de uma botinha. Ela levantou a cabeça e com os olhos acompanhou a trilha até a menina de neve que ela e Jack tinham feito na noite anterior. O boneco havia desaparecido.

Sem fôlego, ela correu para a cabana.

— Jack? Alguém destruiu nossa menininha de neve. Alguém esteve no nosso quintal.

Ele estava na bancada, afiando a faca.

— Eu sei.

— Achei que você tinha dito que era uma raposa.

— Há pegadas de raposa também na floresta.

— Mas e aquelas ali?

— Uma criança.

— Como você sabe?

— O tamanho das pegadas. E tenho certeza de que a vi. Na noite passada. Correndo em meio às árvores.

— Ela? Quem?

— Uma menininha. Ela estava usando seu cachecol vermelho.

— O quê? Por que você não me disse? Você foi atrás dela?

— Hoje pela manhã, quando lhe disse que ia procurar a raposa, tentei ver para onde ela foi, mas perdi o rastro.

— Noite passada... Tinha uma menininha solitária lá fora no inverno e você não viu se ela precisava de ajuda? Ela deve ter se perdido da cabana de alguém.

— Não sei, Mabel.

Ela voltou para fora e começou a acompanhar as pegadinhas. Só uma trilha seguindo pela neve, afastando-se da cabana deles e entrando na floresta.

Nos dias seguintes, o céu ficou limpo e um frio intenso tomou conta do vale, e as pegadas da menina se perderam. Elas continuaram vivas e brilhantes nos pensamentos de Mabel e a deixaram sentindo-se como se tivesse esquecido alguma coisa.

Certa noite, ela foi até a estante onde uma dúzia de seus livros preferidos era mantida no lugar por apoiadores de mogno — *Poemas*, de Emily Dickinson, *Walking*, de Henry David Thoreau, e *Queen Silver-Bell*, de Frances Hodgson Burnett. Ao passar os dedos pelas lombadas, ela pensou num conto de fadas que seu pai costumava ler. Lembrou-se do couro azul gasto da capa e do tom dourado das ilustrações. Numa imagem, lembrou ela, uma criança tocava com as mãos cobertas um velho e uma velha que se ajoelhavam diante dela, o velho e a velha que a haviam criado com neve.

No dia seguinte, quando Mabel foi alimentar as galinhas no celeiro, ela passou pelas pegadinhas de botas.

Ela acordou numa cabana silenciosa e sentiu a mudança antes de olhar pela janela ou abrir a porta. Era um silêncio abafado, um frio denso forçando as paredes da cabana, apesar de estar quente do lado de dentro. Jack deixava o fogo crepitando antes de sair para caçar um alce novamente. Sua impressão se confirmou quando Mabel olhou pela janela e viu uma paisagem nova. A neve voltara a cair e desta vez era uma neve fina que se acumulara rapidamente durante a noite e cobrira a cabana e as outras construções. Transformara as pedras e os arbustos em amontoados brancos e macios. Ela se acumulava em porções brancas nos galhos dos abetos, pendia das calhas da cabana e tinha apagado as pegadas no jardim.

Ela levou um cesto com migalhas de pão e pedaços de maçã desidratada até o celeiro para as galinhas. Os animais a consolaram, a forma como eles se empoleiravam no tronco de um abeto, as penas desarrumadas contra o frio. Quando Mabel entrou, as galinhas pularam no chão recoberto de palha e cacarejaram como uma velha recebendo um vizinho. Elas ciscaram e abriram as asas. Uma das galinhas brancas e pretas pegou uma migalha da mão de Mabel e ela acariciou as penas da ave carinhosamente. Ela pôs a mão em cada um dos ninhos. Por fim, sob a barriga macia de uma galinha avermelhada, ela encontrou dois ovos quentinhos.

Mabel os colocou no cesto e saiu do celeiro. Quando se virou para abrir a porta, ela viu algo azul nos abetos recobertos de neve para além do jardim. Estreitou os olhos e não viu mais azul, e sim um pelo avermelhado. Tecido azul. Pelo vermelho. Uma criança pequena e rápida num casaco azul passando pelas árvores. Uma piscadela e o casaquinho se foi e havia uma pelagem fugidia e era como as imagens em preto e branco que ela vira numa caixa iluminada operada com moedas em Nova York. O movimento aparecendo e desaparecendo, criança e animal a cada imagem.

Mabel caminhou rumo à floresta, primeiro devagar e depois mais rápido. Ela vira a menina, mas a tinha perdido de vista.

Ao se aproximar das árvores e espiar em meio aos galhos nevados, ela ficou paralisada ao ver a criança a apenas uns cem metros dali. A menina estava agachada, de costas para Mabel, cabelos loiros quase brancos caindo sobre o casaco azul de lã. Pensando se deveria chamá-la, Mabel pigarreou e o som assustou a menina. Ela se levantou, pegou um saquinho na neve e saiu correndo. Ao desaparecer depois de dar a volta num enorme abeto, ela olhou para trás e Mabel viu seus olhos azuis brilhantes e seu rostinho pequeno. Ela não tinha mais de oito ou nove anos.

Mabel a seguiu com dificuldade pela neve na altura dos joelhos e se abaixando para passar sob os galhos. A neve se acumulava em sua touca de tricô e descia pelo colarinho do casaco, mas ela avançou em meio à folhagem nua. Ao emergir e limpar a neve do rosto, ela descobriu uma raposa-vermelha no lugar onde estava a menina. O focinho estava afundado na neve e as costas estavam arqueadas, como um gato bebendo leite de uma tigela. Ela virou a cabeça para o lado e rasgou alguma coisa com os dentes. Mabel estava olhando fixamente. Ela nunca esteve tão perto assim de um animal selvagem. Uns poucos passos e ela poderia tocar o pelo avermelhado de pontas escuras.

A criatura olhou para Mabel, a cabeça ainda baixa, os longos bigodes negros colados ao focinho. Então ela viu sangue e lutou contra a vontade de rir. A raposa comia alguma coisa morta e o sangue manchava a neve e o focinho do animal.

— Não! Saia! Saia já daqui! — Mabel balançou os braços na direção da raposa e, com raiva e coragem, avançou na direção dela. O animal hesitou, talvez sem querer abandonar sua refeição, mas depois se virou e seguiu pelo caminho da menina até as árvores.

Mabel foi ao lugar na neve e viu o que esperava não ver. Um amontoado horrível — intestinos prateados, ossinhos, sangue e penas.

Ela não tinha contado as galinhas pela manhã. Mabel olhou com mais atenção e viu que não era uma de suas aves, e sim um pássaro silvestre qualquer com penas escuras e a cabeça pequena e separada do corpo.

Ela deixou a coisa semicomida ali mesmo e seguiu as pegadas da criança e da raposa até as árvores. Ao caminhar, uma lufada de vento soprou neve dos galhos e esfriou ainda mais o rosto de Mabel.

Respirar ficou difícil, então ela virou a cabeça e avançou para dentro da floresta. O vento soprou novamente, fazendo a neve do chão e das árvores se espalhar no ar. Depois, o vento começou a soprar consistentemente e Mabel se curvou, os olhos baixos, sem conseguir ver para onde estava indo. Uma tempestade de neve surgiu do nada. Mabel deu as costas para o vento e para a neve e se pôs a voltar para casa. Ela não estava vestida para uma expedição dessas e certamente a menina já estava longe demais agora. Ao se aproximar do celeiro, a neve recobriu suas pegadas e as pegadas da raposa e da menina. Ela não viu o pássaro morto nem as manchas de sangue pelo caminho — eles também desapareceram.

— Eu vi a menina — disse Mabel a Jack quando ele veio jantar. — A menina que você descreveu. Eu a vi atrás do celeiro.
— Certeza?
— Sim. Sim. Havia uma raposa a seguindo e pensei que ela tinha matado uma das nossas galinhas, mas era outra coisa, um pássaro silvestre.

Jack estreitou os olhos, como que de mau humor.
— Eu a vi mesmo, Jack.

Ele fez que sim e pendurou o casaco no cabide ao lado da porta.
— Você ouviu alguma coisa sobre uma criança perdida? — perguntou ela. — Quando você esteve na cidade ontem, ouviu algum tipo de notícia assim?
— Não. Nada disso.
— Você perguntou? Você contou sobre ela a alguém?
— Não. Não vi sentido nisso. Achei que ela tinha voltado para casa ou que eles organizariam uma busca por ela.
— Mas ela estava aqui hoje novamente. Perto do nosso celeiro. Por que ela viria aqui? Se está perdida ou precisa de ajuda, por que não vem bater à porta?

Ele anuiu com a cabeça, solidário, mas depois mudou de assunto. Jack disse que não tinha visto nada além de uma fêmea de alce com um filhote. Eles teriam de matar as galinhas assim que o alimento acabasse; eles não tinham dinheiro para comprar mais. A boa notícia, continuou ele, era que tinha encontrado George no restaurante do hotel no dia anterior e ele convidara os Benson para jantar no próximo domingo.

Mabel só ouviu atentamente a última parte. Ela ficou feliz com a visita dos Benson. Com certeza Esther poderia lhe dizer alguma coisa sobre a criança; ela conhecia as famílias do vale e talvez soubesse por que uma menininha estaria andando sozinha pela floresta.

CAPÍTULO 7

À noite, quando Jack fechou os olhos para dormir, os galhos das árvores e os rastros dos animais e os penhascos nevados estavam impressos em suas pálpebras, tanto que o sono se fundiu aos seus longos dias de caça. Há dias ele acordava antes do nascer do sol e saía com seu rifle e instrumentos para procurar alces, sentindo-se um impostor o tempo todo. Ele passou boa parte de uma tarde perseguindo o que se revelou ser um porco-espinho comendo a casca de um galho baixo. Ele subiu e desceu o rio Wolverine, entrou nas montanhas, subiu e desceu as colinas e estava cansado de tudo aquilo.

Jack ficou deitado na cama mais tempo do que o normal e cogitou nem mesmo se levantar. Mas George tinha razão — se conseguisse um alce, ele e Mabel poderiam viver de carne e batatas até a próxima colheita. Eles ficariam sem café, açúcar, maçãs desidratadas, leite em pó e banha. Teriam de matar as galinhas e deixar o cavalo emagrecer. Não teriam mais tecidos novos ou quinquilharias da cidade. Seria um inverno miserável, mas eles não morreriam de fome.

Ele se levantou e se vestiu e decidiu que no dia seguinte iria à cidade perguntar sobre o trabalho na mina. Podia ser difícil para seu corpo velho, mas pelo menos teria algo para mostrar no fim do dia. Apesar da neve, Betty havia lhe dito, o trem estava funcionando e a mina estava aberta. A Marinha aumentara seu pedido de carvão e a ferrovia contratara vários homens para manter os trilhos limpos. Ninguém sabia quanto tempo o trabalho duraria, mas por enquanto eles ainda estavam contratando.

Porém a cidade fechava aos domingos, então ele podia muito bem ir outra vez para a floresta. Jack tinha até a tarde, quando os Benson chegariam para o jantar. Ele saiu da cabana com seu rifle e caminhou pela estradinha até o campo limpo mais distante. A neve chegava até o alto de suas botas. Ele não pretendia subir as montanhas, onde a neve estaria ainda mais funda. Jack ficaria perto de casa e esperaria que a neve tivesse obrigado os animais a descer o rio.

O céu estava carregado e cinzento, e Jack sentiu o peso dele. Caminhou pelos campos, a neve detendo seu avanço, e entrou na floresta, mas não de coração.

Jack nunca pensou em si mesmo como um homem da cidade. Ele trabalhara a vida toda na fazenda da família no vale do rio Allegheny. Sabia usar as ferramentas e os animais e como arar a terra. Mas lá a terra era cultivada há gerações e mostrava isso nas curvas amenas e nas árvores domadas. Até mesmo os cervos eram semidomados, preguiçosos e bem alimentados nos campos de pousio. Quando criança, ele corria à margem do riozinho pelo pomar da família. Jack pegava talos de capim e mastigava as extremidades macias. O próprio ar tinha um quê de verde, uma brisa nem fria nem quente. Ele escalava os galhos dos carvalhos e passeava em colinas gramadas. Aquelas andanças sem rumo quando criança estavam entre suas lembranças mais tranquilas.

Aquilo não era nada parecido com sua terra natal. Ele não gostava da sua solidão na floresta; estava sempre preocupado e alerta, temendo principalmente sua inépcia. Quando abria o campo, ele tropeçava em raízes, cortava árvore após árvore para abrir a clareira em poucos metros e descobria rochas tão grandes que tinha de usar o cavalo para tirá-las do caminho. Como essa terra poderia ser cultivada?

Sempre que o trabalho acabava, a natureza estava ali, mais velha e feroz, mais forte do que qualquer homem. Os abetos altos e finos eram tão densos em alguns lugares que não se podia passar nem o braço entre eles, e cada ser vivo parecia hostil — espinhos que abriam feridas infectadas, agulhas que erguiam vermelhões e, às vezes, enxames de mosquitos tão grandes que ele tinha de lutar contra o pânico. Na primavera, quando começou a derrubar as árvores e a trabalhar o solo, os mosquitos emergiam da terra em nuvens. Ele usava uma rede na cabeça; era difícil enxergar, mas sem a rede ele não suportaria. Ao bater com as mãos no flanco do cavalo, as palmas subiram ensanguentadas e cheias de insetos gordos.

Aquilo era uma bênção — estava frio demais para os mosquitos agora. Também não havia mais a luxúria do verão, os choupos verdes, as folhas largas das canabrás, a chama dos epilóbios. Sem as folhas, os galhos e as ravinas nevados se elevavam até as montanhas como as costas brancas de um gigante. Jack observou em meio às árvores nuas e não viu nenhum sinal de vida. Nada de alces ou esquilos, nem mesmo o canto de um pássaro. Um corvo repulsivo passou voando, mas seguiu adiante como se procurasse um lugar mais abundante.

Quando Jack disse aos irmãos que ia se mudar para o Alasca, eles o invejaram. Terra abençoada por Deus, disseram. Terra do leite e do mel. Alces, caribus e ursos — tantos animais de caça que você não saberia em qual atirar primeiro. E os rios tão cheios de salmão que se pode caminhar nos dorsos dele até o outro lado.

Que diferente a realidade que ele encontrou! O Alasca não dava nada de graça. Tudo era simples e selvagem e indiferente à condição humana, e Jack vira isso nos olhos da raposa.

Jack se aproximou de um tronco e fez uma tentativa sem empolgação de limpar a neve antes de se sentar. Ele pôs o rifle sobre os joelhos, tirou a touca de lã e passou as mãos nos cabelos. As dúvidas se acumularam em suas costas, prontas para estrangulá-lo, sussurrando em seu ouvido: "Você está velho. Velho, muito velho".

Se ele caísse morto na floresta, nada viria ajudá-lo. O vento do norte sopraria da geleira, a terra permaneceria congelada e uma raposa igual à que ele tinha encarado talvez fosse a primeira a cheirar seu corpo morto e tirar um pedaço aqui e ali. Os corvos e pegas-rabudas viriam rasgar sua carne congelada e talvez uma matilha de lobos acabasse com sua carcaça, e em pouco tempo ele não seria nada além de uma pilha de ossos. Sua única esperança seria Mabel, mas então Jack pensou nela carregando seu peso morto. Ele se levantou e pôs o rifle no ombro.

Ele havia chorado umas poucas vezes em sua idade adulta — quando sua mãe morreu e quando Mabel perdeu o bebezinho. Ele não se permitiria chorar agora. Jack pôs um pé na frente do outro e caminhou sem ver nem sentir.

Foi o silêncio o que o tirou de seu mundo de melancolia. Um silêncio cheio de presença. Ele levantou a cabeça.

Era a criança. Ela estava diante de Jack, a poucos metros. Estava sobre a neve, os braços ao lado do corpo, um quê de sorriso em seus lábios pálidos. Pelos brancos enfeitavam seu casaco e botas de couro. Seu rosto era emoldurado pelo veludo escuro do seu chapéu de pele animal e ela usava o cachecol vermelho e as luvas de Mabel. A criança estava cheia de cristais de gelo, como se tivesse acabado de atravessar uma tempestade de neve ou passado a noite fria ao ar livre.

Jack teria falado com ela, mas seus olhos — o azul partido do gelo do rio, as ranhuras glaciais, o luar — o detiveram. Ela piscou, os cílios loiros brilhando com o gelo, e saiu correndo.

— Espere! — gritou ele. Jack saiu correndo atrás dela. — Espere! Não tenha medo!

Ele corria todo atrapalhado, tropeçando nas próprias botas e chutando neve. Ela saiu em disparada, mas parava de vez em quando para olhar para trás.

— Por favor — gritou ele novamente. — Espere!

Um som chegou aos ouvidos de Jack como o vento revirando folhas secas ou neve sendo soprada por sobre a camada de gelo, ou talvez um sussurro distante. *Shhhhh.*

Ele não gritou novamente. Jack se abaixou sob galhos de árvore e se arrastou pela neve enquanto a menina o levava cada vez mais para dentro da floresta. Ele teve de ficar olhando para os pés a fim de não tropeçar, mas sempre que levantava a cabeça a encontrava lá, esperando.

E então ela desapareceu. Jack parou, estreitou os olhos e procurou sinais dela na neve. Nada. Novamente, ele tomou conhecimento da calma estranha e silenciosa da floresta.

Por trás dele veio um assovio alto e agudo, como o de um chapim, e Jack se virou, esperando encontrar um pássaro ou talvez a menina. Mas o que viu foi um alce macho a não mais de cinquenta metros. O animal levantou a cabeça lentamente, como se sua galhada enorme fosse um fardo insuportável. Neve pendia de seu focinho comprido e dos pelos do pescoço. Ele pendeu a galhada lentamente para o lado. Jack nunca tinha visto um animal tão imponente. Com pernas esbeltas, o alce devia ter mais de dois metros em meio à vegetação seca, e seu pescoço era grosso como um tronco.

Maravilhado, Jack quase ignorou o óbvio — aquela era sua caça. Ele caçara umas poucas vezes quando menino, em geral coelhos e faisões, apesar de ter uma vaga memória de uma caça a um cervo com seus primos numa manhã fria e úmida. Mas aquilo era diferente. Aquilo não era esporte nem aventura de menino. Era sobrevivência, mas ainda assim Jack estava muito mal preparado. Ele não se lembrava muito da caça ao cervo, mas sabia que nunca dera um tiro.

Ele esperava que o animal se assustasse quando colocou a munição no rifle, mas o alce demonstrou pouco interesse e voltou a comer as pontas dos galhos do salgueiro.

Jack apoiou o rosto contra o cabo de madeira e tentou segurar firmemente na arma. Sua respiração subiu como vapor no ar frio e nublou sua visão, então prendeu a respiração, mirou no coração do alce e apertou o gatilho. Ele não ouviu a explosão nem notou o coice do rifle. Houve apenas o momento do impacto, o animal balançando como se um peso enorme caísse sobre ele, e depois a queda.

Ele baixou o rifle e deu alguns passos até o alce. O animal chutava e virava o pescoço num ângulo horrível. Jack municiou a arma novamente. O alce se debatia na neve e por um instante Jack olhou nos olhos enormes do animal. Ele ergueu o rifle e atirou na cabeça do alce, que não voltou a se mexer.

As pernas de Jack tremiam quando ele apoiou o rifle numa árvore e foi até o alce morto. Ele pôs as mãos no corpo ainda quente e finalmente compreendeu o tamanho. Os chifres podiam envolvê-lo como um berço e os braços de Jack não eram capazes de dar a volta no peito do animal. Ele pesava mais de quinhentos quilos, o que significava centenas de quilos de carne boa e fresca.

Ele conseguiu. Agora tinham comida para o inverno. Ele não teria de trabalhar na mina. Jack queria pular e gritar e rolar no chão. Queria beijar Mabel na boca. Queria que alguém como George batesse em suas costas e dissesse "bom trabalho".

Queria celebrar, mas estava sozinho. A floresta tinha um ar solene e, sob a emoção no seu peito, havia algo mais. Não era culpa ou arrependimento. Era algo mais complicado. Ele agarrou a base de cada chifre para reposicionar a cabeça. Era pesada, mas, apoiando-se na galhada, ele conseguiu virar a cabeça e o pescoço. Então Jack pegou a faca da mochila e a afiou num pedaço de aço, o tempo todo pensando no que sentia por dentro. Finalmente, ele entendeu — era uma sensação de dever.

Ele tirara uma vida, uma vida importante, a julgar pelo animal deitado diante dele. Jack estava obrigado a cuidar da carne e levá-la para casa num sinal de gratidão.

Mas tinha algo a ver com a criança também. Sem ela, Jack jamais teria visto o alce. Ela caminhava pela floresta com a graciosidade de um ser selvagem. Conhecia a neve e dela cuidava com carinho. Ela conhecia os abetos, como passar entre os galhos, e conhecia os animais, a raposa e o arminho, o alce e os pássaros. Ela conhecia aquela terra intimamente.

Jack se ajoelhou na neve ensanguentada e se perguntou se era assim que um homem mantinha sua honra nessa troca, aprendendo e trazendo para dentro de si esta natureza estranha — protegida e exposta, violenta e pacífica, trêmula em sua grandeza.

A tarefa ia além da força e da experiência de Jack. Ele trinchara galinhas e fizera alguns cortes de carne, mas aquilo não era o mesmo. Aquele era um animal selvagem colossal e intacto, deitado em seu próprio sangue no meio da floresta. O tiro foi bom, atravessou os ombros e os pulmões. Ele precisava abrir e tirar as vísceras e deixar que o calor escapasse antes que a carne se estragasse, mas não seria um trabalho fácil. As pernas do alce, cada uma pesando mais de cinquenta quilos, eram difíceis e volumosas demais. Jack tentou passar o ombro por sob uma perna traseira para expor a barriga, mas ela era pesada demais. Pegou um pedaço de corda da mochila e a passou ao redor dos tornozelos traseiros do alce. Usando toda a sua força, ele levantou e puxou e depois amarrou a corda a uma árvore atrás do alce. Isso expôs o abdômen, embora Jack temesse que, se a corda cedesse, a perna o atingiria com força na nuca.

Ele afiou a faca novamente, só porque não tinha certeza de como começar. A luz do dia estava diminuindo, então enfiou a faca na barriga, lembrou-se de que não queria perfurar o intestino e contaminar a carne, e tirou-a pouco antes de cortar a barriga de um lado a outro.

Jack estava até os cotovelos em sangue e intestinos quando ouviu algo se aproximando pela floresta. Ele pensou que pudesse ser a menina, mas depois lembrou que ela caminhava silenciosamente. Um cavalo bufou. Jack se levantou, endireitou as costas e limpou a faca na calça.

Era Garrett Benson, caminhando ao lado de um cavalo pelas árvores.

— Olá! — Jack gritou para ele.

— Ouvi tiros. Você matou um?

— Sim.

— Um macho?

Jack fez que sim.

O menino amarrou o cavalo a uma árvore ali perto. Ao se aproximar, ele arregalou os olhos.

— Meu Deus! Que alce grande! — Garrett foi até a galhada, tentou envolvê-la com os braços, mas não conseguiu. — Meu Deus! — disse ele novamente, baixinho.

— Ele é grande?

— Pra diabo! — Um menino tentando usar linguagem de adulto. — Pra diabo!

— Não sabia. Este é o primeiro macho que vejo assim tão de perto.

Garrett tirou a luva e estendeu a mão.

— Parabéns! Ele é magnífico!

Jack limpou um pouco do sangue nas pernas da calça e cumprimentou o menino.

— Obrigado, Garrett. Agradeço. Tenho de dizer que não esperava por isso.

— Sem brincadeira, cara, ele é supermagnífico!

Aquele era um aspecto de Garrett que ele não tinha visto. O sorrisinho de desprezo havia sumido e seu rosto infantil se iluminava.

— Estava andando pelo rio, procurando lugares para colocar armadilhas, quando ouvi seu rifle — comentou Garrett. — Bam. Bam. Dois tiros. É sempre um bom sinal. Achei que você tivesse matado alguma coisa. Mas, caramba, não tinha a menor ideia de que seria algo assim.

— Ele me pareceu de bom tamanho — disse Jack.

O menino ficou em silêncio e reverente ao passar a mão pelo chifre.

— É o maior que já vi — declarou. — Com certeza maior do que qualquer um que já matei.

Sua opinião sobre Garrett melhorou. Não eram muitos os meninos de treze anos capazes de demonstrar humildade assim.

— Bom, acho que tenho muito trabalho pela frente — disse Jack.

— É muito mesmo. Mas, com nós dois, vai ser mais fácil.

— Não se sinta obrigado a me ajudar.

O menino pegou uma faca da bainha em seu cinto.

— Eu adoraria.

— Bem, eu aceitaria. Talvez você pudesse me dar algumas dicas, me ensinar. A verdade é que não sei por onde começar.

— Parece que você começou bem, tirando aqueles intestinos. — E o menino abriu a pele e espiou dentro do peito aberto. — Ah, está vendo ali? Você pode cortar aquilo fora e tudo vai sair mais fácil.

Quando tiraram o coração e o fígado, cada qual maior do que um prato, Jack os guardou ainda úmidos no saco de juta.

Nas horas seguintes, Jack e o menino trabalharam no alce. Foi exaustivo. As mãos de Jack estavam frias e dormentes, e várias vezes ele bateu em si mesmo com a faca. Suas costas e joelhos doíam. O sol deslizava pelas árvores, o ar esfriava, o animal morto se enrijecia, mas eles continuaram o trabalho. Às vezes, Garrett dava conselhos sobre onde cortar e como separar a carne das cartilagens. Ele segurou as pernas e puxou a pele para que Jack pudesse trabalhar com mais facilidade. Eles riram e conversaram um pouco, mas em geral apenas trabalharam, e era gostoso.

Depois que cortaram as pernas e costelas, os filés, o lombo e a carne do pescoço, Garrett pegou uma serra da sela do cavalo e eles separaram a galhada do crânio.

— Você tem de levar isso para casa hoje à noite — aconselhou Garrett. — Para poder mostrar a todo mundo. Eles nunca vão acreditar se você disser.

Jack preferia deixar a galhada e carregar mais carne para casa, mas ele concluiu que seria seguro pendurar a parte traseira na árvore até que voltasse com o cavalo e a carroça na manhã seguinte. Ele odiaria decepcionar o menino depois de toda a ajuda, então eles prenderam os chifres, os órgãos vitais e alguns dos melhores cortes de carne na sela de Garrett.

— Você tem um belo cavalo — disse Jack enquanto eles prendiam a carga. — Ele não reclama de estar carregando carne?

— Eu o comprei de um mineiro que o usava para transportar carga. Vou transformá-lo num cavalo de caça.

Ensanguentados e cansados, eles avançaram pelas árvores, Garrett guiando o cavalo com uma corda. Jack não tinha percebido o quanto estavam perto de suas terras, e a partir dali eles seguiram a estradinha da carroça. Estava quase escuro quando entraram no jardim.

— Agradeço muito pela sua ajuda — disse Jack. — Eu ainda estaria lá me matando de trabalho.

— Claro. Claro — falou Garrett. — Espere até a mamãe e o papai verem isso.

Com Jack o seguindo, Garrett saiu em disparada.

— Parece que seus pais chegaram antes de você — comentou Jack ao ver o trenó no jardim. Logo depois, George e seus dois filhos mais velhos saíram do celeiro.

— Vocês não vão acreditar nisso! — gritou Garrett. — Jack matou o maior alce do mundo!

CAPÍTULO 8

Naquela manhã, ao se preparar para a chegada dos Benson, Mabel se lembrou de como tinham sido as coisas na casa deles no Dia de Ação de Graças. Ela não se desesperaria com as manchas na toalha de mesa ou com o piso de madeira impossível de limpar totalmente. O jantar seria bem feito, mas não tanto a ponto de eles acharem que ela estava querendo se exibir. Mabel não tinha nenhum macacão masculino e não pretendia ter. Sua saia comprida e camisa formal de mangas compridas podiam ser um exagero, mas era o que ela tinha.

No fim da manhã, a cabana estava linda, e a mesa, posta. Mabel passou mais ou menos uma hora penteando os cabelos e arrumando os pratos. Ela ficou aliviada quando o sol se pôs e os Benson chegaram num trenó puxado por um de seus cavalos. George e os dois meninos mais velhos levaram o cavalo ao celeiro, enquanto Esther descarregava umas coisas do trenó e vinha à porta. Não houve batida na porta nem oportunidade de convidá-la a entrar; Esther simplesmente passou por Mabel.

— Graças a Deus finalmente estamos aqui! — Ela pôs um saco de grãos sobre a mesa, quase derrubando um prato no chão. — Achei que você gostaria de cebolas. Acabamos tendo mais do que precisamos.

Ela abriu o casaco e dele tirou potes de seus bolsos grandes demais.

— Aqui está a geleia de ruibarbo. Uma maravilha em panquecas feitas com massa azeda. Você pegou o fermento que eu lhe dei?

Precisa reservar um pouco para ele se reproduzir. Não o deixe se aquecer ou esfriar demais. Ah, e esta aqui é de amora e mirtilo, acho. Talvez tenha um pouco de groselha. Difícil dizer. Mas com certeza está bom. Ah, e aqui estão algumas ervilhas picantes em conserva. São as preferidas do George. Não lhe conte que peguei uma.

Ela tirou o casaco e o jogou no encosto de uma cadeira.

— Tive medo de que isso fosse congelar no caminho. Tive de mantê-las perto de mim, só para garantir. — Esther riu e olhou para Mabel como se finalmente notasse a presença dela. Abriu os braços e envolveu Mabel pelos ombros, apertou-a forte e pôs o rosto frio contra o da anfitriã.

— Ah, é tão bom vê-la. Tenho insistido com o George desde o Dia de Ação de Graças para os visitarmos. Não é bom ser mulher neste lugar, não é? Homens demais, na minha opinião. E claro que ainda tenho todos os meus filhos, como se não houvesse homens o bastante. — Esther riu e balançou sua trança comprida. Depois ela olhou em volta na cabana e Mabel sentiu uma mistura de orgulho e timidez, certa de que Esther estava estudando as cortinas e a cozinha limpa e avaliando suas habilidades como dona de casa.

— Que cabana arrumadinha você tem aqui. O George disse que você tinha problemas com a infiltração da neve, mas isso acontece com todos nós nestes dias frios. Só aumente o fogo. Parece que você tem um belo fogão a lenha. Isso faz toda a diferença.

Esther ficou ao lado do fogão da mesma forma que Jack, com as mãos abertas para se aquecer. Mabel percebeu que nunca tinha notado de verdade o fogão antes, mas sabia que Esther ainda tinha de notar a mesa cuidadosamente posta ou algumas fotografias penduradas na parede. Era como se ela estivesse vendo uma cabana completamente nova.

— Jack não voltou para casa ainda. Ele deve chegar a qualquer hora, e daí jantaremos. Gostaria de um pouco de chá? Pus um pouco de água para ferver.

— Ah, seria incrível. Estou com frio e molhada por causa da viagem. Mas não estou reclamando. Sempre gostei da neve.

— Sei o que você quer dizer. Pelo menos posso afirmar que finalmente estou me acostumando. Há muitas coisas às quais se acostumar aqui.

Esther riu.

— Isso lá é verdade. Mas não sei se dá para se acostumar completamente. Isso entra no seu corpo até que você não suporte estar em nenhum outro lugar.

As mulheres se sentaram à mesa, Mabel bebendo o chá e Esther falando. Mabel esperou por uma oportunidade de perguntar sobre a menina, mas Esther parecia não perder o fôlego.

— Sei que vou cansá-la de tanto falar hoje à noite. É que é tão bom ter uma mulher para visitar. Aqueles meninos fazem o melhor, mas a verdade é que ficam mais felizes se faço silêncio. Na mesa do jantar são só resmungos e monossílabos e me dá isso e aquilo. Eu gosto de me sentar e ter uma boa conversa. É do que mais sinto falta da cidade às vezes. Só uma boa conversa de vez em quando. Não me importo muito sobre o quê.

Ela então se pôs a falar das colheitas dos últimos anos e dos planos de expansão da ferrovia, como as autoridades de Washington vieram até o Alasca para inspecionar os trilhos e posar para fotografias, e como toda a mineração e expansão vão significar mais demanda por produtos agrícolas. Então Esther falou de lobos que estavam andando perto do rio e como o filho caçula deles queria pegar alguns animais para vender a pele.

— Aquele meu menino não chegou ainda? Ele deveria nos encontrar aqui, vindo a cavalo pelo rio.

Então Esther perguntou sobre a raposa que Jack vira nos campos.

— Elas roubarão suas galinhas assim que tiverem uma oportunidade — alertou. — Você tem de matá-la da próxima vez que a vir.

Nunca alguém sugerira a Mabel que matasse alguma coisa. Ela não disse que jamais pegou numa arma. Parecia algo constrangedor a se dizer diante de Esther.

— Ah. Sim — disse ela. — Acho que sim. — Mabel estava prestes a dizer que também vira a raposa, mas com uma menininha, bem ao lado do celeiro, quando a porta se abriu repentinamente.

— Bom, pode dizer que é sorte de principiante — falou George. — Jack saiu e matou o maior alce de todo o vale. Meninas, vocês têm de vir ver isso.

Mabel tentou imaginar o que veria no celeiro se seguisse George e Esther em meio à neve. Ela esperava um animal inteiro, ainda na pele, ainda um alce. Quando saiu para a luz do lampião e viu a galhada sobre a carne ensanguentada, prendeu a respiração.

— Meu Deus do céu! — exclamou Esther.

— Foi exatamente o que disse, mamãe. Não é? — E então o menino se virou para Jack. — Meu Deus! — Sua voz jovem e empolgada impressionou Mabel quase tanto quanto a cena que tinha diante de si.

— Essa galhada deve ter um metro e meio — observou Garrett, posando atrás dela como um caçador africano com seu troféu.

De repente, Jack segurou Mabel pela cintura, virou-a para que ficassem frente a frente e, por um segundo, a ergueu do chão.

— Consegui, amor. Matei nosso alce! — Ele a beijou rapidamente e com força no pescoço, como se fosse um homem bem mais jovem, e ela uma menina. Ele cheirava a animal selvagem e bebida caseira, e seus olhos brilhavam por causa do álcool. Quando a colocou de volta no piso recoberto de palha, ela estava desorientada.

— Ah — foi tudo o que conseguiu dizer.

O celeiro era uma confusão de conversas e gritinhos enquanto Jack contava como ouvira algo atrás de si, virou-se e ali estava o alce macho a poucos passos de seu próprio campo, e ele atirou e depois Garrett surgiu e ele não teria conseguido sem o menino. Uma garrafa passou sem discrição entre os homens e os dois meninos mais velhos, e cada um deles a segurava e gritava "Saúde!", enquanto Garrett implorava em vão por um gole.

— Ainda, não, meninão — disse Esther, e ela própria bebeu um gole, e todos os homens riram. Mabel ficou em silêncio. Mas Esther se virou para ela e lhe entregou a garrafa. — Ah, vamos lá! — disse, alegre. — Beba para celebrar seu caçador! — Então Mabel bebeu o uísque caseiro e segurou o vidro gelado contra a boca. Só o vapor bastou para fazê-la tossir, mas ela a virou e deixou que o líquido gelado vertesse em seus lábios, e depois tossiu e tossiu e devolveu a garrafa enquanto todos riam felizes.

— Então nada de mina de carvão para você este ano, hein, Jack? — perguntou George.

— Acho que não. Acho que teremos um inverno à moda antiga: alce e batatas até não aguentarmos mais.

Mabel sorriu para Jack e entendeu que deveria mesmo ficar feliz, mas ela não conseguia ignorar o pedaço de crânio serrado a seus pés.

Quando suas mãos estavam ficando dormentes de frio, todos decidiram voltar para a cabana e jantar. Jack pegou o lampião do gancho e abraçou Mabel pelo ombro ao saírem para a neve. De repente, ela estava casada com um caçador do norte, um homem da floresta que destrinchava um alce e destilava uísque no celeiro. Tudo estava de cabeça para baixo e era estranho.

O grupo barulhento foi até a cabana, todos falando ao mesmo tempo e tirando a neve das roupas. Quando Jack tirou o casaco, seus braços ficaram grudados por causa do sangue seco, e sangue manchava sua camisa e calças. Ninguém notou, mas ele olhou para Mabel e para seu próprio corpo.

— Acho que deveria me lavar antes de comer.

Garrett trouxe um saco de juta e o colocou sobre a bancada da cozinha. Dele, Esther pegou um músculo venoso e arredondado do tamanho de um pão caseiro e Mabel percebeu que era o coração do animal. Esther começou a fatiá-lo com uma faca.

— Esquente uma panela, querida — disse ela, olhando para Mabel. — Vamos comer um pouco disso com o jantar. Fresco assim, não existe nada melhor do que coração de alce.

Antes que Mabel conseguisse pensar ou se mover, Esther pôs uma panela de ferro para aquecer sobre o fogão a lenha.

— Me dê uma dessas cebolas, por favor. Vou cortá-la e jogar na panela.

A hora seguinte foi um borrão para Mabel, sua cabeça nadando no odor da carne frita e das cebolas e no barulho da conversa alta. Alguém deve ter feito purê com as batatas cozidas. Alguém deve ter pegado o pão e as cenouras fatiadas e aberto o pote de cebola em conserva. Antes que ela entendesse tudo o que acontecera, todos já estavam curvados sobre a mesa, Garrett com o prato no colo e Mabel cortando um pedaço de coração de alce com a faca e dando sua primeira mordida.

— Saboroso, não? — perguntou Esther.

Mabel fez que sim e mastigou e tentou não pensar no músculo se contraindo e batendo dentro do peito de um alce. Ela sentia o sabor da carne e do sangue como se fosse cobre, mas não era tão ruim quanto ela temia.

Enquanto conversavam amenidades e todos terminavam suas refeições, Esther olhou para o outro lado da mesa e disse:

— Você não ia me contar uma coisa hoje? Quando George apareceu de repente na porta?

— Ah, não me lembro neste momento.

— Você estava dizendo alguma coisa sobre a raposa...

Mabel ficou toda vermelha.

— Não queria lhe perguntar agora... Isso pode ficar para mais tarde — disse ela.

— Ah, ninguém está prestando atenção. Fale logo, então. — Esther acenou impacientemente. Mabel viu que ela tinha razão, os homens estavam contando histórias de caças e as ignoravam completamente.

— Bem, eu queria lhe perguntar... Você sabe se há uma menininha morando aqui perto das nossas terras? Uma menininha loira?

— Uma menininha? Deixe-me pensar. Temos poucas famílias no vale neste momento. A maioria das propriedades tem um homem solteiro que pegou a febre do ouro ou coisa assim. Os Wright têm duas meninas, mas são ruivas. Cabelos ruivos cacheados e bochechas como duas maçãs. E eles não moram por perto. Moram do outro lado. Aqui por perto, bem, há alguns acampamentos indígenas rio acima, mas eles geralmente só estão lá no verão, quando podem pescar salmão. E, claro, não há nenhuma loira entre eles.

Esther se levantou e começou a pegar a louça e empilhá-la sobre a mesa. Os homens pararam a conversa para entregar os garfos e as facas, mas voltaram logo a conversar.

— Estou perguntando — disse Mabel, aproximando-se de Esther para falar baixinho — porque tivemos uma criança na nossa propriedade outra noite. Jack se levantou no meio da noite e viu uma menina correndo pelas árvores. Na manhã seguinte... tínhamos feito um boneco de neve, quero dizer, uma menininha de neve, na verdade... e ela tinha sido destruída e o cachecol e as luvas desapareceram. Parece bobagem, mas acho que a criança deve ter feito isso. Não que eu me importe. Eu teria dado tudo a ela se ela precisasse. Só estou preocupada, com medo de ela estar perdida ou algo assim. Imagine só uma menininha na floresta num inverno desses.

Esther parou de reunir a louça e se ateve a Mabel.

— Aqui na propriedade de vocês? Você viu uma menininha loira correndo?

— Sim. Não é estranho?

— Tem certeza disso? Tem certeza de que não foi um animal ou coisa assim?

— Não, tenho certeza. Até vimos as pegadas dela. Jack tentou segui-las por um tempo, mas elas davam voltas e mais voltas na floresta. Então outro dia eu a vi, nas árvores para além do celeiro.

— Esta é a coisa mais esquisita do mundo. Quero dizer, tem as meninas dos Wright, mas elas ficam a bons dez quilômetros daqui, provavelmente mais... — Esther se calou ao sentar-se. Depois ela olhou nos olhos de Mabel do outro lado da mesa e sorriu carinhosamente. — Não quero assustá-la, Mabel, mas aqui não é um lugar fácil de viver. Os invernos são longos e às vezes isso começa a afetá-la.

Por aqui, eles chamam isso de "febre da cabana". Você fica deprimida, tudo parece fora de ordem e às vezes sua mente começa a lhe pregar peças. — Esther estendeu o braço e pôs a mão sobre a de Mabel. — Você começa a sentir coisas das quais tem medo... Ou coisas que sempre desejou.

Mabel deixou Esther segurar sua mão por um instante, mas depois a retirou.

— Não, você não entende. Nós a vimos. E nós dois vimos as pegadas, e as luvas e o cachecol desapareceram.

— Talvez fosse um animal ou o vento. Há muitas explicações.

Os homens pararam de conversar. Todos estavam olhando para ela.

— É verdade, não é, Jack? Nós a vimos. Usando um casaquinho azul.

Jack se mexeu na cadeira e deu de ombros.

— Pode ter sido qualquer coisa — disse ele.

— Não, não. — Mabel estava com raiva. — Era uma menininha. Você a viu também. E havia pegadas na neve.

— Bem, talvez você pudesse nos mostrar as pegadas — sugeriu Esther. — Garrett é bom em seguir pegadas. Ele vai conseguir nos dizer alguma coisa.

Mabel quis gritar ou chorar, mas disse todas as palavras com cuidado.

— As pegadas desapareceram. A tempestade da semana passada as cobriu.

— Tempestade de neve? Não neva há... — Esther parou e ficou bem calada.

Mabel se levantou e levou as louças até a bancada, feliz por se livrar da mesa. Jack evitou o olhar dela e foi até o fogão pôr mais lenha. Ela se ocupou da sobremesa — biscoitos de massa azeda com a geleia caseira de Esther. Enquanto Mabel trabalhava, Esther veio por trás dela e cuidadosamente a segurou pelo cotovelo. Era uma expressão de amizade e solidariedade, mas Mabel se sentiu miserável.

Em pouco tempo, a cabana se encheu com a conversa animada sobre as estações, o trabalho na terra e o armazenamento de produtos para o inverno. George e Esther fizeram Jack e os meninos rirem com as suas histórias loucas sobre ursos mal-educados, brincadeiras no banheirinho externo e cavalos teimosos. Ninguém falou da menininha ou das pegadas que desapareceram na neve.

A escuridão se assentou ao redor da cabana e Mabel olhou às vezes pela janela, pensando que talvez pudesse ver a criança, mas havia apenas seu reflexo sob a luz do lampião.

CAPÍTULO 9

Jack começou com um biscoito, um dos biscoitos de massa azeda de Mabel.

Ele acordara cedo para trazer a carne para casa na carroça e, depois de pendurá-la numa viga no celeiro e guardar o cavalo, entrou para almoçar. Sem que Mabel visse, ele guardou um biscoito no bolso e lhe disse que sairia para trabalhar no celeiro. Mas na verdade ele foi até a floresta.

Parecia errado oferecer uma isca assim para a menina. Quando criança, ele seduzira cervos e guaxinins com comida, e sua paciência valera a pena. Uma vez ele conseguiu que uma lebre pegasse uma cenoura de seus dedos antes de fugir para a mata. Nunca se esqueceu daquele instante em que, depois de horas agachado e esperando, a lebre esticou o pescoço em sua direção e pegou a cenoura. Ele sentiu a maciez do focinho dela na ponta de seus dedos.

Ele tirou a neve de cima de uma pedra e colocou ali o biscoito, perguntando-se se era a mesma curiosidade o que o motivava. A criança não era um guaxinim para morder uma isca e ficar presa numa armadilha. Jack se preocupava com a menina. Ele se sentira tolo de admitir isso diante dos Benson, mas a menininha insistia em voltar à propriedade e ele não sabia o que a atraía. Talvez estivesse passando necessidade e fosse tímida ou medrosa demais para bater à porta deles. Talvez fosse solitária e buscasse apenas companhia, mas talvez fosse algo mais urgente. Abrigo. Roupas. Comida. Algum tipo de ajuda. A ideia o preocupava, por isso Jack tentou entrar em contato com ela da única forma que sabia. Durante várias horas, ele trabalhou ao ar livre, empilhando lenha e abrindo trilhas. O tempo todo ele espiava pelo canto do olho, mas o biscoito seguia intocado e a floresta permanecia em silêncio.

Na manhã seguinte, ele viu as pegadas se aproximando do rochedo, desviando-se e se afastando para o lugar onde a menina deve ter se escondido, atrás de um abeto ou arbusto. O biscoito permaneceu sobre a pedra.

Naquela noite, ele vasculhou a cabana à procura de uma isca. Pegou latas e abriu caixas, até que Mabel finalmente perguntou o que ele pretendia.

— Nada — resmungou ele, sentindo-se culpado por mentir. Ela desaprovaria sua estratégia ou daria sugestões, mas Jack tinha de fazer aquilo à sua maneira. Na juventude, ele nunca tinha conseguido atrair um cervo ou pássaro com seus amigos por perto.

Mais do que isso, falar sobre a menina parecia incomodar Mabel. Ela andou animada nos últimos dias e tinha um brilho nos olhos que acalmou o coração de Jack. O tempo que ela passou com Esther foi bom. No entanto, sempre que discutiam a criança, ela ficava agitada. Ele costumava percebê-la olhando pela janela.

As mesmas características que na juventude fizeram dela uma mulher tão sedutora agora a faziam parecer descompensada. Mabel tinha muita imaginação e era bastante independente, mas com os anos isso se transformou numa melancolia grave que o preocupava. Até que ele soubesse mais sobre a menininha e a situação dela, Jack sentia que o melhor era manter as coisas para si mesmo.

Depois que o biscoito de massa azeda, o doce de menta comprado na cidade e até uma das tortas de Mabel fracassaram, ele ficou sem saber o que fazer. Jack pensou no cachecol e nas luvas que a menina pegara e se perguntou se ela estava com frio e precisava de mais roupas. As poucas vezes que a vira o fizeram duvidar disso. A menina parecia estar à vontade na neve, com suas peles e acessórios de lã.

Então, numa viagem à cidade, ele viu uma bonequinha de porcelana numa estante da loja de armarinhos. A boneca tinha cabelos loiros compridos e lisos, parecidos com os da menina, e usava um vestido colorido de uma aldeã europeia, talvez sueca ou holandesa. Era dinheiro demais para algo tão frívolo, mas Jack ignorou suas reservas, comprou-a fiado e a escondeu no bolso do casaco. Ao voltar para casa, percebeu que não podia esperar até a manhã seguinte; apesar da escuridão, levou a boneca consigo quando foi dar comida e água aos animais.

Ele trouxe o lampião do celeiro e caminhou até o rochedo onde as demais oferendas permaneciam intactas. Jack tirou a boneca do bolso. Talvez ele e Mabel tivessem mesmo enlouquecido. Febre da cabana — foi assim que Esther chamou?

Jack abriu a boca na noite fria e gritou o mais carinhosamente possível:

— Isto é para você. Você está aí?

A voz dele soou amena e trêmula. Ele pigarreou e gritou novamente.

— Não sei se você está aí e pode me ouvir, mas queremos que você fique com isto. Só uma coisa que comprei na cidade. Bem, boa noite, então.

Ele esperava vê-la ou ouvir um pássaro nas árvores, mas havia apenas o frio e a escuridão. Jack se apoiou num pé e no outro, pôs a mão no bolso do casaco e finalmente se virou, deixando a boneca de porcelana enfiada na neve sobre o rochedo.

Quando voltou para a cabana, Mabel tinha aquecido água no fogão para que ele se lavasse. O vapor subiu quando ela derramou a água na bacia. Jack tirou a camisa, pôs uma toalha sobre os ombros, jogou água no rosto e ensaboou a barba. Atrás de si, ele ouvia Mabel mexendo na cozinha.

— Ah — disse ela, baixinho.

Jack levantou a cabeça e enxugou o rosto com a toalha.

— O que é?

— A janela. Está vendo?

Enquanto olhavam, o frio abria as asas e desenhava redemoinhos no vidro, lentamente se espalhando do meio para os cantos. Trepadeiras brancas cresciam em curvas e volteios e flores de gelo se abriram. Em poucos segundos, a janela ficou coberta de desenhos de gelo, como se fosse uma bela gravura.

— Talvez seja o vapor — disse Mabel, quase sussurrando. Ela pôs a palma da mão contra o vidro e o calor derreteu o gelo. Ela fechou a mão, esfregou-a num círculo no meio da janela e espiou.

— Ah. Ah — arfou ela ao se aproximar.

— O quê, Mabel? O que é?

— É ela. — Mabel se virou, as mãos no pescoço. — O rostinho dela, bem ali na nossa janela. Ela tem pelos em volta da cabeça, como um animal selvagem.

— É a touca dela. A touca de pele, com as abas presas sob o queixo.

— Mas ela está aqui agora. Corra atrás dela.

— Ela corre rápido, mesmo sobre a neve — avisou Jack, mas Mabel já estava lhe entregando as botas e o casaco e abrindo a porta.

Quando ele saiu, sua barba e cabelo úmidos viraram gelo. Jack caminhou pela lateral da cabana, mas viu apenas o que esperava encontrar — neve e árvores e noite. A menina desaparecera.

Na manhã seguinte, Jack quase tropeçou no cesto que estava do outro lado da porta.

— Jack? O que é isso?...

— Não tenho certeza. — Jack pôs o cesto sobre a mesa e ele e Mabel ficaram olhando. Era feito de galhos de bétula, as costuras grosseiramente feitas com uma espécie de raiz seca. O cesto cabia perfeitamente na mão e estava cheio de frutinhas roxas. Jack pegou uma, examinou-a com os dedos, cheirou-a e a pôs na boca.

— Ah, Jack, você não sabe o que é isso.

— É um mirtilo. Tem sabor de mirtilo.

Mabel franziu a testa, mas pôs uma fruta na boca e hesitou ao saboreá-la.

— Tem razão. São mirtilos selvagens. Congelados como balas — disse ela.

Ela se sentou à mesa e, receosa, tocou as beiradas de madeira do cesto como se ele fosse se quebrar sob seus dedos.

— Era ela? — perguntou. — Ela trouxe isso para nós?

— Acho que ela sabia que comeríamos panqueca no café da manhã — brincou Jack. Mabel não sorriu.

— Vou pegar um pouco de lenha para o fogão — disse ele.

Jack seguiu suas próprias pegadas até o rochedo depois da pilha de lenha, no limite da floresta. A boneca desaparecera. As pegadinhas da menina vinham até a pedra, davam a volta e retornavam às árvores. As pegadas mal se afundavam na neve, como se a menina não pesasse mais do que uma pena.

Quando ele trouxe uma braçada de lenha para dentro, Mabel estava preparando panquecas. Ela pôs um pouco de mirtilo em cada uma delas e eles comeram à mesa, o cestinho entre eles. Os dois não falaram sobre a menina, não antes de a mesa estar limpa e Jack se preparar para sair.

— Vou pegar um pouco de lenha das terras ao leste. Todos dizem que vamos ter geada logo.

— Como você consegue? — A voz trêmula de Mabel era um sussurro. — Como você consegue tomar café e sair para o dia como se nada tivesse acontecido?

— É inverno e precisamos de lenha.

— Ela é uma criança, Jack. Pode não conseguir admitir para os vizinhos, mas você a viu também. Você sabe que ela está por aí.

Ele suspirou. Jack terminou de amarrar as botas, foi até Mabel e pôs as mãos nos ombros dela.

— O que podemos fazer?

— Temos de fazer alguma coisa.

— Só não sei o quê... Acho que ela está bem.

Mabel estreitou os olhos.

— Como ela pode estar bem? Uma criança andando por aí no meio do inverno?

— Acho que ela está aquecida. E ela deve saber como conseguir comida. Olhe os mirtilos e o cestinho. Ela conhece o terreno, provavelmente melhor do que nós dois.

— Mas ela é só uma criança. Uma menininha.

Jack achou que Mabel fosse chorar e quis estar longe dali. Era errado e uma covardia, e ele já tinha feito isso antes — quando Mabel perdeu o bebê e ficou de luto, quando os parentes sussurraram palavras duras, quando os Benson perguntaram sobre a criança na floresta. Mas era como se precisasse de férias. A necessidade era forte demais e, sem dizer uma palavra, Jack deixou a cabana.

CAPÍTULO 10

Flocos de neve e bebês nus caíam do céu. Ela sonhou que estava no meio de uma tempestade. A neve caía e girava ao redor dela. Mabel estendeu as mãos e os flocos de neve pousaram em suas palmas abertas. Ao tocarem sua pele, eles se derretiam e se transformavam em minúsculos recém-nascidos nus, cada qual não maior do que uma unha. Depois o vento os soprava, novamente apenas flocos de neve entre milhares.

Algumas noites ela acordava com o próprio choro. Em outras, Jack a sacudia.

— Acorde, Mabel. Você está tendo um pesadelo. Acorde.

À luz do dia, seus sonhos perdiam o caráter de pesadelo e pareciam mágicos e estranhos, mas o sabor de perda permanecia em sua boca. Era difícil focar em suas tarefas e ela geralmente devaneava sem rumo. Uma lembrança fraca emergia várias vezes — seu pai, um livro de contos de fadas encadernado em couro, uma criança viva nas páginas. Mabel não conseguia se lembrar claramente da história ou de mais do que algumas de suas ilustrações e começou a pensar obsessivamente nisso, seus pensamentos cada vez mais em contato com a memória fugaz. E se houvesse mesmo aquele livro, será que haveria tal criança? Se um velho e uma velha criassem uma menininha de neve, o que ela seria deles? Uma filha? Um fantasma?

Mabel procurou explicações razoáveis. Ela perguntou a Esther sobre as crianças que vivem por perto. Pediu a Jack que perguntasse na cidade. Mas ela também notara aquelas primeiras pegadas na neve — elas começavam no boneco de neve destruído e corriam para a floresta. Não havia pegadas entrando no jardim.

Houve ainda o gelo que se cristalizou na janela diante dela e de Jack, e a tempestade de neve que a obrigara a voltar para casa depois de encontrar o pássaro morto. E teve principalmente a menina em si, seu rosto um reflexo do que Jack esculpira na neve, seus olhos como gelo. Era fantástico e impossível, mas Mabel sabia que era real — ela e Jack a tinham feito com neve e galhos e capim congelado. A verdade a impressionou. A criança não apenas era um milagre, como também era criação deles. E ninguém cria vida e a abandona.

Dias depois de o cesto aparecer na soleira da porta deles, Mabel decidiu escrever para a irmã que ainda vivia com a família na Filadélfia. Talvez o livro estivesse no sótão, ao lado de baús de roupas e bugigangas acumuladas ao longo dos anos. Ela se sentou à mesa, um pão assando no forno, e foi consolada pela escrita. Isso lhe deu um objetivo racional. O livro estava ou não lá, mas, se sua irmã o encontrasse e o enviasse a ela, Mabel tinha certeza de que seria importante. O livro lhe contaria o destino do velho e da velha e da criança feita de neve.

"Querida irmã, espero que esta carta a encontre bem. Estamos entrando no inverno aqui na propriedade", começou ela.

Mabel se pôs a descrever a neve e as montanhas e seus novos amigos, os Benson. Ela perguntou dos sobrinhos agora crescidos e da família em sua casa. Depois, o mais casualmente possível, perguntou do livro.

"Você se lembra dele, querida Ada? Foi um dos meus preferidos durante alguns anos da minha infância. Acredito que era encadernado em couro azul, mas me lembro pouco da história — nem mesmo do título. Sei que é uma tarefa impossível o que estou lhe pedindo, mas tentar me lembrar do livro se tornou um incômodo mental para mim. É como ter o nome de alguém na ponta da língua, quase saindo, mas sem jamais se lembrar de fato. Só espero que por acaso você saiba em que livro estou pensando e, melhor ainda, saiba onde encontrá-lo na bagunça dos baús no sótão."

Mabel também pediu à irmã que lhe enviasse mais lápis, já que pretendia retomar seu antigo passatempo, mas só tinha uns poucos tocos na caixa de desenhos.

Ela selou a carta, a deixou de lado e foi até o fogão. Mabel tirou o pão do forno, cutucou-o cuidadosamente para ver se estava pronto e o pôs novamente sob o calor. Olhou pela janela e viu Jack perto da pilha de lenha. E então viu a menininha.

Ela estava nas árvores, um pouco além. Jack não a notara. Ele havia tirado o casaco e cortava lenha após lenha, levantando o pesado machado sobre a cabeça e o abaixando com um barulhão ao atingir a madeira. A menina observava e se aproximava, escondendo-se atrás de uma bétula e espiando. Ela usava o mesmo casaco azul de lã com pele branca. Sob o casaco, Mabel podia ver agora, ela usava um vestido de flores azul-claras que descia até os joelhos e botas altas ou galochas feitas da pele ou pelagem de algum animal.

Mabel foi até a janela. Ela deveria ir à porta e gritar para Jack ou esperar até que ele visse a menina? Ela estava tão perto que Mabel odiou a ideia de assustá-la e fazê-la fugir. Então viu Jack erguer a cabeça e olhar para a menina. A criança estava a uns dez passos dele. Mabel prendeu a respiração. Ela podia ver Jack falando, mas não conseguia ouvir as palavras dele. A criança estava imóvel. Jack se aproximou, a mão estendida na direção dela. A menina recuou e Jack falou novamente. Era difícil ver pela janela, mas Mabel achou ter visto a menina erguer a mão com uma luva vermelha e acenar timidamente. O hálito de Mabel embaçou o vidro. Ela o esfregou com a mão a tempo de ver a menina se virar e correr para as árvores. Jack ficou ali com os braços ao lado do corpo, o machado a seus pés, sem se mover. Mabel correu para a porta e a abriu.

— Vá, Jack! Vá! Corra atrás dela! — Sua voz soou mais aguda e histérica do que ela queria. Ele se assustou e depois olhou de Mabel para a floresta e de volta para Mabel. Finalmente, Jack saiu correndo atrás da menina, primeiro num passo contido e depois ganhando velocidade e trotando pela neve. Suas pernas pareciam compridas e desengonçadas demais nas botas enormes que batiam com força no chão. Nada como a corridinha animada da menina.

Mabel ficou esperando na janela. Às vezes ela ia até a porta, abria e olhava em todas as direções, mas o jardim e as árvores para além dele estavam vazios. Os minutos se passaram, depois uma e outra hora. Ela pensou em calçar as botas de inverno e o casaco e sair atrás deles, mas sabia que não era inteligente. A noite caía rápido naqueles curtos dias de inverno.

Enquanto a cabana escurecia, Mabel acendia os lampiões a óleo, colocava mais lenha no fogão e tentava não parar seu andar ritmado. Ela pensou na mãe, em como costumava andar de um lado para o outro agitando as mãos quando o pai de Mabel não voltava para casa depois de alguma reunião tarde da noite na universidade. Ela pensou nas esposas dos soldados, mineiros e caçadores, bêbados e adúlteros, todas esperando noite adentro. Por que era sempre o destino das mulheres andar de um lado para o outro e ter medo e esperar?

Mabel finalmente sentou-se ao lado do fogão a lenha com seus apetrechos de costura e tentou se distrair com os pontos. Ela só percebeu que tinha caído no sono quando Jack entrou. Sua barba e bigode estavam cheios de gelo e suas calças estavam duras e cobertas de neve. Ele não se deu ao trabalho de tirar as botas ou limpá-las antes de se arrastar até o fogão e estender as mãos nuas. Ele não usava luvas quando Mabel o mandou correr atrás da menina. Ela segurou as mãos do marido. Jack gemeu ao toque.

— Você está congelado?

— Não sei. Com frio, claro. — As palavras soaram incompreensíveis por causa do gelo no bigode ou do cansaço. Mabel esfregou as mãos dele para ajudar o sangue a fluir para os dedos.

— Você a alcançou? O que você viu?

Ele tirou as mãos das dela e enxugou um pouco do gelo de seu bigode e barba. Jack tirou as botas e o casaco e as calças, que pendurou em ganchos atrás do fogão para secar. A cabana cheirava a lã quente e úmida.

— Você me ouviu? O que você descobriu?

Ele não levantou o olhar ao falar; apenas se virou e foi até o quarto.

— Nada. Estou cansado, Mabel. Cansado demais para conversar.

Ele entrou debaixo das cobertas e em pouco tempo começou a roncar baixinho, deixando Mabel sozinha novamente perto do fogão.

CAPÍTULO 11

Jack sempre se considerou se não corajoso, ao menos competente e seguro. Ele sabia o que era o perigo de verdade, o perigo de cavalos em disparada que podiam quebrar suas costas e de ferramentas capazes de cortar membros, mas ele sempre desprezara as superstições e as coisas místicas. Nas profundezas da natureza selvagem, contudo, na luz fraca do inverno, ele descobriu em si mesmo um medo animalesco. O que o envergonhava ainda mais é que Jack não conseguia defini-lo. Se Mabel tivesse perguntado o que o deixou apavorado ao seguir a menina até as montanhas, ele só teria respondido com a insegurança tímida de uma criança com medo do escuro. Pensamentos incômodos giravam em sua mente, histórias que ele deve ter ouvido quando criança de bruxas e homens que se transformavam em ursos. Não foi a menina o que o deixou apavorado, e sim o mundo estranho de neve e pedras e árvores pelo qual ela transitava com facilidade.

A menina desafiava o perigo saltando sobre troncos e correndo pela floresta como uma fada. Ele chegara perto o bastante para notar o pelo castanho de seu chapéu e as galochas de couro na altura dos joelhos que protegiam seus pés. Perto da pilha de lenha, quando ele conversara com a menina, Jack notara até mesmo seus cílios loiros e os olhos de um azul intenso e, quando perguntou se ela tinha gostado da boneca, viu o sorriso dela. O sorriso doce e tímido de uma menininha.

Então ela se transformou num fantasma, num borrão silencioso. Jack tentava segui-la e uma neblina gelada se movia pela floresta. Cristais minúsculos de gelo enchiam o ar e se acumulavam na forma de geada nos galhos nas árvores e nos cílios dele. Ele só conseguia enxergar uns poucos metros névoa adentro. Jack acabou parando, abaixando-se com as mãos nos joelhos enquanto o suor congelava em sua testa. Ele tentou silenciar sua respiração pesada, mas só conseguiu ouvir a neve rachando sob suas botas. A menina não fazia nenhum barulho. Ele ouviu galhos se partindo e viu uma lebre-da--neve correndo pelos carvalhos e, mais tarde, com a proximidade da noite, uma coruja piou ao longe. Ele nunca ouviu a menina. Às vezes não tinha certeza se ainda a seguia ou se caminhava às cegas pelas árvores como um homem louco e enfeitiçado. Então Jack a via perto, como se quisesse ser vista.

Ele perdeu a noção da distância e do tempo, mas seguiu adiante, passando os limites de sua propriedade de sessenta e cinco hectares, subindo as colinas das montanhas onde caçara o alce e para além delas, até onde as árvores diminuíam de tamanho e quantidade e se transformavam num punhado de bétulas e rododendros. Ele trilhou a ravina que dava para o rio nevado e a seguiu ainda mais alto, até subir num ponto e se perceber num estreito desfiladeiro montanhoso com penhascos íngremes.

Uma lufada misteriosa desceu pelo desfiladeiro. Mais acima, ele podia ver uma cachoeira de gelo descendo pela montanha entre os paredões rochosos. Abaixo dele, o rio borbulhava e rugia sob o gelo e serpenteava entre rochas e chorões. A menina, contudo, havia desaparecido.

Jack com cuidado seguiu as pegadas dela ravina acima e depois elas desapareceram numa colina recoberta de neve. Não fazia sentido, mas era o que ele via — as pegadas dela não continuavam colina acima ou ao longo do rio; elas margeavam a montanha. Então ele notou o que parecia uma portinha instalada na colina, sob um domo arredondado de neve. Jack se agachou atrás de uma pedra, um suor frio na nuca. Ele podia ir até a portinha e chamar a menina, mas não o fez. O que esperava encontrar? Um monstro de contos de fadas que mantém menininhas cativas numa caverna? Uma bruxa risonha? Ou nada, nenhuma criança ou pegadas ou porta, apenas a insanidade exposta à neve intocada? Talvez fosse isso o que ele mais temia, que descobrisse ter seguido nada além de uma ilusão.

Em vez de se confrontar com essa possibilidade, Jack deu as costas para a portinha e voltou para casa. Durante um tempo, ele seguiu as pegadas. Às vezes havia dois pares — as pegadas menores da criança e as dele, maiores. Outras vezes eram apenas as dele, e Jack sabia que provavelmente tinha destruído as da menina com suas botas ao segui-la. Ainda assim, a visão de suas pegadas solitárias serpenteando pelas árvores o deixou incomodado. À medida que escurecia, ele teve medo de que a trilha o mantivesse na floresta durante as horas mais frias e escuras da noite, então ele abandonou a trilha e foi direto para o rio lá embaixo. A partir dali, ele poderia seguir o rio Wolverine até a propriedade e, esperava ele, chegar à cabana em uma hora.

Mas o caminho provou ser difícil, empurrando-o para ravinas íngremes onde a neve chegava até seus joelhos e o obrigava a entrar numa floresta densa de abetos que ameaçava desorientá-lo. Jack não reconheceu o rio ao chegar a ele, não antes de caminhar sobre o gelo e ouvir o estrondo sob seus pés. Ele recuou até ter certeza de que estava em solo firme e depois desceu o rio, confiando no vago contorno do curso de água para guiá-lo até a propriedade.

Ele esperava que Mabel estivesse esperando por ele e querendo respostas. Era razoável, mas ainda assim aquilo o irritou. Jack estava cansado, dolorido e, com certeza, congelado e não tinha nada a lhe oferecer que não um velho cansado que tremeu diante da porta de uma criança.

Na manhã seguinte, Jack acordou ao som de Mabel batendo coisas na cabana. Louças batiam umas nas outras, a vassoura se arrastava pelo chão, estampidos, cliques — aqueles eram os sons inequívocos da irritação dela. Jack saiu da cama.

Os dois se puseram a trabalhar, mas a raiva de Mabel parecia só crescer e seus passos ficavam pesados e seus suspiros, mais audíveis. Por fim ela cederia, mas o abismo só se tornava maior e mais profundo. Jack sabia disso, mas não conseguia encontrar forças para detê-lo. Ele fugiu para o celeiro e a lenha e deixou Mabel com seus suspiros.

Nos dias seguintes, ele trabalhou no celeiro ou no jardim, apesar de saber que deveria estar queimando montes de entulhos nos campos. Jack observava as árvores e procurava pegadas na neve. Se a menina voltar, disse ele para si mesmo, não correrei atrás dela. Não a assustarei.

Então, quando a menina apareceu perto de Jack quase uma semana mais tarde, ele não lhe deu atenção e se pôs a trabalhar como se ela não estivesse ali. Ele empilhou lenha ao lado do celeiro, um pedaço depois do outro. Por fim, a menina se sentou perto de um abeto e ficou olhando. Quando a noite caiu, Jack foi ao celeiro para guardar o machado e o martelo. A menina o seguiu a poucos passos e parou na porta. Quando ele voltou, ela estava ali, observando-o com seus olhos azuis. Jack passou por ela sem lhe dar atenção. Olhando para trás, disse:

— Hora do jantar. Vamos entrar.

E a menina o seguiu. Jack manteve a cabana aberta para ela. A menina entrou cuidadosamente, como se o piso fosse cair sob seus pés, mas entrou assim mesmo. Ao passar pela soleira e entrar no calor, uma camada fria de gelo em seu casaco e touca derreteu. Jack ficou olhando os pedacinhos de gelo em suas botas virarem nada e o gelo em seus cílios se transformarem em gotículas. Os olhos da menina ficaram úmidos como se ela tivesse chorado.

Mabel trabalhava na bancada da cozinha, de costas para eles. Jack fechou a porta.

— Acho que vamos precisar de mais lenha no fogo... — disse ela, virando-se com uma panela de batatas cozidas na mão. Ela levantou a cabeça e viu a menininha ao lado de Jack e sua boca se abriu como se fosse emitir um som, mas Mabel só deixou cair a panela de batatas.

— Ah, ah. — Mabel ficou olhando para seus pés ensopados e cobertos por pedaços de batata. — Ah, querida. — A menina recuou, assustada com o barulho da panela atingindo o chão, mas agora, no silêncio da cabana, ela soltou uma risadinha e levou as luvas vermelhas à boca.

Mabel rapidamente pegou as batatas e as devolveu à panela e usou uma toalha para enxugar a água. O tempo todo, seus olhos não se desviaram da menina.

— Vou tirar seu casaco para você — disse Jack.

A menina tirou as luvas e, quando Jack se aproximou para pegá-las, ela puxou algo do bolso do casaco. Era um animalzinho de pelo branco e focinho preto, e Jack se preparou para que ele pulasse e fugisse. Mas era uma pele sem vida, com menos de trinta centímetros de comprimento, do focinho à cauda.

— Um arminho?

A menina fez que sim e o entregou a Jack. Sob o pelo, a pele seca se quebrou como pergaminho. Mabel foi ao lado dele e tocou os olhinhos vazios e os bigodes duros. Ela passou os dedos pela pelagem branca até a cauda de ponta preta.

— É uma pelagem linda — comentou Jack e fez menção de devolvê-lo à menina. Mas ela fez que não.

— Coloque no seu bolso para você não se esquecer.

Novamente, ela balançou a cabeça e deu um sorrisinho.

— Ela quer que fiquemos com ele — sussurrou Mabel.

— É isso? É para nós?

Um sorriso.

— Tem certeza? — perguntou ele.

A menina anuiu entusiasmadamente com a cabeça.

Jack pendurou o arminho no gancho perto da janela da cozinha e passou as costas da mão pela pelagem branca. Mabel se aproximou da menina.

— Obrigada — disse.

— Aqui estamos nós. — Jack pegou uma cadeira da mesa. — Você pode se sentar aqui.

A menina se sentou, o casaco e as luvas sobre o colo, a touca de marta ainda na cabeça.

— Tem certeza de que não quer me dar isso? — perguntou ele.

Ela não disse nada.

— Tudo bem. Como quiser.

Enquanto Mabel colocava um prato de filés de alce na mesa, ela olhou para Jack, arregalou os olhos como se perguntasse algo e arqueou as sobrancelhas. Ele deu de ombros quase imperceptivelmente.

— Acho que não vamos comer batatas, não é mesmo? — disse Mabel. Ela olhou para a menina e sorriu. — Mas temos alguns daqueles horríveis biscoitos de marinheiro. Acho que é tudo o que temos. E algumas cenouras cozidas.

CAPÍTULO 12

Mabel nunca imaginou que a menininha estaria sentada diante deles à mesa da cozinha. Como isso foi acontecer? Aquele instante se passou como um sonho, às vezes rápido e às vezes devagar demais. Ela colocou um prato vazio diante da criança e lutou contra a vontade de segurar sua mão, tocá-la e ver se ela era real. Mabel e Jack se sentaram em suas cadeiras. Ele pôs as mãos sobre o colo e baixou a cabeça. Mabel fez o mesmo, mas não conseguia deixar de olhar a menina.

Ela era ainda menor do que parecia ao longe e o encosto da cadeira se elevava ao redor do seu corpinho. Com o casaco, a menina parecia quase roliça correndo pelas árvores, mas agora Mabel a via com braços finos e ombrinhos. Ela usava o mesmo vestido de algodão florido, mas Mabel via que era um vestido de verão de uma mulher. Sob o casaco, ela usava uma camiseta comprida de dormir, pequena demais e com mangas que não chegavam nem aos pulsos. Os cabelos dela eram de um loiro quase branco, mas, quando Mabel os estudou com mais cuidado, percebeu que entrelaçados aos cachos havia liquens verde-acinzentados, capim amarelado e pedacinhos de casca de bétula. Era estranho e lindo, como o ninho de um pássaro silvestre.

— Senhor meu Deus — começou Jack. A menina não fechou os olhos nem baixou a cabeça; sem piscar, ela observava Jack. Os lábios delicados, os traços dos ossos sob o rosto arredondado, o narizinho... Mabel se percebeu lembrando-se do rosto que Jack esculpira na neve.

O rosto da menina era suave e jovem, mas havia também um quê de ferocidade no brilho azul de seus olhos e na ponta do queixo.

— Agradecemos por esta comida e esta terra... — Jack parou. Mabel não se lembrava de ele escolher com tanto cuidado as palavras da oração. — Pedimos que o Senhor esteja conosco enquanto... compartilhamos este alimento, com cada um de nós e... com esta criança que acaba de se juntar a nós.

A menina arregalou os olhos e olhou para Jack e Mabel, séria.

— Amém.

— Amém — repetiu Mabel. A menina ficou olhando, as mãos dentro do casaco, enquanto Mabel servia filés de alce nos pratos. Então ela se inclinou um pouco para a frente, como se analisasse a comida. — Ah. Deixe-me pegar aqueles biscoitos horríveis. — Mabel se levantou e passou por trás da menina, parando por um instante para absorver seu perfume: neve fresca, ervas da montanha e brotos de bétula. Mabel passou as mãos pelo encosto da cadeira, a ponta dos dedos quase tocando o cabelo da menina. Talvez não fosse mesmo um sonho.

Assim que Jack e Mabel começaram a comer, a menina também começou. Ela pegou um biscoito, cheirou-o fazendo barulho e o pôs no prato novamente. Mabel riu.

— Concordo totalmente — disse ela, deixando também seu biscoito de lado.

A menina então pegou a carne com as mãos, cheirou-a e mordeu. Ao ver que Jack e Mabel a observavam, ela a pôs no prato. Jack usou a faca e o garfo para cortar pedacinhos de filé e os comeu.

— Tudo bem, querida — falou Mabel. — Você come como quiser.

A menina hesitou e depois pegou o filé com as mãos novamente. Ela não o devorou como Mabel esperava, como se fosse um filhotinho faminto; em vez disso, comeu devagar, pedacinhos aqui e ali, comendo tudo, até a cartilagem. Depois a menina pegou as cenouras cozidas e comeu uma de cada vez. Seu prato ficou limpo enquanto Mabel e Jack ainda comiam seus pedaços de carne.

— Quer mais? Não? Tem certeza? Tem o bastante aqui.

Mabel ficou assustada ao perceber que o rosto da menina tinha ficado todo vermelho. Seus olhos se tornaram vítreos, como se ela estivesse com febre.

— Você está quente demais, menina — disse Mabel. — Deixe-me tirar seu casaco. Sua touca.

Ela fez que não, determinada. Em seu nariz, gotículas de suor se formavam e, enquanto Mabel olhava, uma gota enorme escorreu pela têmpora da menina.

— Abra a porta — sussurrou Mabel para Jack.
— O quê?
— A porta. Abra.
— O quê? Está fazendo dez graus abaixo de zero.
— Por favor — implorou ela. — Não está vendo? Está quente demais aqui para ela. Vá... Abra a porta!

Foi o que Jack fez, colocando um pedaço de lenha na soleira para mantê-la aberta.

— Aí está, menina. Isso vai refrescá-la. Você está bem?

A menina arregalou os olhos e fez que sim.

— Você tem um nome? — perguntou Mabel. Jack fez uma cara feia. Talvez ela estivesse insistindo demais, mas não conseguiu se conter. Ela estava desesperada para conhecer a menina, para segurá-la e não deixá-la ir embora.

— Sou Mabel. Este é o Jack. Você vive aqui perto? Você tem mãe e pai?

A menina pareceu entender, mas não respondeu.

— Qual o seu nome? — perguntou Mabel.

Ao ouvir isso, a menina se levantou. Ela fechou o casaco antes de chegar à porta.

— Ah, por favor, não vá embora — pediu Mabel. — Desculpe se fiz perguntas demais. Por favor, fique.

Mas a menina já tinha saído. Ela não parecia com raiva ou assustada. Quando seus pés tocaram a neve, ela se virou para Mabel e Jack.

Obrigada, disse ela, a voz um sininho baixo no ouvido de Mabel. Depois ela saiu para a noite com seus cabelos loiros compridos atrás de si. Mabel ficou na porta aberta até que o vento frio a fez dar meia-volta.

CAPÍTULO 13

A menina ia e vinha sem aviso, o que deixou Jack nervoso. Havia algo de fantasmagórico em seu comportamento e em sua aparência, seus cílios congelados e o olhar azul, a forma como ela se materializava saindo da floresta. De certa forma, ela era apenas uma menininha, com seu corpinho e suas risadinhas raras e contidas, mas ela também parecia séria e sábia, como se andasse pelo mundo com um conhecimento maior do que o de qualquer pessoa que Jack conhecia.

A menina ficou sem aparecer por vários dias depois da visita de Garrett. Numa tarde de nevasca, quase escuro mesmo ao meio-dia, o menino apareceu com seu cavalo, vindo do rio.

— Olá! — gritou ele para Jack. O menino desceu do cavalo e tirou a neve que cobria a aba do seu chapéu.

Garrett os visitava várias vezes em seu caminho de volta para casa, passando pelas armadilhas que instalara. Se ele pegasse alguma coisa, mostrava para Jack, e por cerca de uma hora ele seguia Jack em seu trabalho. Garrett ajudava a empilhar ou transportar lenha. Jack fazia perguntas sobre armadilhas e caça, mas em geral o menino falava sem pressa. Desde que eles cortaram o alce juntos, o menino estava diferente, como se ansioso para tornarem-se amigos. Ele parecia buscar a aprovação de Jack.

— Você vai levar alguma coisa para casa hoje? — perguntou Jack, acenando a cabeça na direção do cavalo de Garrett.

— Não. Nada. Perdi um coiote que foi inteligente demais para cair na minha armadilha. Você deixa seu cheiro para trás, qualquer coisa que desperte suspeita, e pode desistir. Eles não chegam nem perto da armadilha. Às vezes acho que eles são mais difíceis de pegar do que...

Mas Jack não ouvia. Por trás de Garrett, em meio à neve que caía, ele viu a menina perto das árvores. Ela espiava por trás do tronco grosso de um choupo.

— Está vendo alguma coisa? — perguntou Garrett. Ele se virou para acompanhar o olhar de Jack, mas a menina tinha desaparecido.

— Achei que tinha visto algo — disse Jack. — Mas eram apenas meus olhos cansados me enganando.

Em um dia, quando Jack estava sozinho no jardim, a menina aproximou-se silenciosamente e sentou-se numa pedra enquanto ele trabalhava. Ela abriu a boca algumas vezes, como se fosse falar, mas fechou-a novamente.

Jack tinha certeza de que as visitas dela eram motivadas por algo além de apenas curiosidade ou fome. Era algo como dor ou cansaço, como uma ferida na pele sob seus olhos.

Enquanto Mabel costurava à mesa da cozinha, fazendo aqui e ali perguntas sem obter respostas, Jack optou por observar e esperar. Uma hora ela diria a que veio. Por ora, ele gostava da companhia dela. Poucas vezes a menina entrou na cabana, sempre se recusando a passar a noite. Mas ela lhes trazia presentinhos: o arminho branco, a cesta de frutas, um peixe limpo e pronto para a frigideira. Jack descobriu que a lebre morta deixada na soleira deles também tinha sido um presente da menina. Ele se arrependeu de tê-la jogado fora na floresta.

Até que um dia ela apareceu sem presentes, apenas com as perguntas que Jack vira em seus olhos. Ela chegou cedo, pouco depois de ele terminar o café e sair para a manhã de luz fraca, e ela o seguiu até o celeiro e o jardim como uma sombra.

Quando Jack fechou a porta, sentiu as mãozinhas frias dela tocando sua cintura. Ela o puxou pelo braço até que ele se abaixasse.

Promete?

Sua voz era baixinha e assustada.

E, antes que ele soubesse das implicações de tal promessa, a estava seguindo pela neve. A menina corria, como que assustada, como se perseguida, mas, quando Jack ficou para trás, ela diminuiu o passo e o guiou rumo às montanhas e às escarpas alpinas.

Ele a seguiu o melhor que pôde. Jack era um tolo arfante perto dela. Os passos dela eram leves e certeiros. O caminho parecia muito mais longo do que antes, quando Jack a seguira pela floresta à noite. Ele sentiu a impaciência da menina. Ela parava até que ele a alcançasse, depois saía correndo novamente antes que ele pudesse recuperar o fôlego. Jack já não prestava atenção ao caminho, só sabia que estavam subindo. A subida longa e lenta doía em suas pernas e pulmões. O céu de um cinza sólido o pressionava. Ele estava fraco e se sentia pesado. A cada vez que chegavam ao alto de uma escarpa, ele pensava: "É isso. Finalmente chegamos". Então eles subiam mais, até a próxima escarpa, e seguiam adiante. A neve estava mais funda agora e Jack avançava com dificuldade enquanto a menina parecia flutuar.

Você está bem?

A menina estava diante dele.

Estamos quase lá, disse ela.

Tudo bem, respondeu ele. Estou bem. Mostre-me o caminho.

Ele tentou sorrir, mas sabia que era apenas um riso amarelo.

Não sou tão jovem quanto fui um dia, mas vou conseguir.

A menina pareceu fazer um esforço para ir mais devagar, para mostrar onde ele podia pôr os pés e onde podia se agarrar a um galho para subir uma parte de pedra.

Então Jack viu paredões à frente e ouviu o ruído de um riacho sob o gelo. Ele seguiu a menina ravina acima. Em pouco tempo, eles estavam entre um grupo de abetos altos que pareciam deslocados ali no alto da montanha, e os galhos enormes e troncos imensos davam uma sensação de abrigo ao vale estreito. Ela diminuiu o passo ali sem olhar para Jack e pareceu relutar em seguir em frente. Então a menina parou e apontou para um monte de neve entre uma das árvores.

O que é isso?

A menina não respondeu. Ela apenas apontou, e Jack passou por ela até o monte de neve. Ele tirou um pouco da neve e descobriu um pedaço de tecido impermeável. Ele olhou para a menina mais uma vez, mas ela desviou o olhar.

Quando ele puxou o tecido, uma dezena de ratos-do-campo saiu correndo pela neve, e ele viu o pescoço de um homem no ponto onde cabelos loiros encontravam o casaco de lã de um lenhador. O coração de Jack bateu alto em seus ouvidos. Ele pôs a mão no ombro largo e foi como mexer num pedaço de choupo frio e congelado no chão. Jack deu a volta no cadáver. Ele agora via onde os roedores fizeram seus túneis pela neve, espalhando-se num labirinto em várias direções a partir do morto. Ele não queria, mas tirou a neve do rosto e da cabeça do homem, depois do peito e da lateral do corpo. O cadáver estava de lado, encolhido como uma criança, mas não era uma criança. Era um homem grande, muito mais alto e largo nos ombros do que Jack, e não havia dúvida de que estava morto. Seus olhos leitosos afundados no crânio olhavam sem expressão para a frente. Cristais de gelo cresciam em seu rosto e roupas e ao longo de seus cabelos loiros e da barba comprida. Os roedores haviam começado a comer seu rosto e nariz e a ponta dos dedos, e havia pedacinhos por todos os cantos.

Meu Deus!

Então Jack se lembrou da menina. Ele se virou e ela estava ali perto, olhando o homem congelado.

Quem é ele?, perguntou Jack.

Meu pai, sussurrou ela.

O que aconteceu?

Tentei. Tentei e tentei.

Jack a encarou e foi como ver água se acumulando num lago congelado. Nada de lágrimas escorrendo ou soluços. Somente a poça silenciosa no azul.

Puxei-o pelo braço e disse: Por favor, papai. Por favor. Mas ele não se movia. Ele só ficou sentado na neve.

Por que ele não se mexia?

O queixo da menina tremia ao falar.

Ele me disse que a "água de Peter" o manteria quente, mas eu sabia que não. Quis mantê-lo aquecido. Segurei as mãos e o rosto dele, assim.

E a menina se abaixou e segurou o rosto do morto nas mãozinhas com a ternura de uma filha.

Tentei, mas ele estava cada vez mais frio.

Jack se ajoelhou ao lado do cadáver e sentiu o cheiro forte de bebida. Uma garrafa verde estava presa na garra congelada de sua mão. Jack ficou enjoado. Como um homem podia fazer isso, beber até morrer diante da própria filha?

Por que não consegui mantê-lo aquecido?, perguntou a criança.

Ainda ajoelhado, Jack estendeu o braço e a segurou pelo ombrinho.

Você não tem culpa. Seu pai era adulto e ninguém poderia salvá-lo além dele mesmo. Você não tem culpa.

Ele cobriu o homem com o tecido novamente.

Quando isso aconteceu?

No dia da primeira nevasca, disse a menina.

Foi então que ele soube. Foi a noite em que ele e Mabel criaram o boneco de neve no jardim. Quase três semanas atrás.

Por que você não pediu ajuda?

Mantive a raposa longe. Joguei pedras e gritei. E cobri o papai para que os pássaros não o bicassem. Mas agora os ratos-do-campo o estão comendo.

Que escolha ele tinha? Jack se levantou e limpou a neve do joelho.

Talvez eu tenha de conseguir ajuda na cidade, disse ele.

Os olhos da menina brilharam, raivosos. Você prometeu. Você prometeu.

E ele tinha mesmo prometido. Jack suspirou e bateu uma bota contra a outra. Era mais do que ele estava disposto a conceder.

Não vai acontecer hoje, disse. Tenho de pensar nisso, em como cuidar do... seu papai.

Tudo bem.

A menina estava cansada e calma, a raiva se esvaíra dela.

Você vai ficar conosco enquanto pensamos no assunto.

Jack falou como tinha falado no dia em que se conheceram, quando lhe disse que era hora de jantar, como se essas fossem suas últimas palavras.

A menina ficou ereta, os olhos furiosos novamente.

Não, disse ela.

Não posso deixá-la aqui na floresta. Não é lugar para uma criança.

É minha casa, disse ela.

Ela se levantou com o nariz empinado. O vento da montanha soprou por entre os abetos e levantou seus cabelos loiros.

Aquele era o lar dela. Jack acreditava.

Em Alpine, ele fez perguntas, dizendo que vira marcas de machado em árvores, sinais de pegadas humanas. Alguém esteve caçando perto de sua propriedade ao longo dos anos? Alguém vivia nas montanhas?

— Sim. Sim. Engraçado você perguntar, porque não penso nesse cara há tempos — disse George. — Nós o chamávamos de Sueco, e ele nunca nos corrigiu. Não deu um nome, pensando bem. Provavelmente russo, acho, a julgar pela maneira como falava.

— Como ele era? — perguntou Jack. — Só curioso, para o caso de eu encontrá-lo.

— Um cara enorme. Como um lenhador. Cabelos claros. Barba. Um pouco doido, para dizer a verdade. Não do tipo amigável e falante.

A Esther é conhecida por convidar os solteirões para jantar de vez em quando, mas ela nunca o convidou. Fico me perguntando o que terá lhe acontecido. Você acha que ele está caçando perto da sua propriedade?

Betty se lembrava do homem também.

— Ah, ele era um cara bem estranho — disse ela a Jack ao servir-lhe café. — Como muitos deles, ele garimpava ouro no verão e caçava no inverno. Provavelmente achou que ficou rico e voltou para onde quer que seja. Não o entendia na maior parte do tempo, sempre misturando outro idioma com o inglês.

— Você o viu ultimamente? — perguntou Jack. — Só quero saber com quem estou lidando, se é que ele está caçando nas minhas terras.

— Não. Não me lembro da última vez que ele esteve aqui. Se bem que só vinha à cidade umas poucas vezes por ano. Passava o tempo todo bebendo com os índios rio acima, pelo que me disseram.

— Fico me perguntando o que aconteceu com ele — disse Jack, mexendo o café.

— Quem sabe? Talvez tenha voltado para não sei onde. Ou o rio o afogou ou um urso o comeu. Acontece o tempo todo. Homens vêm e vão. Às vezes eles simplesmente desaparecem do planeta.

— Você se lembra de ele ter filhos? Ou esposa? Só estava pensando que a Mabel talvez fosse querer conhecê-la.

— Não sei dizer. Parecia um tipo solitário para mim.

Uma tristeza cansada se abateu sobre Jack no caminho de volta à propriedade. O cavalo trotava e balançava a cabeça, como se tivesse ganhado força por causa do clima frio. As mãos de Jack se enrijeceram no frio, segurando as rédeas. Ele pensou na menina na encosta da montanha com o pai morto e congelado e se perguntou se estava fazendo a coisa certa. Ela o fizera prometer que não diria nada a ninguém, principalmente a Mabel, e Jack entendeu. Nenhuma mulher deixaria que uma criança ficasse ao relento com o cadáver do próprio pai. A menina tinha medo de ser tirada do ambiente que conhecia. Jack observara quando Mabel uma ou duas vezes tentara tirar-lhe os cabelos de sobre os olhos ou ajudá-la a abotoar o casaquinho azul. A menina se encolhia e recuava. Ela rangia os dentes e ficava séria, como se dissesse: posso cuidar de mim mesma.

Jack tinha certeza de que podia mesmo. A menina conhecia a floresta e seus atalhos. Ela encontrava comida e abrigo. Não era só disso que uma criança precisava? Mabel diria que não. Diria que a menina precisava de calor e afeto e de alguém para cuidar dela, mas Jack ficou imaginando se isso tinha ou não mais a ver com os desejos da mulher do que com as necessidades da criança.

Além do mais, ele fizera a promessa. Ele fizera algumas promessas na vida e sempre se esforçou ao máximo para cumpri-las.

O segredo estava impregnado em Jack no cheiro da lenha queimada e da neve derretida. À noite, Mabel colocou o rosto contra sua barba e tocou seus cabelos com a ponta dos dedos.

— O que você anda queimando?

— Só um pouco daquele mato do verão passado. Tempo bom para queimar. Sem muito vento e sem estar seco demais.

— É, acho que sim. — Ela não pareceu totalmente convencida.

O terreno estava demorando mais para descongelar do que ele previra. Tirou o homem morto de debaixo da árvore e a cortou. Depois, empilhou a madeira e fez uma fogueira com galhos secos. A menina ficou olhando a árvore queimar. Ela ficou afastada e as chamas tremeluziam em seus olhos. Jack perguntou se ela podia cuidar do fogo enquanto ele estivesse longe dali, mas ela fez que não. Então, quando o dia curto terminou e a noite caiu, ele empilhou lenha o mais alto que pôde e desceu a montanha. Atrás dele, o fogo crepitava e estourava e iluminava a noite.

No dia seguinte, ele revirou a terra sob a madeira em brasa, cavando o mais fundo que podia com uma pá. Cavar uma cova em dezembro era difícil naquele lugar, mas daria certo. Ele deixou o homem coberto com o tecido, longe do fogo. Era um pensamento sombrio, mas Jack não queria que o homem descongelasse. Ele estava bem congelado.

No terceiro dia, Jack voltou para casa coberto de fuligem e exausto. Mabel esperava.

— O George apareceu por aqui — informou ela. — Eu disse que você estava no campo, queimando folhas.

— Hein?

— Ele disse que você não estava lá. Que não conseguiu encontrá-lo.

— Humm. — Jack não a encarou.

Ela segurou o braço dele e o apertou carinhosamente.

— O que é? Onde você esteve?

— Nada. Só estive trabalhando. O George deve ter passado por mim sem me ver.

Na manhã seguinte, Jack voltou a cavar na terra mais mole e a acender a fogueira. Ele estava ensopado de suor e sujo de terra e carvão por causa da lenha semiqueimada. A menina não estava por perto, mas às vezes Jack sentia algo o observando das árvores e se perguntava se era a menina ou a raposa que ele andava vendo de vez em quando entre rochedos cobertos de neve.

No meio da tarde, a cova parecia funda o bastante para que se tentasse enterrar o homem. Jack tirou o restante do carvão do buraco e se debruçou na pá, o rosto apoiado nas mãos. Não era a primeira cova que ele cavara sozinho. Ele pensou na cova pequena, no corpinho sem vida, não muito maior do que o coração de um homem.

Jack chamou a menina. Está na hora, disse ele. Hora de pôr seu pai para descansar.

Ela apareceu por detrás de um dos choupos.

Acabou?, perguntou ela.

O fogo? Sim, acabou.

Não havia caixão. Ele não tinha madeira para construir um e não queria chamar atenção perguntando na cidade. O tecido impermeável teria de dar. Jack cavou e puxou pelas bordas até que o corpo se soltasse do gelo, depois arrastou o corpo pela neve até a cova.

Você já se despediu?

A menina fez que sim. Jack se sentiu mal. Podia ser apenas o dia longo de suor e frio e sem estômago nem mesmo para o almoço. Mas não parecia certo enterrar um homem sem notificar as autoridades ou assinar um papel qualquer ou pelo menos ter um sacerdote para ler alguma coisa da *Bíblia*. Ele não via saída. O pior que podia acontecer à menina, além de o pai ter morrido diante dela, seria o envolvimento de autoridades. Ela seria enviada para um orfanato longe das montanhas. Ela parecia ao mesmo tempo poderosa e delicada, como uma coisinha selvagem que prospera naquele lugar, mas se enfraquece quando tirada dali.

Sem outro homem para ajudá-lo a abaixar o corpo lentamente, Jack jogou o cadáver envolto na lona no buraco, onde caiu com um estampido infernal.

Posso cobri-lo, então?, perguntou ele.

A menina fez que sim.

Ele começou a cobrir o corpo com terra e carvões apagados. Jack se perguntava se teria forças para terminar, mas seguiu em frente, pás e mais pás, a menina silenciosa atrás dele. Às vezes ele batia com os pés na terra para assentá-la e a menina se juntou a ele, pulando sobre a cova, seu rostinho contorcido, o chapéu de pelo pendurado às costas dela por cordões amarrados ao pescoço.

Então está feito, disse Jack.

Ele jogou os últimos montinhos de terra sobre a cova.

A menina veio ao lado de Jack. Ela fechou os olhos e depois jogou os braços para cima. Flocos de neve mais leves do que penas caíram sobre a cova. Era mais neve do que a menina podia segurar nos braços e os flocos caíam como se do céu limpo acima. Jack ficou em silêncio até que os últimos flocos caíssem.

Quando ele falou, sua voz estava áspera por causa da fumaça.

Na primavera, disse ele, podemos colocar umas pedras bonitas aqui, talvez plantar flores.

A menina fez que sim e depois o abraçou pela cintura, apertando o rosto contra o casaco dele. Jack ficou imóvel por um instante, constrangido com os braços ao lado do corpo, e depois lentamente a tocou e bateu carinhosamente em suas costas, alisando os cabelos com a mão áspera.

Pronto, pronto. Tudo bem. Tudo vai ficar bem. Está acabado agora.

PARTE DOIS

Então, certa manhã, quando o restante da neve derreteu, ela veio até o casal de velhos e os beijou.
— Tenho de deixá-los agora — disse ela.
— Por quê? — reclamaram eles.
— Sou uma criança da neve. Tenho de ir para onde está frio.
— Não! Não! — gritaram eles. — Você não pode ir!
Eles a abraçaram apertado e uns poucos flocos de neve caíram no chão. Rapidamente ela fugiu do abraço e correu para a porta.
— Volte! — gritaram eles. — Volte para nós!

THE SNOW CHILD, RECONTADO POR FREYA LITTLEDALE

CAPÍTULO 14

Era sempre inesperado ansiar pelos dias seguintes. Quando Mabel acordava, uma ansiedade feliz tomava conta dela e, por um instante, não sabia o que causava isso. Seria aquele dia especial por algum motivo? Aniversário? Feriado? Havia algo planejado? Então ela se lembrava — a menina podia visitá-los.

Mabel estava sempre à janela, mas não com a melancolia do inverno passado. Agora ela observava com empolgação e esperança que a menininha com chapéu de pele e sapatos de couro aparecesse da floresta. Os dias de dezembro tinham certa luminosidade e brilho, como a geada nos galhos nus, reluzente pela manhã, pouco antes de derreter.

Mabel se acalmava. Ela se imaginava correndo até a menina quando ela aparecesse nas árvores e abraçando-a, fazendo-a girar. Mas não fez nada disso. Ela esperou pacientemente na cabana e fingiu não notar a chegada dela. Quando a menina entrou, Mabel não a limpou, não tirou as folhas ou os liquens de seus cabelos, não lavou suas roupas nem a vestiu com roupas novas. Era verdade — às vezes ela imaginava a menina usando um adorável vestido armado ou lindos laços nos cabelos. Às vezes ela até mesmo sonhava em convidar Esther para um chá a fim de mostrar a menina, como se fosse sua filha.

Ela não fez nada disso. Eram tolices que tinham mais a ver com suas ideias românticas da infância do que com a menina misteriosa.

O único desejo verdadeiro de Mabel, depois de se livrar da frivolidade, era tocar a menina, acariciar-lhe o rosto, segurá-la e sentir seu perfume do ar alpino. Mas ela se contentava com os sorrisos da criança e a cada manhã observava a janela, esperando pelo dia em que ela apareceria.

Mabel não conseguira estabelecer um padrão nas visitas. A menina vinha de dois em dois dias durante mais ou menos uma semana, mas depois ficava dois ou três dias sem aparecer. Certa manhã, ela veio e ficou com Mabel na cozinha em vez de seguir Jack no celeiro. Ela olhou Mabel misturar a massa do pão e era como se um pássaro canoro tivesse pousado no peitoril da janela do quarto. Mabel não queria assustá-la movendo-se abruptamente, então imitou os gestos tranquilos e receptivos de Jack. Ela falava baixinho com a menina. Mabel descreveu como tinha de polvilhar a massa com farinha e sová-la várias vezes até encontrar o ponto, regular e elástico. Ela disse à menina que a tia de Jack a ensinara a fazer pão, que a mulher ficara pasma por uma adulta se casar sem saber fazer isso.

Naquela noite, a menina ficou para jantar. Jack veio do celeiro e Mabel e a criança se juntaram a ele na mesa. A menina baixou a cabeça antes de ele começar a oração e Jack olhou para Mabel. A menina havia se acostumado às maneiras deles.

Jack parecia estranhamente de bom humor, fazendo piadas e conversando sobre seu dia de trabalho enquanto eles passavam a comida pela mesa. Em certo momento, ele se virou para pedir à menina que lhe passasse o sal. A menina estava concentrada em seu prato e não percebeu. Jack pigarreou e depois tamborilou de leve na mesa.

Isso está virando uma bobagem, anunciou ele.

A menina levou um susto. Ele falou mais baixo.

Temos de chamá-la de algum jeito. Vai ser "a menina" para sempre?

A menina ficou em silêncio. Jack pegou o sal, aparentemente desistindo de lhe dar um nome. Mabel ficou esperando, mas Jack voltou a comer.

Faina, sussurrou a menina.

O quê, menina?, perguntou Mabel.

Meu nome. É Faina.

Pode repetir mais devagar?

Fá-í-ná.

Cada sílaba era um sussurro. Mabel a princípio não conseguiu entender os sons estranhos, tantas vogais sem consoantes, mas então ouviu um gesto em direção as palavras como "longe" e "árvores" e um suspiro no final, sons que na verdade eram aquela menininha sentada à mesa. Faina.

O que isso significa?, perguntou Mabel.

A menina mordeu o lábio e fez cara feia.

Você tem de ver para saber.

Então o rostinho dela se iluminou.

Mas vou lhe mostrar. Um dia vou lhe mostrar o que significa.

Faina. Um nome lindo.

Aí está, Jack. Isso simplifica as coisas, não?

Naquela noite, depois que a menina foi embora, eles repetiram seu nome várias vezes. Ele começou a se revirar na língua deles e Mabel gostou da sensação daquele nome em sua boca, como ele era sussurrado em seu ouvido. — Viu como Faina baixou a cabeça no jantar? A Faina não é uma criança linda? O que a Faina trará em sua próxima visita? Eles eram como crianças brincando de papai e mamãe, e Mabel estava feliz.

O amanhecer irrompeu prateado sobre os picos nevados e os choupos, e Mabel estava à mesa da cozinha tentando desenhar o cesto de bétula que a menina lhes trouxera. Ela o colocara contra a caixa de receitas de madeira para que ele se curvasse em sua direção, e ela tentou se lembrar da aparência dele cheio de frutinhas. Havia muito tempo que não desenhava e o lápis parecia estranho em sua mão, as sombras e os ângulos do desenho todos errados. Frustrada, ela levou a mão à nuca e se espreguiçou.

Ao ver a menina espiando pela janela, Mabel se assustou, mas depois sorriu e ergueu a mão, acenando para ela. Quando a menina lhe acenou de volta, ela sentiu o afeto verter por seu corpo.

Faina, menina. Entre, entre.

A menina trouxe o cheiro de neve com ela e o ar da cabana esfriou e se iluminou. Mabel tirou o cachecol do pescoço dela, tirou-lhe as luvas e o casaco de lã. A menina a deixou fazer isso e Mabel segurou as roupas contra o peito, sentiu o frio do inverno, a lã áspera e o pelo castanho sedoso. Ela enrolou o cachecol nas costas da mão e ficou maravilhada ao perceber que o ponto de costura da irmã enfeitava a menininha.

O que você estava fazendo?

A menina ficou ao lado da mesa com um dos lápis na mão.

Estava desenhando, disse Mabel. Gostaria de ver?

Ela pôs as roupas da menina numa cadeira e deixou a porta aberta, para que um vento pudesse soprar na cabana e refrescar a criança. Depois puxou uma cadeira para a menina se sentar ao seu lado.

Este é meu caderno de desenhos. E estes são meus lápis. Queria desenhar o cesto que você nos deu. Está vendo?

Mabel mostrou o desenho.

Ah, disse a menina.

Não está muito bom, não é mesmo? Sinto que perdi a habilidade que tinha.

Acho que está muito bom.

A menina passou os dedos sobre o papel e fez um biquinho de espanto.

O que mais você sabe desenhar?, perguntou ela.

Mabel deu de ombros.

Qualquer coisa que eu queira, acho. Apesar de não ficar exatamente como imagino.

Pode me desenhar?

Sim. Ah, sim. Mas devo alertá-la de que nunca fui boa em retratos.

Mabel pôs a cadeira da menina perto da janela para que a luz do inverno brilhasse na lateral do seu rosto e iluminasse seus cabelos loiros. Na hora seguinte, Mabel olhou para o papel e para a menina, e esperou que a criança reclamasse, mas ela não falou nada nem se mexeu. Ela era estoica, seu queixo ligeiramente levantado, o olhar firme.

A cada risco, era como se Mabel tivesse seu sonho realizado, como se tivesse a criança em seus braços, acariciasse seu rosto e seus cabelos. Ela desenhou a curva suave do rosto da menina, as proeminências de seus lábios, o arco curioso de suas sobrancelhas loiras. Meio tímida, alerta e corajosa, inocente e sábia... Algo na inclinação da cabeça, nos olhos marcados pela natureza que Mabel queria captar também. Todos os detalhes, ela absorvia e memorizava.

Gostaria de ver?

Está terminado?

Mabel sorriu.

Foi o melhor que consegui fazer hoje.

Ela virou o caderno em direção à menina sem saber que reação esperar.

A menina respirou fundo e depois bateu palmas, feliz.

Você gosta?

Ah, sim! Essa sou eu? É assim que me pareço?

Você nunca se viu, menina?

A menina fez que não.

Nunca? Nem num espelho? Bem, tenho um espelho. Muito melhor do que qualquer desenho.

Mabel foi ao quarto e voltou com um espelho de mão.

Sabe o que é isso? Um pedacinho de vidro, e você pode se ver nele.

A menina deu de ombros.

Aqui, está vendo? É você!

A menina olhou o espelho, os olhos arregalados e o rosto sombrio. Ela estendeu a mão e tocou a superfície brilhante com a ponta de um dos dedos, depois tocou seus cabelos e rosto. Ela sorriu, virou o rosto de um lado para o outro, tirou os cabelos que caíam sobre a testa, o tempo todo olhando o espelho.

Gostaria de ficar com o desenho que fiz de você?

Faina sorriu e fez que sim.

Mabel dobrou o retrato até que ele se transformasse num quadradinho pequeno o suficiente para caber no bolso da menina.

Quando a menina se foi e o jantar terminou, Mabel ficou fazendo tricô perto do fogão a lenha. Lá fora, o vento cortava o vale e ela pensou ter ouvido outro som também. Um uivo triste.

— Foi o vento, Jack?

Ele foi até a janela e olhou para a escuridão.

— Não. Acho que são os lobos rio acima. Ouvi uivos na outra noite também.

— Pode atiçar o fogo? Sinto que estou com frio.

Ela o observou colocar pedaços de bétula no fogo, as chamas consumindo a casca fina e lançando luz contra as paredes da cabana. Depois ele foi até a janela e ficou olhando por um tempo a noite, como Mabel sempre fazia.

— Ela está segura? — perguntou Mabel. — O vento está soprando com tanta força. E os lobos.

— Espero que ela esteja bem.

Eles ficaram acordados até tarde, o que era incomum. Jack saiu várias vezes para pegar lenha, apesar de haver uma pilha ao lado da porta, e Mabel continuou a tricotar, apesar de suas mãos estarem cansadas e de seus olhos arderem. Por fim, eles não conseguiam continuar acordados e entraram na cama juntos. Eles caíram no sono ao som do vento soprando pelo vale.

CAPÍTULO 15

Foi em meados de fevereiro que um pacote endereçado a Mabel chegou envolto em papelão e entregue pelo trem em Alpine. Jack o trouxe da cidade, juntamente com alguns suprimentos que comprou com o que restava do crédito que tinham na loja.

Mabel esperou até que ele saísse novamente antes de se sentar à mesa e abri-lo. Será que a resposta tinha demorado tanto assim? Parecia fazer anos que ela tinha escrito à irmã perguntando do livro. Durante várias semanas ela manteve as esperanças, mas sem resposta Mabel presumiu que ou a irmã não o tinha encontrado, ou não se interessara pela busca.

Ela se sentiu tentada a abrir imediatamente o pacote, mas precisou ter calma e se recompor. Mabel aqueceu uma chaleira com água e preparou uma xícara de chá. Quando a bebida ficou pronta, ela sentou-se à mesa, desfez o laço do pacote e cuidadosamente o abriu. Dentro havia dois pacotinhos separados. O maior parecia ser um livro, mas Mabel optou por abrir o menor primeiro. Ele continha vários belos lápis de desenho e também pedaços de giz pastel. Ela se voltou para o pacote maior e abriu o embrulho lentamente.

O livro era exatamente como ela lembrava — grande e perfeitamente quadrado, forma improvável nos livros infantis que ela já vira. Ele estava encadernado em couro marroquino azul. Um belo desenho de floco de neve estava gravado em prata na capa, a mesma gravação prateada na lombada. Ela pôs o livro na mesa diante de si e o abriu. "Snegurochka, 1857" estava escrito de leve com lápis no canto superior da contracapa azulada. "The Snow Maiden" ["A Donzela de Neve"]. Era a bela caligrafia de seu pai. Ele comprara muitos livros em suas viagens e às vezes trazia algo especialmente para Mabel. Guardava-os numa prateleira em seu escritório, mas, sempre que Mabel queria lê-los, ele os tirava da estante e a sentava em seu colo, virando as páginas.

Com o livro diante de si, Mabel pôde voltar ao escritório do pai, com seu cheiro de tabaco para cachimbo e livros velhos. Ela virou a primeira página. À esquerda, havia uma placa colorida com uma folha de papel transparente, e na outra a história escrita com um alfabeto ininteligível. Era russo! Como ela pôde ter esquecido? Talvez nunca tivesse notado. Apesar de aquele ser um de seus livros preferidos, ela percebia agora que jamais o lera de verdade. Seu pai lhe contara a história enquanto ela admirava as ilustrações. Agora Mabel se perguntava se seu pai conhecia o alfabeto ou se inventava a história com base nas imagens.

Fazia anos desde a morte do seu pai, mas agora ela se lembrava de sua voz, melódica e murmurante.

"Era uma vez um velho e uma velha que se amavam muito e estavam contentes na vida, exceto por uma grande tristeza — eles não tinham filhos."

Mabel voltou seus olhos para a ilustração. Era semelhante a um laqueado russo, as cores exuberantes e terrosas, cheio de detalhes. Ela mostrava duas pessoas velhas, um homem e uma mulher, ajoelhadas na neve, aos pés de uma menina que parecia feita de neve dos pés à cintura, mas que era uma criança de verdade da cintura para cima.

O rosto da criança de neve brilhava de vida, e joias coroavam seus cabelos loiros. Ela sorria docemente para o casal, as mãos enluvadas estendidas para eles. Seu manto bordado descia pelos ombros numa mistura de branco e prateado, sem distinção clara entre o manto e a neve. Por trás dela, o pico nevado era emoldurado por um bosque de abetos verde-escuros e, ao longe, montanhas nevadas com cumes íngremes. Entre duas árvores havia uma raposa com olhos estreitos e dourados, como os de um gato.

Mabel pegou a xícara de chá para encontrá-la fria. Quanto tempo ela tinha ficado olhando para a ilustração? Bebericou o chá frio e virou a página. Era noite. A menina correra para as árvores. Estrelas prateadas brilhavam no céu negro azulado acima dela enquanto o casal olhava tristemente para fora da porta do chalé.

A cada página, Mabel se sentia entorpecida e distante de si.

Ela pegou o livro e o segurou mais perto dos olhos. A ilustração seguinte sempre fora sua preferida. Numa clareira coberta de neve, a menina se cercava por animais selvagens da floresta — ursos, lobos, lebres, arminhos, um cervo, uma raposa e até um ratinho. Os animais se sentavam nas patas traseiras atrás dela, suas expressões nem ameaçadoras nem de adoração. Era como se eles posassem para um retrato, com seus pelos e dentes e garras e olhinhos amarelos, e a menininha olhando para o leitor sem medo nem prazer. Eles amavam a menininha ou queriam comê-la? Tantos anos depois, Mabel ainda não encontrava respostas nos olhos selvagens e brilhantes.

Ela fechou o livro e tocou com a ponta dos dedos o floco de neve gravado. Mabel começou a pegar o embrulho marrom, e foi quando viu a carta da irmã misturada e quase jogada fora.

Queridíssima Mabel,

Que alegria ler sua carta, ver sua linda caligrafia novamente e saber que você está viva e bem. Isso deve soar horrivelmente estranho para você, mas para todos nós aqui é como se você tivesse sido banida para o Polo Norte. Foi um alívio saber que você está aquecida e segura e tem até bons vizinhos. Eles devem ser uma bênção rara nesse lugar selvagem. Fico feliz, também, em saber que você novamente pegou seu caderno de desenhos. Sempre soube que era uma artista talentosa. Por que você não nos manda alguns desenhos de sua nova terra? Estamos ansiosos para compartilhar suas aventuras.

Quanto ao seu pedido, é por pura sorte e acaso que consegui enviá-lo para você. Um aluno da universidade, um tal de sr. Arthur Ransome, estava mexendo na biblioteca do papai e se apaixonou por esse livro. De todos os assuntos, ele está estudando contos de fadas do norte. Não tinha apego nenhum ao livro, então deixei que ele o pegasse para seus estudos. Quando recebi sua carta, fiquei empolgada ao lembrar que sabia exatamente onde ele estava. Claro que praticamente tive de roubá-lo das mãos do jovem. Ele me disse que era um artigo raro e que deveria ser tratado com muito cuidado. Ficou chocado ao saber que eu o enviaria para você nos limites extremos da civilização.

Ao me preparar para lhe enviar o livro, notei que ele está escrito em russo. A não ser que você tenha aprendido o idioma no Alasca, sinto que vai descobrir que o livro é ilegível. Antes de o embrulhar, pedi ao jovem que me falasse algo sobre Snegurochka, a Donzela de Neve.

O sr. Ransome diz que a história da criança de neve é tão importante na Rússia quanto a da Chapeuzinho Vermelho ou da Branca de Neve no nosso país. Como muitos contos de fadas, há várias formas diferentes de contá-lo, mas sempre começam do mesmo jeito. Um velho e uma velha vivem felizes em seu chalé na floresta, exceto por um detalhe triste: eles não têm filhos. Num dia de inverno, eles fazem um boneco de neve.

Sinto dizer que, seja qual for a versão, a história termina mal. A menina de neve vem e vai com o inverno, mas no fim ela sempre derrete. Ela brinca com as crianças da aldeia perto demais da fogueira ou não percebe a primavera chegando ou, como na versão do livro do papai, ela conhece um menino e escolhe o amor mortal.

Na história mais tradicional, de acordo com o sr. Ransome, a criança de neve se perde na floresta. Ela encontra um urso que se oferece para lhe mostrar o caminho. Mas ela olha as garras e os dentes do urso e teme que ele a queira comer. Ela recusa a ajuda dele. Então surge um lobo, que também lhe promete levar em segurança até o chalé, mas ele parece quase tão feroz quanto o urso. A menina novamente recusa.

Então ela encontra uma raposa. "Vou levá-la para casa", promete ela. A menina conclui que a raposa parece mais amigável do que os outros animais. Ela se apega aos pelos da nuca da raposa, que a leva para fora da floresta. Quando tentam chegar ao chalé do casal de velhos, a raposa pede uma galinha gorda como recompensa pela ajuda. Os velhos são pobres e por isso decidem enganar a raposa e lhe dão um saco com o cão de caça deles dentro. A raposa leva o saco para a floresta e o abre. O cachorro sai, persegue a raposa e a mata.

A menina de neve fica com raiva e triste. Ela dá adeus ao casal, dizendo que, já que eles não a amam tanto quanto amam suas galinhas, ela voltará a morar com seu Pai Inverno e sua Mãe Primavera.

Quando a velha olha para fora da próxima vez, tudo o que resta são as botas vermelhas da menina e uma poça de água.

Que história trágica! Por que essas histórias infantis têm sempre de ser tão assustadoras, eu não entendo. Acho que, se um dia eu a contar para meus netos, vou mudar o fim e fazer com que todos vivam felizes para sempre. Podemos fazer isso, não, Mabel? Inventar nossos finais e optar pela felicidade em vez da dor?

CAPÍTULO 16

— Não podíamos ficar apenas com uma? — implorou Mabel. — A galinha vermelha. Ela é tão querida e podemos alimentá-la com migalhas.

— Galinhas não são criaturas solitárias — disse Jack. — Elas são como um bando. Não seria certo.

— O senhor Palmer não pode nos dar um pouco mais de crédito, só para comprar um pouco de comida para o restante do inverno? Não custaria muito, não é?

Jack sentiu a camisa apertá-lo no pescoço e a cabana ficou quente e pequena demais. Comida para as galinhas, pelo amor de Deus! Que tipo de homem não pode comprar comida para as galinhas? Eles já estavam sem café e o açúcar não duraria muito.

— Ela tem de ir. — Jack foi até a porta e quase a bateu quando ouviu Mabel.

— A Esther diz que é melhor mergulhá-las em água fervente para depená-las. Devo aquecer a água?

— Seria bom. — E ele fechou a porta.

Jack não sentiu nenhum prazer matando as galinhas. Se ele tivesse escolha, as manteria vivas e empoleiradas no celeiro por toda a vida. No verão, elas eram boas poedeiras, em geral, e ele sabia que

Mabel era meio apegada aos animais. Mas não se pode deixar um animal passar fome em suas mãos. Melhor matá-las e acabar com tudo.

Ele viu o machado perto da pilha de lenha ao entrar no celeiro. Jack agora queria ter pedido alguns conselhos a George também. A avó dele era conhecida por estrangular galinhas com as próprias mãos, mas em geral ele ouvia dizer que o melhor era cortar a cabeça e deixá-las sangrar. Um trabalho desagradável, independentemente de como fosse feito.

Uma dúzia de galinhas sem cabeça e logo ele as levaria para Mabel, que havia cuidado delas. Mas ela faria o necessário. Destrincharia os animais e os depenaria e jamais reclamaria, assim como nunca reclamou dos suprimentos escassos ou das intermináveis refeições de alce e batatas. Nas últimas semanas, ela colhera amoras e frutos de roseiras silvestres e preparara geleia, e aprendera a fazer um bolo sem ovos que não ficou tão ruim. Mabel estava se virando, e de alguma forma isso combinava com ela. Estava corada e ria mais do que rira em anos, mesmo servindo mais um prato de alce frito.

Ela pegou seus livros e lápis novamente, também. Jack notou isso. A menina sempre trazia algo de novo para ela desenhar — uma pena de coruja, um punhado de frutinhas alpinas, um galho de bétula com a pinha ainda presa nele. As duas se sentavam à mesa da cozinha, a porta da cabana aberta "para que a menina não fique tão quente", as cabeças juntas enquanto Mabel desenhava. Era bom ver.

Mas ele também ficava assustado ao perceber o quanto a menina se tornara importante para Mabel. E para ele também. Ele admitia isso. Jack podia não ficar olhando pela janela, mas esperava com a mesma ansiedade. Esperava que a menina não estivesse sozinha ou em perigo. Esperava que ela aparecesse e viesse correndo e sorrindo até ele.

Às vezes ele queria contar a verdade para Mabel. Era um fardo, e ele não tinha certeza se o carregava da melhor forma. Ele queria contar a Mabel sobre o homem morto e o lugar solitário nas montanhas onde ele o enterrara. Jack queria lhe contar sobre a porta estranha na encosta da montanha. Reconhecer o sofrimento da menina era algo que lhe caía pesado no estômago e às vezes não conseguia olhar para seu rostinho pálido sem temer começar a chorar.

Jack havia prometido à menina, mas talvez fosse apenas uma desculpa. A verdade é que o que a menina vira destruiria o coração de Mabel e a última coisa que ele queria na vida era lhe causar ainda mais sofrimento. A capacidade que ela tinha de sofrer o assustava. Jack se perguntou mais de uma vez se ela tinha se aventurado no gelo sobre o rio em novembro sabendo muito bem do perigo.

Jack pegou uma galinha pelas patas e a levou, gritando e batendo as asas, até o bloco de cortar lenha. A galinha ficou agitada por um tempo, mesmo depois de ter a cabeça cortada. Só mais onze, pensou Jack melancolicamente ao colocar a ave morta na neve.

Ele não havia planejado ajudar com a depenação até perceber que seria um trabalho difícil e desagradável para uma pessoa só. Lado a lado na bancada da cozinha, cobertos de penas e com as mangas dobradas, Jack e Mabel se revezavam mergulhando as galinhas na água fervente e depois tirando mãos e mãos de penas. Eles tentaram guardar as penas vermelhas, pretas e amarelas num saco, mas em pouco tempo havia mais penas no chão e flutuando pela cabana do que no saco.

— Talvez devêssemos fazer isso lá fora — sugeriu Mabel, tentando tirar uma pena molhada da testa com as costas da mão.

Jack riu.

— Eu tiraria isso para você, mas acho que só vou sujá-la com mais penas — disse ele, mostrando a mão cheia de penas.

— E este cheiro horrível — comentou Mabel. O vapor que subia da água fervente cheirava a penas queimadas e pele de galinha semicozida.

— Estava pensando... Talvez devêssemos comer frango no jantar — disse Jack, tentando se manter sério.

— Não, não. Eu não suportaria isso. Ah, você está me provocando — e ela jogou uma pena na direção dele.

Enquanto ele começava a depenar outra ave, Mabel suspirou ao seu lado.

— O que é?

— É a querida Henny Penny — disse ela, olhando com tristeza para a galinha morta em suas mãos.

— Eu lhe disse para não lhes dar nomes.

— Não são os nomes. Eu as conheceria de qualquer jeito. A Henny Penny costumava me seguir enquanto eu recolhia os ovos, cacarejando como se me desse conselhos.

— Sinto muito, Mabel. Não sei mais o que fazer. — Ele fechou a mão, sentiu os tendões se flexionarem e se perguntou como podia decepcioná-la tanto.

— Acha que eu o culpo? — perguntou ela.

— Ninguém me culpa. Está pesando nos meus ombros.

— Como é que você sempre chega a essa conclusão? De que tudo é culpa sua? Não foi minha a ideia de vir para cá? Não fui eu quem quis esta propriedade e todo o trabalho duro e os fracassos a ele atrelados? Eu é que devo ser a culpada, porque tenho feito muito pouco para ajudar.

Jack ainda olhava para as próprias mãos.

— Está vendo? Isso era para ser de nós dois, os sucessos e os fracassos — continuou Mabel, e ao falar ela gesticulava exageradamente, como abraçando tudo, as galinhas depenadas e as penas.

— Tudo isso? — disse ele, sem conseguir esconder o sorriso.

— Sim, tudo isso. — Ela também sorriu. — Todas as penas. Minhas e suas.

Jack se aproximou e a beijou na ponta do nariz, depois pôs uma pena de galinha atrás da orelha dela.

— Então está tudo bem — falou ele.

Quando terminaram de depenar a última galinha, tentaram limpar as penas da cabana, mas a impossibilidade os fez rir, até que

Mabel desistiu e se jogou na cadeira da cozinha, as pernas esticadas diante de si. Jack usou o braço para enxugar o suor da testa.

— Quem imaginaria que seria tão trabalhoso preparar galinhas para o jantar? — Mabel se abanava com uma das mãos. Jack concordou com a cabeça e depois levou as aves para pendurá-las no celeiro com a carne de alce. Elas ficariam congeladas até que eles pudessem comê-las.

Ao voltar, ele viu que Mabel tinha reservado uma das aves.

— Estávamos brincando, não? Sobre preparar uma delas para o jantar de hoje?

— Não é para nós.

— Então para quê?

Mabel vestiu o casaco e pôs as botas.

— Vou levá-la para um lugar na floresta.

— Que lugar?

— Para onde você lhe deixou docinhos e a boneca.

Então ela sempre soube.

— Mas uma galinha morta? — perguntou ele. — Para a menina?

— Não para ela. Para a raposa dela.

— Você vai dar uma das nossas galinhas para uma raposa selvagem?

— Preciso fazer isso.

— Por quê? — indagou Jack, erguendo a voz. — Pelo amor de Deus, isso não faz sentido, uma vez que mal estamos sobrevivendo. Não faz sentido desperdiçar o jantar na floresta.

— Quero que ela saiba... — E Mabel manteve a cabeça erguida, como se o que fosse dizer exigisse coragem. — A Faina precisa saber que a amamos.

— E uma galinha vai lhe dizer isso?

— Já lhe disse que é para a raposa.

Enquanto Mabel saía para a noite com a ave morta e depenada, Jack quis rir do absurdo daquilo. Em vez disso, porém, se percebeu pensando no que Esther havia dito sobre a loucura do inverno.

CAPÍTULO 17

Ao se aproximar da cabana, Jack ouviu o som de conversas de mulher e, ao entrar com os braços cheios de lenha, encontrou Esther com os pés indecorosamente apoiados numa cadeira diante do fogão a lenha. Ela usava uma calça masculina azul-marinho com as barras enfiadas em meias vermelhas listradas. Um dedo saía por um buraco na meia e, enquanto Jack colocava lenha no fogão, ela balançava os dedos em direção ao fogo.

— Estava dizendo para a Mabel que espero que aquele meu filho não o incomode demais. Sei que ele anda vindo aqui no inverno, importunando-o, com certeza — disse.

Mabel lhe entregou uma xícara de chá e ela bebericou.

— Não. Não. — Ele tentou não olhar para o dedo exposto. — De jeito nenhum. Para falar a verdade, eu até gosto da companhia dele. Aprendo muito com ele.

— Não lhe diga isso. Ele vai acreditar e não vai parar mais. Aquele menino sabe muita coisa, mas nem metade do que acha que sabe.

— Ah, bem. Acho que isso serve para todo mundo naquela idade.

— Mas ele gosta de você. Ele sempre fala de você. O Jack disse isso e o Jack disse aquilo.

Mabel deu uma xícara de chá para Jack.

— Tem bolinhos também. A Esther os trouxe.

As duas mulheres passaram quase o dia todo trocando receitas e pontos de tricô, e até mesmo do jardim ele as ouviu rindo. Ele ficou feliz por Mabel ter companhia.

Esther se levantou, se espreguiçou e pegou um bolinho do prato.

— Também estava dando conselhos. Disse a Mabel que ela tem de sair mais da cabana. Toda essa coisa de menininhas correndo pelas árvores. Desse jeito, daqui a pouco ela estará dando festas no jardim só de calcinha e um chapéu florido.

Esther cutucou Mabel com o cotovelo e piscou, mas Mabel não sorriu.

— Ah, olhe só para você, branca como um fantasma. Não estou lhe dizendo nada que você não saiba. Toda essa conversa sobre a menininha é bobagem.

— Não estou louca, Esther. — A voz de Mabel saiu contida e ela se fixou nos olhos de Jack.

— Então você vai ter de se esforçar, moça. — Esther a abraçou pela cintura. — Vai precisar de toda a força para sobreviver por aqui.

Jack esperava que Esther encontrasse uma desculpa qualquer para ir embora, mas ou ela não percebeu o silêncio mal-humorado de Mabel ou era mais teimosa do que ele imaginava. Ela se jogou numa cadeira à mesa e bebeu demoradamente o chá.

— Bom chá. Bom mesmo — disse. — Já lhe contei sobre o chá de urso?

— Não. Não me lembro de você ter dito nada — respondeu Jack. Ele pretendia trabalhar ao ar livre por mais uma ou duas horas, mas pegou uma cadeira diante dela e de Mabel e comeu outro bolinho.

— Danny... Jeffers? Jaspers? Ah, droga, minha mente não funciona direito. De qualquer forma, Danny carregava consigo um saco fedorento cheio de... Bem, vamos apenas dizer que eram as partes menos desejáveis de um urso. Ele jurava que se podia fazer chá com aquilo para melhorar a vida amorosa.

Os olhos de Esther brilharam, maliciosos.

— Então sempre se sabia quem estava com problemas com isso, baseado em quem conversava com o velho Danny.

— Ah, você teve de beber isso? Que horrível? — disse Mabel, torcendo o nariz.

— Estava pensando mais naqueles pobres ursos — comentou Jack. — Imagine sofrer algo assim!

Esther riu e segurou a barriga.

— Ora, isso deve ser uma imagem e tanto, um homem derrubando um urso.

— Bem, você não está querendo dizer... — A expressão de Mabel era de preocupação.

Esther mal conseguia falar, de tanto que ria.

— Não, não. Os ursos não estavam vivos. Ele os matou antes.

— Ah — disse Mabel, baixinho, e Jack não soube distinguir se ela estava constrangida ou pensando nos ursos mortos.

— Acho que vários personagens estranhos vêm e vão com os anos — ponderou ele.

— Ah, claro. Este lugar atrai malucos feito moscas. Podemos nos incluir entre eles, e isso quer dizer muito.

Mabel não sorriu.

— Vocês devem ter ouvido falar do cara que pintou a cabana de alaranjado — quis saber Esther.

— Não, não. — Mabel riu e fez que não com a cabeça. — Não acredito em você. Você está inventando.

Esther ergueu a mão direita, num sinal de juramento.

— Juro que é verdade. Alaranjado como a fruta. Disse que o ajudaria a se manter animado durante os invernos escuros. A casa dele ficava do outro lado dos trilhos. Eu mesma achava linda, mas todos os homens da cidade riam dele.

— Deu certo? — perguntou Jack.

— Acho que não. Ele pôs fogo na cabana naquele inverno, a coisa toda desmoronou. Eu sempre fiquei pensando... Ele reclamava do frio mais do que qualquer outro homem. O que ele estava fazendo no Alasca, eu não sei. Todos disseram que o incêndio foi um acidente e que a tinta alimentou as chamas, mas talvez ele simplesmente estivesse cansado do frio. Queria passar calor como o velho Sam McGee.

— Sam quem? — indagou Mabel. — Ele vivia por aqui?

— Sam quem! E seu pai era professor de literatura? — Esther se pôs a recitar alguns versos de um poeta do Yukon chamado Robert Service que contavam coisas estranhas que aconteciam sob o sol da meia-noite.

A luz se esvaía e Mabel a convidou para o jantar, mas Esther disse que não, que tinha de ir para casa e preparar comida para os homens. Assim que vestiu o casaco e as botas e estava pronta para sair, ela abraçou Mabel novamente.

— Você se tornou minha melhor amiga — declarou. — Cuide-se.

— Vou me cuidar — disse Mabel. — Foi bom vê-la.

Jack acompanhou Esther até o jardim e se ofereceu para lhe dar carona no cavalo deles até a carroça.

— Estou bem, Jack — falou ela. Esther se aproximou dele e olhou de volta para a cabana. — Mas estou preocupada com ela — acrescentou. — Ela tem um quê de tristeza, como a minha mãe tinha. Fique de olho nela.

Jack esperava encontrar Mabel cabisbaixa e quieta ao voltar para a cabana, mas ela cantarolava baixinho na pia da cozinha.

— Vocês duas tiveram uma boa conversa?

— Tivemos. Nunca conheci ninguém como ela. É cheia de surpresas e eu até que gosto.

Mabel pôs água numa panela sem olhar para ele.

— Por que você nunca fica do meu lado e lhe diz que também viu a menina?

Então tinha sido ele, e não Esther, quem a irritou.

— Isso me deixa completamente perdida, Jack. Ela é real. Você a viu com seus próprios olhos, sentou-se com ela a esta mesa. E ainda assim nunca confirmou para os Benson.

— Não sei — respondeu ele. — Talvez não tenha tanta coragem quanto você.

— Você está rindo de mim.

— Não. Você é diferente. Sincera, mesmo que as pessoas digam que você é louca. Eu... só acho que...

— Você não diz nada. — Mas havia mais espanto do que raiva em sua voz.

Mabel voltou a mexer no saco de batatas.

— Devo comprar calças como as que Esther estava usando? — perguntou ela.

— Só se você usar meias furadas também.

— Mas elas não pareciam quentes e práticas?

— As meias? — provocou ele.

— Não, não. Aquelas meias eram outros quinhentos!

Ela começou a descascar as batatas e Jack ficou atrás, tocando-lhe as mechas que se soltavam dos grampos e caíam sobre a nuca. Depois ele tocou em sua cintura e se aproximou. Todos aqueles anos e Jack ainda se sentia atraído pelo cheiro de sua pele, o cheiro de sabonete e ar fresco. Ele sussurrou em seu ouvido:

— Dance comigo.

— O quê?

— Eu disse para dançarmos.

— Dançar? Aqui na cabana? Acho que você é quem está louco.

— Por favor.

— Não tem música.

— Nós podemos nos lembrar de uma música, não? — E ele começou a cantarolar *In the Shade of the Old Apple Tree*. — Aí está — disse, e a virou para que Mabel ficasse de frente, um braço ainda em sua cintura, a mão dela na dele.

Ele cantarolou mais alto e começou a girá-los pelo piso de madeira.

— "Hum, hum, com um coração verdadeiro estarei esperando por você."

— "... À sombra de uma velha macieira." — Ela o beijou no rosto e ele a envolveu com o braço.

— Ah, pensei numa — disse Mabel. — Deixe-me lembrar... — e ela começou a cantarolar hesitantemente. Jack não reconheceu a música no começo, mas depois se lembrou e ele a acompanhou.

— "When my hair has all turned gray"— um giro e um volteio ao lado da mesa da cozinha. — "Will you kiss me then and say, that you love me in December as you do in May?"[2].

E então eles estavam ao lado do fogão a lenha e Mabel o beijou com a boca aberta e suave. Jack a puxou para perto, juntou os corpos e a beijou no rosto e pelo pescoço, enquanto ela se afastava devagar, pelo ombro. Então Jack passou o braço por trás dos joelhos dela e a pegou no colo.

— O que é que... Você vai quebrar as costas — alertou Mabel em meio a um ataque de risada. — Estamos velhos demais para isso.

— Estamos? — perguntou ele. Jack esfregou a barba contra seu rosto. Ela se encolheu e riu, e ele a levou para o quarto, apesar de ainda não terem jantado.

---

[2] Quando meus cabelos se tornarem grisalhos | Você vai me beijar e dizer que me ama em dezembro assim como me ama em maio? (N.T.)

CAPÍTULO 18

As amoras eram minúsculos rubis contra a neve branca e os olhos de Mabel as procuravam. Ela pensava que eram comestíveis, mas Esther lhes disse que na verdade as amoras ficavam mais doces quando congeladas e eram perfeitas para molhos e geleias. O clima do fim de fevereiro estava um pouco mais quente, pouco abaixo do ponto de congelamento. O céu estava azul, o ar, calmo, e estava surpreendentemente agradável lá fora. Mabel caminhava pela neve funda perto da cabana, carregando o cesto que Faina lhes dera. As frutinhas eram pequenas e estavam espalhadas em meio aos galhos nus, mas Mabel começou a encher o cesto com um pouco de cada vez. Ela planejava fazer uma saborosa refeição com as amoras, as cebolas de Esther e especiarias. Talvez isso fizesse com que a carne de alce tivesse outro sabor que não o da mesma refeição de todos os dias, há várias semanas. Ela sorria para si mesma, pensando em como a necessidade era mesmo a mãe das invenções, quando levantou a cabeça para ver a menina e a raposa.

Faina nunca deixava de impressionar Mabel. Não era só porque a menina aparecia sem aviso, mas também pelo comportamento dela. Ela ficava com os braços ao lado do corpo, usando seu casaco de lã, luvas, cachecol, touca de pelo e cabelos soltos. Seu chapéu estava cheio de neve, assim como seus cílios. Sua expressão era calmamente atenta, como se estivesse esperando por muito tempo, talvez anos, sabendo que era apenas questão de tempo até que Mabel chegasse àquele lugar no meio da floresta.

Mabel não tinha mais certeza da idade da menina. Ela parecia ao mesmo tempo recém-nascida e tão velha quanto as montanhas, seus olhos cheios de pensamentos mudos, a expressão impassível. Ali, com a criança na floresta, tudo parecia possível e real.

Tão impressionante quanto era a raposa. Ela se sentava ao lado de Faina com a cauda sedosa envolvendo suas patas e com as orelhas viradas para a frente. Algo em seus olhos predadores e na boca fina revelava milhares de pequenas mortes, e Mabel não conseguia esquecer seu focinho manchado de sangue.

Ela é sua amiga?, perguntou Mabel à menina.

Faina deu de ombros.

Caçamos juntas, disse ela.

Quem mata?, perguntou Mabel.

Nós duas.

Você lhe faz carinho?

A menina fez que não.

Uma vez eu fiz, disse ela. Quando a raposa era filhote, ela pegava pedacinhos de carne da minha mão e nunca me mordia. À noite, ela às vezes dormia ao meu lado. Mas ela é selvagem demais agora. Corremos e caçamos juntas, mas só isso.

Como se quisesse mostrar que aquilo que dizia era verdade, Faina estendeu a mão enluvada na direção da raposa. Ela se encolheu rapidamente, deu a volta pelas pernas da menina e saiu correndo para a floresta. A menina ficou olhando e Mabel pensou ter visto um quê de espanto e ansiedade em seu rosto.

Você pegou muitas frutas?, perguntou Faina, virando-se para ela.

Algumas, respondeu Mabel. Não tantas quanto deveria. Mas está um dia lindo. Não me importo que tenha levado quase toda a manhã.

A menina fez que sim e depois apontou para um agrupamento de abetos.

Tem mais ali, disse ela.

Obrigada. Vem comigo?

Mas a menina já fugia rumo à cabana. Ela correu em meio às árvores e sobre a neve até que Mabel estivesse sozinha novamente na floresta. O sol se refletiu na neve e ela ouviu o vento soprando da geleira, mas ali estava quieto, tão quieto que Mabel ficou se perguntando se sempre esteve sozinha. Ela caminhou pela neve até os abetos.

Demorou um pouco para identificar o que ouvia. Mabel viu o cesto com as amoras que Faina havia lhe mostrado. Ela colocou as luvas e segurou o cesto com cuidado, sem querer derrubar nenhuma frutinha na neve. Ao se aproximar da cabana, ela pensou ter ouvido tiros. Ou talvez fosse cantoria. Então, ao sair correndo pelas árvores e entrar no jardim, ela ouviu claramente — risadas.

Jack e a menina estavam lado a lado, os braços estendidos e as mãos quase se tocando. Depois, sem aviso, eles se jogaram de costas na neve.

Venha ver! Venha ver!, gritou a criança para Mabel.

Jack? Faina? O que está havendo?

Somos anjos de neve, gritou Jack, e a menina riu.

Mabel foi até eles, o cesto nas mãos, e olhou para baixo. Jack afundara quase trinta centímetros na neve e agitava os braços e as pernas, como um homem se afogando. Ele riu e Mabel viu que sua barba e seu bigode estavam cobertos de neve.

Ali perto, a menina estava deitada sobre a neve, sorrindo e com os olhos azuis arregalados.

Mabel via agora que eles estavam cercados por anjos na neve — o contorno grande e profundo de Jack e o da menina, menor e mais leve. Uma dúzia ou mais estava espalhada pelo jardim, de dois em dois, e brilhava sob o sol. Mabel nunca tinha visto nada tão lindo, e ela caminhou entre as figuras.

Jack se levantou com dificuldade. Depois estendeu a mão para Faina e a segurou.

Veja, gritou a menina para ela.

Jack tirou Faina da neve, os dois rindo.

O que Mabel contemplou na neve lhe tirou o ar. O anjo era tão delicado, as asas perfeitamente desenhadas, como a pegada deixada na neve por um pássaro selvagem que alçara voo.

Não é incrível?, perguntou Jack.

Não entendo. Como...

Não se lembra de fazer isso quando era criança?, indagou Jack. Você só ergue e baixa os braços e as pernas. Venha. Tente.

Mabel hesitou, segurando o cesto de frutas.

Ah, por favor. Venha!, implorou a menina.

Jack pegou o cesto e o entregou a Faina.

Não sei. Com minha saia comprida...

Mas ele a segurou pelos ombros e, antes que percebesse suas intenções, cuidadosamente a derrubou de costas. Ela esperava que isso doesse, mas a neve fofa era como um edredom grosso que amenizou a queda e abafou o som. Ela viu Jack e a menina rindo dela e, sobre seus rostos, o céu azul. Mais perto, ela conseguia ouvir os cristais de gelo que a envolviam.

Então comece, disse Jack para ela. Você tem de balançar os braços para fazer as asas.

Mabel balançou os braços para cima e para baixo e sentiu o atrito da neve. Depois moveu as pernas de um lado para o outro.

Certo?, perguntou ela.

Jack estendeu a mão, eles se seguraram, luvas delicadas e de trabalho, e ele resmungou ao levantá-la.

Ah, olhe! Olhe!, gritou a menina. Não é perfeito?

Mabel olhou para seu anjo. Como o de Jack, ele estava afundado na neve e as asas não tinham penas. Mas era lindo, ela tinha de concordar.

O seu é o mais lindo de todos, disse Faina, abraçando Mabel pela cintura com força, e Mabel sentiu como se fosse cair novamente, tombando e rindo de costas na neve fofa.

Os anjos de neve permaneceram no jardim mesmo depois de a menina ir e vir pela floresta, e Mabel sorriu para eles. Não era apenas a presença mística deles dançando do celeiro até a cabana, da cabana até a pilha de lenha. Era também a lembrança de Jack se revirando na neve como um menininho e Faina rindo ao seu lado. E depois os braços da menina nela, abraçando-a como filhas abraçam a mãe. Feliz. Espontânea. A filha mais bela de todas. A mais bela de todas.

Mabel saiu da janela da cozinha e voltou para perto do fogão. Espere só até Esther ver isso tudo, pensou ela. Se ela pensava que éramos loucos antes, quando vir que passamos os dias fazendo anjos de neve no jardim, com certeza nos internará num hospício. Ela mexeu as amoras ferventes. O cheiro azedinho permeava a cabana e, percebeu Mabel, cheirava como a cabana bagunçada dos Benson no dia da primeira visita.

Ela olhou pela janela novamente. Lindos e loucos anjinhos de neve! E então se deu conta — entre todos aqueles anjos estava o de Faina. Sua marca delicada, com asas emplumadas. Claro que a existência daqueles anjos não podia ser negada.

Quando Esther os vir, saberá que é verdade, que a menina é real. Como ela e Jack poderiam fazer dezenas de anjos do tamanho do corpo de uma criança?

Apesar de a menina ter sido no começo motivo de brincadeira, à medida que o inverno avançava Esther se tornava mais gentil e cautelosa quanto às suas dúvidas. Ela perguntou se Mabel estava tomando ar, se dormia bastante durante o dia. Encorajou a vizinha a visitá-la e, quando Mabel disse que não se sentia à vontade montando o cavalo, Esther começou a aparecer regularmente.

Não havia nenhuma garantia de que Esther aparecesse em breve, mas ela os visitava a cada duas semanas, mais ou menos, dependendo do clima, e geralmente nas tardes de domingo. Havia duas semanas desde a última visita e domingo estava chegando. Desde que não nevasse, ela poderia ver a prova da existência da menininha, e Mabel se sentiria inocentada.

A descrença de Esther era normal. Ela lembrava os anos de infância de Mabel, durante os quais procurava fadas e bruxas e era motivo de chacota das irmãs mais velhas. Sua cabeça estava cheia de bobagens, uma professora alertou seu pai. Você a deixa ler livros demais.

Uma vez, Mabel teve certeza de que pegou uma fada. Aos oito anos, ela construiu uma armadilha com gravetos e a pendurou num carvalho no jardim. No meio da noite, espiou pela janela do quarto e a viu balançando sob o luar e, ao abrir a janela, conseguiu ouvir os gritinhos finos, exatamente como imaginava que uma fada presa gritaria.

Ada! Ada!, ela chamou a irmã. Peguei uma fada. Venha ver. Agora você vai ver que é de verdade.

E Ada veio, resmungando e com olhos de sono, e elas foram descalças e de camisola até o carvalho. Todavia, quando Mabel pegou a armadilha do galho e olhou dentro dela, o que viu não era uma fada, e sim um passarinho tremendo de medo. Ela abriu a portinha, mas o pássaro não voou. Ada balançou a caixa e, quando o pássaro caiu na grama, Mabel viu que ele estava agonizando. Antes que ela pudesse lhe fazer um ninho na casa, ele morreu.

A lembrança a deixou mal. Ela se sentia envergonhada, humilhada e horrivelmente culpada pela morte do pássaro. Mas no centro da lembrança estava a emoção sincera — uma decepção raivosa. Se ela não podia convencer ninguém, como poderia continuar acreditando?

Os dias seguintes foram claros e calmos. Mabel protegeu os anjos de neve, que não desapareceram. Eles brilhavam sob o céu azul enquanto os dias se tornavam mais duradouros. Quando o sol parecia forte demais, ela temia que eles derretessem, mas o ar permaneceu frio, e a neve, fofa e seca.

Só na manhã de domingo é que o vento começou a soprar da geleira. Mabel ouvia as lufadas sobre o leito do rio e o observava dobrar as árvores, derrubando a neve no chão. Por favor, pensou Mabel. Venha rápido. Venha ver e você saberá que ela é de verdade.

Mabel não ouviu o cavalo entrar trotando no jardim naquela tarde — o vento soprava violentamente. Ela só percebeu que Esther tinha chegado depois que a porta se abriu e ela entrou apressadamente na cabana.

— Olhe o que o vento soprou! — disse Esther. Ela riu exageradamente e bateu a porta.

— Ah, Esther! Você veio. E neste tempo!

— Não estava tão ruim antes da metade do caminho, e depois pensei que já estava condenada mesmo, então aqui estou eu.

— Estou tão feliz. Espere! Não tire o casaco. Quero lhe mostrar uma coisa. — Ela vestiu um cachecol e pôs um chapéu na cabeça.

Fiel à sua natureza aventureira, Esther não perguntou por quê, só deu meia-volta e seguiu Mabel de volta para a tarde. Apesar de o sol ainda brilhar e de o céu ainda estar limpo, o vento soprava a neve e a jogava no ar. Quase cegadas, elas atravessaram o jardim.

— Aqui — disse Mabel para Esther.

— O quê?

Elas não conseguiam se ouvir por causa do vento, então Mabel acenou para que a amiga a seguisse, e elas foram em direção ao celeiro. Talvez no lado oposto os anjos de neve estivessem protegidos.

Quando elas chegaram, contudo, só havia um vestígio fraco dos anjos, umas ranhuras sem forma na neve em movimento.

— Está vendo? — gritou Mabel em meio ao vento.

Esther fez que não, depois arqueou as sobrancelhas e ergueu as mãos, cheia de dúvidas. O vento diminuiu por um instante, mas elas ainda podiam ouvi-lo ao longe.

— Está vendo alguma coisa? — Mabel apontou para onde estavam os anjos de neve.

— Não, Mabel. Só vejo neve. O que era para eu ver?

— É só que... Eles estavam aqui.

— O que estava aqui? — perguntou Esther, baixinho, preocupada.

Mabel abriu um sorriso forçado.

— Nada. Não era nada. — Ela deu o braço a Esther. — Venha. Vamos entrar antes que o vento sopre novamente. Quero que você experimente meu tempero de amora.

CAPÍTULO 19

Jack abrira uma trilha pela neve e espalhava gravetos quando Garrett entrou no jardim com uma raposa morta pendurada em sua sela. Jack ficou ao lado do bloco de cortar lenha e olhou o menino entrar. Ele parou facilmente o cavalo, a cabeça baixa, os ombros movendo-se com o trotar e a interação entre o animal e o terreno. Só depois de levantar a cabeça e ver Jack é que sua juventude brilhou. Ele se sentou ereto, rindo, levantou as mãos em sinal de cumprimento e depois apontou para a raposa morta.

— O que você nos trouxe hoje?

— Não é uma beleza? — perguntou Garrett ao descer do cavalo. Ele estendeu a mão e pegou a raposa pelo pescoço, erguendo a cabeça flácida. — Uma raposa prateada! — disse o menino com algum orgulho.

Jack deixou a machadinha de lado e foi até o cavalo. As orelhas e o focinho da raposa eram lisos como seda, mas atrás e nas laterais o pelo tinha um quê de prateado.

— Está congelada?

— Não, senhor — respondeu Garrett. — É assim que elas são: com as pontas prateadas.

— É mesmo esplêndida — elogiou Jack. — Você pega muitas?

— É minha primeira. Elas não são muito comuns — explicou Garrett. — Em geral pego raposas-vermelhas e cruzadas. Já viu aquelas cruzadas? Elas são uma mistura de vermelho e preto e trazem uma cruz negra nas costas.

Jack voltou para seu monte de gravetos e se sentou no bloco de cortar lenha.

— Tem pegado alguma dessas recentemente? Raposas-vermelhas?

— Há cerca de um mês peguei uma raposa cruzada numa armadilha. Perdi outra que tinha pisado numa armadilha mal-armada. Claro que não sei a cor dessa — disse Garrett, rindo da própria piada.

— Não, acho que não mesmo. O que você vai fazer com essa?

— Estou pensando numa gola de pele para o casaco da mamãe. Mas não diga nada. Quero que seja surpresa.

— Seria um belo presente.

— Eu fiz umas luvas de lince para ela no ano passado. A Betty do hotel, ela sabe fazer qualquer coisa se você lhe der a pele com que trabalhar. Chapéus, luvas. Ela é muito boa também. Queria um pelo de carcaju, se um dia eu pegar um.

Jack estava pronto para voltar a cortar gravetos, mas o menino queria falar, então ele o ouviu. Quando Jack pôs outro galho no bloco, o menino se pôs a empilhar os gravetos e falou sobre as pegadas que vira naquele dia — vários coelhos, um porco-espinho, alguns linces e um lobo solitário subindo o rio.

— Não é incomum um lobo solitário?

— Provavelmente, um filhote renegado pela matilha procurando território. Instalei algumas armadilhas com isca de alce. Espero pegá-lo.

Jack bateu no galho de abeto com a machadinha e pedaços de graveto caíram no chão.

— Você gosta desta vida, não é? — perguntou ele, pegando outro pedaço de madeira. — Pegando animais selvagens?

O menino deu de ombros.

— É melhor do que plantar — declarou Garrett. Ele agiu rapidamente: — Sem ofensa.

— Ah, bem. Eu mesmo não gosto muito às vezes. Mas é um meio de ganhar a vida. Já caçar... é um trabalho difícil. E meio solitário também.

— Eu gosto. Andar pelo rio. Só eu, o vento e a neve. Gosto de observar as pegadas, ver os animais indo e vindo. Quando ficar mais velho, vou construir uma cabana no alto do rio. Comprar uns cachorros. Eu já teria um bando se a mamãe deixasse, mas ela não suporta latidos e uivos e diz que eles vão consumir todos os nossos recursos. Mas, assim que eu deixar a propriedade, vou comprar cães e subir de trenó a geleira.

— Você não vai ficar na fazenda?

— Não. Meus irmãos... Eles podem ficar com ela.

Jack sentiu pena do menino. Não era fácil ter sua própria vida com irmãos já à sua frente. Ele via os meninos mais velhos provocarem Garrett, a mesma forma com que mandavam nele. Não era de admirar que ele gostasse da floresta.

— Você parece conhecer bem o lugar. Seu pai se orgulha de você.

O menino deu de ombros e chutou a neve, mas Jack percebeu que ele gostou.

— Acho que é melhor eu ir embora antes que fique tarde — disse Garrett. — Você acha que sua esposa gostaria de ver a raposa antes?

— Talvez outra hora — respondeu ele.

Garrett fez que sim, subiu na sela e voltou para casa.

— O que Garrett veio lhe mostrar hoje? — perguntou Mabel quando Jack entrou na cabana à noite. Ela estava colocando o jantar na mesa.

— Uma raposa.

Ela parou o que estava fazendo.

— Uma raposa?

— Sei o que você está pensando, mas não é a da Faina. Era uma raposa prateada, e não a vermelha que faz companhia a ela.

Aquilo deveria ter encerrado o assunto, mas não. Ao longo do jantar, Mabel voltou ao tema.

— Ele tem armadilhas para raposas? Ele tenta pegar as vermelhas também?

— É o que ele faz, Mabel. E não pode escolher as cores.

Um pouco de silêncio. E então:

— Mas podia ser a da Faina, não? Ele podia matar a raposa dela?

— Não me preocuparia com isso. A raposa dela parece bem inteligente. Ela não vai cair nas armadilhas de Garrett.

— Mas e se caísse? Não podemos pedir a ele que pare?

— Pare de caçar? Não temos esse tipo de autoridade. E Garrett não é o único por aí. Há homens caçando ao longo de todo o rio.

Mas Mabel pareceu se irritar com aquilo. Ela mal tocou a comida e ficou andando de um lado para o outro diante da estante várias vezes antes de pegar uma carta. Jack se sentiu aliviado quando ela finalmente se sentou na cadeira perto do fogo para ler.

CAPÍTULO 20

Foi uma vigília confusa e doentia. Mabel procurava o menino, mas eram a raposa e a menina o que ocupava seus pensamentos. Qualquer som que pudesse ser o de cascos de cavalo na neve fazia com que Mabel fosse até a janela e voltasse seus olhos para as árvores. Às vezes, ela até mesmo ia ao rio para procurar no gelo.

Se Garrett entrasse na propriedade com uma raposa-vermelha morta nas mãos, eles perderiam Faina. Assim dizia a história. Mabel relera a carta da irmã até que ficou toda gasta, e ali estava, na caligrafia culta e bela de Ada — a raposa é morta, aquela que trouxe a menina em segurança da natureza e até a porta da cabana deles. O amor titubeava. As botas e luvas eram abandonadas. A neve derretia em poças. Outra criança morta em suas vidas.

Era uma possibilidade que ela não suportaria. Mabel se vestiu com roupas apertadas, como se dentro de seu peito pudesse conter todas as possibilidades, todos os futuros e todas as mortes. Talvez se ela se comportasse mais. Talvez se soubesse o que seria e poderia ser. Ou se desejasse com mais força. Se ela ao menos pudesse acreditar.

Ela não tivera fé antes, quando uma vida chutara dentro de seu útero. Num lugar enclausurado em seu coração, ela sabia que tinha sido a culpada. Durante a gravidez, se perguntara se tinha sido feita para se tornar mãe. Se era capaz de tanto amor. E assim o bebê morrera dentro dela. Se ela não tivesse duvidado, teria dado à luz um bebê cheio de vida e pronto para mamar em seu seio.

Desta vez, ela não permitiria que seu amor esmorecesse nem por um instante. Ela seria vigilante e desejaria. Por favor, menina. Por favor, menina. Por favor, não nos deixe.

Então ela pensava em Faina correndo pelas árvores com a raposa a seus pés e em Garrett com suas armadilhas de aço e se perguntava se era possível impedir o inevitável. Foi o que Ada sugeriu, que podemos escolher nossos destinos, a alegria em vez da dor? Ou o mundo cruel só dá e tira, dá e tira, enquanto vagamos pela natureza inóspita?

Seja como for, Mabel não podia se conter. Ela andava de um lado para o outro e olhava e se segurava com força. Ela atormentava Jack com perguntas. Por quanto tempo o menino caçaria com armadilhas? Para onde ele iria? O que pegara desta vez? Quando Garrett passou a cavalo pela janela da cozinha e acenou animadamente, um lobo morto preso à sela, Mabel prendeu a respiração. E, quando Faina apareceu à porta no dia seguinte, ela suspirou para perguntar: como está sua raposa? E a menina disse: está bem.

Por fim, quando março chegou e Jack disse que o menino tiraria as armadilhas, Mabel começou a respirar melhor. Os primeiros sinais de primavera chegaram aos solavancos, a neve derretera e depois choveu e nevou mais. Os montes de neve no jardim se transformaram em porções menores, mas na floresta a neve ainda estava funda. A cada manhã, o gelo se transformava em poças e a água pingava das calhas e congelava em laguinhos vítreos.

Quando Garrett apareceu a caminho de casa, Mabel o convidou para entrar para uma bebida quente e um pedaço de pão.

— Então, quantas raposas mais você pegou? — perguntou ela, como se apenas curiosidade, e não desespero, a motivasse. Ela pôs umas fatias frescas de pão na mesa, diante dele.

— Nenhuma — respondeu. — Não desde aquela prateada. Mas peguei um lobo. E alguns linces e coiotes. — O menino estava estranho, mantendo as mãos primeiro ao lado do corpo e depois as colocando sobre a mesa. Ele mexia as pernas ansiosamente e pegou um pedaço de pão.

— Por quanto tempo ainda você continuará a caçar? — perguntou Mabel ao colocar uma xícara de chá diante dele e ficando atrás de sua cadeira.

— O gelo do rio está ficando fraco — explicou Garret, enquanto comia o pão. — Em poucos dias pegarei minhas armadilhas e encerrarei minhas atividades.

Mabel se abaixou e o abraçou pelos ombros com um dos braços.

— Nós nos preocupamos com você — falou. Ela se endireitou, constrangida com seu arroubo, e arrumou o vestido. — Jack e eu não o queremos perto do rio se não for seguro. E você já fez muita coisa, não?

Ele pareceu surpreso com o afeto dela, mas riu mesmo assim.

— Consegui algum dinheiro com as peles este ano.

— Que bom — disse Mabel, voltando para a bancada da cozinha.

Mabel pegou no sono perto do fogão a lenha pouco antes do meio-dia, com um livro no colo. Durante boa parte do inverno, ela não se permitira dormir no meio do dia só para provar que não tinha nada da febre da cabana. Contudo, assolada por pesadelos, ela não dormira bem na noite anterior. Agora, embalada pela luz do dia e pelo calor do fogo, ela pegou no sono.

Acordou com mãozinhas pequenas e frias sobre as dela e abriu os olhos para ver Faina.

Tenho uma coisa, disse a menina, puxando a mão de Mabel.

Ah, menina, você me surpreendeu.

Por favor, venha correndo, pediu.

Algo para desenhar?

A menina fez que sim e a puxou.

Onde?

Faina apontou para a janela.

Lá fora? Tudo bem. Deixe-me pegar as botas e o casaco.

Os lápis também.

Sim, sim. E meu caderno de desenhos.

Quando Mabel abriu a porta, a neve que caía a deixou impressionada. Primeira semana de abril e nevava.

Faina segurou a mão de Mabel novamente e juntas elas foram para o jardim. Mesmo com a neve, o ar tinha cheiro de primavera, das encostas do rio que derretiam e da terra úmida, de folhas velhas e novas e raízes e casca de árvore. Mabel percebeu que elas andavam juntas, ela e a menina, ainda de mãos dadas, e o coração de Mabel virou um buraco em seu peito preenchido como um poço se enche de água gelada e doce.

Você vai desenhar?, perguntou Faina, baixinho.

A neve? Não saberia como fazer isso.

Faina soltou Mabel e levou a mão espalmada ao céu, a luva pendendo de um barbante vermelho no pulso. Um único floco de neve tocou sua pele exposta. Faina se virou e o mostrou a Mabel.

Agora você consegue desenhar?

O floco de neve não era maior do que seu menor botão da saia. Ele tinha seis pontas que eram como folhas de samambaia e um centro hexagonal, e estava na palma da mão da menina como uma pena, ao passo que deveria ter derretido.

Era como se o tempo passasse mais devagar, tanto que Mabel não conseguia respirar nem sentir sua pulsação. O que ela via não podia ser real e ainda assim o floco de neve não saiu do lugar. Ali na mão da menina. Um único floco de neve, luminoso e translúcido. Um milagre cheio de arestas afiadas.

Por favor, pode desenhá-lo?

Os olhos azuis da criança estavam arregalados e emoldurados por gelo.

O que mais se pode fazer? Mabel teve dificuldades para abrir o caderno. Pegou um lápis com seus dedos fracos e começou a desenhar. Faina ficou imóvel com o floco de neve na mão.

Talvez devêssemos entrar e nos sentar para fazer isso, disse Mabel, mas depois percebeu o erro. A menina sorriu e fez que não.

Não, não. Acho que não podemos entrar na cabana quente para desenhar neve, não é mesmo?

O desenho era pequeno demais e Mabel viu que seria impossível capturar cada ranhura e linha. Desejou ter uma lupa e virou a página.

Nunca fui boa com desenhos simétricos, disse ela mais para si mesma do que para a criança. Sou impaciente demais. Imprecisa demais.

Ela recomeçou, desenhando com traços firmes e enchendo toda a página com uma única forma geométrica. Mabel segurava o caderno com uma das mãos e desenhava com a outra, inclinando-se um pouco para olhar com mais cuidado. Mas sua respiração... Só isso era capaz de reduzir o floco de neve a uma gota d'água. Ela virou o rosto de lado para não soprá-lo.

A neve começou a cair sobre o papel. Mabel trabalhou mais rápido e soltou suspiros de frustração. Se ao menos ela fosse uma artista melhor.

Está perfeito, sussurrou Faina. Sabia que ficaria perfeito.

Mabel olhou para seu desenho e para o floco de neve na mão da menina.

Sempre posso tratar dos detalhes mais tarde. Podemos dizer que acabamos por enquanto?, perguntou ela.

Sim, respondeu Faina.

A menina levou a mão à boca e assoprou o floco de neve, que saiu voando pelo ar como pétalas de dente-de-leão.

Ah, disse Mabel. Lágrimas surgiram em seus olhos e ela não entendeu por quê.

Faina segurou sua mão novamente, aproximou-se de Mabel e a abraçou com força. Os flocos úmidos de neve caíam ao redor delas. O mundo ficou em silêncio. A neve caiu com mais intensidade e umidade e o casaco de Mabel ficou ensopado.

Faina puxou sua manga. Mabel se abaixou, esperando que a menina sussurrasse algo em seu ouvido, mas Faina pôs os lábios frios e secos no rosto dela e a beijou.

Adeus, disse a menina.

Quando Faina a soltou e correu para a neve que agora tinha se transformado em chuva, Mabel soube. Ela guardou o caderno sob o casaco e ficou na chuva até que seus cabelos estivessem ensopados e suas botas, enlameadas. Ela ficou ali olhando a chuva e tentando ver a floresta, mas soube.

CAPÍTULO 21

O inverno foi uma tola perda de tempo. Ele consertou coisas no celeiro, separou ferramentas, depenou galinhas e brincou na neve. Ele deveria ter feito mais nos meses frios para se preparar, mas e daí? Era verdade o que se dizia sobre aquela terra — todo o trabalho era feito em poucos e agitados meses. O único motivo para um homem conseguir plantar ali é que o sol brilhava vinte horas por dia no auge do verão e os legumes cresciam do dia para a noite, enormes. George disse que vira um repolho que havia sido colhido com quase cinquenta quilos.

Entretanto, maio tinha chegado e Jack não conseguia arar a terra sem que o cavalo quase se afogasse em tanta lama. Na Pensilvânia, as sementes já estariam no chão há um mês. Ao esperar que o solo derretesse e secasse, ele ouvia o tique-taque de um relógio, não só do que marcava os minutos do dia, mas também outro mais ressonante que contava os dias que lhe restavam.

Naquela estação, a propriedade teria de ser autossuficiente. Ele se apoiava no fato de que vários agricultores haviam desistido, saído de suas terras, mesmo com a demanda aumentando com a expansão da ferrovia. Ele apostaria tudo naquele ano. Plantaria não apenas batatas, mas também cenouras, alface e repolho, e venderia os legumes por todo o verão nos acampamentos de mineiros.

Ele e Mabel conversavam pouco, mas, quando conversavam, acabavam discutindo. Jack mencionou que precisava contratar uns meninos da cidade para ajudarem a plantar, mas não tinha dinheiro.

— Temos de encontrar outra forma — disse Mabel, olhando distraidamente para as mãos.

— Que forma? Como, meu Deus do Céu?! — Sua voz soou raivosa, alta demais. — Não sou mais jovem — continuou, mais baixo. — Minhas costas doem e mal consigo fechar a mão pela manhã. Preciso de ajuda.

— Quem diz que você precisa fazer isso sozinho? E quanto a mim?

— Você não é uma agricultora, Mabel. E não vou deixar que você se torne uma.

— Então você prefere morrer de trabalhar e me deixar aqui para que possamos sofrer sozinhos?

— Nunca quis isso. Mas a verdade é que somos só nós dois. Alguém tem de cuidar da casa e alguém tem de garantir nossa sobrevivência. — E novamente voltaram ao vácuo entre eles onde deveria haver uma criança. Uma menina para ajudar Mabel com os afazeres de casa. Um menino para trabalhar na terra.

— E quanto ao hotel? Talvez eu possa cozinhar para Betty novamente.

—Achei que viemos para cá a fim de plantar, não para vender tortas e bolos como ciganos. É isso. Se esta terra um dia nos sustentará, é neste ano que temos de conseguir. Só não sei como fazer isso sozinho. — Ele saiu, mas se conteve e não bateu a porta.

Quando menino, Jack adorava o cheiro da terra ficando mais macia ao se derreter e voltando a ganhar vida. Não uma primavera como aquela. Uma melancolia úmida e enlameada, algo como solidão, se abatera sobre a propriedade. A princípio, Jack não sabia qual a origem daquilo. Talvez fosse apenas seu mau humor. Talvez fosse o clima de primavera, com céus nublados e chuva fria, que ensopava as paredes da cabana. Mabel também andava incomodada, com uma impaciência carrancuda.

Então Jack contou os dias — quase três semanas desde a última visita da menina, a maior ausência desde que ela entrara na vida deles. Ele tentou se concentrar na época de plantio que tinha diante de si, mas ficou preocupado.

O nome da menina não era dito. Sua cadeira permanecia vazia e Mabel não colocava mais um prato diante dela. Jack estava tão preocupado com a esposa quanto com a menina. Mabel não ficava mais na janela esperando e ele costumava encontrá-la olhando fixamente para a bacia cheia de água suja da louça como se tivesse perdido a noção do tempo. Às vezes, ela só parecia notar que Jack entrara na cabana depois que ele colocava uma das mãos em seu braço.

No inverno, as coisas foram muito diferentes. Jack ansiava pelas refeições juntos, mesmo quando Faina não estava lá. Ele e Mabel conversavam sobre os planos para a propriedade e o futuro. Jack não dormia imediatamente depois do jantar e a ajudava a limpar a mesa. Da primeira vez que ele entrou e começou a lavar a louça, ela fingiu desmaiar, as costas da mão na testa, espiando pelos olhos semicerrados até que ele a beijasse. Eles riram e dançaram e fizeram amor.

Aquela alegria desaparecera com a menina.

Ele passou pelo celeiro rumo a um campo recém-aberto. A lama se prendia às suas botas. Ele saiu do caminho para andar sobre o musgo e a grama do terreno ainda não desmatado. Brotinhos verdes começavam a se abrir nas bétulas. Algo se moveu na floresta.

— Faina?

Mais movimento, algo rápido e escuro, mas estava longe em meio às árvores para que ele enxergasse direito. Uma trilha se afastava do campo e Jack a seguiu. Há três dias ele vira pegadas de urso na lama e na trilha. Ele não estava com seu rifle, mas não queria voltar agora.

Uma semana tinha explicação; ela podia ter saído para caçar. Três semanas — aquilo era bem diferente. Doença, uma avalanche, o gelo fino sobre o rio. Jack pensava nas possibilidades sombrias ao caminhar pelas árvores.

A terra estava nua, sem a neve ou a vegetação verde do verão. A seus pés, samambaias se abriam e brotinhos surgiam por sob as folhas mortas do ano passado. Ele subiu o mais rápido que seu coração velho permitia. Depois de um tempo, Jack chegou a um rochedo e percebeu que tinha se perdido e passado longe do riacho. Ele seguiu uma trilha de caça pela base dos penhascos, passando por sob carvalhos, até ouvir a água corrente. O som o levou ao riacho cheio do degelo de primavera. Era ensurdecedor.

Ele subiu o riacho até um rochedo e viu um agrupamento conhecido de abetos. Ali estava o toco da árvore que ele cortou e queimou. Um punhado de rochas foi colocado no túmulo do homem. Faina provavelmente as trouxe do leito do rio.

— Faina? Faina! Você está aí? — Seus gritos se perdiam no rio. — Faina? É o Jack. Está me ouvindo?

Ele se lembrou da porta na montanha onde vira a menina desaparecer. Jack estudou a lateral da montanha várias vezes antes de vê-la. Era como uma porta qualquer feita de tábuas rusticamente cortadas, só que era baixa o suficiente para que um adulto tivesse de se curvar para entrar, e não estava emoldurada por uma cabana, e sim por uma colina arborizada. Ele não viu pegadas entrando ou saindo. Ao tocá-la com os nós dos dedos, a porta se abriu.

— Faina? Minha querida, você está aí?

Ele temia encontrá-la na cama, doente ou morrendo de fome ou coisa pior. Dentro não estava escuro como ele previa. A luz do dia entrava de algum lugar no alto.

— Faina?

Não houve resposta. Seus olhos se ajustaram à luz. As paredes ao redor dele eram feitas de madeira cortada com um machado. Sobre ele, havia um teto de madeira também com uma abertura quadrada para o céu não muito maior do que uma chaminé. Bem embaixo havia uma espécie de lareira com vestígios frios de lenha queimada. A lareira também era quadrada, instalada no chão, mas cercada por tábuas de madeira que formavam o piso.

O construtor cavara a lateral da colina e instalara ali o ambiente, replantando o gramado no alto. O efeito era que a cabaninha parecia um montículo verdejante, só mais uma parte da montanha. Aquilo provavelmente criava um isolamento térmico melhor, principalmente no inverno, quando a colina se cobria de neve, mas não parecia uma questão prática. Havia algo de ousado na estrutura. Quem quer que vivesse ali estava envolto em escuridão e segredos.

O ar tinha um quê de almiscarado, como um sótão abandonado, mas ao andar pelo ambiente ele percebeu cheiros específicos — madeira, carne e peixe secos e ervas. No alto, plantas secas pendiam do teto. Quando Jack se levantou, sua cabeça estava a menos de trinta centímetros do teto.

A porta atrás dele se fechou com um baque.

— Faina?

Ele abriu a porta, mas não havia ninguém ali.

Agora naquele lugar solitário e triste, ele estava mais ansioso quanto à menina. Andou pelo lugar. Se não a tivesse visto passando por aquela porta, não acreditaria que ela morava ali. Não havia brinquedos, vestidos nem roupas infantis de quaisquer tipos. Talvez ela tivesse ido para algum lugar e levado suas coisas consigo — era impossível saber o que tinha ou não acontecido ali. Ele chutou a madeira queimada na lareira. Nada de fagulhas ou fumaça. O fogo estava apagado havia dias, se não semanas.

Havia uma cama feita com tábuas de abeto. Em vez de cobertores e lençóis, era feita com pele de caribu e de outros animais. Um canto formava uma espécie de cozinha com uma bancada e prateleiras cheias de coisas — potes de feijão e farinha, mas não muita comida. Na parede da frente havia grampos de madeira dos quais pendiam sapatos, machados, serras, instrumentos de marcenaria, coisas que um homem adulto usaria. As ferramentas eram velhas e começavam a enferrujar. Havia ainda alguns itens de vestuário, incluindo um casaco com forro de pele que teria sido grande até mesmo para Jack. Ele o tirou do gancho e ouviu um clique. Nos bolsos, havia meia dúzia de garrafas vazias. Jack levou cada uma delas ao nariz. Algumas cheiravam a urina animal e odores glandulares, outras a álcool. "Água de Peter", foi como a menina chamou aquilo. Ele balançou a cabeça para limpar o olfato e pendurou o casaco novamente no gancho. Em outro canto, Jack viu uma pilha de peles secas: castor, lobo, marta.

Foi até a porta e então se lembrou da boneca. Tinha de estar ali em algum lugar. Jack jogou as peles sobre a cama, mas não encontrou nada. Então notou uma caixa de madeira sob a cama. Ele se ajoelhou e a pegou.

Dentro havia um cobertor rosa de bebê, gasto e sujo, mas bem dobrado. Sob ele havia algumas fotografias em preto e branco. Jack as pegou. Uma mostrava um casal bem-vestido numa doca, malas e baús ao lado deles, que embarcavam numa viagem. A princípio, ele não reconheceu o homem — na fotografia ele era muito mais jovem, com o cabelo mais curto e o rosto barbeado. A mulher ao lado dele usava um vestido elegante, e em seu rosto de traços delicados e cabelos loiros Jack viu Faina. Devem ser os pais dela, talvez saindo de Seattle num navio rumo ao Alasca. Noutra fotografia, a mulher segurava uma criança envolta num cobertor que parecia novo e limpo, mas Jack tinha quase certeza de que era aquele mesmo dobrado na caixa. Outra foto mostrava o homem posando com sapatos para neve, casaco impermeável e um sorriso malicioso. Ele não se parecia em nada com o cadáver que Jack tinha enterrado, mas era mesmo ele.

Jack ficou tenso. Como um homem podia abandonar sua filha na natureza selvagem? Ele guardou as fotografias e o cobertor na caixa e a colocou sob a cama. Levantando-se, seus joelhos estalaram e ele se sentiu velho e com medo. A menina tinha desaparecido. O lugar a havia engolido.

Jack pensou novamente na boneca e deu mais uma olhada pela casinha, mas percebeu que não a encontraria. Era um consolo. Faina estava perdida, mas, onde quer que estivesse, o que quer que tenha lhe acontecido, a boneca tinha de estar com ela.

Ao sair, ele apertou os olhos com força contra a luz do sol e fechou com dificuldade a porta. Jack ficou ali por um instante, ouvindo o riacho e deixando que o ar da montanha soprasse em seu rosto. Mesmo com todo aquele sofrimento, aquilo era lindo. Ele podia ver todo o vale e quase distinguir sua propriedade lá embaixo.

CAPÍTULO 22

Depois que a tarde passou sem que Jack voltasse do campo, Mabel ficou apenas ligeiramente intrigada. Ele deve ter trabalhado sem parar. Quando a noite caiu e o jantar esfriou sobre a mesa, ela soube que havia algo de errado. O pânico lhe apertou a garganta, mas Mabel se vestiu calmamente com seu casaco e suas botas. No último minuto, pegou a espingarda da parede e encheu os bolsos com munição. Ela prometeu aprender a atirar.

A barra de sua saia se arrastava pela lama enquanto ela seguia a trilha até os campos. Seu sogro havia morrido no pomar, de ataque cardíaco, e Mabel imaginou Jack caído no chão. Ela ficaria sozinha, sem opção além de voltar para a casa dos pais, onde sua irmã agora vivia, ou morar com a família de Jack.

Seus olhos vasculharam a primeira clareira que encontrou, mas Mabel não viu nenhum sinal de Jack nem do cavalo. As sombras da noite escureciam os limites da floresta e o céu tinha um punhado de estrelas espalhadas pelo azul pálido. Um bando de cegonhas decolou de um campo, os piados fantasmagóricos com as asas cinzentas batendo lentamente. No frio, a lama começava a endurecer. Mabel seguiu a trilha e tremeu incontrolavelmente.

Em meio às árvores ela ouviu o cavalo reclamar. A trilha dava a volta numa nova clareira e ela viu a silhueta do animal erguendo as patas e ainda preso ao arado.

— Jack? Jack? — chamou.

Ela distinguia apenas formas à meia-luz, mas mesmo assim se aproximou do cavalo. Ouviu um gemido abafado.

— Mabel?

Ela quis correr em direção à voz, mas o terreno não permitiu. Ainda não via nenhum sinal dele.

— Aqui, Mabel. Aqui.

Ela seguiu o som, baixou a cabeça e quase tropeçou em Jack. Ele estava deitado de costas, o rosto para o céu que escurecia.

— O que aconteceu?

— O cavalo. Me arrastou. Há várias horas. — Suas palavras vertiam em meio à sujeira e ao sangue. Mabel se ajoelhou ao lado dele e, com a manga da camisa, tentou tirar a sujeira da boca do marido.

— Como isso aconteceu?

— Um urso-negro.

— Aqui?

— Na floresta. Soltei um parafuso no maldito arado e estava tentando consertá-lo. O cavalo viu o urso primeiro e começou a correr.

Mabel olhou para a floresta.

— Já foi embora. Não acho que queria nos fazer mal. Só passou como se não nos visse. Tentei me livrar do arado. O cavalo se assustou e deu a volta em mim, prendeu minha perna. Ele me puxou pela terra até que me livrei. Esperava que levasse o arado até a casa, para que você soubesse o que aconteceu. Mas ele parou aqui. — Jack tentou se sentar, mas fez cara de dor.

— Você se machucou?

— Em todos os lugares. — Jack tentou rir, mas a risada soou como uma tosse dolorida. — São minhas costas.

— O que posso fazer?

— Solte o cavalo. Não tenha medo. Ele está exausto agora.

— E depois?

— Então tenho de conseguir subir nele para que você possa nos levar para casa.

— Você consegue se levantar?

— Não sei.

Depois que Jack a instruiu, ela soltou o cavalo e o levou para onde Jack se encontrava deitado. Passando seus braços sob os dele, Mabel tentou ajudá-lo a se levantar. Ele era mais pesado do que ela esperava, e Mabel caiu na lama fria por causa do peso. Jack se apoiou nos ombros dela e, gemendo, ajoelhou-se.

— Meu Deus! — Ele enxugou lágrimas que vieram aos olhos.

— Tenho de buscar ajuda. Vou chamar George.

—- Não. Vamos conseguir. Aqui. — Ele se apoiou no ombro dela novamente e Mabel se levantou com ele, o rosto apertado contra sua camisa suja.

— Calma. Calma aí. Segure as rédeas.

Com uma das mãos, Mabel tentou segurar firmemente o cavalo, que tentava se desvencilhar. Jack se separou dela e se apoiou no animal.

— Jack, você não pode. Como vai conseguir montá-lo assim?

— Tenho de conseguir. — Ele segurou a crina e gritou ao tentar subir, jogando-se de barriga no cavalo.

— Eia! Eia! — Mabel lutou para manter o animal calmo. Jack passou a perna por cima a fim de subir no lombo nu do animal, a cabeça contra o pescoço, onde o pelo estava sujo de suor. Jack respirou ofegante.

— Meu Deus! — sussurrou ele. — Meu Deus.

— Jack? Devo começar a andar agora?

— Devagar. Devagar vamos conseguir.

O caminho para casa foi longo e difícil. Mabel não conseguia distinguir as distâncias e a profundidade na luz fraca. Ela levava a espingarda numa das mãos e guiava o cavalo com a outra. Sempre que o animal hesitava ou tropeçava, Jack dava um gritinho. Mabel queria ter uma corda ou guia. O animal tentou várias vezes tirar as rédeas de suas mãos e ela teve medo de que ele jogasse Jack no chão ou saísse em disparada.

— Está tudo bem, Mabel. Só vá devagar.

Ela levou o cavalo até a porta da cabana e ajudou Jack a descer lentamente, caindo ajoelhado.

— Continue — disse ele. — Leve o cavalo para o celeiro.
— Mas...
— Eu entro sozinho. Vá.

Enquanto se afastava com o animal, ela olhou para trás e viu Jack se arrastando até a soleira.

Uma calma tomou conta dela ao aquecer a água e ajudar Jack a tirar as roupas. Mabel pôs um cobertor de lã no chão diante do fogão a lenha para que ele pudesse ficar ali deitado enquanto ela limpava o sangue e a sujeira de sua pele e de seus cabelos. Jack às vezes gritava de dor, principalmente quando ela limpava os ferimentos em suas costas. O que mais a preocupava era a mancha escura que começava a crescer na parte de baixo das costas do marido.

— Acho que devo procurar ajuda.

Ele fez que não.

— Só me coloque na cama.

Ela achou melhor deixar os ferimentos superficiais sem curativo, na esperança de que eles cicatrizassem mais rápido dessa forma, e passou uma camisa limpa de mangas curtas pela cabeça dele. Seminu, Jack entrou de joelhos no quarto. Mabel o ajudou a subir na cama. Depois, ela lhe trouxe um prato de ensopado e tentou lhe dar comida na boca, mas ele só rangeu os dentes, com dor.

Ela ficou sentada até tarde com uma vela sobre a mesa e uma xícara de chá frio diante de si. Às vezes ouvia o ranger da cama e Jack gemendo. Ele tinha quebrado ossos antes — prendera a mão entre sustentáculos de madeira na fazenda da família, quebrara a perna quando um cavalo o derrubara —, mas Mabel jamais o vira daquele jeito. Ela sabia que a dor pioraria no dia seguinte. Pensou nos campos vazios e na velocidade frenética com que ele andava trabalhando, geralmente doze horas por dia, e ainda assim Jack disse que não conseguiria fazer tudo. Mesmo que ele se curasse rapidamente, aquilo poderia arruiná-los.

Mabel não dormiu naquela noite. Sua mente agitada funcionou incansavelmente planejando os dias e calculando rendimentos, girando e sempre voltando a um lugar onde não havia respostas. Às vezes ela cochilava na cadeira, acordando assustada ao som dos gritos de Jack.

A previsão dela estava correta — a dor dele aumentou durante a noite e, pela manhã, Jack mal conseguia falar. Ela cuidadosamente o virou de lado e ergueu a camisa. Os hematomas eram profundos.

— Meus pés estão dormentes, Mabel. — Seu sussurro era desesperado.

Ela passou a mão pela testa do marido e o beijou nos lábios. Mabel falou com uma calma que ela não sentia.

— Já volto. — Ela lhe trouxe água e pão macio e depois lhe disse que sairia para dar comida ao cavalo.

Ela tinha colocado sela em cavalo só algumas vezes na vida, mas achou que seria mais rápido do que de carroça. Mabel não queria deixar Jack sozinho, mas, assim como os problemas que a preocuparam durante a noite, para isso tampouco parecia haver solução. Ela procuraria um médico.

A despeito do verão que ela tinha passado na cidade, Mabel não se lembrava de onde poderia encontrar um médico. Ele provavelmente tinha um quarto na pensão ou no hotel. Depois de uma viagem de duas horas, Mabel desceu do cavalo e guiou o animal pela rua suja até a loja. Jack sempre falava bem de Joseph Palmer, o proprietário. Ela se lembrava dele como um homem bom, com uma barba branca curta e gestos contidos.

O velho pareceu ter pena de Mabel quando ela lhe perguntou sobre o médico.

— Não tem nenhum médico aqui. O mais próximo seria em Anchorage. Você teria de pegar um trem.

— O quê?

— Não temos médico, querida. Nunca tivemos — repetiu ele, baixinho.

— Você deve estar brincando. Sem médico? Isso não é uma cidade, meu Deus do céu?!

Mabel respirou fundo e tentou encontrar alguma reserva de energia dentro de si. O sr. Palmer meneou a cabeça quando ela lhe contou sobre os ferimentos de Jack. Ele conhecera homens que quebraram as costas, e os médicos nunca puderam fazer muito.

— Você simplesmente vai ter de esperar. Ele vai se curar ou não.
— E ele disse isso como se se arrependesse de contar a verdade, como se soubesse o que estava em jogo.

Além de passagens de trem para Anchorage, o sr. Palmer só podia lhe oferecer o frasco marrom.

— Dê-lhe um pouco a cada hora. Vai diminuir a dor e ajudá-lo a dormir — orientou. — E não se preocupe se der demais. Conheço homens que bebem isso regularmente e não parecem sentir nada.

Mabel pagou e agradeceu. Quando ela se virou para a porta, ele se manifestou novamente.

— Pode não parecer certo, mas você deveria cogitar lhe dar bebida. Ted Swanson, do outro lado dos trilhos, rio abaixo. Ele pode ajudá-la. Pode ser bom para o Jack misturar isso com álcool. Geralmente não recomendo isso, mas parece que ele precisa.

Láudano e uísque — tudo o que aquele lugar poderia oferecer ao marido ferido dela. Mabel subiu no cavalo e voltou para a propriedade, com raiva demais para ter medo.

CAPÍTULO 23

Brotos grudentos de choupos se abriam sob o céu azul e a lama nos campos se transformava num solo úmido e fértil, mas a dor de Mabel parecia cansativa e suja e conhecida demais. Algo parecido com fome ou sede arranhava sua garganta e ela pensou em tomar um pouco do láudano de Jack, mas não bebeu. Iluminada por trás pelo sol, a cabana estava escura e fria. Ela não acendeu o fogo, mas manteve as velas queimando. Na cama onde ela não mais dormia, Jack ficava deitado num estupor, chamando-a somente quando o analgésico perdia o efeito. Ela pensou no que Esther dissera sobre o alce, como eles geralmente morrem de fome no início da primavera. Vivendo nas profundezas do inverno, os animais de patas compridas ficavam presos na neve úmida e pesada e sucumbiam ao próprio desespero.

Ela estava sozinha. O marido forte que cuidara dela era um homem inválido que chorava à noite e implorava que Mabel o deixasse, voltasse para a Pensilvânia e encontrasse uma vida nova sem ele. A menininha que ela começara a amar desaparecera, outra criança perdida. Sentada na cadeira, Mabel dormia sonecas curtas e intensas nos horários mais estranhos e sonhava com um bebê natimorto ensanguentado e poças de gelo derretido. O conto de fadas que a irmã relatou a assombrava. "Sempre que souber que você me ama pouco, derreterei novamente. De volta para o céu eu vou — Filhinha de Neve."

Quando Mabel acordou, ela não conseguiu nem mesmo sofrer com o sonho. Havia muito o que fazer: cuidar do cavalo, pegar água, ajudar Jack a usar um penico improvisado, preparar refeições, mesmo que ela comesse sozinha. O cansaço a fez perder a noção do tempo e Mabel costumava não saber se era dia ou noite, amanhecer ou anoitecer.

Certa tarde, quando os pesadelos insistiam em assolá-la, Mabel saiu da cabana e fechou os olhos contra o sol. Ela jogou migalhas de pão para chapins selvagens e pardais-do-norte e conversou com as aves como se elas entendessem, mas elas só ciscavam ao som da sua voz. Mabel foi até o pasto e acariciou o focinho do cavalo. Caminhou pelas árvores e colheu galhos de amoras silvestres e, com as florzinhas brancas nas mãos, deixou que seus olhos procurassem a menina, mas a floresta estava em silêncio. Ela pensou no urso-negro e nos lobos. Mabel só precisava que Jack melhorasse para que eles fossem embora daquele lugar. Não havia nada ali para eles.

— Olá! Olá! Alguém na propriedade?

Com o sol nos olhos, ela não conseguia identificar a pessoa sobre o cavalo. O homem desceu e pegou um saco da sela. Era George. O alívio quase fez com que as pernas de Mabel perdessem a força e, quando ele lhe ofereceu o braço, ela se segurou, agradecendo-o.

— Então o velho está de cama, hein?

Ele a levou para dentro até uma cadeira e começou a tirar jarros do saco. George os enfileirou sobre a mesa, os jarros trazendo um líquido claro.

— Ora, não me olhe assim, Mabel. Não há desculpa melhor do que costas quebradas. Onde ele está?

Mabel apontou para o quarto onde Jack dormia.

— Ele ainda não consegue andar sozinho — sussurrou Mabel. — E, quando o láudano perde o efeito, a dor é insuportável.

George balançou a cabeça e estalou a língua.

— Droga, ele não está nada bem, não é?

— Não, George. Não está. — Ela se levantou e começou a colocar os jarros de uísque caseiro na prateleira da cozinha, como se fizesse alguma diferença.

— Assim que ele estiver bem o suficiente, vou remarcar nossa viagem — disse ela. — E sei que ele vai querer que você fique com nossas ferramentas e equipamentos e, claro, o cavalo. Não poderemos levar nada disso conosco.

— Mabel?

— Não podemos ficar aqui. Você está vendo.

— Vocês vão embora da propriedade? Para sempre?

— Mal estamos conseguindo sobreviver, George. E somos só nós dois. Vir aqui foi uma aventura incrível. Mas agora é hora de aceitar nosso fracasso e voltar para casa.

— Vocês não podem ir embora assim. Fizeram tanto neste lugar. Tem de haver outra saída.

George olhou para o quarto.

— Há quanto tempo ele está assim?

— Mais de uma semana.

— E quanto ele trabalhou nos campos antes de se machucar?

— Ele ainda estava preparando a terra.

— Nada foi plantado?

Mabel fez que não.

— Merda. Desculpe pelo palavrão. É simplesmente um golpe e tanto, não é?

— Sim, George. De fato, é.

Ele estava estranhamente calado ao montar o cavalo.

— Vamos dizer adeus antes de irmos embora — gritou Mabel da cabana.— Agradeça a Esther por tudo. Vocês realmente foram os melhores vizinhos do mundo.

George olhou para ela, balançou a cabeça e saiu sem dizer nada. Mabel estava certa de que foi um olhar de reprovação.

Ela estava esvaziando a bacia atrás da cabana naquela mesma tarde quando ouviu uma carroça chegando pela estradinha. Mabel correu para dentro e começou a esconder os lençóis e roupas de baixo que estava lavando.

— Não faça isso por nossa causa. — Mabel ouviu a risada de Esther à porta.

— Ah, Esther! — Ela ficou surpresa ao se perceber abraçando a amiga e depois colocando o rosto no ombro dela e chorando.

— Continue. Continue. Pode chorar à vontade. — Esther lhe deu um tapinha nas costas. — Pronto.

Mabel se afastou, sorriu e enxugou as lágrimas.

— Olhe só para mim. Estou horrível. Que forma horrível de receber uma visita.

— Não esperaria outra coisa. Coitada, aqui há dias cuidando sozinha de um homem ferido. Por mais fortes que sejam, com dor eles são como crianças. Nunca deram à luz. — Esther encarou Mabel ao dizer isso, sem que houvesse qualquer sinal de arrependimento ou constrangimento. Era como se Mabel soubesse exatamente que memórias aquilo evocava, e Mabel entendia. Ela tinha entrado em trabalho de parto, ainda que tenha parido uma criança morta. Ela sobrevivera, não? Foi como se Mabel tivesse colocado a mão no bolso e encontrado uma pedrinha dura como diamante que ela tinha esquecido há muito tempo ali.

— Onde diabos devo pôr isto?

Garrett estava à porta, olhando por cima do monte de embrulhos nos braços.

— Olhe como fala. E coloque onde encontrar lugar. Depois vá descansar.

— O que é isso, Esther?

— Suprimentos.

— Mas nós não... O George não lhe contou?

— Sobre o plano bobo de nos abandonar? Ele me contou, sim. Finalmente encontramos amigos interessantes e vocês acham que vamos deixá-los ir embora sem lutar?

— Mas vamos embora, então não precisamos disso. — Mabel falava quase num sussurro. — E, sinceramente, Esther, não temos dinheiro para pagar.

Garrett entrou e pôs outro monte de embrulhos sobre a mesa. Quando o menino passou, Esther fingiu lhe dar um tapa na nuca. Mabel riu.

— Não se preocupe com o dinheiro. Todo mundo ouviu falar de suas dificuldades e doou alguma coisa. Nada de mais, mas vai mantê-los vivos por um tempo.

— Não sei o que dizer. Isso é tão... generoso.

— Bem, podemos não ter médico por aqui, mas temos bons corações entre nós. — Esther piscou olhando para trás ao começar a abrir as caixas e os pacotes.

— Ah, que vergonha! Não quis dizer isso. Só fiquei muito frustrada.

— Sem problemas. O velho Palmer ficou impressionado com sua habilidade com o cavalo e nem se ofendeu. Ele disse que nunca tinha visto uma senhora cavalgar com tanta elegância. Garrett, coloque os sacos de dormir ali, atrás do forno. Deixe-os fora do caminho por enquanto.

— Sacos de dormir?

— Esqueci de dizer? Estamos nos mudando para cá. O menino e eu. Podemos ser mandões e teimosos, mas você não pode recusar um pouco de ajuda.

— Ajuda? Com Jack?

— Com Jack. Com a plantação. Você vai ficar com a gente por toda a estação ou até se cansar de nós.

— Esther... Não, não. Não podemos permitir isso.

— Não podem permitir? Acho que você não entende quem está aqui, querida. Vamos plantar aqueles campos, eu e o Garrett. Você pode ajudar ou sair do caminho, porque vamos fazer isso.

Sua voz foi abafada pelo barulho de Garrett passando com um cocho pela porta da cabana.

— Droga, mamãe. Para que foi que trouxemos isto?

— Se você não está machucado, simplesmente faça seu trabalho. Traga isso para cá, perto do fogão.

— Acha que eles já não têm um cocho? — Ele revirou sarcasticamente os olhos em direção ao celeiro.

— Não igual a esse.

O cocho estava limpíssimo e ocupou a maior parte do espaço perto do fogão. Mabel percebeu comicamente que estava vendo sua casa se transformar no lar dos Benson, com toda aquela bagunça e confusão.

— Garrett, peça à Mabel que o leve ao campo para que você dê uma olhada na terra. Veja se precisa ará-la. Vamos, Mabel. Um pouco de ar fresco vai lhe fazer bem e deixe que cuido das coisas aqui.

O menino permaneceu cabisbaixo e silencioso durante o caminho e Mabel o deixou no campo para arar a terra. Apesar da culpa, ela tomou o longo caminho de volta à cabana. Sentiu o cheiro verde das folhas novas e estudou o contorno das montanhas onde a neve se encontrava com a floresta. Então Mabel se lembrou de que se esquecera de dar láudano para Jack.

— Já de volta? Você deveria ficar mais tempo. Sua água ainda não está pronta. — Esther pôs a mão na grande panela sobre o fogão a lenha. Ela abrira a porta da cabana para que o calor escapasse. Mabel correu para o quarto. Os cabelos de Jack estavam desarrumados e úmidos e ele sorriu a ela.

— Ela me deu banho — disse.

— A Esther?

Ele fez que sim o melhor que pôde. Travesseiros e cobertores o deixavam numa posição estranha, com os joelhos dobrados e abertos.

— Você está confortável?

Ele fez que sim timidamente.

— Acredite ou não.

— Desculpe por ter me esquecido de lhe dar o remédio.

— A Esther me deu, com um pouco de algo mais forte.

— Venha cá — gritou Esther da cozinha. — Antes que a água esfrie ou que aquele meu filho adolescente volte. — Ela estava derramando a água quente no cocho. — Geralmente seria o contrário, as damas primeiro, mas queria cuidar daqueles ferimentos o mais rápido possível. Mas vou lhe dar água limpa.

Mabel quis recusar, dizer a Esther que ela tinha feito demais, mas tirou a roupa e entrou na água quente que alcançava os joelhos enquanto Esther montava guarda à porta.

— Pode demorar. Não é todo dia que se toma um banho quente assim.

Ao lado da banheira improvisada, Esther colocara uma cadeira com toalhas limpas, uma barra de sabão e um frasco de xampu de lavanda. A água estava quase insuportavelmente quente, mas Mabel se permitiu afundar até submergir a cabeça e sentir que seus cabelos flutuavam ao seu redor. Sempre que tentava sair da banheira, Esther a mandava voltar, então ela ficou ali até a água esfriar e a pele de seus dedos ficar enrugada. Quando finalmente saiu, o sol tinha desaparecido atrás das montanhas e só restava o crepúsculo perpétuo da noite de verão. Esther a envolveu numa toalha e secou seus cabelos.

— Aqui está. Agora estamos avançando. O jantar estará pronto em breve. Vista algo confortável. Nada de mais. Só algo para dormir. Acho que Garrett ficará no campo até tarde. Ele não pretende ficar conversando com duas velhas, mas uma hora vai se cansar.

Com as duas usando camisolas, Esther lhe serviu ensopado de urso quentinho do fogão e biscoitos frescos. Depois abriu três sacos de dormir.

— Sei que você está dormindo na cadeira há dias. Sei como é ruim com alguém doente se revirando na cama. Mas isto aqui não é tão ruim. Eu lhe trouxe um limpo. Venha se deitar agora — e ela entrou sob as cobertas, apontando o saco de dormir ao seu lado.

Mabel sentiu um alívio inexplicável ao pôr a cabeça num travesseiro e sentir-se limpa, alimentada e não sozinha.

— Acha que podemos dar um jeito nisso? — sussurrou ela por sob as cobertas. — Você, Garrett e eu? Plantar toda a nossa fazenda?

— Não estaria aqui se não achasse que podemos fazer alguma coisa.

— Mas e quanto à sua casa?

— O George tem o Bill e o Michael e planejamos contratar uns jovens da cidade para ajudar no plantio. Já fizemos boa parte do trabalho.

— Não sei como agradecer.

— Ainda não chegamos a este ponto.

As duas mulheres ficaram em silêncio por um tempo até que Esther perguntou baixinho:

— E quanto à menininha?

— Ela se foi, Esther.

Esther estendeu o braço, segurou a mão de Mabel e a apertou.

— Querida Mabel — disse. — Acho que, agora que você vai tomar um pouco de sol e ar fresco, ela não vai mais voltar.

Mabel não disse nada, apenas encarou o teto por um tempo. Ela pensou que Esther tivesse pegado no sono e estava quase dormindo quando começou a rir, primeiro baixinho e depois mais alto.

— O que deu em você?

— Você realmente deu banho em Jack? Não acredito — falou Mabel.

— A mãe dele. Eu mesma. Acho que nenhuma outra mulher o viu...

— Sou casada há trinta anos e tenho três filhos. Quando se vê um, se vê todos.

As duas mulheres estavam rindo quando Garrett entrou pela porta.

— O quê? O que é tão engraçado? — perguntou ele, mas sua expressão séria e rosto avermelhado só as fizeram rir ainda mais.

As vozes embalavam Jack em ondas que o deixavam enjoado e confuso, então ele se permitiu afundar naquele líquido viscoso de láudano e uísque. Era um lugar quente e escuro, sem passado ou futuro ou sentido. Mais tarde, ao acordar no quarto cheio de sombras silenciosas, sua cabeça estava limpa e latejante. Ele não entendeu as risadas que ouvira anteriormente. Então se lembrou de Esther o ajudando a entrar nu no cocho cheio de água quente. A dor abriu um buraco em suas costas e se irradiou por seu peito, e ele chorou. Jack levou a mão fechada à boca para abafar o choro, e chorou e chorou. Autopiedade. Foi isso. Não eram os nervos nem os músculos que doíam. Era a sua vida reduzida a um fardo inútil.

— Jack? — Um sussurro da porta do quarto. — Precisa de alguma coisa?

Ele engoliu em seco e limpou a boca com as costas da mão.

— Hora de outra dose?

Não era Mabel.

— Esther? É você?

— Shhh. Acalme-se. Beba isto. — Ela misturara láudano e uísque numa xícara e Jack bebeu de um só gole. Ela pegou a xícara e, com o guardanapo, enxugou a umidade em seus olhos e rosto.

— Isso vai passar, Jack. Sei que não parece, mas vai. Eu e o Garrett estamos aqui para ajudar e a Mabel é mais forte do que parece. Nem tudo está sobre seus ombros agora. Você tem ajuda. Entende? Tudo vai dar certo.

Mas Jack buscava agora aquele lugar profundo e opaco onde o som e a dor e a luz emudeciam, onde um homem não precisa explicar seu desespero porque sua língua adormecida e os lábios inúteis não podem dizer nada mesmo.

CAPÍTULO 24

Esther insistiu em ser a principal enfermeira de Jack, lentamente reduzindo as doses de láudano e aumentando a duração das caminhadas diárias dele. Primeiro, só até a mesa da cozinha. Depois para a casinha, para que ele não precisasse usar o penico.

— Você é boazinha demais com ele, Mabel. Ele tem de se levantar e se mover. É a única forma de os músculos voltarem a funcionar.

— Mas ele sente muita dor.

— De certa forma, a mágoa dele é mais profunda do que a dor nas costas. Entende o que estou dizendo? É uma dor pior, do tipo que o ópio e a bebida só aumentam. Ele tem de andar com as próprias pernas. Tem de ver a terra e nos ajudar a tomar decisões para que saiba que esta ainda é a terra dele, mesmo sem que consiga sujar as mãos.

Então, enquanto Garrett mostrava a Mabel como cortar as sementes de batata, Esther passava a manhã caminhando com Jack pelos campos. Mabel não suportava ver seu passo miúdo. Era como se o marido tivesse envelhecido um século naquele mês. Seu rosto estava magro, e as costas, curvadas. Quando seu pé ficava preso numa raiz ou galho, ele reclamava e ficava imóvel, os olhos fechados e os músculos da mandíbula latejando de raiva. Mabel teria vergonha de admitir, mas ficou feliz em se sentar no jardim com Garrett cortando sementes de batata em vez de ajudar o marido naquela caminhada moribunda.

E o menino não era uma companhia tão ruim assim. Esther disse que ele estava irritado por ter de trabalhar na propriedade de outro homem com duas mulheres. Ele acha que quer ser um homem das montanhas, disse Esther, que plantar era humilhante. Mas é um bom menino. Ele trabalha duro quando se esforça.

Mabel observava o ressentimento de Garrett; ele entrava e saía da cabana a passos pesados quando sua mãe o mandava trabalhar. Quando estava sozinha com o menino, ele era menos petulante. Na verdade, ele era paciente e prestativo e não tinha pena dela. Garrett nunca disse "cuidado com a faca" ou "não vá se cortar, hein?!". Ele presumia que Mabel fosse capaz de trabalhar, e ela era mesmo. Em pouco tempo, ela afiava a faca quase tão rápido quanto ele.

O sol subiu no céu e aqueceu o alto da cabeça de Mabel, que jogava as sementes cortadas de batata num saco entre eles. Era hora do almoço e ela não sabia como a manhã tinha se passado. O menino a seguiu para dentro da cabana e a ajudou a preparar uma refeição de filé frio de alce e pão amanhecido. Depois que Esther ajudou Jack a se deitar, os três comeram rapidamente, de pé na cozinha. As mãos de Mabel estavam sujas de terra e as mangas do vestido arregaçadas.

Quando saíram para carregar a carroça com as sementes de batata, Mabel os seguiu. Só quando entregou o pesado saco a Garrett é que ela admirou o que estava fazendo — trabalho agrícola. O menino não notou sua pausa, apenas pegou os sacos e os pôs na carroça. Enquanto Esther guiava a carroça até o campo arado, Mabel e Garrett seguiam atrás.

— Talvez não seja da minha conta, mas esse vestido talvez a atrapalhe — disse ele. — Você não tem calça ou outra coisa? A mamãe sempre veste macacão quando está trabalhando.

— Não tenho nada assim. Vai ter de dar certo com o vestido.

Garrett pareceu cético, mas seguiu em frente.

Esther espalhou sacos de sementes de batata pelo campo e depois preparou o cavalo com a semeadeira para formar as fileiras. Garrett e Mabel a seguiram. O menino lhe mostrou qual a distância entre as sementes e a profundidade das covas, seguindo-a para cobrir as sementes com terra. Eles trabalhavam puxando o saco com eles.

Depois de um tempo, o trabalho se tornou metódico e Mabel começou a pensar em outras coisas. Ela plantava com as mãos nuas e ficou pensando no solo quente se abrindo entre seus dedos, nas plantas que floresciam e nas folhas que apodreciam. Mabel se levantava, balançava a saia e se abaixava novamente, abria outro buraco, plantava uma batata, outro buraco, outra batata. Ela colocava a mão na terra, como se fosse um túmulo.

Ali na plantação de batatas, as cores eram brilhantes demais e ricas em amarelo do sol e azul do céu. Até o ar era diferente do da Pensilvânia, mais seco e limpo. O tempo se passara, mais de uma década. Ainda assim, ao ajoelhar, Mabel voltou para sua terra. O luar acobreado. Os caminhos do pomar. A terra dura sob seus joelhos. Uma criança morta enterrada há dois dias.

Ela se lembrava de como tinha deixado Jack dormindo na cama e saiu para a noite vestindo apenas uma camisola. Fraca e ferida por causa do longo trabalho de parto, ela não sabia o que a levava pelo caminho de pedra no pomar, onde as árvores se elevavam nuas sob o luar azulado.

Era onde ele teria aberto a cova, na terra que era da família dele por gerações. Ela rastejava entre as árvores, joelhos e mãos arranhados. Sem encontrar nada, ela se levantou, sentiu uma dor nos seios e de repente leite desceu por seu peito, molhou a camisola, derramou-se sobre a barriga e pingou inutilmente no chão.

Não posso sobreviver a esta dor, pensou ela.

— Você está bem?

A sombra de Garrett caiu sobre seu rosto e Mabel não sabia por quanto tempo tinha ficado ali ajoelhada na terra.

— Sim. Sim. Estou bem — disse Mabel. Ela limpou as mãos no vestido. — Só me lembrei de uma coisa.

Quando ela olhou para Garrett, os olhos do menino se arregalaram.

— Você tem certeza de que está bem? Porque... Bem, porque você não parece tão bem. — O menino apontou para o rosto dela. Algumas lágrimas devem ter rolado por seu rosto sujo e as marcas eram horríveis.

— Por favor, perdoe os choros de uma velha — pediu ela, começando a procurar algo com que enxugar o rosto.

Garrett ficou só olhando.

— Claro que você já viu uma mulher chorar antes.

Ele deu de ombros.

— Não? Talvez, não. Claro que não consigo imaginar sua mãe chorando.

— Precisamos voltar? Você precisa descansar?

— Não. Não. Só preciso de algo para limpar meu rosto.

O menino procurou um lenço no bolso, mas, sem encontrar nada, desenrolou a manga da camisa e lhe ofereceu o punho.

— Está meio sujo, mas você pode usar.

Mabel sorriu e enxugou os olhos com o punho da camisa.

— Obrigada — agradeceu.

Quando o menino se virou para pegar o saco a seus pés, Mabel o segurou pela camisa novamente e manteve o braço dele em suas mãos.

— Ando querendo lhe perguntar uma coisa, Garrett.

— Sim, senhora.

— Você pegou alguma outra raposa depois daquela prateada?

— Não, senhora, nunca — respondeu ele. O menino a estudou cuidadosamente. — Está querendo uma pele de raposa? Porque, se estiver, tenho algumas peles que sobraram do ano passado. Tenho certeza de que a Betty pode lhe fazer alguma coisa.

Mas Mabel já estava se abaixando para cavar outro buraco na terra.

Ela sobrevivera, não? Mesmo querendo se deitar no pomar à noite e entrar numa cova só sua, ela voltou para casa no escuro, lavou-se na bacia e, pela manhã, preparou o café para Jack. Mabel lavou a louça e limpou a mesa e as bancadas. Ela fez pão e tentou ignorar o doloroso inchaço em seu peito e a cólica vazia em seu útero. E então fez o impensável; entrou no quartinho do bebê e pôs as mãos no berço de carvalho, o mesmo que Jack usara quando criança, e a mãe dele antes de tudo. Ela tocou a colcha que tinha costurado até que a tristeza a fizesse cair numa cadeira de balanço onde ela se sentou com os braços sobre a barriga, lembrando-se de como era ter outra pessoa crescendo dentro dela.

Quando recuperou as forças, Mabel começou a dobrar as roupinhas e os cobertores e fraldas de pano e guardar tudo em caixas. Ela não parava de trabalhar, mas o choro vinha e desfigurava seu rosto, nublava seus olhos e fazia seu nariz escorrer. Ela não ouviu Jack chegar à porta. Quando levantou a cabeça, o viu observando silenciosamente e depois se virando, incomodado e constrangido pela dor da esposa. Ele não pôs as mãos nos ombros dela. Não disse nada. Mesmo depois de tantos anos, Mabel era incapaz de perdoá-lo por aquilo.

Ao fim da fileira, Mabel se levantou, pôs as mãos nas costas e se espreguiçou. A barra da saia estava manchada, suas mãos, sujas e cansadas. Ela olhou a plantação e viu o quanto tinham feito. Garrett bateu com as mãos na calça.

— Uma fileira terminada — disse ele. — Falta mais mil. — E o menino abriu um meio sorriso, as sobrancelhas erguidas como se perguntassem: "Você ainda vai fazer isso?"

Mabel fez que sim.

— Sempre em frente? — perguntou ela.

Garrett ergueu a mão como se fosse um explorador conquistador.

— Sempre em frente!

Esther deu a volta numa fileira e recuou até o campo, diminuindo a velocidade do cavalo e acenando para os dois. Mabel acenou de volta. Uma brisa soprou as mechas soltas em seu rosto e secou o suor. O céu no alto não tinha nuvens e brilhava. Ao longe, para além das árvores, ela via os picos brancos das montanhas. Mabel levantou a saia e pisou sobre a fileira que tinham acabado de semear. Garrett mostrou-lhe o saco de sementes e eles recomeçaram o trabalho.

Eles trabalharam até o anoitecer e chegaram à cabana depois da hora do jantar. Jack tinha acendido os lampiões e fritava filés.

— O que é tudo isso? — perguntou Esther. Ela respirou fundo e riu. — Algo cheira muito bem.

— Não posso fazer muita coisa. O mínimo que podia fazer era alimentar meus ajudantes. — Ele sorriu como um homem fazendo algo errado.

Os dias seguintes foram uma confusão de batatas, terra e sol, e músculos que doíam a cada fileira semeada. Jack fazia o que podia, mas em geral ficava na cabana preparando as refeições. À noite, todos estavam cansados demais para conversar. O menino cochilava à mesa com a cabeça apoiada nas mãos sujas. Quando a noite caía, Mabel estava entorpecida de cansaço. Ela nunca entendeu como Jack conseguia cair no sono na cadeira sem se lavar, conversar sobre o dia ou até mesmo tirar as botas sujas. Agora entendia. Mas, apesar de todas as dores e monotonia, os dias de trabalho no campo a fizeram sentir uma espécie de orgulho que desconhecia. Ela não via mais a cabana como algo rústico e sentia-se grata ao fim do dia pela comida quente e pelo saco de dormir. Nem notava se a louça ficava sem lavar ou se ninguém varria o chão.

— Acho que conseguimos, Jack — anunciou Esther certa tarde, as mãos na cintura. — Sei que você tinha planos de fazer mais coisas este ano, plantar um pouco de alface e outras coisas. Mas estava pensando que conseguimos plantar as batatas, e agora vamos ver o que acontece.

Jack fez que sim, concordando. Talvez bastasse para que eles sobrevivessem.

— Não estaríamos aqui se não fosse por vocês dois. — Sua voz era grave e sincera, mas havia um quê de tristeza nos olhos dele que fez Mabel se lembrar da vergonha. — Não sei como poderemos lhes pagar.

Esther o dispensou impacientemente com um aceno e disse que planejava voltar para casa naquela noite.

— Tem sido incrível, mas já estou pronta para dormir na minha própria cama, com meu marido roncando e tudo. Você está melhorando, Jack, e acho que Garrett pode cuidar dos campos. Nada... sem "se", "e" e "mas" quanto a isso. George e eu já conversamos. O Garrett trabalha melhor aqui do que em casa e nossa plantação está feita. Você pode lhe dar um lugar no celeiro para não vê-lo o tempo todo. E vocês terão sua casa novamente para vocês dois.

Chegou a hora, por mais que Mabel estivesse com medo. Jack era um homem diferente, instável e inseguro. Ela não podia mais se esquecer de como, durante o pior momento, ele chorara e implorara que ela o abandonasse. E depois, enquanto ele melhorava, de como ela saiu para os campos e trabalhou com uma nova força e segurança. Sem Esther e Garrett, Mabel e Jack voltariam a dividir a cama e ela se perguntava como seria dormir com um estranho. Jack a olhava com tristeza, como se pudesse ler seus pensamentos.

Depois do jantar, Esther foi embora e Mabel mostrou um lugar no celeiro para Garrett. Ele levou seu saco de dormir e pegou uma caixa de madeira como criado-mudo. Depois acendeu um lampião, ajustou o despertador e pegou um livro.

— *Caninos brancos*, de Jack London. Você já leu?

— Não, senhora.

— Por favor, me chame apenas de Mabel. Acho que você vai gostar, mas, se não gostar, tenho dezenas de outros para você ler.

Ela ia alertá-lo para tomar cuidado com o lampião, mas pensou melhor e desistiu. Garrett a tratara como uma igual, então ela tentaria fazer o mesmo.

— Entre se precisar de alguma coisa, mesmo que seja só de companhia.

— Sim, senhora... Quero dizer, Mabel.

— Garrett, quero lhe perguntar só mais uma coisa.

— Sim?

— Quando você estava caçando no inverno, alguma vez viu algo incomum? Pegadas na neve? Qualquer coisa sem explicação?

— Está falando da menininha? Ouvi falar dela.

— E? Viu algum sinal dela?

O menino fez que não lentamente, como que decepcionado.

— Nada mesmo? Nunca?

— Desculpe — disse ele.

Era uma noite fria e Jack acendeu o fogo. As louças sujas se empilhavam na cozinha e Mabel ficou sentada na cadeira diante da fogueira, esticando os pés em direção ao calor. Ela estava mais cansada do que nunca. Seus músculos doíam e latejavam. Quando fechou os olhos, fileiras de azulejos se prolongaram no horizonte. Ela girava com o planeta.

— Mabel. Você está dormindo. Venha para a cama. — Jack esfregou os ombros dela. — Isso tem sido demais para você.

— Não, não. — Ela levantou a cabeça na direção dele. — É maravilhoso dividir o trabalho, eu me sinto útil. Hoje talvez tenha sido um dos melhores dias da minha vida... — Ela ficou em silêncio ao perceber o que dizia. Jack anuiu com a cabeça sem falar nada.

Ela vestiu a camisola e se deitou na cama. Jack tirou a roupa de baixo e sentou-se na beirada.

— Jack?

— Hum?

— Vamos ficar bem, não? Quero dizer, só nós dois?

Ele gemeu ao pôr os pés na cama. Jack se virou para encarar Mabel e passou a mão em seus cabelos soltos, várias vezes, sem falar. Mabel viu lágrimas de preocupação nos olhos do marido e se levantou, apoiando-se nos cotovelos. Ela se aproximou e o beijou nas pálpebras molhadas.

— Vamos, Jack. Vamos ficar bem. — E ela deitou a cabeça dele na dobra do seu braço e o deixou chorar.

CAPÍTULO 25

Aquele verão foi uma bênção para a agricultura. Até mesmo Jack percebeu. Em intervalos perfeitos chovia e o sol brilhava. Por vontade própria, Garrett plantou fileiras e mais fileiras de legumes para fornecer à ferrovia, e as plantas prosperavam no campo.

As costas de Jack ainda o incomodavam e havia manhãs em que ele tinha de sair da cama e se rastejar até o armário para conseguir se levantar. Suas mãos e seus pés às vezes ficavam dormentes e havia dias em que suas articulações inchavam e doíam. Jack temia que haveria uma manhã em que ele não conseguisse mais sair da cama.

À noite, porém, quando as montanhas de picos nevados pareciam florescer sob o sol da meia-noite, ele caminhava pelos campos sozinho, e seu passo estava mais leve. Jack passava pelas fileiras perfeitas de alface e repolho, as folhas imensas verdes e exuberantes. A terra tinha ficado mais macia sob suas botas e cheirava a húmus. Ele pegava um pouco de terra nas mãos e passava o dedo pelos grãos, admirando a riqueza daquilo e às vezes pegando um rabanete, esfregando-o na calça e o mordendo para ouvir um barulho agradável, depois voltando à folhagem nas árvores. Dali ele caminhava pela nova plantação, onde as batatas cresciam alto e tinham acabado de começar a florescer. Aquilo não se parecia em nada com a terra estéril pela qual o cavalo o arrastara no inverno passado.

Ele devia isso a Esther, sabia Jack, e ao menino. Garrett plantou alface e rabanete para que eles ficassem prontos para a colheita quando a ferrovia precisasse, semana a semana. Ele tirou as ervas daninhas das batatas. O menino sabia quais fertilizantes funcionavam e quais não funcionavam para que Jack não precisasse confiar no vendedor de Anchorage, e sim desfrutasse de uma experiência real.

Mesmo tendo apenas catorze anos, o menino era um fazendeiro experiente, mas seu coração não se empolgava com aquilo. Com a permissão de Jack, Garrett saía vários dias com seu cavalo, rifle e um saco de dormir. Às vezes ele voltava com trutas ou tetrazes para o jantar. Uma vez ele trouxe para Mabel um poncho de pele de alce feito por uma mulher atabascana que morava rio acima. Outras vezes ele voltava com histórias de uma cascata na montanha ou de um urso que vira brincando numa porção nevada.

— O urso era só um filhotinho correndo para cima e rolando, depois voltando a subir a encosta.

Uma noite, com o sol de verão brilhando pelo vale, Garrett pediu para se juntar a Jack em sua caminhada pelos campos.

— Vou levar uma arma. Talvez encontremos um ou dois tetrazes.

Jack tinha um pouco de vergonha do seu ritmo lento e não queria abdicar de sua solidão. Além disso, não gostava muito da ideia de o menino caçar na propriedade. Jack vira um ou outro tetraz em suas caminhadas e gostava de se sentir empolgado quando uma ave se jogava no ar com estrondo e depois pousava no galho de um abeto. Ele não disse nada com esperança de que o menino percebesse, mas Garrett correu para o celeiro para pegar a arma.

— Voltaremos bem rápido — avisou Jack por sobre o ombro, saindo pela porta, mas ele duvidava de que Mabel tivesse ouvido. Ela estava inclinada sobre a mesa, trabalhando num projeto de costura que consumia seu tempo, e Jack sentiu uma onda de afeto por ela.

No começo, ele se sentiu humilhado por saber que Mabel trabalhava na plantação em seu lugar. Agora, com o verão já terminando, ele sabia que estava mais leve em parte por causa da esposa. Ela não era mais uma alma perdida — Mabel estava ao seu lado, a mesma terra em suas mãos, os mesmos pensamentos em sua mente. Quantas fileiras de rabanete devemos plantar ano que vem? Precisamos de calcário nas terras do norte? Quando as novas galinhas começarem a pôr ovos, devemos deixá-las chocar uma dúzia? O destino de tudo, da fazenda e da felicidade deles, já não era seu fardo. Olhe só o que fizemos, disse ela uma manhã, apontando para as fileiras de rabanetes, repolhos, brócolis e alfaces.

Com a arma no ombro, Garrett veio correndo pela estradinha e chegou até Jack.

— Provavelmente jamais veremos outro ano como este — disse. Ele balançou a cabeça, descrente, olhando para o campo. — Você acredita nisso? Queremos chuva, chove. Queremos sol, faz sol.

— Tem sido bom. — Jack se abaixou e pegou duas plantas. Ele entregou um rabanete a Garrett. Os dois os limparam na calça e silenciosamente os comeram.

— Impossível agradecê-lo por tudo o que você fez aqui. — Jack jogou a folhagem nas árvores.

— Não foi nada.

— Não, é alguma coisa.

Eles seguiram a trilha que levava a outro campo. Garrett ia à frente, carregando a espingarda e chutando torrões de terra. O que você está dando para meu menino comer?, perguntara Esther, e Jack também notara que Garrett crescera alguns centímetros ao longo do verão. Ele perdera um pouco da suavidade infantil no rosto e seu queixo e ossos faciais estavam mais proeminentes. Seus gestos também estavam mais maduros. Ele olhava Jack nos olhos, manifestava suas opiniões claramente e raras vezes tinha de ser mandado fazer alguma coisa. George duvidava disso, dizia que eles eram gentis demais falando isso do filho caçula, mas durante suas visitas ele geralmente também percebia a mudança. Talvez devêssemos mandar os outros para lá também, comentou George, rindo. Mas Jack suspeitava que o menino agisse assim porque não tinha os irmãos mais velhos que o provocavam. Havia ainda sinais de que Garrett se orgulhava do trabalho que tinha feito na propriedade.

A trilha acompanhava os limites do campo e passava por um agrupamento de abetos. A luz não penetrava muito nas árvores densas e o ar estava perceptivelmente mais frio à sombra. Havia uma linha fina, só um caminho de carroça, separando a floresta do verde da plantação, e Jack estava pensando no trabalho que Garrett teve para plantar quando o menino parou e abriu a arma, carregando-a. Jack olhou para além dele. Levou um instante para seus olhos se focarem e, quando isso aconteceu, Garrett pegou uma bala do bolso e a pôs no cano da arma.

— Não! Espere! — Jack pôs a mão nas costas do menino. — Não.
Garrett olhou para ele pelo canto dos olhos e mirou.

— Eu disse para não atirar.

— Naquela raposa? Por que não? — Garrett fechou os olhos, sem acreditar, e depois voltou o olhar novamente para o cano da espingarda, como se tivesse ouvido errado. A raposa saiu da floresta e se sentou na trilha. Jack não conseguia diferenciar uma raposa de outra, mas as marcas pareciam as mesmas, o pelo alaranjado escuro, os pés com pontas pretas. Era tudo o que lhe restava dela.

— Deixe-a.

— A raposa?

— Sim, meu Deus! A raposa. Deixe-a ir embora. — Jack abaixou a arma bruscamente.

O animal aproveitou a deixa e correu pela plantação de batata. Jack viu a calda peluda vermelha por entre as plantas e depois ela desapareceu.

— Você está louco? Podíamos tê-la matado. — Garrett abriu a espingarda, tirou a munição de dentro e a guardou no bolso. Seus olhos se encontraram e Jack viu um quê de irritação, talvez até desprezo.

— Olhe, eu não teria me importado, mas...

— Ela vai voltar, eu sei. — O tom grosseiro e desrespeitoso de Garrett surpreendeu Jack.

— Vamos ver.

— Elas sempre voltam. Da próxima vez, vai estar revirando seu lixo ou procurando algo perto do celeiro. — Garrett seguiu em frente e, enquanto davam a volta no campo, ele viu para onde a raposa tinha ido, mas não disse nada. Só quando já estavam perto da casa é que ele falou novamente. — Não faz sentido deixá-la ir embora.

— Digamos que conheço aquela raposa. Ela pertencia a uma pessoa. — Jack percebeu que era difícil falar.

— Pertenceu? Uma raposa? — Eles se aproximavam do celeiro e Jack queria que a conversa tivesse acabado e que Garrett fosse dormir, mas o menino o parou diante da porta.

— A quem ela pertencia?

— Alguém que conheci.

— Não há ninguém aqui num raio de quilômetros... — Ele se calou ao se virar para o celeiro, mas voltou a falar: — Espere. Não é aquela menina, é? Aquela sobre a qual mamãe e papai conversaram? Aquela que Mabel disse ter visto no último inverno?

— Sim. Aquela era a raposa dela e não quero que ninguém a mate.

Garrett fez que não com a cabeça e respirou fundo.

— Algum problema com isso?

— Não. Não, senhor. — Fazia muito tempo que ele não chamava Jack de senhor.

Jack foi em direção à casa.

— É só que... Não era uma menina de verdade, era?

Jack quase continuou andando. Ele não queria ter aquela conversa. Estava cansado. Sua noite fora perturbada e ele queria ficar quieto em casa, diante do fogão a lenha. Mas encarou Garrett.

— Sim. Havia uma menina. Ela criou aquela raposa desde filhote. Ela ainda aparece às vezes e não faz mal nenhum, só aceita o que oferecemos.

Novamente houve um balançar de cabeça e um som de desdém.

— De jeito nenhum.

— O quê? Criar uma raposa desde filhote?

— Não. A menina. Vivendo sozinha por aí, na floresta. No meio do inverno? Sem chance.

— Você não acha que uma pessoa consiga sobreviver aqui?

— Ah, alguém consegue. Um homem. Alguém que realmente saiba o que está fazendo. Não muitos. — E ele disse isso como se fosse um desses poucos. — Com certeza não uma menininha.

Garrett deve ter percebido o olhar de Jack, porque sua confiança pareceu vacilar.

— Quero dizer, não estou duvidando do que você acha que viu. Mas talvez exista outra explicação.

— Talvez. — Jack voltou lentamente para a casa. Ele não esperou que Garrett falasse mais, mas, ao se aproximar da porta, ouviu-o falar:

— Boa noite. Diga boa noite a Mabel também. — Sem se virar, Jack ergueu a mão num aceno rápido.

— A caminhada foi boa? — Mabel tinha os olhos em sua costura. Ela acendera o lampião e, na luz fraca, estava inclinada sobre o tecido. Jack tirou as botas e foi à bacia lavar as mãos. Ele jogou água fria sobre o rosto e depois o secou e também a nuca.

— Como está a costura?

— Devagar, mas firme. Tive só de desfazer alguns pontos, então acho que vou parar agora. — Ela deixou o trabalho de lado, recostou-se na cadeira e esticou o pescoço. — A caminhada foi boa?

— Tudo bem. É mais silencioso quando estou sozinho.

— Sim. Ele se tornou uma pessoa bem falante, não? Mas gosto dele. E ele trabalha duro.

— Sim, trabalha.

Jack abriu o fogão e acrescentou lenha. As noites estavam mais frias com a aproximação do outono.

— Então o que você anda costurando aí?

— Ah, só uma coisinha.

— Segredo? Um presente de Natal?

— Não para você. Não este. — Mabel sorriu para ele.

— Bem, então o quê?

— Ah, nada... — E ele soube que ela queria lhe contar.

— Vamos. Diga logo. Sou como um gato com um peixinho dourado na boca.

— Certo. É para Faina. Um novo casaco de inverno. Acho que descobri como fazer a borda. — Mabel se levantou e segurou os pedaços de casaco diante de si, colocando a lã azul sobre o peito e os braços como se estivessem costurados. Depois pegou uns pedaços de pelo branco.

— Para Faina?

— Sim. Não é lindo? É pele de coelho. Lebre, na verdade. Pedi ao Garrett. Eu lhe disse que estava trabalhando num projeto de costura. Ele disse que essa pele era a mais macia e é mesmo. Sinta.

Então era nisso que ela passava o tempo nos últimos dias. Era isso o que a mantinha acordada à noite, desenhando no caderno, sorrindo e toda emocionada. Jack quis tirar as coisas de suas mãos e jogá-las no chão. Ele se sentiu enjoado e até tonto.

— Não gostou? Sabe, da última vez que a vimos, notei que o casaco dela estava rasgado e gasto. E ela estava grande demais para ele no inverno passado. Os pulsos dela sobravam nas mangas. Não tenho certeza quanto ao tamanho, mas tentei me lembrar da altura dela quando ela se sentava nesta cadeira, e em como seus ombros eram estreitos.

Mabel abriu o casaco sobre a mesa e pegou alguns novelos. Sua expressão era radiante.

— Vai ficar lindo. Sei que vai. Só espero terminar a tempo.

— A tempo para o quê?

— Para quando ela voltar. — Ela disse isso como se fosse algo óbvio.

— Como você sabe?

— Sabe o quê?

— Pelo amor de Deus, Mabel, ela não vai voltar. Você não vê isso?

Mabel recuou, as mãos no rosto. Ele a assustara, mas irritação surgiu em seus olhos.

— Vai, sim.

Ela dobrou o casaco e começou a enfiar alfinetes na almofadinha, os movimentos rápidos e raivosos. Jack se sentou na cadeira perto do fogão. Apoiou os cotovelos nos joelhos e segurou a cabeça, os dedos nos cabelos. Ele não conseguia olhar para Mabel. Ele a ouvia na cozinha, batendo a louça e os copos e depois indo até a porta do quarto. Lá ela parou. Jack não ergueu a cabeça. Ela estava sem fôlego, a voz apressada e ríspida.

— Ela vai voltar. E, droga, Jack, não vou deixar você nem ninguém me convencer do contrário.

Ela levou o último lampião aceso com ela até o quarto, deixando Jack no escuro.

CAPÍTULO 26

A neve chegara a Mabel num sonho e, com ela, a esperança. O casaco dela era azul como seus olhos, seus cabelos quase brancos brilhavam e voavam e desciam pelas escarpas das montanhas. No sonho, Faina ria, e sua risada soava como carrilhões no ar frio, e a menina subia nos rochedos e, onde seus pés tocavam a rocha, gelo se formava. Ela cantava e girava pela tundra alpina, os braços abertos no céu, e atrás dela caía neve e era como um manto branco que ela jogava sobre as montanhas ao correr.

Quando Mabel acordou na manhã seguinte e olhou pela janela do quarto, viu neve. Só uma poeira nos picos distantes, mas ela sabia que tinha sido mais do que um sonho.

A criança não tinha de morrer. Talvez ela não tivesse desaparecido para sempre. Podia ter ido para o norte, para as montanhas, onde a neve nunca derrete, e podia voltar com o inverno para o velho e a velha na cabana deles perto da aldeia.

Mabel só tinha de desejar e acreditar. Seu amor seria um farol para a criança. Por favor, menina. Por favor, menina. Por favor, volte para nós.

Por mais que pensasse no assunto, Mabel sempre chegava à conclusão de que a origem da menina estava ligada àquela noite em que ela e Jack a moldaram na neve. Jack esculpira seus lábios e olhos. Mabel lhe dera luvas e pintara seus lábios de vermelho. Naquela noite a menina nascera para eles formada de gelo, neve e vontade.

O que aconteceu naquele frio escuro, quando o gelo formou uma auréola nos cabelos de palha da menina e os flocos de neve se transformaram em carne e osso? Era assim que o livro mostrava, o calor se espalhando pela testa e depois rosto, garganta e pulmões, a carne quente se separando da neve e do solo congelado? A ciência exata de uma molécula se transformando em outra — algo que Mabel não podia explicar, se bem que ela não sabia explicar como um feto havia se formado em seu útero, células se transformando num coração e numa alma. Ela não conseguia entender o milagre hexagonal dos flocos de neve que se formavam nas nuvens, os ramos leves como pena que caíam na manga do casaco, estrelas brancas se derretendo ao mesmo tempo que brilhavam. Como tal força e beleza existiam em algo tão pequeno, fugaz e desconhecido?

Não era necessário entender os milagres para acreditar neles, e na verdade Mabel chegou a suspeitar do oposto. Para acreditar talvez você tenha de parar de procurar explicações e segurar a coisinha em sua mão o máximo possível antes que ela escorresse feito água entre seus dedos.

Assim, à medida que o outono endurecia a terra e a neve avançava pela montanha, Mabel costurava um casaco para uma menina que tinha certeza de que voltaria.

Ela encomendou vários novelos de lã e depois um tecido tingido de um azul profundo que a fazia se lembrar do vale no inverno. O forro seria de seda e a borda, de pelo branco. Seria resistente e prático, mas combinaria com uma donzela de neve. Os botões — folheados a prata de lei. Eles vieram de Boston e Mabel os havia guardado há anos num pote de botões, só agora encontrando um propósito para eles. A borda de pelo branco seria costurada ao redor do capuz e na barra e nos pulsos. Flocos de neve bordados com fio de seda branco desceriam pela parte da frente e detrás do casaco.

Ela pegou o caderno de desenhos e uma cópia do livro *Micrographia* de Robert Hooke. Era um dos poucos livros de história natural do seu pai; Mabel o trouxera consigo e pensou nele certa noite, ao trabalhar no casaco de Faina. O velho livro tinha ilustrações de imagens ampliadas e, quando criança, Mabel gostava principalmente da gravura de um piolho com pernas articuladas. Mas ela também se lembrava de ele conter desenhos de flocos de neve.

"Expondo um pedaço de tecido preto ou chapéu preto na neve, geralmente me dava muito prazer observar tanta variedade de neve, tanto que seria impossível desenhar a forma de todos os flocos..." e ao lado dessas palavras, Hooke incluíra desenhos de uma dúzia de flocos de neve com volteios e ramificações, estrelas e hexágonos. Mabel copiou vários dos desenhos. Depois, de memória, tentou recriar o que vira na manga do casaco dela na noite em que ela e Jack fizeram a menina de neve.

Ela usou um molde simples de casaco que encomendou de um catálogo. À noite, quando ainda estava claro lá fora, as árvores e as calhas impediam que a luz entrasse pelas janelas da cabana, então Mabel acendia um lampião e estendia o tecido sobre a mesa. Seguir o molde lhe dava algum consolo, um delicado equilíbrio em relação ao trabalho na terra durante o dia. O trabalho agrícola era rude, exaustivo e uma questão de fé — um fazendeiro apostava tudo na terra e em último caso não era culpa dele se chovia ou não. Costurar era diferente. Mabel sabia que, se fosse paciente e meticulosa, se seguisse cuidadosamente as instruções passo a passo e obedecesse às regras, no fim, ao virar o tecido, ele ficaria exatamente como ela pretendia. Um milagre em si e um milagre que a vida raramente lhe oferecia.

Por mais que gostasse da costura, era no bordado que Mabel expressaria sua esperança, cada ponto uma devoção, cada floco de neve uma celebração dos milagres. O primeiro floco que ela escolheu criar foi o da Faina, aquele que a menina segurara em sua mão — uma estrela com seis pontas perfeitas, cada qual um ramo perfeito. Entre os pontos, uma estrelinha se sobrepunha e, no meio, um coração hexagonal.

Mabel se inclinou com o bordado nas mãos, o nariz a poucos centímetros do tecido, quando Jack voltou depois de alimentar o cavalo. Ela não se importava de ele ficar fora até tarde a cada dia, apesar de se perguntar por que o marido a evitava. Foi a irritabilidade dele o que a fez parar.

— Está tudo bem? — perguntou ela, tirando os olhos da agulha e do fio.

Ele fez que sim na direção dela.

— Vi que geou noite passada — disse ela.— Vamos colher as batatas logo?

Outro meneio brusco de cabeça.

— O Garrett já acordou? Queria lhe dar outro livro. Estava pensando em outro de Jack London ou talvez *A ilha do tesouro*. Se ele não terminar a tempo, pode levar consigo. — Mabel cortou o fio e segurou o floco de neve para estudá-lo. Ela podia mostrá-lo a Jack, mas isso só o deixaria com raiva. O casaco, os desenhos dos flocos de neve, todas as conversas sobre Faina o deixavam tenso e calado. Mabel podia ter perguntado o motivo, mas temia a resposta. Deixe como está, ele gostava de dizer, e foi o que ela fez.

Uma semana mais tarde, as últimas batatas estavam em sacos e eles acordaram com uma camada de neve sobre a terra, mas ainda era uma neve precoce e fina. Ao meio-dia ela teria derretido e Mabel sabia que ainda demoraria semanas para o inverno vir para valer. Ao mesmo tempo, a visão do tempo a deixou feliz. Ela preparou rapidamente o café para Jack e Garrett e depois vestiu o casaco e as botas.

— Aonde você vai? — perguntou Jack ao comer o que restava do ovo e das batatas em seu prato.

— Pensei em sair para caminhar, só para ver a neve.

Jack fez que sim com a cabeça, mas, nas rugas cansadas ao redor de seus olhos, ela percebeu as dúvidas dele. Que Mabel logo se decepcionaria. Que Faina não voltaria. Que a menina não era o milagre que Mabel queria que fosse.

Mabel abotoou o casaco até em cima e pegou um chapéu e luvas antes de sair. Estava mais quente do que ela esperava. As nuvens já tinham se dissipado e o sol surgia em meio às árvores. Os choupos e as bétulas tinham perdido as folhas e a neve fresca recobria os galhos em camadas finas. Suas botas marcavam a neve ao caminhar, descobrindo terra, grama queimada e folhas amareladas. Passando o celeiro e o choupo, os campos estavam todos brancos. Ela pensou em ir até o rio ou seguir o caminho da carroça, mas então Mabel lembrou-se de que era o último dia de Garrett ali. Ele voltaria para a família durante o inverno e, apesar de eles terem certeza de que o veriam nos meses seguintes, ainda parecia uma espécie de despedida. Ela queria deixá-lo escolher um livro para levar consigo.

Ao voltar, Garrett lavava a louça.

— Não. Isso, não. Não no seu último dia. — Mabel pendurou o casaco no gancho ao lado da porta. — O que faremos sem você, Garrett?

— Não sei. Eu posso ficar.

— Acho que sua mãe não concordaria com isso — disse Jack, empilhando os pratos ao lado da bacia. — Ela está ansiosa para que o caçula volte para casa.

Garrett pareceu duvidar, mas mordeu a língua. Ele crescera e mudara nos últimos meses. Assumira muitas responsabilidades na fazenda e à noite eles conversavam sobre variedades de plantações e sobre clima, livros e arte. Mabel já não ficava à margem das conversas. Ela se sentia ansiosa para discutir os tipos de nabos que plantariam e para descrever os museus que visitara em Nova York.

Quem pensaria que um adolescente teria algo a ensinar a uma velha? Mas foi Garrett quem a levou até os campos e para mais perto da vida que ela imaginara para si mesma no Alasca. Ela não sabia como lhe explicar isso. Tendo Esther como mãe, ele certamente não conseguia imaginar uma mulher fazendo algo contra sua vontade ou, pior, sem saber o que quer. Era como se Mabel vivesse num buraco, confortável e segura, e o menino apenas estendera a mão para ajudá-la a sair para a luz. A partir dali ela estava livre para caminhar por onde quisesse.

— Garrett, estava pensando que podia emprestar um livro para você levar. Só se você quiser, claro.

— Posso? Você se importaria? Vou tomar cuidado com ele.

— Claro que vai. Por isso é que estou oferecendo. — Mabel o levou até o quarto e se ajoelhou no chão para puxar o baú.

— Deixe que eu faço isso. — Ele rapidamente o pegou de debaixo da cama. — Está cheio de livros? Isso tudo?

— Este e alguns outros. — Ela riu diante da surpresa de Garrett. — Você deveria ter visto a biblioteca do meu pai. Um quarto quase do tamanho desta cabana cheio de prateleiras de livros. Mas só pude trazer uns poucos comigo.

— Você sente falta deles?

— Dos livros?

— E da sua família? E de tudo o mais? Deve ser bem diferente lá.

— Ah, às vezes queria certo livro e poder visitar um amigo ou parente, mas em geral estou feliz aqui. — Mabel abriu o baú e Garret começou a pegar os livros empilhados lá dentro.

— Não tenha pressa. Sua mãe só está esperando você depois do jantar. — Ela se levantou e tirou a poeira da saia. Mabel estava à porta quando ouviu Garrett dizer:

— Obrigado, Mabel.

Ela pensou em expressar sua gratidão, em tentar explicar o que ele fizera por ela.

— De nada, Garrett.

CAPÍTULO 27

Querida Ada,

Parabéns por seu novo neto! Que bênção! E tê-los por perto. Deve ser maravilhoso ouvir o bater dos pés de todas as crianças nas escadas de madeira quando elas a visitam. Sinto muito ouvir sobre a morte da tia Harriet, mas parece que ela deixou este mundo da melhor forma, tranquila e com uma idade avançada e respeitável. Todas as suas notícias da família foram um presente precioso para mim.

Estamos bem aqui, e sou sincera. Sei que você pensou que estávamos loucos ao nos mudar para o Alasca, e durante um tempo eu mesma pensei isso. No verão passado, no entanto, tudo valeu a pena. Comecei a ajudar mais no campo. Imagine eu — aquela que sempre chamaram de "tímida" e "delicada" — nos campos, semeando batatas e mexendo com a terra. Mas é uma sensação deliciosa trabalhar com algo que parece mesmo ter efeito. Jack transformou esta porção indomada de terra que chamamos de casa numa fazenda próspera e agora posso dizer que ajudei também. Nossa despensa está abastecida com potes de frutas silvestres e carne do alce que Jack matou no outono. Ah, eu às vezes sinto falta do "Velho Leste", como chamamos aqui, e meu coração anseia por vê-la e ver todos da família, mas recentemente decidimos ficar. Este lugar se transformou no nosso lar e Jack e eu temos um novo estilo de vida que combina com a gente muito bem.

Estou lhe enviando alguns dos meus desenhos recentes. Um é de uma horta de morangos que me dá muito orgulho e que forneceu recheio para muitas tortas no último verão. O outro é de um trecho de epilóbios em flor ao longo do rio. Ao fundo você pode ver as montanhas que emolduram o vale. O último é de um floco de neve que tive o prazer de observar no último inverno. Várias vezes redesenhei o floco de neve, como se nunca me cansasse de sua elegância infinitesimal.

Entre estas páginas segue ainda um buquê de flores de amoreira. Essas florzinhas brancas são facilmente desprezadas agora que estão secas, mas são tão lindas quando enchem a floresta na primavera. E estou enviando um par de botinhas para a nova filha da Sophie. A borda de pelo é de uma lebre que um vizinho conseguiu para mim. Espero que elas cheguem antes que a menina tenha crescido demais para usá-las.

Espero que logo tenhamos neve. As montanhas estão brancas, e as manhãs, frias, e anseio pela chegada dela.

Com carinho,

Sua irmã,

Mabel.

CAPÍTULO 28

O inverno caiu pesado e rapidamente ao fim de outubro. Não foi a neve úmida e lenta que marca a transição do outono, e sim uma tempestade repentina soprada pelo vento do rio. Pouco depois do jantar já estava completamente escuro e Jack e Mabel ficaram ouvindo a tempestade bater contra a cabana. Jack engraxava suas botas perto do fogão e Mabel parou de costurar à mesa da cozinha. As batidas se sucederam, cada vez mais altas. Finalmente Jack foi até a porta e a abriu.

Ele momentaneamente pensou que o que estava diante de si era um fantasma das montanhas, uma aparição nevada manchada de sangue. Faina estava mais alta e, se possível, mais magra. Seu chapéu peludo e o casaco de lã estavam cobertos de neve e seus cabelos pendiam como corda molhada. Sangue seco marcava sua testa. Jack não conseguiu falar nem se mover.

A menina tirou a touca, limpou-a da neve e levantou a cabeça.

Sou eu. Faina.

Ela estava ligeiramente ofegante, mas sua voz, segura e alegre, quebrou o feitiço. Ele pegou a menina no colo e a abraçou, dando meia-volta.

Faina? Faina. Meu Deus. Você está aqui. Você realmente está aqui.

Ele não tinha certeza se disse aquilo em voz alta ou só mentalmente. Depois Jack apertou a barba contra os cabelos dela e sentiu o cheiro do vento glacial que soprava por sobre os abetos e do sangue que corria louco pelas veias, e seus joelhos quase cederam. Com um dos braços ainda nos ombros dela, Jack puxou a menina para dentro da cabana e fechou a porta.

Meu Deus, Mabel — e ele sabia que parecia abalado —, é a Faina. Ela está aqui. Na nossa porta.

Ah, menina. Fiquei imaginando quando você viria.

Mabel, calma e sorrindo. Como ela podia estar tão tranquila, ao passo que Jack, um velho, estava paralisado ao ver a menina? Por que ela não gritava, corria para a criança e até se jogava a seus pés?

Mabel ficou atrás dela e limpou a neve de seus ombros. Olhe só para você. Olhe para você.

Os olhos de Mabel brilharam e seu rosto reluzia, mas ela não se encolheu nem se curvou. Faina começou a tirar o casaco e Mabel a ajudou, limpando a neve.

Aqui está. Deixe-me ver.

Ela manteve a menina por perto.

Sabia que você tinha crescido.

Crescido? Mabel com certeza estava louca. Sem falar no sangue, na aparência desesperada da menina, nos meses de ausência.

Jack tocou o queixo da menina e levantou a cabeça dela em sua direção.

O que aconteceu com você, Faina? Está tudo bem?

Ah, isto?

A menina olhou para as mãos.

Estava tirando a pele de coelhos, explicou ela.

Os olhos dela se arregalaram, ansiosos.

Aqui estou, disse. Voltei.

Claro que voltou. Claro, e Mabel disse isso tranquilamente, como se nunca tivesse duvidado.

Como... Mas Jack ficou sem saber o que dizer enquanto Mabel acompanhava a menina até a mesa.

Sabia que voltaria logo, disse. Por isso é que me apressei tanto. Terminei hoje mesmo. Mas espere. Estou me adiantando. Preciso lavar e passar, sim?

Faina sorriu e estendeu as mãos. Elas estavam irritadas pelo frio, as unhas manchadas de sangue, mas Mabel apenas riu como uma galinha, como se fosse apenas terra sujando um menino que foi brincar na lama. Ela pôs o projeto de costura numa cadeira.

Bem, vamos ver, disse ela. Já tenho água no fogão para o chá. Deve ter o suficiente para lavar.

Faina sorriu timidamente. Em pouco tempo Mabel estava sentada com a menina, lavando suas mãos em água morna e cheia de sabão, enxugando o rosto dela com uma toalha. Jack ficou ao lado do fogão a lenha, encantado com a tranquilidade da esposa e a aparência da menina. Quando Mabel saiu para pegar algo no quarto, Jack foi até Faina, ajoelhou-se diante da cadeira e lutou contra a vontade de abraçá-la novamente.

Ele apontou para a água ensanguentada na bacia e falou com mais seriedade do que pretendia.

O que é isso? Onde você esteve? O que lhe aconteceu?

Jack, não a incomode, pediu Mabel. Ela está exausta. Deixe-a descansar.

Faina começou a falar, mas Mabel a silenciou carinhosamente e lhe mostrou o espelho para que a menina visse.

Tudo está bem agora. Você está aqui, sã e salva. E parece linda.

Era verdade. A menina estava viva e bem ali na cabana. Garrett duvidara de que era possível e Jack sentiu orgulho dela. Faina sobrevivera contra todas as probabilidades.

O que você acha?, Mabel perguntou a Jack, desviando o olhar de Faina.

A menina estendeu os braços e olhou para seu novo casaco. Jack nunca vira nada parecido. Era da cor do azul do céu de inverno, com botões prateados que brilhavam como gelo e bordas de pelo no capuz, nas mangas e na barra. Mas o esplendor vinha dos flocos de neve. Os vários tamanhos e desenhos lhe davam movimento e eles pareciam dançar pela lã azul. Sua beleza estranha combinava com a menina.

Lindo, disse ele, e teve de conter a emoção ao ver a menina usando o casaco e finalmente voltando para casa.

E quanto a você?, perguntou ele. Gosta do seu casaco novo?

A menina não disse nada, mas pareceu franzir a testa.

Faina? Ah, querida, está tudo bem, falou Mabel. Se não gostou, está tudo bem. É só um casaco.

A menina fez que não.

Sério. Não é nada. Se está apertado demais, posso fazer outro. Se está grande, podemos deixá-lo de lado para outro ano. Não se preocupe.

Você fez isto?, sussurrou Faina. Você fez isto para mim?

Bem... Sim. Mas não é nada além de um tecido e alguns pontos.

A menina passou a mão pela parte da frente, sobre os flocos de neve.

Gosta?

Como resposta, a menina se jogou nos braços de Mabel, apoiando o cabelo no ombro da velha, e no sorriso da menina Jack viu afeto.

Amei mais que tudo, disse a menina contra o braço de Mabel.

Ah, você não poderia ter me deixado mais feliz. Mabel se levantou e segurou as mãos da menina e a olhou de cima a baixo.

Ficou certinho, não?

A menina fez que sim e depois olhou para o casaco velho.

Estava pensando, Faina. Talvez eu possa pegar o casaco velho e transformá-lo num cobertor. Assim você ainda o teria. Que tal? Tenho de cortá-lo em retalhos e depois costurá-los num belo cobertor.

Mesmo? Faria isso? E eu ainda o teria?

Ah, sim. Com certeza.

Mabel estava alegre e falante ao preparar o jantar, sem permitir que Jack ou a menina falassem de outra coisa que não da felicidade de estarem juntos. Talvez isso devesse bastar. Talvez ele devesse se sentir grato, sem pedir mais.

Só quando a cabana ficou quente demais com o fogão a lenha e o vapor da panela, quando a menina pareceu desfalecer na cadeira, é que Jack sentiu uma tensão no ar, um quê de dúvida ou medo na felicidade desesperada de Mabel. Ela correu para a porta e pegou um punhado de neve. Passou gelo no rosto e na testa da menina.

Aqui está. Está quente demais aqui. Pronto, pronto.

Jack pôs as costas da mão na testa da criança, mas ela estava fria demais.

Acho que ela só está cansada, Mabel.

Mas continuou passando a neve nos lábios da menina.

Quente demais, quente demais, murmurou Mabel. Por favor, pegue mais neve.

Jack abriu a porta para a tempestade, neve sendo soprada em todas as direções pelo vento. Era uma noite horrível. A menina ficaria ensopada rapidamente e o vento congelaria qualquer coisa. Ele não deixaria a menina sair e voltar para a casinha fria e sem vida nas montanhas.

Você ficará aqui hoje à noite, avisou ele, pegando outro punhado de neve.

Mabel fez uma careta.

Vai?

Sim.

Ele falou com mais confiança do que sentia.

A menina se sentou na ponta da cadeira, os olhos azuis estreitos e furiosos.

Vou embora, falou ela.

Não hoje, disse Jack. Vai ficar aqui com a gente.

Ah, sim, você tem de ficar, menina. Não ouviu o vento soprando? Você pode dormir no celeiro.

Jack ficou olhando para a esposa. O celeiro? Por que ela sugeriria isso? Estava frio demais lá, quase tão frio quanto ao ar livre, mas ela insistiu.

Você ficará confortável, disse. Fizemos até mesmo um quartinho para o menino que nos ajudou no verão. É aconchegante e protegido do vento.

Faina se levantou. Ao olhar para Jack, ela não disse nada, mas era como se ela gritasse. Você prometeu. Não pode me manter aqui.

Ele não sabia o que fazer. Segurar fisicamente a menina, obrigá-la a ficar contra a vontade? Ela lutaria como um gato enclausurado. A menina se debateria e gritaria, talvez até mordesse e arranhasse, e disso Jack não tinha dúvidas. Ele próprio se sentiria um monstro.

Mas ele não poderia deixá-la sair na natureza solitária depois de ter chegado cambaleante e ensanguentada em sua casa. Se ela fosse ferida ou morta, quando o casal poderia mantê-la segura, ele jamais se perdoaria.

Faina já tinha fechado os botões prateados de seu casaco novo.

Por favor, não fique com raiva, disse ela.

Não está ouvindo o vento?, perguntou Jack.

A menina já estava na porta. Ele esperou que Mabel protestasse e até implorasse.

Certo, disse ela. Pode ir, pode. Mas você vai voltar, não? Prometa que voltará sempre.

Solenemente, como se prestasse juramento, a menina disse: eu prometo.

Jack ficou observando a menina partir e aquilo pareceu um sonho horrível, a menina com a testa suja de sangue e os cabelos despenteados e o casaco com flocos de neve, e sua esposa, calma e compreensiva. Ele ficou um tempo na janela, olhando para a noite. Atrás dele, Mabel mexia na louça e nos retalhos.

— Como você sabia? — perguntou ele.

— Hem?

— Como você sabia que ela voltaria? Agora? Um dia?

— É a primeira nevasca. Como naquela noite.

Jack olhou para a esposa e fez que não com a cabeça, sem compreender.

— Você não lembra? A noite em que fizemos o boneco de neve. Flocos de neve enormes. Lembra? Jogamos bolas de neve um no outro. Depois a fizemos. Você esculpiu o rosto dela e eu lhe dei luvas.

— O que você está dizendo, Mabel?

Ela foi até a prateleira e voltou com um livro imenso encadernado em couro azul, decorado em prata.

— Aqui. — Ela jogou o livro sobre a mesa na direção dele. — Mas você não conseguirá ler. Está em russo.

Jack pegou o livro. Era surpreendentemente pesado, como se as páginas fossem feitas de chumbo, e não de papel. Ele folheou as ilustrações impacientemente.

— O que é isto?

— Um livro infantil...

— Estou vendo. O que tem a ver com...

— É sobre um velho e uma velha. Eles querem um filho, mas não podem. Até que, numa noite, fazem uma menininha de neve, e ela ganha vida.

Jack sentiu o estômago se revirar, como se tivesse entrado na areia movediça e não conseguisse voltar ao solo firme.

— Pare — disse.

— Ela vai embora no verão e volta quando neva. Não está vendo? Se não... ela derreteria. — Mabel parecia um pouco assustada com suas próprias palavras, mas não parou.

— Nossa, Mabel, o que você está dizendo?

Ela abriu o livro na ilustração de um velho e uma velha ajoelhados ao lado da menininha, os pés e as pernas dela presos na neve e a cabeça coroada com joias de prata.

— Está vendo? — perguntou ela. Mabel falava como uma enfermeira ao lado de um doente, calma e compreensiva. — Está vendo?

— Não, Mabel. Não vejo nada. — Ele fechou o livro bruscamente e se levantou. — Você está louca. Está me dizendo que aquela menininha, aquela menininha é uma espécie de espírito, uma espécie de fada das neves. Meu Deus!

Jack foi até o outro lado da cabana, querendo fugir, mas sem conseguir.

Mabel pegou cuidadosamente o livro e passou as mãos pela capa. Ela tremia um pouco.

— Sei que parece implausível, mas não está vendo? — disse ela.

— Nós a queríamos, nós a fizemos com amor e esperança, e ela veio até nós. Ela é nossa menininha, e não sei direito como, mas ela foi feita neste lugar, com esta neve, com este frio. Você não acredita?

— Não. Não posso acreditar. — Ele teve vontade de segurar Mabel pelos ombros e chacoalhá-la.

— Por que não?

— Porque... Porque sei de coisas que você não sabe.

Agora ela parecia assustada. Mabel segurou o livro de encontro ao peito, séria e trêmula.

— O que você sabe?

— Nossa, Mabel, eu enterrei o pai dela. Ele bebeu até morrer diante da pobre menina. Ela implorou que ele parasse. Pôs as mãozinhas no rosto dele, tentando aquecê-lo, mesmo quando ele estava morrendo diante dela. Seu próprio pai. Todos aqueles dias que passei fora? Onde você acha que eu estava? Estava lá nas montanhas tentando ajudá-la. Cavando uma maldita cova no meio do inverno.

— Mas você nunca me contou isso. — Como se ele estivesse mentindo, inventando aquela história para mostrar que Mabel estava errada. Ela se apegava tanto às suas ilusões... Jack rangia os dentes, sentia os músculos da mandíbula ficando tensos e continha a fúria.

— Ela me fez prometer não lhe contar nada. — Aquilo pareceu uma fraqueza. Um homem adulto fazendo uma promessa daquelas a uma menininha. Ele fora um tolo.

— E quanto à mãe dela?

— Também morta. Quando ela era bebê. — Ele estava velho e cansado e não queria gritar durante a discussão. — Acho que deve ter sido tuberculose. Faina disse que ela morreu tossindo no hospital de Anchorage.

Mabel ficou olhando para o nada. Ela meneou ligeiramente a cabeça, pálida. Jack foi até a esposa, ajoelhou-se ao lado da cadeira dela e segurou suas mãos.

— Eu deveria ter lhe contado. Desculpe, Mabel. Mesmo. Gostaria que fosse verdade, que ela fosse nossa, que fosse uma fada. Gostaria disso também.

Ela sussurrou por entre os dentes.

— Onde ela mora?
— O quê?
— Onde ela mora?
— Numa espécie de cabana escavada na lateral da montanha. Não é tão ruim. É um lugar seco e seguro, e ela tem comida. Ela cuida de si mesma. — Ele queria acreditar que a menina era durona e tinha os pés bem plantados no chão como uma cabra-montesa.
— Sozinha? Lá fora?
— Claro, Mabel — disse ele, implorando. — O que você pensou, que quando ela não estava aqui se transformava num floco de neve, numa menina de neve? Foi o que você pensou?
Ela tirou as mãos das dele e se levantou tão rápido que derrubou a cadeira.
— Maldito seja! Maldito seja! Como você pôde?
A raiva dela o impressionou.
— Mabel? — Jack pôs as mãos nos ombros da esposa, querendo segurá-la, mas ele sentiu o calor do ódio através do tecido do seu vestido.
— Como você pôde? Deixá-la vivendo lá como um animal? Sem mãe. Sem pai. Morrendo de fome e sem amor. Como você pôde? — Ela abriu caminho até os casacos nos ganchos.
— Mabel? O que você está fazendo? O que você está fazendo? — Ele a segurou pelo braço, mas Mabel se livrou. Ela vestiu cachecol, luvas e touca e pegou um lampião de cima da mesa. — Mabel? O que você está fazendo? — Jack ficou ali só de meias enquanto ela fechava a porta atrás de si.

Ela voltaria. Era noite e nevava. Ela não iria muito longe. Ela não sabia o caminho e raramente saía da propriedade, exceto usando a carroça que Jack guiava.

Mas o silêncio na cabana o deixou nervoso. Ele acendeu outro lampião e foi até a porta. Os minutos soavam ao tique-taque do velho relógio na prateleira. Por fim, ele pôs o casaco e as botas e pegou o lampião. Lá fora, a neve estava funda. Ela caía tão forte que Jack não conseguia ver mais do que alguns centímetros diante de si, e as pegadas de Mabel haviam desaparecido.

CAPÍTULO 29

Mabel correu sem ver, o rosto molhado de lágrimas e neve, os pés tropeçando. O pequeno círculo da luz do lampião balançava entre as árvores cobertas de neve. Durante um tempo, tudo o que ela fez foi correr rumo às montanhas e nem disso ela tinha certeza, mas não parou. Sua saia se arrastava pela neve cada vez mais alta, galhos de abetos arranhavam seu rosto e mais de uma vez ela quase caiu, mas não sentia nem frio nem dor. Ela só sentia o estrondo do sangue em seus ouvidos e uma raiva quente que a cada passo esfriava e se transformava num estupor triste.

Ela diminuiu o passo quando o terreno virou uma ravina e as árvores deram lugar a arbustos, seus galhos espessos pela terra como algo instalado para prendê-la. Mabel passou por cima e por baixo deles, o lampião balançando em sua mão. Os arbustos não tinham o tamanho de árvores, mas tampouco eram como os arbustos de mirtilo na Pensilvânia. Alguns galhos eram tão grossos quanto sua perna, e folhas secas se prendiam a muitos deles. Mabel se segurou num galho e tirou a mão com um punhado de pinhas minúsculas. Em meio aos arbustos havia ginseng do Alasca sem folhas, mas cheio de espinhos. Em alguns lugares, os galhos e arbustos estavam tão entrelaçados que seu peito se encheu de pânico — e se ela não encontrasse a saída?

Por fim, o terreno subiu um pouco e Mabel se encontrou novamente entre abetos, bétulas e choupos. Ela parou e olhou para o caminho por onde viera. Não havia sinal da cabana e, para além da luz trêmula do lampião, a escuridão a sufocava de todos os lados. Seus cabelos caíam molhados contra as costas, e suas roupas estavam pesadas e frias. Mas ela não pretendia voltar. Jack podia ficar esperando na cabana sem saber de nada, exatamente como ela passara tantas de suas horas. Mabel encontraria a menina e resolveria a situação.

Ela segurou o lampião no alto e espiou em meio à escuridão nevada. Onde a luz iluminava, Mabel viu que a neve estava remexida. Ela correu até as pegadas. Mabel olhou para cima e para baixo na trilha, tentando ver para onde iam e por onde vieram. Seriam da menina? Para que caminho seguir? Tendo corrido cegamente, ela não tinha mais noção de onde estavam o rio, a casa, as montanhas. Algo parecia errado nas pegadas, a neve funda demais. Assim mesmo, ela as seguiu.

As pegadas levaram a uma bétula caída e ela lutou com a própria saia ao passar por cima do tronco. Quando finalmente conseguiu, estava ensopada de suor e neve e as pernas tremiam de exaustão. Ela seguiu as pegadas à esquerda, quase correndo. Sentindo a garganta queimando e os pulmões prestes a explodir, Mabel parou para tomar ar. Ela se imaginou encontrando a menina encolhida contra a neve. Mabel a seguraria e jamais a deixaria escapar. Ela se perguntava o quão longe a menina tinha ido. Será que ela estava perto das colinas? O terreno ali era plano, mas parecia que Mabel estava correndo havia horas.

Só depois de se deparar com a bétula caída e perceber que já tinha passado por aquele tronco é que Mabel percebeu seu erro. Ela era uma velha louca correndo em círculos, perseguindo a si mesma na floresta à noite. Sabia que todos os seres vivos com olhos na floresta eram capazes de vê-la claramente à luz do lampião, enquanto ela continuava cega. Depois foi como se Mabel estivesse pairando sobre as árvores, admirando a própria loucura. Ela se viu desequilibrada e desesperada, virando a cabeça para um lado e para o outro, gravetos nos cabelos, e foi uma revelação horrível, como se com aquele gesto ela finalmente tivesse perdido a cabeça e estivesse caindo. Mabel pensou em Jack na cabana, em algum lugar às costas dela, viu-o como uma luz firme em meio à natureza selvagem. Ela podia se virar agora e seguir as próprias pegadas de volta para casa. Ela não estava muito longe. Mas a raiva não se dissipara completamente.

Quando recomeçou a correr, Mabel não procurava mais pegadas ou o contorno das montanhas contra o céu escuro. Tudo era estranho e desconhecido e ela só conseguia enxergar uns poucos passos diante de si. Às vezes arbustos congelados de amoreiras e galhos nus e abetos finos e compridos ou troncos caídos de bétulas eram vistos num vislumbre antes de caírem no breu. Em certo momento, ela percebeu que algo caíra entre as árvores ao lado dela e parou, seu coração batendo forte, a respiração ofegante.

— Faina? É você? — disse ela alto. Mas Mabel sabia que não era a menina. Era algo muito maior. Não houve resposta, exceto pelo som de galhos se quebrando. Ela tentou ver mais longe, para além do vapor que subia do seu próprio corpo. No começo, ela não teve certeza, mas o barulho na floresta parecia se afastar. Mabel queria voltar para casa, se soubesse o caminho.

Ela não tinha mais forças para correr e não tinha certeza nem se era capaz de andar. Com calor e sedenta, Mabel pegou neve com a mão enluvada e a levou à boca, deixando-a derreter pela garganta. Ela se sentiu tentada a tirar o chapéu e até o casaco, mas sabia que congelaria até a morte ali. Mabel levou um punhado de neve à testa e continuou a andar. Ela esperava reencontrar a trilha, qualquer trilha que a guiasse aonde quer que fosse, talvez para as montanhas, talvez para o rio, talvez para casa. Em seu cansaço, ela avançava com dificuldade e suas botas ficavam presas em arbustos e raízes.

Quando caiu, foi uma queda dura e repentina, quase como se algo a tivesse atacado por trás. Ela não conseguiu levantar os braços como defesa ao cair no chão e o golpe lhe tirou o ar. Na mesma hora, o lampião caiu e, quando Mabel conseguiu tirar o rosto da neve, pensou rapidamente que tinha sido derrubada. Ela derrubara o lampião. Mabel abriu e fechou os olhos, primeiro rápido e depois devagar.

A escuridão era tão completa que, exceto pela sensação do ar frio, ela não sabia se seus olhos estavam abertos ou fechados. Mabel ficou de quatro e rastejou pelo chão até encontrar o lugar onde o lampião se afundara na neve fofa. O vidro ainda estava quente, mas a chama se apagara. Ela se levantou, mas estava tão desorientada pelo breu do céu e da terra que quase caiu de novo. Ela virou ali, girando.

Deus me ajude, o que foi que fiz? Tropecei nos meus próprios pés. Joguei fora meu lampião. Sem fósforos. As roupas todas molhadas. Sem abrigo. Sem senso de direção — talvez, ela se pegou pensando, sem noção de nada.

Mabel se perguntava se poderia encontrar suas próprias pegadas. Ela se abaixou e bateu na neve ao redor de si, pensando que tinha achado indícios delas. Ela seguiu, se abaixou, caminhando e sentindo, até que algo a puxou pelos cabelos. Mabel tirou as luvas e sentiu como um cego talvez reconhecesse um rosto. Era um tronco de árvore. Ela não encontrara sua trilha, mas se jogou sob os galhos de um enorme abeto. Ela sentiu o chão a seus pés e ficou surpresa ao descobrir que ali não tinha neve, e sim folhas secas. Talvez fosse o melhor que poderia encontrar, mas, sem uma fonte de calor ou roupas secas, Mabel provavelmente não sobreviveria até o dia seguinte. Ela se sentou na base da árvore e se encostou nela.

O vento frio se infiltrou por seus cabelos molhados de suor e neve derretida. Ele desceu pela nuca até suas costas e pernas molhadas. Ao abrir caminho por sob suas roupas, por sobre a pele das costelas e por sua coluna, ela soube o que era — o vento da morte, um vento que, se possível, congelaria a vida dela. Como para confirmar suas suspeitas, seus dentes começaram a bater. Começou com um tremor na mandíbula quando ela puxava o ar entre os dentes, mas em pouco tempo todo o corpo tremia e até seus dentes pareciam bater uns com os outros.

— Jack. — O nome surgiu como um sussurro em seus lábios frios. — Jack? — Um pouco mais alto. Ele jamais ouviria. Quem sabia o quão longe ela estava da cabana? — Jack! — Ela se arrastou para longe da árvore e, ao se sentir livre dos galhos, levantou-se e gritou o mais alto que pôde: — Jack! Jack! Estou aqui! Pode me ouvir? Jack! Socorro! Socorro! Estou aqui! Por favor. Por favor. — Ela parou de gritar e tentou ouvir, prendendo a respiração por uns segundos, mas o único som que ouviu foi algo que Mabel nem pensava ser possível ouvir: os golpes dos flocos de neve caindo em seu casaco, cabelo e cílios, nos galhos das árvores. — Ah, Jack! Por favor! Preciso de você. Por favor.

Ela gritou e chorou até estar rouca e sua voz ser um gritinho mudo. Por favor, Jack. Por favor. Ela voltou rastejando para debaixo da árvore, sentindo os galhos, o tronco, as folhas. Ali ela se encolheu, as roupas molhadas e frias, o corpo tremendo, a neve se acomodando nos galhos sobre sua cabeça.

Ela acordou ao som de gravetos se quebrando e ao sinal de fogo na escuridão, e por um instante pensou que estava em casa e que tinha cochilado diante do fogão a lenha. Mas aquilo não estava certo. Seu corpo doía e ela não conseguia se mexer. Algo a segurava. Era pesado e tinha um cheiro conhecido. Como o cheiro de sua casa. Pelo canto do olho, Mabel viu movimento diante do fogo. Um corpo se abaixando, colocando alguma coisa no fogo. Depois quebrando algo no joelho, mais chamas. A pessoa se virou para ela, bloqueando a luz.

— Mabel? Está acordada?

Ela não conseguia falar. Sua boca estava fechada, os músculos rígidos. Ela tentou fazer que sim, mas doeu. Tudo doía.

— Mabel? Sou eu... Jack. Está me ouvindo? — Ele estava ao lado dela, tirando-lhe os cabelos do rosto.

— Está mais quente? O fogo está bom agora. Sente?

Jack. Ela sentia o cheiro dele, o cheiro de madeira e lã. Ele passou os braços ao redor da esposa, apertando as laterais como se estivesse colocando uma criança na cama, e ela entendeu por que se sentia presa. Ela estava envolta em cobertores. Mabel se sentiu confusa novamente. Ela estava em casa, em sua própria cama? Mas o ar estava tão frio e ventava um pouco, e sobre sua cabeça havia galhos e para além deles um céu negro e cheio de estrelas. Estrelas? De onde elas vieram, como pedacinhos de gelo?

— Jack? — Foi apenas um sussurro, mas ele ouviu. Ele se virou para ir ao fogo, mas voltou ao lado dela. — Jack, onde estamos?

Ela o ouviu pigarrear, talvez o início de uma tosse, e então:

— Está tudo bem. Tudo vai ficar bem. Deixe-me aumentar o fogo e você se sentirá mais aquecida.

Quando ele se levantou, curvado entre os galhos e afastado dela, seu corpo bloqueava a luz e o calor do fogo. Mabel fechou os olhos. Ela tinha feito algo de errado. Ele estava com raiva dela. Tudo lhe voltou como a dor volta, lentamente. Ela se lembrou da criança, da neve, da noite.

— Como você me encontrou?

Ele alimentava o fogo, fazendo-o crescer e crescer até que Mabel pôde ver sua face e sentir seu calor.

— Não sei.

— Onde estamos? Estamos longe de casa?

— Também não sei direito. — Ele deve ter esperado que isso a assustasse, porque depois disse: — Tudo vai ficar bem, Mabel. Só vamos ter de aguentar aqui por mais algumas horas. Depois o dia nascerá e encontraremos o caminho.

Sua voz se silenciou. Mabel dormiu, afundada no calor, e foi como uma febre infantil, onírica e quase um consolo.

— Consegue se sentar? — Jack segurava um cantil. Ela pensava em quanto tempo teria dormido. Para além do fogo ainda estava escuro.

— Acho que sim. — Ele a segurou pelos ombros e a ajudou a se sentar. Quando Mabel pegou o cantil, o cobertor se abriu, descobrindo seu braço exposto. Ela estava nua.

— Cuidado. Não deixe que isso se solte — disse ele.

— Minhas roupas? Por que é que...

Jack apontou para o fogo, onde o vestido dela estava pendurado num galho, juntamente com suas roupas de baixo. Mais perto ainda, suas botas estavam abertas próximo das chamas.

— Não havia outra forma — respondeu ele, quase como pedindo desculpas.

Ela tentou não se afogar com a água, bebendo pequenos goles.

— Obrigada.

— Às vezes conseguia ouvi-la chamando meu nome — comentou ele. — Pensei tê-la ouvido no matagal, mas era apenas um alce e seu filhote. Depois tropecei no lampião e soube que você estava perto.

Jack foi até o fogo. Ele pegou o vestido e o sacudiu.

— Parou de nevar — disse ele, entrando sob a árvore com ela. Ele gemeu baixinho ao se encostar no tronco e abraçá-la. Ela pensou nas costas do marido. — O céu ficou limpo e esfriou. Você estava ensopada.

Mabel apoiou a cabeça contra o peito dele.

— Como ela faz isso?

Ele não respondeu e Mabel ficou se perguntando se Jack tinha entendido a pergunta.

— Ela tem algo de diferente — disse ele por fim. — Ela pode não ser uma fada, mas conhece a terra. Conhece melhor do que qualquer pessoa.

Ela tremeu ao ouvir a palavra "fada", mas sabia que não tinha malícia naquilo.

— Não imagino passar todas as noites por aí. Como você pode deixá-la... Não estou com raiva. Não é isso. Mas por que você não se preocupa com ela? Ela é só uma menininha.

Jack manteve os olhos na fogueira.

— Quando ela não voltou, na primavera, subi as montanhas à procura dela. Estava morrendo de preocupação. Achei que tinha cometido um erro horrível e que a tinha perdido.

— Não suporto pensar em algo acontecendo a ela — disse Mabel.

— Ela pode ser linda e corajosa e forte, mas é só uma menininha.

E, com o pai morto, ela está sozinha. Se algo acontecesse a ela, a culpa seria nossa, não?

Jack fez que sim. Ele passou o braço ao redor dela novamente.

— É verdade — concordou.

— Só acho que não suportaria. Não novamente. Não depois... — Ela esperava que Jack a calasse, a afastasse, voltasse para a fogueira, mas não.

— Sempre me arrependi de não ter feito mais — disse ele. — Não que pudéssemos ter salvado aquele. Mas eu não fiz mais. Não tive coragem o suficiente para segurar nosso bebê e vê-lo como era.

Ela se virou para encará-lo.

— Jack, sei que faz tempo. Meu Deus, dez anos já. Mas me diga que você lhe deu adeus adequadamente. Diga-me que você fez uma oração no túmulo da criança. Por favor, me diga isso.

— Dele.

— O quê?

— O túmulo dele. Era um menininho. E, antes de colocá-lo na terra, eu lhe dei o nome de Joseph Maurice.

Mabel riu alto.

— Joseph Maurice — sussurrou ela. Era um nome controverso que teria chocado as duas famílias: dois bisavôs, um de cada lado, os dois ovelhas negras. — Joseph Maurice.

— Tudo bem?

Ela fez que sim.

— Você fez uma oração?

— Claro. — Jack pareceu ficar chateado por Mabel ter perguntado.

— O que você disse? Lembra?

— Pedi a Deus que pegasse nosso bebê em seus braços e o embalasse como teríamos feito, que cuidasse dele e o amasse e o mantivesse em segurança.

Mabel deixou escapar um choro contido e abraçou Jack com os braços nus. Ele ajeitou o cobertor ao redor dela e eles ficaram abraçados.

— Um menino? Tem certeza?

— Tenho certeza, Mabel.

— Curioso, não é? O tempo todo o bebê estava dentro de mim, chutando e virando, compartilhando meu sangue, e pensei que era uma menina. Mas não era. Era um menininho. Onde você o enterrou?

— No pomar, perto do rio.

Ela sabia exatamente onde. Era o lugar onde eles tinham se beijado pela primeira vez, onde tinham se declarado como namorados pela primeira vez.

— Eu deveria saber. Perguntei porque me dei conta de que não disse adeus.

— Eu teria lhe contado.

— Eu sei. Somos bobos às vezes, não?

Jack se levantou para atiçar o fogo e, quando estava queimando bem novamente, ele se sentou mais uma vez com Mabel sob a árvore.

— Você está bem aquecida?

— Sim — respondeu ela. — Mas por que você não entra aqui comigo?

— Só vai deixá-la fria.

Ela insistiu, ajudando-o a tirar as roupas úmidas e abrindo os cobertores para ele. Jack lhe trouxe mesmo um ar frio no começo, e o tecido áspero de sua roupa de baixo arranhou sua pele nua, mas ela se encostou ainda mais nele. Em seu corpo, Mabel sentiu a magreza dele, como a idade afetara seus músculos e criara peles soltas e ossos macios, mas o abraço dele ainda era firme. Ela apoiou a cabeça no peito dele e ficou olhando o fogo brilhar e lançar faíscas no céu frio noturno.

CAPÍTULO 30

Mabel reduziu a menina às suas roupas em trapos e ao corpo magro de uma órfã, e para Jack era sofrido ver. A admiração e emoção de Mabel haviam desaparecido. A seus olhos, Faina não era mais uma fada da neve, e sim uma menininha abandonada com a mãe e o pai mortos. Uma menina feroz que precisava de um bom banho.

— Devíamos perguntar sobre escolas na cidade — disse ela poucos dias depois de Jack lhe contar a verdade. — Sei que o novo governo contratou uma nova professora para a região. Os alunos se reúnem no porão da pensão. Temos de levá-la de carroça todas as manhãs, ou ela pode ficar lá por vários dias.

— Mabel?

— Não me olhe assim. Ela vai sobreviver. Se é capaz de sobreviver meses na natureza, com certeza consegue passar umas noites na cidade.

— Só não sei se...

— E aquelas roupas. Vou comprar tecidos e costurar alguns vestidinhos novos. E sapatos de verdade. Ela não precisa mais daquelas galochas.

Mas a menina não era facilmente domada.

Não quero, disse ela quando Mabel lhe mostrou a banheira cheia de água quente.

Olhe só para você, menina. Seu cabelo está imundo. Você está suja.

Mabel puxou a manga rasgada do vestido de algodão da criança.

Isso precisa ser lavado, talvez até jogado fora. Vou fazer vários vestidos novos para você.

A menina recuou até a porta. Mabel a segurou pelo pulso, mas Faina se livrou.

— Mabel, deixe a menina ir — disse Jack.

A menina esteve fora por dias e, ao voltar, estava arisca, mas Mabel não prestou atenção. Ela tocou as roupas e os cabelos da menina e perguntou se ela já tinha ido para a escola ou se já tinha visto um livro. A cada pergunta, a menina dava um passo para trás. Vamos perdê-la, Jack quis avisar Mabel.

Jack não era de acreditar em donzelas de contos de fada. Mas Faina era extraordinária mesmo. Enormes cadeias montanhosas e natureza a perder de vista, céu e gelo. Não era possível mantê-la por perto ou saber o que ela pensava. Talvez todas as crianças fossem assim. Ele e Mabel com certeza não cresceram nos moldes que seus pais criaram para eles.

Mas havia algo mais. Nada prendia Faina a eles. Ela podia desaparecer, nunca voltar, e quem diria que ela um dia foi amada por eles?

Não, disse a menina.

Os olhos de Faina correram de Mabel para Jack e, no azul tranquilo, ele percebeu que a menina estava com medo.

Não vou mais deixar que você viva como um animal, avisou Mabel. Seus movimentos eram bruscos ao redor da mesa da cozinha, onde ela arrumava a louça e tirava os restos de comida. A menina ficou olhando, um passarinho selvagem com o coração batendo forte no peito.

Começando imediatamente, você vai ficar aqui com a gente. Chega de fugir para a floresta, de passar dias e mais dias lá. Esta será sua casa. Com a gente.

Não, repetiu a menina, com mais determinação.

Jack esperou que ela saísse correndo.

— Por favor, Mabel. Podemos conversar sobre isso mais tarde?

— Olhe só para ela. Pode só olhar para ela? Nós a negligenciamos. Ela precisa de uma casa limpa e de educação.

— Não em frente à criança.

— Então deixaremos que ela volte para a floresta hoje? E no dia seguinte e no próximo? Como ela encontrará seu lugar neste mundo se tudo o que conhece é a floresta?

Até o que Jack via, a menina sabia muito bem seu lugar no mundo, mas era inútil discutir.

— Por quê? — implorou Mabel. — Por que ela ia querer ficar lá fora, sozinha e com frio? Ela não sabe que a trataríamos bem?

Então era isso. Sob sua irritação e controle havia amor e mágoa.

— Não é isso — disse Jack. — Ela pertence à natureza. Não vê isso? É o lar dela.

Ele tocou Mabel, impedindo-a de pegar uma tigela. Jack segurou suas mãos. Seus dedos eram magros e lindos, e ele esfregou o polegar neles. Como ele conhecia bem aquelas mãos!

— Estou tentando, Jack. Mesmo. Mas é simplesmente incompreensível para mim. Ela prefere viver na sujeira e com sangue e frio, destroçando animais para se alimentar. Com a gente ela ficaria aquecida e segura e amada.

— Eu sei — concorda ele. Será que Jack não queria a menina como filha, se orgulhar dela e lhe dar muitos presentes? Ele não queria abraçá-la e chamá-la de sua? Mas essas vontades não o cegavam. Como uma truta no rio, a menina às vezes exibia seu eu verdadeiro. Uma coisinha selvagem brilhando na água.

Mabel soltou suas mãos e se virou para a menina.

Você vai passar a noite aqui, disse.

Ela segurou a menina pelos ombros e, por um instante, Jack achou que a chacoalharia. Mas Mabel acariciou os braços da criança e falou carinhosamente.

Você não entende? E amanhã vamos para a cidade perguntar sobre as aulas.

A menina ficou toda vermelha e fez que não com a cabeça.

Faina, não é você quem vai decidir isso. É para seu próprio bem. Você tem de parar de sair por aí como um animal selvagem. Você vai crescer um dia, e daí?

Não, disse ela.

Rápido e silenciosamente, a menina quase foi embora, já vestindo o casaco e o chapéu. Mabel deu um passo na direção dela.

É para você, não entende?

Mas a menina se foi.

Mabel se sentou numa cadeira, as mãos no colo.

— Ela não entende que a amamos?

Jack foi até a porta aberta. Era uma noite clara e calma, a lua brilhando em meio aos galhos das árvores. Ele viu a menina perto da floresta. Ela parara e estava olhando a cabana. Depois se virou e, começando a correr, balançava os braços nas laterais do corpo, num gesto de frustração. A neve começou a se agitar.

Diabinhos de neve. Era assim que chamavam isso quando criança. Redemoinhos de neve como tornados brancos, mas aqueles foram gerados pelas mãos da menina.

Faina desapareceu na floresta, mas os diabinhos de neve giravam, giravam e cresciam. Jack ficou olhando com admiração e até medo. A neve veio em direção à cabana, crescendo e girando, até tomar conta de tudo. O jardim ficou escuro. O luar desapareceu. O vento uivou e a neve atingiu as calças de Jack.

Noite adentro, a tempestade se chocava contra a cabana e Jack não conseguiu dormir. Ele ficou deitado olhando para o teto do quarto e sentiu o corpo quente de Mabel contra o seu. Ele podia acordá-la, descer as mãos pela camisola e beijá-la na nuca, mas estava distraído demais para isso. Jack se forçou a fechar os olhos e tentou deter seus pensamentos. Ele virou de um lado para o outro e depois saiu da cama. Jack saiu andando até chegar à cozinha. Ali, acendeu um lampião, diminuiu a chama ao máximo e pegou o livro da estante. À mesa, virou as páginas com ilustrações e um alfabeto estrangeiro.

Ele só notou a presença de Mabel depois que ela se sentou na cadeira diante dele. Seus cabelos estavam soltos e desgrenhados e seu rosto mostrava marcas do travesseiro.

— O que você está fazendo acordado? — perguntou ela.

Ele ficou olhando o livro.

— Estranho, não?

— O quê? — indagou ela, a voz baixinha, como se tivesse outras pessoas a acordar.

— A menina feita de neve. Aquela noite. As luvas e o cachecol. Depois, Faina. Os cabelos loiros. E o jeito dela.

— O que você está dizendo?

Jack se conteve.

— Devo estar com muito sono — disse. Ele fechou o livro e lhe deu um sorrisinho. — Meu cérebro está confuso. — Jack não a convencera, mas Mabel se levantou, ajeitou a camisola e voltou ao quarto.

Jack esperou até ouvi-la se deitando na cama, cobrir-se e, depois de um tempo, respirar profundamente. Ele abriu o livro novamente, desta vez numa imagem da menina de neve entre animais da floresta, flocos de neve caindo do céu azul sobre eles.

Ele havia dito coisas demais, mas não tanto quanto poderia. Jack não contou nada a Mabel sobre os diabinhos de neve ou sobre como

Faina jogara neve como se fossem cinzas sobre o túmulo do pai. Não lhe contou como, diante da cova, a neve girava em torno da menina como se ela fosse feita de vidro. A neve não derretia em seu rosto. Ela não molhava seus cílios. Os flocos ficavam ali como neve sobre o gelo ou até que fossem soprados por uma brisa.

CAPÍTULO 31

— O menino lhe trouxe uma coisa, Mabel.

Jack abriu a porta da cabana para que Garrett pudesse entrar com o embrulho envolto em couro e fechado por um barbante. Ele cabia facilmente sob o braço do menino e não parecia ter o volume e a rigidez de um corpo de animal. Ao mesmo tempo, talvez Jack devesse ter perguntado antes de deixar Garrett entrar com aquilo.

— Bem, bom dia. Entre. Entre. — Mabel limpou as mãos no avental e ajeitou uns fios de cabelo atrás da orelha. — Gostaria de beber algo quente?

— Sim, obrigado.

— Como está a caça? — perguntou Jack.

— Estou instalando as armadilhas agora. Mas o velho Boyd disse que posso ficar com suas armadilhas de pegar marta. Ele está se aposentando e se mudando para São Francisco.

— É mesmo?

— Acho que ele encontrou um veio de ouro num rio no norte e agora está bem de vida. Diz que quer um pouco de sol em seus ossos cansados.

— Você vai seguir a trilha dele, então?

— Ainda não. Mas não vai demorar. Ele tem todos os mastros colocados nos lugares certos. E vai me vender algumas de suas molas. Diz que não vai pegar nada além de belas mulheres na Califórnia.

Mabel estava tirando xícaras de café do armário e parecia não ouvir, mas o menino ficou vermelho mesmo assim.

— Quero dizer... Que ele só...

— A trilha de armadilhas dele é longa? — perguntou Jack.

— Vou demorar uns dois dias para ver. Tenho uma barraca para poder passar a noite quando o tempo piorar.

— Está com medo? — quis saber Mabel da janela.

A pergunta pareceu confundir o menino.

— Quando você está lá, sozinho na floresta — completou ela. — Não tem medo?

— Não. Acho que não.

Mabel ficou em silêncio.

— Quero dizer, acho que já tive medo umas vezes — disse Garrett. — Mas não sem motivo. No outono antes desse, um urso-negro parecia estar me caçando. Me seguiu até em casa, mas nunca consegui vê-lo claramente. Nunca vi nada parecido. Gritei para ele, tentei espantá-lo e achava que ele tinha ido embora. Mas depois vi o alto da cabeça dele em meio aos arbustos. Por todo o caminho de volta foi assim.

— Mas ursos geralmente não perseguem pessoas — observou Jack, olhando para Mabel.

— Ah, às vezes. Ouviu falar daquele mineiro perto de Anchorage? Um urso-pardo arrancou o rosto dele.

Jack franziu a testa para o menino. Mabel ficou imóvel e silenciosa na janela.

— Ah, claro. Quero dizer, não é mesmo comum — tentou consertar ele. — Em geral, um urso seguiria em outra direção.

— Mas você é solitário? — Mabel ainda não olhava para ele ao falar.

— Senhora?

— Solitário. Quando você fica sozinho na natureza, deve ter algo de horrível nisso.

— Bem, não passo tanto tempo assim sozinho na floresta. Eu gostaria. O máximo que fiquei foi uma semana, quando saí para pescar salmão no verão. E gostei muito. Pesquei o dia todo e às vezes até à noite porque o sol não se punha. Sequei e defumei o salmão em mastros de carvalho. Foi a primeira vez que vi uma marta. Ela veio pelo riacho e tentou roubar um salmão bem na minha frente. Eu estava rindo demais para atirar. Ela pegou e arrastou o salmão o mais rápido que podia.

— Mas se você tivesse uma casa segura e quente com uma família, ia querer viver na natureza?

O menino hesitou e olhou para Jack.

— Não sei — respondeu ele, dando de ombros. — Acho que talvez não queira me sentir seguro e aquecido. Quero viver.

— Viver? Isso não é viver? — Ela soltou um suspiro.

Ninguém disse mais nada até que Mabel viesse à mesa com uma garrafa de café, e foi como se o menino tivesse acabado de chegar.

— Então aqui está você. E o que você trouxe? — perguntou ela.

O rosto de Garrett se iluminou e ele ficou tímido.

— Bem, eu, ah... — E ele empurrou o embrulho sobre a mesa na direção dela. — É para você.

— Devo abrir?

O menino fez que sim e Mabel desfez o laço e abriu o couro. Dentro, Jack viu a pele de raposa. Prateada e preta.

Mabel ficou impávida ao tocar as pontas com os dedos.

— É um chapéu. Está vendo? — E o menino pegou a pele dela e a virou de dentro para fora.

— A Betty o costurou para você. Tem protetores de orelhas que você pode prender no alto, assim, ou pode abaixá-los e prendê-los sob o queixo.

Ele devolveu o presente a Mabel, que o virou lentamente nas mãos.

— Espero que caiba. Usamos a cabeça da minha mãe para medir.

— Não posso... Não posso aceitar isto.

O menino ficou decepcionado.

— Tudo bem — murmurou ele. — Se não gostou...

— Mabel. — Jack pôs uma das mãos no braço da esposa.

— Não é isso — disse ela. — É demais.

— Não me custou nada. Eu a paguei com mais peles.

— É elegante demais. Não tenho onde usá-lo.

— Mas não é nada chique — disse o menino. — Caçadores usam chapéus assim. Você não precisa economizá-lo para viagens à cidade ou coisa assim. É quente.

— Experimente, Mabel — sugeriu Jack, baixinho.

Ele não estava preparado para o que viu. Quando Mabel pôs o chapéu e fechou as abas sob o queixo, o pelo preto denso com pontas prateadas emoldurou o rosto dela e seus olhos brilharam com um tom cinzento e sua pele parecia quente e cremosa. Ela estava linda. Nem Jack nem o menino disse nada, só ficaram olhando.

— Bem! Pelo jeito que vocês estão me olhando, acho que não ficou bom — comentou ela, tirando o chapéu com um gesto raivoso.

— Combina muito — disse Jack.

— Você deveria estar numa daquelas revistas de moda da Pensilvânia — intrometeu-se o menino.— E não estou dizendo por dizer.

— Ele tem razão. Combina muito com você.

— Vocês não estão só me mimando? — Ela levou uma das mãos aos cabelos.

— Vista novamente, para podermos ver de novo — pediu Jack.

— Ficou certinho — reparou ela. — Como se tivesse sido feito sob medida. E é quente.

Jack se levantou e lhe mostrou como prender as abas como se fosse uma touca russa.

— Acho que vou ser a esposa de agricultor mais elegante que você já viu — disse ela.

Mabel mandou o menino de volta para casa com vários livros. Quando ele saiu, ela se sentou perto do fogão, lendo. Jack veio por trás e tocou de leve o pescoço da esposa.

— Você está me fazendo cócegas — disse ela, encolhendo-se distraidamente na mão dele.

— Acho que o menino ficou chocado ao vê-la com aquele chapéu.
— Não seja bobo — falou Mabel. — Sou uma velha.
— Você ainda é linda. E não parece se importar com o fato de o chapéu ter sido feito com pele de raposa. Achei que você reclamaria.
— É prático. Vou ficar mais aquecida com ele.

CAPÍTULO 32

Onde você esteve, menina?

Agora? Estava no rio. Foi onde encontrei isso.

Na mão dela, Faina segurava um crânio seco de salmão. Mabel tentava desenhá-lo, primeiro de um jeito e depois de outro.

Não. Não só agora. Sempre. No verão passado. Para onde você foi?

Para as montanhas.

Por quê? O que tem lá para você?

Tudo. A neve e o vento. Os caribus vêm. Florzinhas e frutinhas. Elas crescem nas rochas, perto da neve, iluminadas pelo céu.

Você vai nos deixar novamente, não é? Na primavera você voltará para as montanhas.

A menina fez que sim.

E hoje à noite, ao ir embora, para onde você irá?

Casa.

Que tipo de casa você pode ter?

Vou lhe mostrar.

No dia seguinte, a menina se aproximou de Mabel e a levou pela floresta. Jack as enviou com uma trouxa de comida, mas disse para Mabel não se preocupar. Faina conhecia o caminho. Ela a traria de volta em segurança.

Ela seguiu a menina para longe da propriedade e por trilhas que Mabel sozinha nunca poderia ter visto ou conhecido — lebres da neve correndo sob salgueiros, pegadas de lobos nos montes compactados de gelo. O dia estava frio e tranquilo. O hálito de Mabel pairava perto do seu rosto e se transformava em gelo em seus cílios e nas bordas do chapéu de pele de raposa. Ela avançava usando a calça de lã de Jack e sapatos de neve presos a seus pés; adiante, Faina seguia com facilidade e graça, os pés leves sobre a neve.

Elas passaram pelo vale e subiram rumo ao céu azul até estarem na lateral de uma montanha.

Aqui, disse a menina.

Ela apontou para a impressão fraca das asinhas de um pássaro na superfície do gelo, a simetria perfeita e bela das penas.

O que é isso?

Um lagópode-branco.

E ali?

Mabel apontou para uma série de marquinhas na neve.

Um arminho saiu correndo.

Tudo era brilhante e agudo, como se o mundo fosse novo e saísse todas as manhãs de um ovo gelado. Os galhos dos salgueiros estavam cobertos de gelo, as cascatas se solidificaram e a terra nevada estava marcada pelas pegadas de centenas de animais selvagens: lobos, coiotes e raposas, linces de patas gordas, alces e pega-rabudas.

Então elas chegaram a um lugar assustador, um bosque de abetos altos onde o ar era morto, e as sombras, frias. Uma asa de pássaro estava pregada num tronco de árvore, um pedaço de pelo branco de coelho em outra, e eram como totens de bruxa, animais mortos que aprisionavam maus espíritos.

A menina se aproximou de uma terceira árvore e um pedaço de pelo castanho se contorceu. Estava vivo.

Mabel respirou fundo.

Marta, disse a menina.

O animal virou suspenso num mastro por um fio metálico. Seus olhinhos pretos estavam úmidos e brilhavam como ônix. Sem piscar. Observadores.

O que você vai fazer com isso?

Espanto ou horror — Mabel não conseguia entender a expressão de Faina.

Matá-la, respondeu a menina.

Ela pegou a coisinha em suas mãos e apertou o peito dela contra o tronco da árvore até que o animal perdesse a vida.

Como você fez isso?

Apertei o coração até que ele não pudesse mais bater.

Não era a resposta que Mabel buscava, mas não sabia direito como perguntar. Faina tirou a pata da armadilha.

Posso?

Mabel tirou as luvas e pegou a marta morta. Era quente e leve, o pelo mais suave do que os cabelos de uma mulher. Ela pôs o nariz no alto da cabeça e a cheirou como se fosse um filhotinho. Ela estudou os olhinhos estreitos e os dentinhos ferozes.

Faina remontou a armadilha e pôs a marta em sua bolsa.

Mais tarde, elas encontraram uma lebre morta estrangulada por outra armadilha e, depois, um arminho branco congelado de olhos abertos e duro como se tivesse sido enfeitiçado. Tudo entrou na bolsa de Faina.

A trilha passava por um pântano congelado onde abetos se elevavam semimortos e tombados, e depois subia por uma ravina íngreme e voltava a entrar numa floresta de abetos e bétulas. Elas chegaram a outra armadilha, mas esta continha apenas a pata de um animal, o osso quebrado e os músculos cortados, o pelo castanho congelado. Faina pôs a armadilha no joelho, abriu o fecho e jogou a pata na floresta.

O que era?

Uma pata de marta.

Onde está o resto?

Um carcaju a roubou, disse a menina.

Não entendo.

Faina apontou para as pegadas na neve. Mabel se perguntava se não tinha visto aquilo antes, cada garra impressa e tão grande quanto a palma da mão. As pegadas do carcaju davam a volta na árvore e desapareciam para dentro da floresta.

Ele comeu a marta presa na minha armadilha, explicou ela.

Faina parecia não se incomodar. Ela seguiu adiante, os passos mais rápidos e fáceis do que nunca. Mabel seguia sem dizer nada, os olhos alertas para as pegadas e o peito cheio do ritmo do seu coração e pulmões. E depois ela percebeu que tinham dado a volta no rio novamente e que voltaram para a propriedade.

Mas espere — não podemos voltar ainda. Você não me mostrou sua casa.

É aqui. Eu lhe mostrei.

Aqui? Mabel não queria discutir. Talvez a menina tivesse vergonha. Talvez o lugar onde ela dormia e comia não fosse digno.

Mas Mabel sabia a verdade. As colinas nevadas, o céu aberto, o lugar escuro na floresta onde o carcaju comeu o animal morto — aquilo era o lar da menina.

Podemos parar aqui por um instante?, perguntou Mabel.

Fazia tempo que ela não sentia tanta vontade de desenhar. Elas se sentaram num promontório com vista para o vale. Mabel pegou o caderno e os lápis da bolsa e ignorou os dedos dormentes e frios e começou a desenhar. Faina segurava a marta diante dela para que pudesse novamente estudar os olhinhos saltados e tortos. Depois ela rapidamente desenhou o pelo e as garras das patinhas castanhas. Mabel virou a página e fez um desenho rápido dos galhos nevados dos abetos e depois das montanhas sobre o rio. À medida que a luz diminuía, tentava se lembrar da asa de pássaro presa à árvore e das pegadas de arminho na neve. Ela tentou se lembrar de tudo e pensar naquele lugar como um lar. Talvez ali no papel ela pudesse reduzir tudo a curvas e linhas e finalmente compreender.

Ela conseguia ver, agora que lhe foi mostrado. O sol desaparecera atrás dela e a menina apontou para as montanhas do outro lado do vale, banhadas numa luz rosada. Silhuetas contra o céu, círculos de neve soprando dos picos, levados pelo que deve ser um vento brutal. Ali no promontório, contudo, o ar estava calmo. As cores estavam distantes, inacreditáveis, intocáveis.

É o que meu nome significa, disse Faina, ainda apontando.

Montanha?

Não. Aquela luz. O papai me deu o nome da cor da neve quando o sol muda.

Brilho alpino, sussurrou Mabel.

Ela sentiu a emoção de entrar numa catedral, a sensação de que estava diante de algo poderoso e íntimo, e em cuja presença devemos falar baixinho, se é que podemos falar. Ela ficou olhando para aquela cor, tentando imaginar um pai que lhe daria um nome tão lindo e a abandonaria.

Temos de ir, avisou Faina. Vai escurecer logo.

A menina levou Mabel de volta à propriedade, à cabana quente onde Jack esperava com chá e pão que fez no forno.

Então, disse ele. O que você viu?

CAPÍTULO 33

Querida Mabel,

Suas cartas e desenhos se tornaram uma atração e tanto na nossa casa. Sempre que uma chega, damos um jantar e convidamos nossos melhores amigos e parentes. Com sua permissão, li as cartas em voz alta e seus desenhos passaram de mão em mão com observações de "Incrível!" e "Tão lindo!". Mais de uma vez disseram que você é o equivalente no Alasca a um mestre italiano estudante de anatomia humana. Seus desenhos dos dentes e patas da zibelina estão entre os preferidos da noite passada, assim como seus estudos das pinhas e dos campos queimados pelo gelo. Suas cartas também nos dão vislumbres do lugar selvagem que se transformou no seu lar. Você sempre teve talento para se expressar e talvez pela primeira vez tenha epifanias incríveis a descrever. Só queríamos que você escrevesse mais. Acredito que guardarei tudo o que você mandar e algum dia você deveria publicar um livro dos seus desenhos e observações. Há um quê de elegância e ferocidade neles.

Por causa do seu interesse na história da donzela de neve, lembrei-me de quando você passava seu tempo perseguindo fadas na mata perto de casa. Lembro que você dormiu mais de uma noite naqueles carvalhos e, quando mamãe a encontrava na manhã seguinte, você jurava ter visto fadas que voavam como borboletas e iluminavam a noite como vaga-lumes. Lembro que zombávamos de você por ver esses entes, mas agora meus netos perseguem caprichos semelhantes e eu não os desestimulo. Na minha idade, vejo que a vida geralmente é mais incrível e terrível do que as histórias nas quais acreditávamos na infância e que talvez não haja nada de mau em encontrar um pouco de mágica entre as árvores.

 Sua irmã querida,
 Ada.

CAPÍTULO 34

Esther entrou correndo na cabana como uma galinha feliz, espalhafatosa e barulhentamente e quase derrubando Mabel quando ela tentou abrir a porta. Numa das mãos ela trazia uma panela de ferro fundido coberta com uma toalha e com a outra abraçou Mabel e a beijou no rosto.

— Então é isso que precisamos fazer para jantar com vocês dois? — perguntou ela, passando por Mabel e colocando a panela no fogão. — George está com a sobremesa. Isso se ele não comer tudo no caminho. Deve ter carne e bolinho para todos nós. Lince e bolinhos de carne, melhor dizendo, se bem que isso não soa do mesmo jeito. Acho que podemos chamar de "gatinho e bolinhos de carne". — Esther riu e pendurou o casaco no encosto da cadeira.

— Lince? Você cozinhou lince?

— Ah, não faça essa cara. Já comeu? Certamente a melhor carne que você experimentará. Garrett o pegou numa armadilha, matou, limpou e trouxe a carne para casa. Acho que o criamos bem.

— Ele vem também?

— Não. Talvez por isso é que vamos ter comida o suficiente. Aquele menino pode comer um boi e ainda pedir mais. Mas ele vai passar algumas noites fora, dando uma de índio naquelas armadilhas.

— Dando uma de índio?

— Sim. Sem barraca. Nem confortos. Ele leva pouca coisa e viaja muito.

— Ah.

— Você tem uma colher para eu mexer?

Antes que ela pudesse ajudar, Esther encontrou uma colher e Mabel ficou olhando admirada quando a vizinha novamente assumiu o controle da casa. Em poucos minutos, ela amarrou um dos aventais de Mabel na cintura, experimentou o lince, botou a mesa e colocou outra lenha no fogo, apesar de Mabel ter acabado de alimentá-lo.

— Quero saber tudo o que vocês andam fazendo. Mas primeiro você tem de provar isto. — Esther pegou uma garrafinha do bolso de suas calças masculinas e a pôs na mesa. — Licor de amora. Celestial. Rápido. Pegue alguns copos para que possamos bebê-lo antes dos homens.

Mabel não saiu da cadeira e Esther já estava a caminho do armário. Ela voltou com dois copos de geleia de Mabel e os encheu com o líquido vermelho grosso. Era doce e azedinho e espesso na língua de Mabel, e ele aqueceu sua garganta.

— É delicioso.

— Eu disse. Aqui, tome mais. É minha última garrafa, e juro que não vou deixar o George beber isso. Ele bebeu o restante do meu licor de mirtilo sem nem pedir!

Mabel bebeu num gole e depois Esther esvaziou a garrafa.

— Pronto. Isso dá.

Foi então que George e Jack chegaram, tirando a neve das botas.

— Onde está o bolo? Você não o deixou na carroça, não é?

George sorriu inocentemente, uma das mãos às costas.

— Desculpe, querida. Não resisti. — Ele lambeu os lábios. — Mas estava delicioso.

— É melhor que você esteja brincando, senão eu...

George riu e tirou o bolo de trás do corpo.

— Não falta nenhum pedaço. O Jack está de prova.

Jack fez que sim com uma gravidade exagerada. Depois olhou para Mabel.

— Está se sentindo bem?

— Por que a pergunta?

— Você está vermelha.

Mabel olhou para Esther pelo canto do olho, levando o dedo à boca como se sua mão fosse uma garrafa.

— Tentei contê-la, mas você sabe como ela é.

— Esther! — reclamou Mabel.

— Ah, só estou brincando. Mas aquele licor funciona mesmo, não é?

— Funciona? Quer dizer que tem álcool nele?

— Se tem álcool? Você está de brincadeira? Não entendo por que não teria.

— Ah, Jack. Eu não sabia. Achei que era apenas uma bebida doce. Mas pareceu queimar na minha garganta.

Jack riu e beijou Mabel no rosto.

— Tem mais, Esther?

— Não. Sua esposa bebeu tudo.

O ambiente estava quente e divertido e Mabel tentava acompanhar o ritmo da conversa e as comidas que passavam ao redor da mesa. Por um instante, ela pareceu sair do corpo e foi uma sensação agradável ver os amigos comendo, rindo e conversando na cabaninha no meio do nada.

— Bom? Lince não é tão ruim, hein?

— Não, George. — Jack se recostou na cadeira e bateu na própria barriga. — Tenho de dizer que duvidava, mas é saboroso. Obrigado, Esther. E agradeça ao Garrett também.

Depois de limparem a mesa, Esther exigindo a ajuda dos homens também, Jack e George foram ao celeiro olhar o arado que pretendiam consertar juntos na próxima estação. Quando os homens deixaram a cabana, o ar fresco da noite soprou no rosto de Mabel, que ficou na porta aberta, respirando fundo. A seu lado, ela ouvia Esther mexendo na louça.

— Ah, por favor, não lave. Posso cuidar disso amanhã.

— Ótima ideia. — Esther se sentou pesadamente à mesa e jogou os pés sobre a cadeira diante dela. — Queria que tivéssemos mais licor.

Mabel riu.

— Acho que bebi o bastante, muito obrigada. Mas vou preparar um pouco de chá.

— Bom, então se sente. Temos de conversar sobre uma coisa. Estou um pouco preocupada com você.

— Preocupada? O que a faz dizer isso?

— Andei ouvindo umas coisas novamente. Sobre você e aquela menininha. Ora, não pense que não a vejo ficar séria. Você acha que não vai dizer nada, mas precisamos conversar sobre isso. Por que este assunto está surgindo novamente?

A cabana ficou tão silenciosa que Mabel podia ouvir o fogo crepitando e o tique-taque do relógio. Ela não falou nem se mexeu por um tempo, enquanto Esther esperava pacientemente. Depois Mabel foi até a estante e entregou o livro a Esther.

— O que é isto?

— Um livro infantil. É um dos que meu pai lia para mim. Não lia, exatamente. Está em russo. — Ela abriu as páginas numa das primeiras ilustrações.

— E?

— É a história de um casal de velhos que querem desesperadamente uma criança, e eles fazem uma de neve. E... ganha vida. A menina de neve.

— Acho que não estou entendendo você.

— Minha irmã sempre disse que eu era louca, a mente muito cheia de caprichos. Uma imaginação fértil, ela dizia.

— E?

Então Mabel lhe contou tudo, sobre o inverno no qual fizeram o boneco de neve e como Faina viera usando as luvas vermelhas e o cachecol e muito parecida com a menininha que eles fizeram. Ela descreveu como Jack enterrara o pai da menina nas montanhas e descobrira a morte dele, deixando Faina órfã poucas horas antes de eles criarem o boneco de neve. Foi naquela noite que a menina apareceu pela primeira vez.

— Tentamos convencê-la a ficar com a gente, mas ela se recusa. Ela diz que a natureza é seu lar, e eu fui lá com ela e é mesmo verdade. É o lar dela. Ela anda sobre a neve. E sei que parece inacreditável, Esther, mas ela consegue segurar um floco de neve na palma da mão sem que ele derreta. Não vê? Ela renasceu naquela noite... Nasceu da neve e do sofrimento e do amor.

— Não quero brigar, mas ninguém mais a viu. Nem eu nem o Garret trabalhando aqui na fazenda naqueles meses. Nenhum sinal da menina.

— Ela foi embora. Esteve fora por todo o verão. Acabei de lhe dizer.
— E agora?
— Ela voltou. Com a neve.

Esther folheou silenciosamente as folhas do livro e olhou cada ilustração.

— Você acha que estou louca, não é? É como você disse... Os invernos e a cabana pequena. Uma febre, você disse? A febre da cabana?

Esther soltou um suspiro demorado e depois voltou para a primeira ilustração do casal e da menina, metade neve e metade humana.

— É o que você acha? — perguntou Esther.
— Não — disse Mabel. — Por mais fantástico que pareça, sei que a menina é real e que ela se transformou numa filha para nós. Mas não posso lhe dar nenhuma prova. Você não tem motivo para acreditar em mim. Sei disso.

Esther fechou o livro e com as mãos sobre a capa olhou diretamente para Mabel.

— Tenho de dizer que a via de um jeito errado.
— Como assim? — perguntou Mabel.
— No começo, achei que você era fraca. Uma mulher cujos pensamentos podiam ser distorcidos pelo inverno solitário. Alguém que estaria melhor em outro lugar, com outra vida.

Mabel sentiu uma raiva crescer em seu peito.

— Não comece a se irritar — continuou Esther. — Ouça-me, porque pensei muito bem nisso. Eu estava enganada. Cheguei a conhecê-la muito bem, eu diria. Considero-a minha melhor amiga. E você não é nada fraca. Um pouco distraída, sim. Com o coração mole demais, suspeito. E certamente pensa demais. Mas você não é uma simplória tola. Se você diz que a menina é real, então ela deve ser real.

— Obrigada, Esther, mas sei que você está com pena de mim. Como amiga, fico feliz em ouvir. Mas ainda assim é pena.

— Você já me viu mudar de ideia só por pena de alguém? — perguntou Esther.

Mabel deu um sorrisinho, girando lentamente a xícara de chá nas mãos.

— Por que você não está pulando de alegria? Este pode ser um começo. Estou dizendo que posso estar enganada. Mas não diga ao George. A surpresa pode até matá-lo.

— Estamos quase na primavera, sabe? — Comentou Mabel. — Vê como a neve está derretendo? O rio logo se quebrará.

— Sim. Vi isso. O que tem a ver?...

— Em pouco tempo, ela nos deixará novamente. É como no conto de fadas. A Faina vai nos abandonar na primavera e não suporto pensar nisso. E se a perdermos? E se ela nunca voltar?

— Hum. — Esther bebeu o chá, pensativa. Depois colocou a xícara na mesa e olhou para Mabel como se medisse cuidadosamente as palavras. — Minha querida Mabel — disse. — Nunca sabemos o que vai acontecer, não é mesmo? A vida sempre nos joga para um lado e para o outro. É uma aventura não saber onde você acabará e como pagará sua passagem. É tudo um mistério e, se dissermos o contrário, estamos mentindo para nós mesmos. Diga-me uma coisa: você alguma vez já se sentiu tão viva assim?

CAPÍTULO 35

Os dias de março começaram a ficar mais longos. Jack via o sol se elevar mais sobre as montanhas todos os dias. A neve caía pesada e úmida e se derretia nas calhas. A água corria pela superfície do rio de gelo. E então uma noite o céu ficou limpo e frio como uma névoa sobre o vale. Jack acordou e encontrou o fogo reduzido a carvões e a janela congelada. Depois de alimentar o fogo e colocar outra colcha sobre Mabel, que dormia, ele saiu para a cidade. Fazia tão frio quanto o inverno e, quando ele chegou à loja, ficou pensando que seu nariz estava congelado. Ele entrou e o esfregou cuidadosamente.

— Não se preocupe — brincou George de onde estava, diante de um forno. — A Mabel provavelmente não vai abandoná-lo depois que o nariz cair.

Jack se juntou a ele perto do forno e esfregou as mãos diante do calor, tentando voltar a senti-las.

— Ando querendo lhe dizer que a Mabel usa aquele chapéu quase todos os dias. Foi um presente muito generoso do seu filho.

— Sabia que foi a única raposa prateada que ele pegou? O menino mal podia se controlar. Durante várias semanas ficou me perguntando se a Betty tinha terminado.

— Bem, ela o veste mesmo quando só está saindo para a casinha. Principalmente com este tempo.

George riu e levou as mãos ao traseiro como se suas calças estivessem quentes demais.

— A Esther vai gostar disso... Mabel na casinha com um elegante chapéu de pele de raposa.

— Não diga nada, senão terei problemas.

George riu novamente.

— Aquele meu menino está louco neste inverno instalando armadilhas pelo rio, fora durante dias. A velha linha de armadilhas do Boyd, e agora ele está indo atrás dos lobos que Esther viu na sua propriedade.

— Lobos?

— Uma matilha pegou uma fêmea de alce no rio. Nada abala minha esposa, mas isso, sim. Ela viu toda a cena ensanguentada. O alce lutou, mas a neve era funda demais e os lobos a morderam e arrancaram suas entranhas enquanto ela tentava correr. Eu e Garrett fomos ao lugar do abate alguns dias mais tarde e não havia mais nada além de ossos. Dava para ver as marcas de dentes nas costelas. Os ossos limpos, sem nenhum naco de carne. Nunca vi nada parecido.

— Nós os ouvimos uivar algumas vezes. Aquele som fica com você.

— Fica mesmo. Fica mesmo.

Jack achou melhor não falar dos lobos para Mabel. Ele cometera esse erro antes, depois que George lhe contou sobre o lince. Um dos vizinhos dos Benson tinha um bando de patos domésticos. Certa noite, o fazendeiro guiava o bando para o abrigo quando um lince surgiu e pegou um pato bem diante do nariz dele. O gato selvagem voltou várias vezes nas semanas seguintes, lentamente pegando as aves e destruindo o investimento do homem. O lince vinha à noite, matava uns animais, se alimentava durante dias e voltava para pegar mais. Certa manhã, enquanto o homem abria o abrigo dos patos, o lince o atacou. Quase provocou um ataque cardíaco. George e Jack riram ao imaginar o pobre coitado recuando enquanto o gato o ameaçava.

Mabel, contudo, não gostou muito da história. Ela se recusava a ir à casinha depois do pôr do sol, dizia ter medo de que algum animal selvagem a estivesse esperando ali. Jack tentou tranquilizá-la, mas se viu montando guarda na porta da casinha mais de uma noite.

Jack estava se preparando para ir embora da loja com uma caixa de suprimentos quando viu os patins de gelo, suas lâminas brilhando ao sol que entrava pela vitrine. Ele não pensava em patins desde a infância, quando patinava no laguinho das vacas. Era um capricho louco, mas Jack voltou para casa com três pares.

Na noite seguinte, Faina apareceu e eles se ativeram aos hábitos familiares de preparar o jantar e se sentar à mesa. Quando Faina bocejou, Jack se levantou e anunciou: Peguem seus casacos. Vamos sair.

O quê? Sair para onde?, perguntou Mabel.

Até o rio.

A menina levantou-se rapidamente, os olhos vivos. Vamos todos?, perguntou.

Jack fez que sim.

Mas está muito frio lá, disse Mabel. E por que iríamos ao rio?

Sem tempo para perguntas. Vista-se.

Ele raramente dava ordens tão bruscamente e Mabel pareceu surpresa em sua submissão. Eles pegaram os casacos e botas e Jack insistiu para que Mabel vestisse uma roupa de baixo comprida e calça de lã. Ele pôs o cachecol no pescoço da esposa.

Pronto. Mabel, pegue o lampião.

Ele pegou um saco ao lado da porta.

O que você está levando?, perguntou Mabel.

Ele apenas arqueou a sobrancelha comicamente e riu.

E por que estamos saindo no meio da noite?

Novamente, só um sinal com a sobrancelha.

Acho que não confio em você. Nem um pouco.

Estava frio lá fora, o céu limpo e imóvel, com uma lua quase cheia brilhando sobre as montanhas. Com a neve fresca e o luar, eles não precisavam do lampião, mas ele criava um brilho confortável. Seguiram a trilha até o rio Wolverine.

Por aqui, disse Jack, guiando-os por um bosque de salgueiros e até um canalzinho lateral do rio. O vento tirara a neve do gelo que brilhava sob o luar. Jack encontrou um tronco e pediu a Faina e Mabel que se sentassem lado a lado. Ele se ajoelhou a seus pés.

Pelo amor de Deus, Jack. O que você está fazendo?

Jack tirou os patins do saco. Mabel começou a se levantar.

Ah, não, você não fez isso!, exclamou ela. Ficou louco? Você não vai pôr isso nos meus pés! Vou cair de costas ou quebrar o gelo e me afogar.

Jack riu, segurou-a pelo pé e prendeu as lâminas em suas botas. Mabel fez um biquinho indignado.

Rápido, Faina, falou Jack. Você sabe o que é isso?

A menina fez que não, os lábios sérios com medo e entusiasmo.

São patins. Você os coloca nos pés e desliza pelo gelo.

Ele lhe mostrou como vesti-los e prendeu as tiras. Depois, voltou para Mabel e pôs sua boca no ouvido da esposa.

Nunca deixaria nada lhe acontecer. Você sabe disso, não é?

Os olhos de Mabel brilharam ao luar.

Sim. Sei, e ela perdeu o equilíbrio ao se levantar.

O rio ainda está bem congelado, explicou ele. O calorzinho recente só alisou o gelo. E, mesmo que se quebre, este não é o curso principal. A água só tem uns trinta centímetros de profundidade. Só vamos ficar com frio e molhados, mas isso não vai acontecer. Prometo.

Jack calçou seus patins e as levou até o gelo.

Mabel hesitou, mas em pouco tempo sua infância lhe chegou correndo e ela deslizou com confiança sobre o gelo. A menina, por outro lado, parecia menos corajosa do que aquela que matava animais selvagens e dormia sozinha na natureza. Ela surpreendeu Jack lhe dando o braço como um bebê que aprende a andar.

Está tudo bem, disse ele. Mesmo que você caia, só vai doer no seu bumbum um pouco. Nada grave.

Na mesma hora, Mabel escorregou e caiu.

Droga!, disse ela.

Antes que Jack pudesse se soltar de Faina e correr até a esposa, Mabel se ajoelhou e se levantou novamente.

Eu deveria ter prendido um travesseiro às minhas costas.

Ela riu e tirou o gelo do corpo.

Jack patinava mais rápido, enquanto Faina apenas ficava de pé e se deixava ser empurrada. Mabel se juntou a eles, e os três se deram as mãos e lentamente patinaram em círculos. O leito do rio ecoava ao som de seus volteios e risadas e suas lâminas cortando o gelo.

Mabel se soltou e subiu o canal.

Até onde é seguro?, gritou ela.

Até aquela curva, e ele observou Mabel ganhar velocidade.

Ela vai ficar bem?, sussurrou Faina, ainda se segurando ao braço dele.

Sim. Vai, sim.

Por fim, Faina se sentiu à vontade em seus patins e Jack pôs o lampião no meio do gelo. Mabel voltou a patinar devagar e graciosamente ao redor da luz, enquanto Faina a seguia como um cervo de pernas compridas aprendendo a andar. Jack patinou na direção oposta e segurou Mabel pela mão.

Costumávamos patinar assim juntos quando éramos jovens, disse ele ao passar por Faina. Lembra?

Como poderia esquecer? Você estava sempre tentando me beijar, mas eu patinava mais rápido e você nunca conseguia.

Ela riu, soltou a mão e patinou rio acima. Jack a perseguiu pelo gelo, as árvores escondidas e o céu ficando para trás.

Mais rápido! Mais rápido!, gritou Faina, e Jack não sabia para quem ela estava torcendo, mas ele patinou o mais rápido possível e rezou para que suas lâminas não ficassem presas numa rachadura ou num trecho acidentado. Mabel permanecia distante, até diminuir a velocidade e girar para ficar de frente a ele. De mãos dadas, eles patinaram de volta para onde Faina estava sob a luz do lampião. Sem falar nada, Jack e Mabel seguraram as mãos da menina e subiram o rio, acompanhando as curvas dos barrancos. Faina gritou, feliz. Através do forro acolchoado dos casacos, Jack sentia o bracinho da menina preso ao dele, e era como se seu coração estivesse ali naquele ponto de intersecção. O gelo era como vidro molhado e eles deslizaram rápido o suficiente para criar uma brisa contra seus rostos. Ele olhou para Mabel e viu lágrimas escorrendo por sua face e se perguntou se era o frio o que a fazia chorar.

Ao se aproximarem da curva onde o canal se juntava ao rio, pararam e ficaram de braços dados, Jack e Mabel recuperando o fôlego. A lua iluminava todo o vale, refletindo-se no gelo do rio e brilhando no branco das montanhas.

Vamos continuar, sussurrou Faina, e Jack também queria continuar patinando pelo rio Wolverine, pelas curvas, ao longo do desfiladeiro e até as montanhas onde a primavera nunca chega e a neve nunca derrete.

PARTE TRÊS

Ao olhar para ele, o amor... preencheu todo o seu ser, e ela soube que era contra essa emoção que ela tinha sido alertada pelo Espírito da Madeira. Lágrimas se acumularam em seus olhos — e de repente ela começou a derreter.

— "Snegurochka", traduzido por Lucy Maxym

CAPÍTULO 36

Ele nem sempre estava ali. Alguns dias Mabel atravessava a neve até o riacho atrás da cabana e o animal não se exibia. Era apenas um fio de água em meio à neve e ao gelo. Mas, se ela ficasse sentada, paciente e em silêncio, na base de um abeto, por fim ele aparecia. A cabecinha marrom aparecia numa abertura no riacho ou o rabo desaparecia num montículo de neve.

Naquele dia de novembro, a lontra não a deixou esperando. Mabel ouviu o gelo se abrindo, um jato de água e ali estava o animal do outro lado do riacho. Ela esperou que a lontra corresse até um tronco ou que corresse com as costas curvas pelo barranco como sempre fazia. Em vez disso, ela parou à beira da água, virou-se e se levantou nas patas traseiras. A lontra era incrivelmente alta e se apoiava no rabo grosso, as patas da frente pendendo junto ao peito. Por um longo tempo a lontra a encarou com olhos que eram como turbilhões profundos. Depois ela ficou de quatro e sumiu no riacho.

Até, dona lontra, até a próxima vez.

Ela não tinha como saber a idade ou o sexo do animal, mas havia algo no focinho claro e nos bigodes compridos que a fazia lembrar a barba de um velho. De longe, a lontra tinha um quê cômico e malicioso, mas ao se aproximar Mabel sentiu o cheiro de sangue de peixe e frio úmido.

Ela não falou sobre a lontra para ninguém. Garrett ia querer caçá-la, Faina pediria que ela a desenhasse. Mabel se recusava a prendê-la porque de certa forma pensava no coração da lontra. O músculo vivo se revirando sob o pelo brilhante e molhado. Irrompendo pelo gelo fino, nadando na água fria do riacho, deslizando de barriga pela neve. Alegre, apesar de tudo.

Não era apenas a lontra. Mabel uma vez viu um coiote marrom acinzentado andando pelo campo com a boca semiaberta, como uma risada. Ela viu tagarelas-europeus que eram como sombras passando de uma árvore a outra, como se uma força maior orquestrasse seu voo. Ela viu um arminho branco correndo pelo celeiro com um rato gordo na boca. Sempre que via um animal, algo batia diferente em seu peito. Algo duro e puro.

Ela estava apaixonada. Mabel vivia ali fazia oito anos e finalmente aquela terra a conquistara, como se ela pudesse compreender uma parte pequena da natureza de Faina.

As estações nos últimos seis anos foram como uma maré oceânica, dando e tirando, afastando a menina e a devolvendo. A cada primavera, Faina saía para o interior alpino para onde os caribus migravam e as montanhas exibiam a neve eterna, e Mabel já não mais chorava, apesar de saber que sentiria a falta dela.

Os proprietários de terra chamam aquela estação quando o gelo do rio derrete e os campos ficam enlameados de "rompimento", mas Mabel via algo de terno e gentil nisso. Ela dizia adeus à menina quando as violetas floresciam roxas e brancas ao longo dos riachos e as fêmeas de alce acariciavam os filhotes, justamente quando o sol começava a expulsar o inverno do vale.

E então, quando os dias se prolongavam, a terra se suavizava e se aquecia e a fazenda prosperava. Para além do celeiro, sob um choupo, havia uma mesa de piquenique que Jack e Garrett construíram, e sobre ela no verão geralmente havia uma garrafa de uísque cheia de flores silvestres. Nos domingos, eles comiam com os Benson, às vezes lá e às vezes na sua propriedade. Quando o clima estava bom e os insetos milagrosamente diminuíam, eles comiam ao ar livre. Jack e George acendiam uma fogueira de carvalho pela manhã e depois assavam uma porção de carne do urso que Garrett matara na primavera. Esther levava salada de batata e beterraba; Mabel assava uma torta de ruibarbo e estendia uma toalha branca de mesa. Depois as duas mulheres caminhavam de braços dados e colhiam flores. Ao fundo, elas ouviam os homens conversando e rindo enquanto as chamas crepitavam e explodiam com as gotas de gordura da carne. Quando Mabel entrava na cabana para pegar pratos e talheres, Jack às vezes vinha por trás dela, carinhosamente afastava seus cabelos e beijava seu pescoço.

— Você nunca esteve tão linda — dizia ele.

Vinha a colheita e, durante aqueles dias exaustivos e compridos, as coisas seriam como Mabel uma vez imaginou — ela e Jack juntos nos campos colhendo batatas em sacos ou cortando repolhos dos talos, e, mesmo enxugando o suor do rosto e sentindo o cheiro de terra entre os dentes, ela tentava absorver a doçura do momento. À noite, eles esfregavam os músculos doloridos um do outro e se divertiam reclamando das dores, Mabel mais do que Jack, apesar de saber que a dor dele era muito pior.

Então, quando os dias ficavam curtos e caía a primeira geada, eles sussurravam suas bênçãos e rezavam pela neve. Mabel tentava adivinhar o quanto Faina crescera desde que eles a viram pela última vez e ela costurava meias de lã e roupas de baixo e às vezes um casaco novo, sempre com lã azul e bordas de pelo branco e flocos de neve bordados na frente.

Sempre que a menina chegava, ela estava mais alta e bela, e trazia presentes das montanhas. Um ano era um saco de peixe seco, outro era uma pele de caribu amaciada e com cheiro de ervas selvagens. Ela os abraçava e os beijava e dizia que sentira falta deles, e depois saía correndo para as árvores cobertas de neve que chamava de casa.

Mabel já não gritava o nome de Faina nem tentava pensar em formas de fazê-la ficar. Em vez disso, sentava-se à mesa e desenhava o rosto da menina à luz de velas — o queixo pontudo, os olhos inteligentes. Depois ela guardava os desenhos dentro do livro infantil com capa de couro que contava a história da donzela de neve.

    Inverno após inverno, Faina voltava para a cabana deles e durante todo esse tempo ninguém mais a viu. Mabel não se importava. Assim como a lontra, ela passou a considerar a menina seu segredo.

CAPÍTULO 37

Garrett ficou observando a raposa com a mira. Ela estava a algumas centenas de metros, mas ela não diminuiu o passo ao subir o rio em sua direção. Em pouco tempo, ela chegaria bem perto. Garrett se recostou no tronco do choupo, apoiou o cotovelo no joelho e nivelou o rifle. Seu dedo estava pousado de leve no gatilho.

Ele sabia que aquela era a raposa certa. Durante anos, Jack o proibira de caçar a raposa-vermelha que andava pelos campos e pelo rio perto da fazenda. Ele dizia que o animal pertencia à menina que vivia na floresta, caçava nas montanhas e sobrevivia a invernos que matavam homens adultos. Uma menina que ninguém nunca viu.

O rifle de Garrett subia e descia com sua respiração, mas seus olhos permaneceram fixos no animal. Ele não tinha certeza. Sob a luz fraca de novembro, podia muito bem ser uma raposa cruzada, uma mistura da prateada e da vermelha. Ela parou e ergueu o focinho, com se sentisse o cheiro de alguma coisa, e depois continuou a andar pelo rio nevado. O sol desceu e os últimos raios dourados desapareceram no vale.

Ele deixou a raposa se aproximar. Quando o animal estava a menos de cento e cinquenta metros, Garrett se sentou, colou o rosto na parte de madeira da arma, fechou o olho esquerdo e alinhou a mira à coluna da raposa. Mas ela se desviou abruptamente, virando-se de costas para Garrett e passando por trás de um arbusto, indo até uns álamos próximos. Ela se movia rapidamente. Garrett abaixou o rifle.

Ele hesitou demais. Em pouco tempo estaria muito escuro para atirar e a raposa se perderia na floresta.

Então ele viu que o animal parara e ficou sentado observando-o do limite da floresta. Garrett se apoiou no rifle, abaixou o cano e apertou o gatilho.

Foi preciso apenas um tiro. O impacto bastou para derrubar o animal, que não se moveu mais. Garrett tirou o cartucho da munição e depois se levantou. Com a arma ao lado do corpo, caminhou até estar sobre a raposa morta.

O animal estava magro e o pelo no focinho e nas pernas tinha se esbranquiçado com a idade, a ponto de, com a luz fraca e a distância, poder ser confundida com uma raposa cruzada. Mas não havia dúvidas. Era aquela mesmo.

Todos aqueles anos, Garrett obedecera à ordem de Jack. A raposa corria pelo campo cruzando seu caminho na floresta, e Garrett a deixava ir embora. Sempre com irritação. Nada indicava que aquela raposa fosse outra coisa além de um animal selvagem.

Contudo, agora que a matara, ele estava arrependido. Ele tinha honra. Garrett deveria levá-la a Jack e Mabel. Deveria confessar, pedir desculpas. Jack o repreenderia seriamente. Mabel ficaria em silêncio. Ela alisaria o avental com as mãos e balançaria a cabeça.

Ele tinha de se livrar daquilo. Garrett poderia vender a pele, mas o animal tinha uma pele magra, praticamente sem valor. A mãe dele iria querer ver a pele. Garrett acabaria mentindo, e mentiras geravam complicações.

Garrett pôs o rifle no ombro, pegou a raposa e a levou para as árvores. Ele ficou surpreso ao perceber como o corpinho era magro e ossudo em suas mãos, como se fosse um gato velho.

Para além dos álamos, na floresta densa de abetos, Garrett pôs o animal na neve na base da árvore. Ele quebrou galhos verdes e pôs a raposa por cima. Esperava que voltasse a nevar logo.

Ao voltar para casa, já noite, ele não se sentia mais como um homem de dezenove anos, e sim como um menininho envergonhado.

— Garrett. Que bom que você apareceu. — Jack o recebeu na porta da cabana e o cumprimentou. — Esperávamos mesmo por você esta noite.

Na mesa da cozinha, Mabel sorriu para ele.

— A mamãe disse que vocês me queriam aqui.

— Sim, já está na hora — disse Mabel.

— Do que se trata?— perguntou Garrett, o estômago revirado.

— Sente-se — pediu Jack. Ele lhe empurrou a cadeira.

— Tudo bem.

Garrett se sentou e ficou olhando para Jack e Mabel.

— Então é assim que funciona — começou Jack. — Andamos querendo conversar com você sobre a fazenda...

— Mas talvez devêssemos jantar antes? — propôs Mabel.

— Não. Negócios primeiro. É algo que ando querendo fazer há muito tempo. — Ele olhou para Garrett. — Você sabe que não teríamos conseguido fazer este lugar prosperar sem você.

— Não tenho certeza disso. Só sou um funcionário. Podia ter sido qualquer um.

— Aí é que você está errado. Nos últimos anos, nunca fomos capazes de pagar o quanto você vale.

— E você nunca foi um simples empregado. Você foi muito mais para nós — declarou Mabel. — O que eu teria feito sem você para discutir Mark Twain e Charles Dickens?

Os ombros de Garrett relaxaram um pouco e ele suspirou baixinho.

— Sabe o que é isso? — perguntou Jack, apontando para alguns papéis espalhados sobre a mesa.

— Não. Não posso dizer que saiba.

— São documentos que fazem de você sócio da fazenda. E também dizem que, quando estivermos mortos, este lugar se torna seu. Agora nos ouça antes de começar a fazer que não. Você sabe que não temos um filho para ser nosso herdeiro. E a verdade é que você fez deste lugar o que ele é hoje.

— Não sei...

— Sabemos que a agricultura não é seu objetivo — continuou Jack. — Mas nos parece que você se orgulha do que fez aqui. E talvez seja capaz de cuidar deste lugar, juntamente com as armadilhas e outras coisas durante o inverno.

— Ou você será livre para vender a fazenda — acrescentou Mabel.

— Depois de morrermos.

— Eu não... Não sei.

— Bem, pense no assunto, se quiser — disse Jack. — Não pretendemos morrer ainda, não é, amor?

— Não. Espero que não em breve. Mas, Garrett, qualquer que seja sua decisão, queremos que você saiba o quanto é importante para nós. Temos orgulho do homem que você se tornou.

— Mabel, você está deixando o menino constrangido.

— Por favor, deixe-me terminar. É verdade o que o Jack disse. Não estaríamos aqui, esta fazenda não estaria aqui, se não fosse por você e seu trabalho duro. Não temos muito neste mundo, mas queremos lhe dar o que temos.

— Têm certeza? Quero dizer, não tem mais ninguém, alguém da família? — Garrett empurrou os papéis na direção de Jack.

— Não. Você é o mais perto disso que temos — falou Jack.

— Nunca esperei nada assim.

— Sabemos. Mas é a coisa certa a fazer.

— Tenho de falar com meus pais — disse Garrett. — Mas acho que a decisão é de vocês.

— Nunca tivemos tanta certeza disso — afirmou Jack, estendendo a mão sobre a mesa e o cumprimentando novamente.

CAPÍTULO 38

Ainda eram meados de novembro, mas a neve se acumulava alto sobre a terra. Garrett saiu a pé para procurar pegadas. Lobo, marta, arminho, coiote, raposa — mas seu coração estava mesmo num carcaju. Ele caçava com armadilhas há tempos, mas todos os invernos aquele animal escapava. Ele não podia expressar isso, mas tinha fome da força de vontade, da ferocidade e da solidão do animal. Para entrar no território do carcaju, ele teria de se infiltrar ainda mais nas montanhas, em lugares onde nunca esteve.

Ele subiu as colinas a partir do rio e, à medida que o terreno se tornava íngreme, queria estar usando sapatos para neve. Garrett levava uma mochila leve com suprimentos para ajudá-lo a passar a noite, se necessário, mas naquele clima ele ficaria molhado e com frio. Enquanto a manhã avançava, começou a nevar novamente e ele pensou em voltar. Mas sempre a próxima ravina e o terreno para além dela o seduziam. Talvez mais à frente ele encontrasse um vale estreito e rochoso, e pegadas de carcaju. Ao subir numa colina com bétulas, ele viu diante de si um charco, seus promontórios de gramíneas cobertos de neve, e se virou para voltar. Não haveria carcaju ali e a neve fresca estava escondendo as pegadas.

Garrett parou ao ouvir o som de algo parecido com um fogão a lenha, o ar passando com pressão por um fole. Ele deu meia-volta e viu algo do outro lado do charco. Agachou-se atrás de um tronco de bétula e estreitou os olhos contra a nevasca.

No começo, parecia ser apenas um monte de neve como qualquer outro no charco, mas ele era maior e tinha uma forma estranha, e depois enormes asas brancas, maiores do que a envergadura de Garrett, bateram no ar. Novamente ele ouviu o som de foles e soube que vinha das asas. Ele engatinhou ao redor da bétula caída, a neve até o peito. Garrett se aproximou, escondendo-se atrás de um promontório e outro. Quando novamente ele se ateve à criatura branca, viu algo mais. Cabelos loiros, um rosto humano. Flocos de neve cobriram os olhos de Garrett e ele piscou com força, mas o rosto continuou entre as asas que batiam e o som horrível. A pele dele se arrepiou na nuca e o suor escorreu pelas costas, mas ele se aproximou tanto que, assim que a criatura bateu as asas novamente, pensou que sentiu o ar no rosto.

Um cisne branco, seu pescoço comprido, virou a cabeça para o lado e o viu com seus olhinhos pretos reluzentes. Depois baixou a cabeça, encolheu as asas e fez um som ameaçador. Atrás das asas, o rosto reapareceu. Uma menina agachada na neve, pouco depois do cisne. Ela se levantou e a princípio Garrett achou que ela o tinha visto, mas ela olhava apenas para o cisne. Seu casaco azul estava bordado com flocos de neve e na cabeça ela usava um chapéu de pele de marta.

Era ela, a menina sobre a qual eles falavam há tantos anos. A menina que ninguém viu além de Jack e Mabel. A menina que tinha uma raposa como bichinho de estimação. Inverno após inverno, nem mesmo um sinal, nenhuma pegada na neve, e agora ela estava ali diante dele. E não era a menininha que Garrett sempre imaginara. Ela era alta e magra, apenas alguns anos mais nova.

A cabeça do cisne quase alcançava os ombros da menina e suas asas a envolveram e bateram num sinal de alerta, avançando sobre ela. Garrett viu então que uma das patas estava presa numa armadilha. Não era a lebre magrinha ou o lagópode que ela pretendia pegar. O cisne era um belo gigante, musculoso e esguio coberto por penas brancas, os olhos pretos combinando com o bico. Ele se perguntava se a menina libertaria a ave. Talvez ela pudesse se aproximar por trás e abrir a armadilha, mas Garrett duvidava que ela pudesse chegar mais perto sem o cisne a atacar.

Então ele ficou pensando... Ela o mataria? A possibilidade o enojou, e ele não sabia por quê. Seria porque a menina era magra e tinha traços delicados e mãos pequenas? Seria porque o cisne tinha asas de anjo e voava em contos de fadas com uma donzela às costas? Garrett sabia a verdade: a carne do cisne alimentaria a menina por semanas.

Ela começou a abrir o casaco. Enfeitiçado, Garrett ficou olhando mesmo sentindo que deveria desviar o olhar. Ela pôs o casaco num arbusto ao seu lado e depois o chapéu. Ela usava um vestido de algodão florido com o que parecia uma roupa quente por baixo. A menina se abaixou e pegou uma faca de uma bainha na perna.

O cisne olhou o choupo que ancorava a armadilha. A menina segurou a faca e deu a volta lentamente no promontório até o outro lado do cisne, tentando se colocar atrás da ave. Mas o animal a acompanhou, virou a cabeça e a encarou. Ela nunca seria capaz de atacá-lo diretamente. O bico do pássaro cortaria sua pele, quebraria seus ossinhos. O cisne fez um barulho ameaçador novamente e jogou as asas na direção dela, não para voar, e sim para atacar. Garrett se abaixou, sem querer ver.

Quando a menina deu um passo em direção ao cisne, ele bateu as asas com mais força, jogando neve no ar, e seu grasnar se transformou num rosnado horrível e trêmulo. Ela deu a volta rapidamente pelas costas do cisne e o atacou. A pata livre se dobrou e ele caiu, mas suas asas enormes ainda batiam sobre o corpo dela. A menina o segurou firmemente, o rosto virado para o lado, e agarrou o pescoço magro da ave. Ela subiu uma das mãos pouco abaixo da cabeça do cisne e a afastou. O cisne parecia cansado da luta e, por um instante, os dois ficaram imóveis. Garrett podia ouvir a respiração da menina.

Mas então o pescoço do cisne girou em sua mão e ele se virou para ela. O bico passou perto do rosto. A menina afundou a cabeça do cisne novamente na neve molhada e abriu o corpo sobre a ave. Garrett podia imaginar o calor do corpo do cisne sob a menina, podia ouvir o grasnar da ave e aquele rosnado que vinha de algum lugar estranho em seu corpo. O cisne lutou, mas depois se acalmou, e a menina aproximou a faca da cabeça do animal, deslizou-a por baixo do pescoço e fez um corte profundo para cima.

Ela limpou o rosto com as costas da mão ensanguentada e, sob ela, as asas do cisne batiam sem força, em espasmos, até ficarem imóveis. A menina caiu ao lado do pássaro, as asas mortas abertas. O sangue se espalhou sob os dois corpos e a neve caiu.

Por um tempo, a menina ficou sem se mover. As pernas de Garrett estavam duras por causa do frio e ele sentiu necessidade de se levantar, mas, impressionado, não conseguiu.

Na hora seguinte, ele ficou olhando enquanto a menina tirava as entranhas do cisne e cortava a cabeça e as patas. Vapor subiu da cavidade corporal e das vísceras. Ela deixou de lado o fígado, o coração do tamanho de uma ameixa, o pescoço magro. Habilmente tirou a pele do cisne até segurar uma carcaça de asas brancas, penas brancas e pele ensanguentada. Garrett esperava que a menina fosse jogar aquilo fora, mas ela colocou a carcaça na neve e com cuidado a virou para cima, as asas dobradas dentro da pele. Ela pôs a carcaça dentro de um saco. Depois, arrastou o restante para longe do matadouro, onde pedaços inúteis e sangue podiam atrair aves de rapina, corvos e outros comedores de animais em putrefação. Garrett a viu subir num pequeno abeto no limite da clareira e começar a amarrar a carcaça e o saco a um galho.

A menina olhava para o outro lado, então Garrett o mais rápido que pôde voltou por onde tinha vindo. Ao chegar às bétulas, escondeu-se atrás de uma árvore e a viu se ajoelhar no charco e esfregar as mãos e a faca na neve. Depois, vestiu o casaco e o chapéu. Garrett desceu a colina e saiu correndo.

A neve parara de cair e o tempo estava começando a limpar. O crepúsculo era um sinal do inverno por vir. Porções de névoa subiam o rio e, enquanto ele corria pela encosta da montanha, era como se estivesse entrando numa nuvem. No céu ele ouviu o barulho de gansos migratórios contra o firmamento rosado e, pela primeira vez na vida, o som o apavorou.

CAPÍTULO 39

Mabel e Faina estavam recortando flocos de neve de papel para decorar um pinheirinho no canto da cabana quando os Benson apareceram sem avisar com presentes de Natal. Esther abriu a porta sem bater e Faina correu para o outro lado da sala, os olhos arregalados de medo, os músculos tensos como se estivesse prestes a sair correndo. Por um instante, Mabel teve medo de que a menina fosse tentar se jogar pela janela. Ela se aproximou da menina e carinhosamente a segurou pelo pulso, esperando acalmá-la.

Esther se postou, chocada, imóvel, boquiaberta. Mabel teria achado divertido, não fosse pelo horror de Faina.

Mabel se endireitou, ainda segurando a menina pelo braço, e respirou fundo.

Esther, disse ela. Gostaria que você conhecesse a Faina. Faina, esta é a minha querida amiga Esther.

Foi então que George e Garrett entraram fazendo barulho atrás de Esther, que ergueu a mão e os silenciou como se estivessem prestes a assustar um animal selvagem.

É a menina, George, sussurrou ela sem tirar os olhos de Faina. Ela está aqui. Está bem aqui, diante de mim.

George riu alto, mas, atrás dele, Garrett estava em silêncio. Os olhos do menino estavam arregalados e emocionados, até que ele viu Mabel olhando em sua direção e recuou para trás do pai.

Mabel cutucou a menina.

Oi, disse Faina, baixinho.

Meu Deus, disse Esther. Ela é real. Sua menina é de carne e osso.

As horas seguintes foram estranhas. Esther tentou incluir Faina na imensidão de presentes, como se soubesse que ela estaria ali.

Ah, aqui está. Este é para você, disse Esther, entregando-lhe um embrulho.

Faina ficou em silêncio e a princípio nem estendeu as mãos para aceitar. Mabel e Jack se moveram para interceder, mas pararam no meio do caminho. A menina pegou o presente e, com uma expressão séria, o segurou no colo.

Bem, vamos em frente. Você não vai abrir?, perguntou Esther.

Faina parecia assustada e confusa, o rosto tão vermelho que Mabel quis abrir a porta para deixá-la fugir para o frio.

Precisa de ajuda, Faina?

A cabana estava insuportavelmente quente. Ninguém falava. Todos os olhos estavam na menina. Por fim, Faina começou a abrir o pacote. Quando finalmente segurou um lenço com flores bordadas e sorriu num agradecimento educado, Mabel achou que ia desmaiar de alívio.

Obrigada, disse Faina, e os olhos de Esther brilharam.

Quando as duas famílias se reuniram para jantar, a tensão cedeu. Faina continuou quieta, mas agia educadamente, passando os pratos com cuidado e dando um sorrisinho aqui e ali. Garrett, contudo, parecia incapaz de falar ou olhar para qualquer um, principalmente para a menina. A presença dela parecia afrontá-lo, e Mabel não sabia o que fazer a respeito.

— Sabia que o menino está pegando vários linces este ano? — comentou George, comendo bolo de frutas. — A população de lebres está aumentando, então tem milhares de gatos no vale.

— É mesmo? — perguntou Jack.

Mabel olhou para Garrett, e a expressão dele lembrou aquele verão em que ele viera trabalhar na fazenda — irritável, petulante.

— E aí? O homem fez uma pergunta. — George apoiou o braço no encosto da cadeira do filho. Garrett ficou olhando para baixo e murmurou algo incoerente.

— Hum — disse Jack, concordando, apesar de Mabel saber que ele tampouco ouvira a resposta de Garrett.

— Qual o problema com você, menino?! Fale! Você não tem por que se envergonhar. Você tem feito belas caçadas este ano.

— É, acho que consegui caçar alguns. — E então ele baixou a cabeça novamente e ficou mexendo na sobremesa sem comer.

Era aquele o filho honorário, o que agora lançava olhares mal-humorados na direção de todos? Não foi ali naquela mesa que Garrett dera a mão a Jack e dissera que seria um privilégio serem sócios e herdar a fazenda quando fosse a hora?

Por toda a noite, o menino não disse mais nada.

George e Esther continuaram com suas histórias. Mabel limpou a louça do jantar e foi para trás de Faina. A menina estava encolhida na cadeira, gotas de suor se acumulando em seu nariz. Mabel a abanou com um lenço e enxugou suas têmporas.

Quente demais, quente demais, sussurrou Mabel para si mesma.

Finalmente, os Benson disseram que era hora de ir embora e Mabel ficou aliviada ao acompanhá-los até a porta — George, Esther e Garrett até seus cavalos e carroça, e Faina até a floresta nevada.

CAPÍTULO 40

Garrett xingou e guiou o cavalo colina acima para seguir as pegadas. Ele se abaixou para evitar os galhos dos abetos, mas ainda assim acabou coberto de neve. Ao chegar ao topo da ravina, puxou as rédeas, tirou a neve dos ombros e se abaixou na sela. As pegadas eram marcas antigas e sem forma sob vários centímetros de neve, mas eram pegadas dela. O cavalo se mexeu, ansioso para seguir em frente ou voltar, então Garrett seguiu em frente, acompanhando as pegadas que serpenteavam entre as árvores.

Ele estava cansado da menina. Durante seis anos ouvira Jack falando dela. Faina, Faina, Faina. O anjo da floresta. Ainda assim, apesar das conversas, Garrett jamais vira sinal da menina. Todos os invernos ele procurava pegadas, esperando encontrá-las e ao mesmo tempo esperando confirmar que Jack e Mabel eram loucos. Às vezes ele achava ter visto um movimento num arbusto, mas era apenas um pássaro.

Então por que aquele inverno era diferente, por que em todos os lugares a neve estava cheia das pegadas dela e ele não conseguia se livrar da menina?

Tudo na menina o fazia se sentir culpado. Ele atirara na raposa sem dizer nada a ninguém. Várias vezes em sua mente ele voltava à cena da menina lutando contra o cisne. As emoções que isso despertava o incomodavam, mas Garrett não conseguia esquecer.

Ao persegui-la, ele dizia a si mesmo que só estava indo para onde queria — rumo às montanhas, rumo ao carcaju. Era verdade. Os carcajus habitavam terrenos mais altos, mais perto da geleira. Ele jamais caçaria um daqueles animais nas planícies onde caçava coiotes, raposas, castores e martas.

Ele seguiu as pegadas até uma ravina estreita com rochedos escondidos pela neve. O cavalo tropeçou e Garrett finalmente desmontou, guiando o animal. Apesar de mais velho, o cavalo ainda era firme e seguro e conhecia as montanhas como poucos cavalos.

As correntes e armadilhas de Garrett batiam nos sacos presos à sela. Água escorria pelos rochedos, por sob a neve. A qualquer instante, ele esperava encontrar as pegadas fundas e semelhantes às de um urso de um carcaju solitário. Em vez disso, porém, ele encontrou pegadas pequenas, desta vez mais frescas. A menina de novo. Provavelmente hoje. Garrett parou, as mãos nos joelhos, para analisar a trilha. Marcas fracas no alto da neve, como as de um lince ou lebre. A menina era quase tão alta quanto Garrett, então como ela podia ser tão leve e não afundar na neve? Uma fascinação irritante revirou seu estômago. Ele seguiu adiante, apagando as delicadas pegadas com as botas.

Ela estava por perto. Garrett tinha certeza. Algo no ar havia mudado. Era a mesma coisa quando ele perseguia um alce — de repente, a floresta ficava em silêncio e seus sentidos se aguçavam. Quando olhou à frente, viu a menina entre as árvores, o casaco azul decorado com flocos de neve, seus cabelos de um loiro sobrenatural. Ele podia se virar, mas claro que a menina o vira também. Ela estava esperando. O menino continuou subindo a ravina, tentando avançar mais devagar do que os batimentos do seu coração.

Ela não se moveu nem falou enquanto ele ainda estava distante. A menina olhou nervosa para o cavalo, mas, quando Garrett começou a lhe dizer para não ter medo, ela se manifestou.

Foi você quem matou minha raposa.

Por um instante, Garrett não conseguiu dizer nada. Como ela sabia?

Sim, balbuciou ele finalmente.

Por que você veio aqui?

Ele podia ter lhe perguntado o mesmo. Garrett não tinha motivos para se sentir inferior.

Carcaju, disse. Estava perseguindo um carcaju.

Aqui?

Tem de haver um neste riacho. Tenho certeza.

A menina virou a cabeça de um lado e de outro. Com raiva, o coração de Garrett batia mudo.

O que você sabe?, perguntou ele. Você conhece todo o vale?

Ela fez que sim.

Por que deveria acreditar em você?

Garrett deu um passo à frente, como se fosse passar pela menina, até sentir o cheiro. Rododendros, urtiga, sabugueiro, neve fresca. Tão fraco que ele se percebeu respirando fundo, tentando absorver mais.

A menina se virou e se abaixou. Na neve, havia uma espécie de saco feito com galhos que ele não tinha notado. Ela se aproximou e começou a tirar algo de dentro. Quando o encarou, a menina segurava pelas patas dianteiras um carcaju morto. A cabeça era como a de um urso, o corpo compacto, as pernas curtas e fortes. Era um animal grande, com quase vinte quilos. Garrett hesitou e ela deveria ter sofrido com o peso do cadáver, mas facilmente o jogou aos pés dele. Atrás, o cavalo bufou e recuou.

O que é isto?, perguntou ele.

Um carcaju.

Estou vendo. O que você vai fazer com ele?

Estou lhe dando. Para você ir embora.

Garrett ficou sem palavras por um instante.

Não quero, recusou ele, mal-humorado. Não assim.

Vou tirar a pele dele para você, disse a menina, virando-se para seus apetrechos.

O quê? Porcaria, não estou falando isso. Por que você deveria me dar?

Não quero. Você quer.

Por que você o matou se não o queria?

Ele estava roubando martas e iscas. Pegue.

Garrett nunca esteve tão furioso em sua vida. Em pensar nos anos em que passava tentando encontrar um carcaju e ali estava aquela menina jogando um a seus pés como uma carcaça inútil. E o mandando ir embora. Ele se virou para o cavalo, segurou a sela e montou.

Não vai levá-lo com você? A voz da menina era aguda, mais infantil do que antes.

Garrett não respondeu. Ele balançou as rédeas e o cavalo começou a descer lentamente a ravina.

Não há outros por aqui, gritou a menina atrás dele. Só esse.

Ele não olhou para trás.

Leve com você, disse ela. Para que você não tenha de voltar.

Não quero a porcaria do seu carcaju, gritou ele. E voltarei se quiser. Você não é a dona destas terras.

Ele só olhou para trás depois de se aproximar da curva. Ao olhar, viu a menina postada no mesmo lugar, o carcaju a seus pés. Ele não tinha certeza, mas achou ter visto raiva nos lábios finos dela.

Quando acreditava já estar longe do alcance da menina, Garrett desmontou novamente. O terreno era perigoso demais para cavalgar. Por sob a neve, a água estava congelada em poças e o gelo cobria os rochedos. Ele levou o cavalo a uma abertura no riacho e o deixou beber água. Quando o animal terminou, ele se abaixou e pegou um pouco de água com as mãos e bebeu. Era uma água fria e doce que o deixou entorpecido.

Ele não pretendia voltar para casa. Garrett ainda tinha boa parte do dia à sua frente e não vira uma única armadilha.

Ele sempre respeitara o território de outros caçadores. Um solitário não muito mais velho do que Garrett tomou para si a terra ao sul da propriedade de Jack e Mabel e ele não invadia. Ele só caçava na área das armadilhas de Boyd, mesmo depois de ver que as arapucas estavam intocadas, depois que o velho lhe deu as armadilhas como herança. Um homem podia levar um tiro por roubar a caça de outro e até mesmo chegar perto do território de outro era considerado um desrespeito. Mas isso? Aquela era apenas uma menina, uma menina pegando uns coelhos. Sem esquecer o carcaju. Aquilo tinha sido sorte, claro.

Mas Garrett sabia que isso não existia — carcajus não eram pegos por sorte, e ele a vira matar o cisne. Ela era capaz.

Garrett molhou a testa com água do riacho e enxugou a mão no casaco antes de vestir suas luvas de couro. Estava começando a nevar. Ele não previra aquilo. O céu estava sem nuvens pela manhã. Ao sair para a casinha antes do nascer do sol, ele vira auroras boreais que só se exibiam em noites frias e limpas. Mas ali estava, apenas algumas horas mais tarde, a neve. Ele olhou para as montanhas, mas as nuvens baixas as haviam engolido.

— Muito bem, Jackson. Hora de voltar para casa, hein?

Ele não costumava conversar com o cavalo, mas estava incomodado. A neve caía firmemente agora e um ventinho soprava do rio. Garrett subiu na sela e por um instante ficou desorientado. O ar estava tão carregado de flocos de neve que ele só conseguia enxergar os contornos das árvores próximas.

— Vamos descer, Jackson? Nada pode dar errado indo pelo rio.

Em pouco tempo, contudo, a neve forte cegou Garrett e o cavalo avançava com dificuldade pela trilha fraca.

— Nossa! — disse ele, baixinho. — De onde veio tudo isso? — Nunca antes ele vira uma tempestade de neve cair tão rápido, do nada.

Garrett levantou o colarinho do casaco e pegou uma touca de lã de sua mochila. Ele desceu do cavalo e a neve alcançava seus joelhos.

Ela caíra rápido e ainda caía. Garrett subiu novamente no cavalo e o manobrou por entre as árvores, mas tinha perdido a noção de espaço. Ele pensava estar descendo rumo ao rio, mas agora parecia estar passando por uma ravina que daria na direção oposta. Ele tentou se lembrar do que tinha trazido consigo. Nenhuma lona. Nenhum saco de dormir. Só seus suprimentos de emergência — alguns fósforos, um canivete e um par extra de meias de lã. O almoço que sua mãe lhe preparara. Não muito mais. Ele viu a vaga silhueta de um enorme abeto e seguiu na direção dele.

Garrett podia esperar a tempestade passar ali, por um tempo. Ele quebrou alguns dos galhos mais baixos da árvore e depois usou a sola da bota para tirar a neve do tronco. Era uma espécie de abrigo. Garrett quebrou os galhos com o joelho em pedaços menores e depois tirou um pedaço da casca de uma bétula próxima. Ele tinha seu machado. Depois de acender o fogo, ele poderia pegar pedaços maiores de madeira.

Sentado de pernas cruzadas sob a árvore, Garrett pegou a casca de árvore e os galhos e riscou o fósforo, que rapidamente se apagou em meio à nevasca. Outro. Outro. Só restavam uns poucos. Por fim, ele conseguiu que um pedacinho fino da casca da bétula pegasse fogo, mas por uns poucos segundos antes de se apagar. Garrett se levantou e chutou o monte de madeira. Neve dos galhos mais altos caiu sobre sua cabeça.

— Bem, Jackson. Acho que vamos ter de continuar.

Ao andar em meio às árvores ele pensava em histórias que tinha ouvido de homens que mataram os cavalos e entraram dentro dos cadáveres para se manter aquecidos.

— Não se preocupe, Jackson. Ainda não estou tão desesperado assim.

Mas aquilo não era nada bom. Garrett sabia disso. Ele dormia ao ar livre várias noites, mas nunca tão mal preparado e em condições tão ruins. A neve se infiltrava nas aberturas da sua calça e de seu casaco. A crina do cavalo estava coberta de neve. Ele não tinha escolha — seguiu em frente sem saber a direção.

Ao se encontrar às margens do que parecia um lago congelado, um lago que ele jamais vira antes, Garrett teve medo. Desmontou e ficou ao lado do cavalo no litoral coberto de neve.

Maldição. Maldição, e ele chutou o chão. O cavalo fechou os olhos lentamente, cansado demais para se afastar.

Você está perdido.

Garrett deu um salto ao ouvir a voz, um sussurro misterioso em seu ouvido. Atrás de si, viu a menina como um fantasma na neve. Com raiva por ter se assustado, ele gritou: O que você quer?

Você está perdido, repetiu ela, e novamente sua voz foi sussurrada e estava mais perto do que seu corpo.

Não estou.

Mas ambos sabiam que ele mentia.

Você não vai encontrar o caminho para casa, avisou ela.

Não, com certeza não vou. Mas você não pode fazer nada a respeito disso.

A menina se virou e começou a se afastar.

Siga-me, ofereceu ela.

O quê?

Vou lhe mostrar o caminho.

Ele quis gritar, chutar e lutar contra aquela reviravolta absurda, mas pegou as rédeas do cavalo e seguiu a menina. Sem olhar para trás, ela seguia rápido e facilmente pela neve. Às vezes Garrett a perdia de vista, mas então ela reaparecia, esperando ao lado de uma bétula ou abeto.

Não quis que isso acontecesse, disse ela. Apesar de estar com raiva. Não queria que você se perdesse.

Bem, claro que não. Como você poderia ter culpa por isso?

A menina deu de ombros e seguiu adiante. A neve caía com menos intensidade e o céu azul reaparecera no alto. Quando as montanhas novamente se revelaram, não estavam onde Garrett achava que estariam. Onde ele teria acabado se a menina não o tivesse resgatado?, pensou ele.

Os passos da menina davam a volta em bétulas nuas e algumas vezes ela abraçava divertidamente um dos troncos ao passar pelas árvores. Ela parecia não se importar com o destino ou com onde estivera. Era como uma criança destemida brincando na floresta, apesar de ser alta e quase uma mulher, o casaco azul justo na cintura, os cabelos loiros caídos nas costas.

Você estava lá, disse, quando matei o cisne.

A menina não olhou para ele ao falar; ela correu à frente, os pés leves sobre a neve, e pelo menos por isso Garrett se sentia grato. Ele não tinha de responder. Ele simplesmente a seguia e esperava que ela nunca falasse com ele de novo. Os dois continuaram por algum tempo em silêncio.

Seu cavalo não vai aguentar muito mais, avisou ela depois de um tempo. A neve vai ficar muito funda.

Garrett parou e esfregou a nuca. De todas as coisas malditas que ela podia dizer.

Sei disso, ele falou. Acha que não sei? Preciso de cães. Mas meus pais não deixam. O Jackson é um bom cavalo. Eu o usaria por mais um tempo e depois vestiria sapatos de neve. Teria dado certo.

Se não fosse por você, quis acrescentar Garrett. Mas ele odiou o som melancólico da própria voz, como se fosse um menino mimado. Por que ele não ficava calado? Era o que um homem faria.

Aqui está, falou a menina, e apontou para as árvores. Era a casa de Jack e Mabel. Ele via os campos cobertos de neve e a fumaça saindo pela chaminé.

Garrett fez que sim e montou o cavalo. Ao descer até a clareira, virou o animal para ver a menina, seu casaco azul e cabelos loiros, mas ela tinha desaparecido.

CAPÍTULO 41

Faina chegou com um enorme cesto de galhos que trazia nas costas preso a alças feitas de pele de alce. Do lado de fora da cabana, ela o tirou dos ombros e o colocou na neve ao lado do corpo, pegou um peixe dele e o entregou a Jack.

Era a criatura mais horrível que ele jamais tinha visto. Com quase sessenta centímetros, tinha a pele escura e lisa, o corpo gordo e mole como uma lesma. O peixe tinha lábios grossos e largos, a cabeça achatada com uma protuberância no queixo. Como se fosse um gigante e malformado girino.

O que é isso?

Um lota, respondeu ela. Peguei-o pelo gelo agora mesmo. Trouxe para o jantar.

Acho que Mabel não vai querer isso na cozinha, disse Jack.

Ah.

Não, só estou brincando. Nunca vi um peixe assim antes. É seguro comê-lo?

Sim, disse ela. Eles nadam nas águas mais profundas e frias. São difíceis de pegar, mas muito bons para comer.

Bem, então acho que é melhor limpá-lo.

Ele levou a menina para trás da cabana até o riacho.

Você tem uma lontra, disse Faina, apontando para a margem oposta.

Jack viu pegadas que davam a volta numa árvore caída.

Lontra? Nunca notei.

Ela se abaixou na piscina natural, pegou uma faca da bainha na perna e abriu a barriga do peixe com um único corte.

Deixe-me fazer isso, ofereceu Jack.

Ela ficou perto do riacho, tirou as entranhas do peixe e as jogou na água. Depois, enfiou uma das mãos na cavidade do corpo e soltou o rim da espinha.

Por que o Garrett vai até as montanhas?, perguntou ela, tirando o sangue coagulado dos dedos.

Você o viu?

Sim. Muitas vezes. Por que ele vai lá?

Deve estar instalando armadilhas.

Ah, falou ela.

Você não precisa ter medo dele. Ele não vai machucá-la.

Certo, disse a menina.

Ela deixou o peixe na neve e limpou o sangue das mãos.

CAPÍTULO 42

As noites de Garrett eram assombradas pela menina. No dia em que ela o tirara da tempestade de neve, ele voltara para casa exausto, mas descobriu que não conseguia dormir, e ficou sem dormir por semanas. Ele ficava deitado na cama e pensava em seus olhos azuis e nos traços delicados de seu rosto, mas eles eram sempre escondidos pela neve que caía por seus cabelos loiros, e ele não conseguia recriá-los com clareza em sua mente. Garrett tentou se lembrar dos lábios dela. Ele se perguntava como seria tocá-los. E, mais do que qualquer coisa, ele queria se lembrar do cheiro dela, vago e tão familiar.

Ele voltou várias vezes às colinas para encontrar as pegadas dela pela neve. Garrett dizia a todos, talvez até para si mesmo, que estava caçando, mas durante dias não instalou uma única armadilha e às vezes até se esquecia de levar iscas. Ele não pensava mais no seu carcaju, só na menina, e seus olhos ficaram alertas para encontrar qualquer sinal do casaco azul e dos cabelos loiros. Garrett suspeitava de que a menina ficasse escondida, mas ainda assim voltava a procurá-la.

Como a menina previra, a neve nas montanhas logo ficou funda demais para que o cavalo andasse, então ele vestiu sapatos de neve. Às vezes ele agia como índio, dormindo sob uma tenda de lona e cozinhando numa fogueira. Aquelas noites eram as piores, porque o sono não vinha. Garrett ficava olhando para o céu negro e frio, tentando ouvir qualquer movimento. Ele tinha certeza de que a menina estava por perto, observando-o das árvores, e às vezes encontrava as pegadas dela pela manhã. Mas ainda assim ela não se revelou. Não até o dia em que ele ficou desesperado e entusiasmado ao lado das pegadas dela e a chamou pelo nome.

Faina! Faina! Só quero conversar com você. Deixa?

As árvores ficaram em silêncio. O céu estava pesado e denso com neve por cair.

Faina! Sei que você está aí. Não pode aparecer?

Estou aqui, disse ela, saindo de trás de um abeto. O que você quer comigo?

Não sei, e Garrett ficou surpreso com a própria honestidade. Ele se sentia impulsivo e destemido. Não sei, repetiu.

Ela estreitou os olhos azuis, mas não recuou.

Viu algum outro carcaju?, perguntou ele, só porque não conseguia pensar em nada melhor a dizer. A menina fez que não.

E você? Encontrou seu carcaju?

Não. Nunca, na verdade. Nunca peguei um carcaju.

Ah.

Sempre quis.

Por isso é que você está aqui?

Não.

Então por quê?

Você. Acho.

A menina se mexeu, agora alerta, mas ficou no mesmo lugar.

Desculpe por sua raposa. Não deveria ter atirado... Espere. Não vá embora. Não quer conversar comigo? Nunca conheci alguém como você antes.

Ela deu de ombros. Uma expressão curiosa apareceu em seu rosto, e ele achou que ela sorria.

Quer ver uma coisa?, perguntou ela.

Tudo bem.

A menina deu a volta num abeto e desapareceu. Com medo de perdê-la de vista, Garrett correu o mais rápido que pôde usando seus sapatos de neve. Ele a seguiu pelas árvores, em meio a aspens e amoreiras. Eles passaram da linha das árvores, onde as escarpas nevadas davam lugar aos picos rochosos. Apesar de estar ensopado de suor e de seus pulmões doerem, a menina parecia incansável. Ela esperou numa pedra assolada pelo vento até que Garrett conseguisse, sem fôlego, alcançá-la.

Faina tirou as luvas e levou um dedo à boca, silenciando-o. Depois, apontou para uma escarpa lateral. Garrett não via nada além de branco. Era humilhante. Ele sempre tivera olhos bons para a caça, mas desta vez teve de fazer não com a cabeça, porque não enxergava nada.

Ela sorriu com gentileza e se ajoelhou ao lado do rochedo. Do bolso do casaco, a menina pegou um punhado de pedrinhas arredondadas lisas, todas do mesmo tamanho, como se tivessem sido cuidadosamente escolhidas. Faina pegou uma pedra, se levantou e atirou. Garrett ouviu um gritinho e viu algo branco voando. A menina pegou outra pedra, atirou novamente, e outro pássaro foi atingido. Sem olhar para Garrett, ela correu pela colina até a presa. Um bando de lagópodes brancos lançou-se no ar ao redor dela, com um barulho ensurdecedor. Centenas — mais lagópodes do que Garrett jamais vira ao mesmo tempo — encheram os céus e se dispersaram em todas as direções, alguns pousando a poucos metros e desaparecendo, branco contra branco, outros voando desesperadamente até um promontório.

A menina correu até ele, sorrindo e segurando, pelas patas emplumadas, dois lagópodes mortos. Irritado, ele ficou com os braços cruzados. Garrett tentara o mesmo truque uma vez. Depois de atirar uma dúzia de pedras, ele mal conseguira ferir um pássaro e teve de atirar com a arma para matá-lo.

Então era isso o que você queria me mostrar?, perguntou ele.

Não. Está descansado agora?

Em vez de levá-lo para o alto da montanha, como ele esperava, a menina começou a atravessar a escarpa. Onde seus pés tocavam o chão, bolinhas de neve se formavam e rolavam pela colina, criando uma trilha. Seguir pelo terreno íngreme com sapatos de neve era difícil, mas Garrett sabia que, se os tirasse, afundaria até a cintura na neve, então ele avançou lentamente. Em pouco tempo, eles desceram por uma ravina cheia de carvalhos.

Na base de um montículo, a menina se ajoelhou e novamente gesticulou para ele ficar quieto. A neve cobria a colina, exceto por um lugar não maior do que a cabeça de um homem. Aproxime-se, disse ela com as mãos.

Era um buraco na terra, parte de uma entrada maior escondida na neve. Ele entendeu ao mesmo tempo que um tremor frio subiu pelas suas costas. A menina o levara até uma toca de ursos.

Garrett abaixou-se ao lado dela e entrou no buraco. Ele achou que tinha visto raízes e fezes, mas estava tão escuro que não teve certeza. Garrett esperava que fosse uma caverna fedida, mas só conseguia sentir o cheiro da neve e da terra e talvez de folhas úmidas e pelos. Ele não conseguia ouvir nada além de sua própria respiração.

Ele arqueou as sobrancelhas para a menina, como se dissesse: "Está aí?". Ela fez que sim, os olhos animados e as mãos enluvadas no ombro dele, como um aviso. Apesar de seu pesado casaco de inverno, ele sentia a pressão da mão dela na pele, o que o deixou meio tonto. Lentamente, eles se afastaram da toca e caminharam em silêncio até chegar ao riacho.

Ele está ali?, sussurrou Garrett. Agora?

Sim. Eu o vi abrir a toca daqui, e a menina apontou para o promontório do outro lado do rio.

Um urso-pardo?, perguntou Garrett. Ela fez que sim.

Macho?

Não. Mamãe com dois filhotes.

Não há animal mais perigoso, pensou Garrett. Ele vira ursos nas montanhas, vira seus músculos se enrijecerem nas costas corcundas, os pelos se ondulando. Sempre que via um urso, ele ficava paralisado. Mas Garrett nunca estivera assim tão perto de um urso. Só a neve o separava de uma fêmea forte e sonolenta, os filhotes ao lado, as garras compridas saindo de suas patas almofadadas.

CAPÍTULO 43

O menino estava na porta de Mabel, coberto de neve e trazendo consigo um filhote numa coleira de corda, e veio perguntando por Faina.

— Como?

— Faina? Ela está aqui?

— Por quê? Não, Garrett, não está. Mas entre.

Ele parou na porta e olhou para o cachorrinho preto e branco de orelhas caídas.

— Acho que você pode trazer seu novo amigo também — disse Mabel, apontando a porta e a fechando antes que neve demais entrasse.

O filhotinho abanava o rabo furiosamente e, quando Mabel se abaixou ao lado dele, ele tentou pular em seu colo. Ela riu e o deixou lamber seu rosto antes de se levantar e limpar as mãos no avental.

— Então você arranjou um animalzinho?

— Não. Você sabe que a mamãe e o papai não me deixariam ter cachorros de trenó — lembrou. Ele permaneceu ao lado da porta, irrequieto. — Na verdade, bem, eu o trouxe para ela.

— Para a Faina?

— Você não acha que ela vai gostar?

— Ah. Bem, sim. Acho que a maioria das crianças adoraria um filhotinho, mas não sei...

— Ela não é criança.

Seu tom de voz foi surpreendente — irritado e até um pouco na defensiva.

— Não, acho que ela não é mais criança.

Mabel tinha notado uma mudança em Faina. Seu rosto emagrecera, de modo que seus traços ficaram ainda mais belos, e seus membros se alongaram graciosamente. Ela parecia mais alta e confiante. Com quase dezesseis ou dezessete anos, supunha Mabel.

— Você a espera hoje à noite, talvez?

— Não sei. Nunca sabemos dizer quando ela aparecerá.

O filhotinho vasculhava a cabana e já deixara uma poça de urina num dos cantos, arrastara um pano pelo chão e começara a morder os chinelos de Jack ao lado do fogão. Mabel pegou uma toalha e começou a limpar a bagunça.

— Desculpe, Garrett. Não sei quando a verei e, sendo sincera, não sei se é uma boa ideia. Ela talvez não seja capaz de cuidar de um cachorrinho.

— É, sim.

— Vamos ver o que Jack pensa disso. Ele estará em casa dentro de poucas horas. Eu ofereceria deixar o filhotinho aqui até a próxima visita dela, mas acho que seria complicado.

— Posso ficar aqui com o cachorrinho? No celeiro, talvez, até ela aparecer novamente?

— Ah. Acho que sim. É o que você gostaria de fazer? Mas vai estar frio lá.

— Vou ficar bem. E ela provavelmente virá logo, não acha?

Garrett levou o filhote para fora e Mabel ficou pensando. Que reviravolta era o menino trazer um cachorrinho para Faina. Mabel duvidava que a menina viria se soubesse que Garrett estava ali. Faina nunca os visitava com estranhos por perto. Por quanto tempo Garrett ficaria esperando por ela?

— Garrett está aqui? — perguntou Jack à noite. — Vi o cavalo dele no celeiro.

— Sim. Ele trouxe um presente para Faina.

— Faina? Que tipo de presente?

— Um cachorrinho.

— Um cachorrinho?

— Sim. Garrett disse que é um husky, um que pode ser treinado para puxar trenós.

— Um cachorro? Para Faina?

Ele pareceu intrigado. Depois riu.

— Um cachorrinho!

— Você acha que é uma boa ideia?

— Claro. Ela precisa de um amigo.

— Mas ela vai conseguir cuidar dele?

— Ah, claro que vai conseguir. Vai ser bom para ela.

— Tem certeza?

Jack deve ter notado o tom de voz ansioso dela, porque a olhou com mais atenção.

— Ela está sozinha, Mabel. Você tem de ver isso. Indo de um lado para o outro... incomodada na nossa casa, sozinha na floresta. Aposto como ela nunca teve um cachorrinho feliz por perto.

Mabel se sentiu tentada a explicar outras reservas que tinha quanto a Garrett e seu comportamento estranho, mas ela não conseguiu encontrar palavras para se expressar e sabia que pareceria amedrontada e tola.

Quando Faina bateu à porta mais tarde naquela noite, Jack, Mabel e Garrett estavam no chão com o cachorrinho, jogando um trapo pela cozinha. Ao ouvir as batidas, Garrett se levantou.

Mabel abriu a porta e ficou se perguntando se Faina desapareceria ao ver que tinham companhia, mas a menina só ficou ali, sem tirar o chapéu e o casaco. Ao ver Garrett, ela arregalou os olhos.

Aqui, menina, chamou Mabel. Deixe-me tirar seu casaco. Começou a nevar de novo?

Apesar de Faina não ter respondido, ela tirou o chapéu e o casaco, o olhar fixo em Garrett.

Você se lembra do Garrett, não? O filho da Esther e do George? Ele esteve aqui no inverno... Ele... Bem, ele lhe trouxe algo.

Garrett estava segurando o filhotinho pela coleira, mas agora tirou a corda do pescoço do bichinho. O cachorrinho saiu correndo em direção a Faina, o rabo balançando, a língua para fora. A menina recuou até ficar prensada contra a porta, com o cachorro pulando nela.

Está tudo bem, menina. É só um cachorrinho, falou Mabel. E diria que ele gostou de você.

Ele não vai morder. Prometo, disse Garrett.

Ele se ajoelhou aos pés de Faina e pôs as mãos no cachorro para que o animal se acalmasse.

Está vendo? Ele só quer brincar. Ele é novinho, só tem uns meses.

Garrett estendeu o braço, segurou a mão de Faina e a pôs sobre a cabeça do cãozinho.

Aqui está. Você pode acariciá-lo.

O cachorrinho lambeu os dedos da menina, e Faina riu.

E então? Gosta dele?, perguntou Garrett. Faina fez que sim, sorrindo e deixando o cachorro lamber seus dedos.

Porque ele é para você.

A menina olhou para Mabel e para Garrett, a testa franzida.

Isso mesmo. É seu, disse Garrett. Sei que não é como sua raposa. Pensei em pegar uma raposa para você, mas acho que um cachorrinho seria melhor.

Faina pôs as mãos abertas no rosto do cachorrinho, que se esfregou tanto nelas que parecia estar rindo.

Você tem de alimentá-lo regularmente, disse Jack pela primeira vez. Ele estava com uma expressão feliz e os braços cruzados. Só o alimente com o que estiver comendo e ele ficará bem.

E estava pensando que talvez você pudesse dormir com ele dentro do seu casaco, até ele ficar maior, acrescentou Garrett.

Faina ainda acariciava o cachorro, completamente alegre. Mabel esperou que ela dissesse obrigada ou fizesse uma pergunta, mas a menina estava em silêncio.

Você não precisa ficar com o cachorro, se não quiser.

Ao dizer isso, Mabel percebeu que era ridículo. Faina não iria embora sem o cachorro.

Você terá de pensar num nome, então, se vai mesmo ficar com ele, sugeriu ela.

Faina fez que sim, empolgada como uma criança preparada para prometer qualquer coisa a fim de ficar com o bichinho.

Este é um cachorro de trenó, sabia, Faina?, comentou Jack. Ele pode transportar carga ou puxar trenó. E esses cachorros adoram a neve. Ele vai a todos os lugares com você. Leve-o para o jardim e você verá o que estou querendo dizer.

Jack abriu a porta e o cachorro saiu para a neve. Faina e Garrett o seguiram, abotoando os casacos ao correr. Jack fechou a porta e foi até a janela para olhar com Mabel. A luz do lampião se derramava para fora, e perto das árvores ele via Garrett e Faina jogando neve no cachorrinho e correndo ao persegui-lo.

— Você tem certeza de que é uma boa ideia? — perguntou Mabel.

Jack fez que sim e a apertou nos ombros. Mas ela viu que ele pensava no cachorro, e não era exatamente a isso que Mabel se referia.

Nas semanas seguintes, Garrett, Faina e o cachorrinho andaram pela neve e pelas árvores do lado de fora da cabana. Geralmente, Garrett chegava mais cedo com alguma desculpa de trazer um pote da geleia da mãe ou um cabo de machado para Jack. Depois inevitavelmente Faina e o cachorro surgiam da floresta. Os olhos azuis da menina estavam reluzentes de alegria, apesar de Mabel se sentir apreensiva. Ela tentava aproveitar as tardes quando todos entravam na cabana, o cachorrinho deitado ao lado do fogão, Garrett e Faina comendo torta na mesa da cozinha. Isso também fazia parte da vida que um dia Mabel esperou viver — crianças dançando do lado de fora da janela, crianças em segurança à mesa. Ela tentava, assim como fizera durante a colheita, quando ela e Jack trabalharam juntos, aproveitar cada gotinha de prazer daquele instante, sabendo que podia não ser duradouro.

Garrett logo elaborou um plano para treinar o cão, e Mabel brincou dizendo que esta teria sido a motivação dele desde sempre, ter ajuda ao criar o cachorro de trenó. Ele riu, mas disse que sabia que o filhote tinha nascido para a neve. Da vez seguinte que veio, Garrett trouxe um trenó de madeira que construíra e rédeas que fizera com corda e couro. Como o cachorro não estava crescido, ele puxaria o trenó vazio. Mabel ficou olhando enquanto o cachorrinho saía correndo para o rio, o trenó balançando atrás, e Garrett e Faina o perseguindo. Eles ficaram afastados por um tempo, tempo o bastante para Mabel começar a se preocupar. Quando Jack voltou do celeiro, ela disse que estava preocupada.

— Eles estão bem, Mabel. São duas crianças que conhecem estas terras melhor do que ninguém. Viu aquele cachorro correndo? Ele será um belo cão para Faina.

Garrett voltou sozinho pouco antes do pôr do sol.

— Amanhã levaremos o cachorro para um passeio mais demorado, rio acima. Vamos nos encontrar aqui pela manhã. Posso dormir no celeiro esta noite?

— Claro — disse Jack. — Parece que você encontrou um belo husky.

— Sim. Ele aprende rápido e adora trabalhar.

— Amanhã? Vocês subirão o rio o dia todo? — Mabel apertava as mãos como uma avó, velha e inquieta.

Na manhã seguinte, ao dar a Garrett o almoço que tinha preparado para os dois, incluindo um pedaço de carne de alce para o cachorrinho, Mabel não conseguiu ficar calada.

— Garrett, prometa-me uma coisa — começou ela, quase sussurrando. Jack não precisava ouvir o que a esposa tinha a dizer.

— Claro. O quê?

— Prometa-me que você não vai fazer uma fogueira.

— Uma fogueira?

— Sim. Quando você parar para o almoço e se ficar com frio. Prometa que você não fará uma fogueira, mesmo que com gravetos.

— Mas por quê?...

— Isso é importante — disse Mabel, e conteve a vontade de estender os braços e chacoalhar o jovem pelos ombros. — Prometa que você jamais permitirá que Faina se aproxime do fogo.

Ao perceber a mulher falando mais alto, Jack levantou a cabeça dos papéis que lia à mesa, mas, distraído, voltou à leitura. Mabel se acalmou.

— Sei que parece um pedido estranho, mas você me promete?

Garrett a olhou carinhosamente e, por um instante, ela quis lhe dizer a verdade. Talvez Mabel e Garrett pudessem rir da improbabilidade de tudo, mas talvez tudo pudesse dar errado.

— Não entendo, mas prometo — garantiu Garrett, sincero. — Jamais deixaria que algo acontecesse a Faina. Vocês deveriam saber disso.

E, na expressão dele, Mabel viu que Garrett acreditava no que dizia.

CAPÍTULO 44

A toca do urso foi um presente que Faina lhe dera deliberadamente e meio que compreendendo o que se passava no coração dele. Garrett levou algum tempo para pensar num presente igualmente importante e no começo teve medo de que o cachorro fosse um erro. Ele não previra que a menina pudesse ficar com medo do filhote.

Semanas mais tarde, ele se sentiu mais confiante com sua escolha. O cachorrinho crescia bem sob os cuidados dela e seu pelo estava grosso e brilhante. Ele olhava atentamente para Faina com um olho azul e o outro olho castanho. Quando achava que ela tinha desaparecido, o cachorro se sentava e esperava como um cão velho. Quando ela reaparecia, o cachorrinho saltava e latia. Ela ainda não tinha lhe dado um nome, mas o chamava facilmente com um assobio.

E Faina — ela tinha se transformado. Sempre quieta e séria perto de Garrett, agora ela ria e dançava. Ela e o cachorrinho se perseguiam em círculos cada vez menores até que a menina caía rindo na neve e o cachorro subia nela. Ao se levantar novamente e tirar a neve de seus cabelos longos, Faina às vezes pegava Garrett pelo braço e o puxava em meio às árvores, correndo atrás do animalzinho, e era como se ele estivesse num sonho branco de neve. Nesse sonho, ele às vezes beijava os lábios secos e frios dela.

Agora, ao subirem o rio Wolverine, o sol se refletia na neve e em todos os galhos e folhas mortas cobertos de geada. O ar queimava os pulmões de Garrett e a pele exposta de seu rosto doía no frio. Apesar de caminharem num ritmo firme, ele sentia os pés semicongelados. Faina e o cachorro corriam à frente e esperavam por Garrett. Quando pararam para almoçar no alto de tocos de madeira, ele pensou em fazer uma fogueira para se aquecerem, mas então se lembrou do pedido de Mabel. Eles comeram sanduíches frios e deram ao cachorrinho seu pedaço de carne de alce congelada.

Podemos voltar agora, sugeriu Garrett quando terminaram de comer.

Não, só mais um pouco. Por favor?

Então eles continuaram para o norte, às vezes cruzando canais congelados, às vezes andando em meio às árvores das margens. O leito do rio estava livre da neve e Garrett via bem onde o gelo azulado havia se acumulado e congelado nos lugares mais sombreados e profundos. Em alguns lugares ele hesitava pisar, mas Faina o estimulava a seguir em frente. Ele acreditava nela, confiava que ela soubesse onde o gelo estava fraco e forte, e sempre chegava em segurança do outro lado.

Ao chegar à curva, Garrett percebeu que era o mais distante que viajara rio acima. Ao redor, o vale se abria e, ao longe, brilhavam montanhas de gelo azul. Era a fonte do rio — uma geleira espremida entre montanhas brancas. A quilômetros de distância, os picos rochosos pareciam oscilar sob o sol como uma miragem perto e longe, real e irreal.

Venha!, chamou Faina, e ela e o cachorro saíram correndo pelos montes de neve e numa faixa de choupos ao longo do rio. Garrett tentou seguir, mas não conseguia manobrar com tanta facilidade entre as árvores incrustadas na neve. Passando com dificuldades por um arbusto, ele só viu a menina quando ela estava diante dele. Ela envolveu o tronco da árvore com o braço e o choupo cedeu ao seu peso. Ela se soltou dos galhos e olhou para Garrett com um olhar que ele não compreendia. Depois Faina se aproximou e ele sentiu o hálito frio dela contra sua pele. Como uma lebre assustada, Garrett não se moveu, não antes de os lábios dela tocarem os dele.

O rosto dela era tão liso e estava tão frio contra o dele, e Faina tinha aquele cheiro que durante todo o inverno o assombrara —

ervas alpinas e pedra molhada e neve fresca. Ele lentamente a abraçou e a puxou para mais perto. Garrett tirou uma luva e pôs a palma da mão nos cabelos dela, algo que agora ele sabia que queria desde que colocara os olhos nela pela primeira vez, no dia em que ela matou o cisne. O corpo dela era delicado, mas firme, vivo e frio, algo diferente de tudo o que ele sentira antes.

Você é quente, sussurrou ela contra seus lábios.

Garrett deixou que sua boca descesse até o pescoço dela, subindo até a orelha, e soube que podia se perder naquele lugar onde seus cabelos loiros se encontravam com a pele macia. Ele podia muito bem se perder na maciez clara dela, nos dedos finos, nos olhos grandes e azuis.

Ele queria deixar que seus joelhos cedessem e deitar-se com ela na neve, mas não fez isso. Garrett ficou de pé, um braço ao redor da cintura dela, o outro atrás de sua cabeça, o rosto contra seu pescoço.

Foi ela — Faina ergueu os braços e começou a desabotoar os botões prateados do casaco.

Não, não, murmurou Garrett.

Por quê?

Você vai ficar com muito frio.

Ela não falou, só continuou a desabotoar o casaco. Garrett jogou a outra luva no chão e pôs as mãos sob a lã, a pele áspera raspando no forro de seda. Uma onda de culpa o atingiu, culpa de que aquilo que estava fazendo era de alguma forma errado, mas era tarde demais. Ali, junto do peito delicado de Faina... Ali, contra seu coração... Ali, ele se perdeu.

CAPÍTULO 45

— Estou incomodada, Jack.

Ele sentiu a chegada daquilo. A forma como Mabel olhava pela janela, mordendo o lábio e suspirando ao varrer e lavar. Por que ela sempre esperava as refeições para expressar suas preocupações era algo que Jack jamais compreendera.

— Hem? — Ele pôs alguns feijões no prato.

— Estou preocupada com as crianças... Bem, é isso, não? Elas não são mais crianças. Um jovem e uma moça, diria.

— Hum.

— Está me ouvindo, Jack?

Ele passava manteiga no pão, mas fez que sim com a cabeça.

— Bem, é que... Eles parecem estranhamente próximos, não acha? Passam tempo demais juntos, só os dois, e não sei se é apropriado. Considerando a idade deles.

— Hum.

— Jack, pelo amor de Deus! Você ao menos sabe de quem falamos? Está ouvindo o que digo?

Ele deixou sua faca e garfo de lado e olhou para Mabel.

— Não estou comendo meu jantar, estou?

— Desculpe. É só que... São Garrett e Faina. Acho que pode ser... Bem...

— O quê?

— Você não notou? O tempo todo que passam juntos? Como andam de braços dados?

— São apenas jovens. É bom vê-la com um amigo.

— Mas, Jack, eles não são mais crianças. Você não vê? Faina deve ter dezesseis ou dezessete anos agora, e Garrett tem quase dezenove.

Isso o surpreendeu, como o tempo tinha passado. Faina era uma criancinha quando apareceu pela primeira vez na porta deles, e ontem mesmo Garrett era um menino de treze anos interessado apenas em armadilhas e não muito mais.

— Acho que você tem razão, Mabel. Os anos passaram despercebidos por mim. Mas não me incomodaria. Garrett não é do tipo que sai atrás de meninas. E o namoro está longe ainda para os dois.

— Não, Jack. Você está enganado.

— Nós tínhamos quase o dobro da idade deles quando começamos a namorar.

— Mas foi algo incomum. Minha irmã mais nova se casou com a mesma idade de Faina.

Jack olhou para seus feijões frios e seu pão duro. A tendência de Mabel para inventar problemas presentes e futuros o incomodava. Às vezes, ele queria apenas comer seus feijões quentes e seu pão fresco e deixar as preocupações para lá.

— Desculpe, Jack. Talvez não seja nada. Só parece perigoso eles passando tanto tempo juntos sozinhos. E vi as mudanças em Faina, algo que não sei explicar. Mas o que podemos fazer? Não que possamos proibi-la. Ela não é nossa filha, não é mesmo?

Aquele último golpe teve efeito. Quantas vezes Jack dissera aquelas mesmas palavras? Faina não era filha deles. Eles não podiam determinar sua vida. Só podiam ser gratos pelo tempo que tinham com ela. E aquilo de Faina correr para a floresta com o menino, aquilo incomodava como uma pedra no sapato. A princípio não era nada além de um incômodo, mas por fim foi capaz de feri-lo.

Durante dias, Jack não pensou em outra coisa. Quando era jovem, ele ignorava as meninas. Enquanto seus amigos se arrumavam todos os fins de semana para bailes, ele estava mais interessado em passar as noites fazendo algum projeto de marcenaria ou cuidando de um cavalo. Claro que ele beijara algumas meninas atrás do celeiro, mas só quando se sentia pressionado, e ele se perguntava o que havia de diferente em Mabel que chamara sua atenção. Ela era quieta e cuidadosa e preocupada, e a princípio não demonstrou interesse por ele. Com o tempo, porém, eles forjaram um afeto que era também quieto e cuidadoso, e às vezes reservado.

Então Jack pensava que com Garrett se daria o mesmo. Esther brincava dizendo que não havia ninguém naquela terra de Deus que estivesse disposta a enfrentar aquele menino teimoso. Enquanto os irmãos mais velhos se apressaram em casar com meninas bonitas e risonhas, Garrett tendia a se manter reservado. Jack suspeitava que, talvez depois de muitos anos, uma mulher com um temperamento improvável surgiria e seria a companheira perfeita para Garrett.

Mas Faina? Impossível. Não importa sua idade, ela era como uma criança, pura e frágil. Garrett era decente demais para deflorá-la.

Então Jack ficou olhando os dois, como ficavam perto para que seus braços se tocassem ao falar, como se davam as mãos ao se despedir. Uma noite, na cama, Mabel deu a notícia, e em sua voz ele percebeu desprezo e medo.

— A Faina não vai embora. Ela diz que ficará durante o verão.
— O quê?
— Você me ouviu. Ela não vai nos deixar quando a neve derreter.
— Por quê?
— Você tem mesmo que perguntar?
— O que ela lhe disse?
— Ela diz que Garrett quer levá-la para pescar salmão e para caçar caribu na tundra. Ela diz que vai ficar por todo o verão.

Jack não entendia por que aquilo o deixava tão nervoso. Não era o que eles queriam? A menina ficaria com eles o ano todo e durante os longos meses de verão eles não teriam de se preocupar com a segurança dela. Mas não era isso o que ele queria. Jack sentia falta de Faina, mas gostava de pensar nela nas montanhas, longe do sol quente e do vale infestado de mosquitos.

— Sabe o que isso significa, Jack?

Ele não disse nada.

O sol surgiu e a neve começou a derreter, primeiro nas calhas e nos galhos das árvores, depois pelas encostas das montanhas. A primavera chegou rápido e quente, e o rio se rompeu com um estrondo veloz. Jack disse a Mabel que ia ver o gelo nas corredeiras, mas na verdade os estava seguindo. Garrett já morava no celeiro, apesar de a estação de plantio estar distante, e naquela manhã o menino acordou mais cedo e se encontrou com Faina e o cachorro no jardim. Eles nem foram à cabana dar bom-dia a Jack e Mabel e perguntar como estavam; eles simplesmente saíram pela trilha rumo ao rio.

— Volto logo — disse Jack. Ele evitou o olhar de Mabel. Pelas manhãs ela ficava encolhida, falando pouco e se movendo rapidamente pela cabana. Enquanto ele vestia o casaco, ela segurou uma de suas mãos. Mabel olhou para ele como se fosse dizer algo, mas só o beijou no rosto.

Apesar de o jardim e a estrada principal estarem enlameados, a trilha que dava no rio estava mais agradável e serpenteava entre abetos. O terreno estava seco e cheio de musgos e raízes. Um esquilo fez barulho no alto de uma árvore, mas Jack não conseguiu vê-lo por causa da luz do sol. Aqui e ali, porções de neve ainda estavam presas à terra. Cornisos e samambaias floresciam no solo úmido. Em pouco tempo, ele ouviu o trovejar do rio e, ao se aproximar da água, Jack viu brotos de salgueiro. Ele foi pegar alguns brotos para Mabel, mas se lembrou do que fora fazer ali e seguiu em frente.

Ele esperava encontrá-los nas margens do rio, atirando pedras na água ou enfiando um galho na boca de um sapo. Eles não estavam ali, então Jack seguiu pela trilha ao longo do rio e em meio aos arbustos até chegar a um terreno elevado e a outra floresta de abetos. Ali as árvores eram mais altas e espessas, e a terra era sombria e mais silenciosa. Jack mantinha os olhos baixos para não tropeçar nas raízes, e seu olhar encontrou florzinhas cor-de-rosa florescendo em meio ao musgo e às folhas de abeto. Sandálias de fadas — era como Mabel as chamava. Uma vez ele pegou um buquê de orquídeas silvestres e ela o repreendera, dizendo que eram flores raras e que colhê-las significaria a morte da planta.

Ele deu a volta nas flores. A trilha levava a nada, até que Jack ouviu vozes. Ele podia gritar e alertar de sua presença, mas não faria sentido. Ele estava ali para espiá-los, e estava cansado daquilo.

Jack os encontrou deitados sob uma das árvores maiores, os casacos sob seus corpos como cobertores. Era um lugar lindo; o sol brilhava entre os galhos e inundava o terreno, e o ar cheirava a pinheiros. Ele olhou tempo o bastante para entender o que via e depois desviou o olhar e se sentiu tão afetado pela vergonha e pela raiva que mal conseguiu encontrar o caminho de casa.

Parecia ter passado muito tempo desde que Jack saíra, e Mabel se aproximou e se afastou da janela mais vezes do que era capaz de contar. Ela cometera um erro ao lhe dizer. Ela deveria ter deixado de lado suas preocupações e conversado francamente com a menina. Agora era tarde demais.

Quando Jack apareceu no jardim, a princípio ela se sentiu aliviada. Ele estava sozinho. Então Mabel notou como ele caminhava ereto para o celeiro, como chutou a porta e a fechou com um baque, virando-se como se não soubesse para onde ir e o que fazer. Jack foi até a pilha de lenha e pegou o machado. Meu Deus, pensou ela, ele vai matar Garrett. Mas ele começou a cortar lenha, uma depois da outra, e Mabel quase se acalmou. Garrett havia cortado lenha o suficiente no inverno passado para que eles passassem anos sem precisar fazer aquilo. Jack não estava trabalhando — estava descarregando sua raiva. Ela quis se aproximar e lhe falar sobre o afeto verdadeiro que vira na expressão do menino e que vira Faina puxá-lo pelo braço. Agora ela percebia que, a despeito de tudo o que Jack dissera sobre a menina não ser filha deles, ele via a situação como pai.

Mabel não notou quando Garrett surgiu de entre as árvores, mas, quando deixou de ouvir o golpe ritmado na madeira, olhou pela janela e viu os dois homens ao lado da pilha de lenha. Ela não conseguia ouvir as palavras, mas ambos falavam — primeiro Jack, depois Garrett. Jack gesticulava e Mabel viu o menino baixar os ombros. Depois ele ficou ereto novamente e falou animadamente. Mabel estava na janela, uma das mãos no vidro. Depois, aparentemente sem aviso, Jack deu um soco na cara de Garrett e o derrubou no chão.

Talvez tenha sido um engano. Ela nunca vira Jack bater em ninguém e rezou para ter interpretado mal a cena. No entanto, quando Garrett se sentou, esfregou a mandíbula com as costas da mão. Jack estendeu a mão, talvez para ajudar o menino a se levantar, mas o jovem recusou e ficou de pé sozinho.

Quando Jack entrou na cozinha, nem ele nem Mabel disse nada. Ela o levou até a bacia, onde molhou os nós dos dedos inchados do marido e os envolveu numa toalha úmida. Lá fora, ela ouviu o cavalo de Garrett trotar no jardim.

CAPÍTULO 46

Neste verão desceremos o rio rumo ao oceano.

Desceremos?

Ali é que vamos pescar salmão recém-saído da água salgada, quando ainda são prateados. Vamos fazer uma fogueira e dormir na areia. Talvez até alcancemos o mar.

Nunca estive lá.

É enorme.

Eu sei. Eu o vi das montanhas.

Sabe o que mais faremos?

Faina apoiou a cabeça no peito dele. Não, disse. O que faremos.

Vamos nadar no rio. Vamos tirar todas as roupas e nadar nus no rio.

Você não vai passar frio?

Não. Tem umas piscinas naturais onde a água é mais parada e se aquece ao sol. Elas são claras e azuis. Você vai ver. Vamos nadar e flutuar de costas e, quando mergulharmos a cabeça, vou beijá-la. Assim.

Era como uma sede horrível. Ele podia beber e beber dela e nunca se saciava.

Quando estavam juntos, andando pelo rio ou subindo um afluente, conversavam sobre tudo o que sabiam. A cor dos olhos dos lobos.

Como caçar arganaz em meio ao gelo. Onde os gansos fazem ninho e onde ficam as tocas das marmotas. O som da manada de caribu correndo pela tundra. O sabor dos mirtilos alpinos e dos brotos de abetos.

Eles estudavam a lama nas trilhas, apontavam pegadas e lhes davam nomes. Garrett tentou ensiná-la a mugir como um alce macho apaixonado. Faina tentou ensiná-lo a cantar como os pássaros canoros. Depois eles riam e se perseguiam em meio às árvores até encontrar uma com galhos largos e uma cama de folhas embaixo. Ali, deitavam-se e saboreavam os lábios e olhos e corações um do outro.

E, quando se separavam, Garrett sentia que estava morrendo de sede.

CAPÍTULO 47

— Então acho que é isso — disse Jack. Ele tirou a fuligem das mãos. A seus pés havia uma pilha de cinzas que limpara do fogão. — Acho que acabamos com ele. Não veremos aquele menino por aqui novamente.

— Você não sabe — retrucou Mabel.

— Sei. Ele não voltará. Hora do plantio e eu estarei lá fora quebrando minhas costas, tentando terminar o trabalho. E onde está ele?

— Acho que você o subestima.

— Vamos ver. — Ele bateu na chaminé e ouviu a crosta cair. Então Jack a tirou do fogão e a pôs no monte de sujeira.

— Ele é o mesmo jovem que conhecemos desde sempre. Só está apaixonado.

— Vamos ver.

O cavalo se fora. Jack fechou e abriu a porta do celeiro novamente, pensando ter ficado louco, mas não, o cavalo não estava mesmo ali. Ele atravessou o celeiro e foi até o pasto e viu, ao longe, que o portão estava aberto.

Ele estava atrasado para dar comida e água ao cavalo. Jack pretendia trabalhar no campo logo depois que o sol nascesse. Era fim de maio e o solo finalmente estava começando a secar. Vários dos maiores campos precisavam ser arados. Mas as costas dele estavam mais duras que o normal naquela manhã, então Jack ficou fazendo coisas lentamente na cabana por várias horas.

Atravessando o pasto, Jack notou pegadas de botas na lama. Ele fechou o portão e seguiu as pegadas até o campo mais próximo, se perguntando se deveria voltar e pegar uma arma.

Cegado pelo sol, Jack não conseguiu ver. Ele ficou ali na beirada do campo e protegeu os olhos com as mãos.

Garrett estava arando a terra, passando o arado na extremidade da clareira.

Ele achou que o menino tivesse assentido com a cabeça em sua direção, mas daquela distância era impossível ter certeza. Jack começou a acenar, mas enfiou a mão no bolso. Deu meia-volta e foi para casa.

— Já voltou?
— O cavalo sumiu. Fui procurá-lo.
Mabel arqueou as sobrancelhas.
— E? Encontrou?
— Sim, encontrei.
— Bem?
— Garrett está com ele. Está arando o campo.
— Ah, é mesmo? — Mabel ficou séria. Talvez estivesse tentando não sorrir. Talvez estivesse tentando não dizer "eu avisei".
— Eu sei, eu sei. Você bem que avisou.
— Eu só tinha fé nele. Ele é um jovem que honra suas obrigações.
— Bem, quando ele vier almoçar, diga que o campo norte precisa ser refeito. Estava muito enlameado quanto tentei ará-lo.
— Você mesmo pode lhe dizer — replicou Mabel carinhosamente.
— Não, aí é que você se engana.
Mabel suspirou.
— Não serei sua mensageira para sempre, você sabe. Vocês dois terão de conversar algum dia.
— Vamos ver — disse Jack.

CAPÍTULO 48

Uma névoa fria pairou sobre a manhã de primavera, mas eles saíram da cabana porque a menina era como um animal preso, tenso e arisco. Mabel sabia que havia algo de errado e que Faina poderia lhe dizer se elas saíssem para uma caminhada, só as duas. Elas seguiram pela estradinha ao redor dos campos, lado a lado, quando as palavras verteram dela.

Estou morrendo?, perguntou a menina sem olhar para Mabel.

Por que você diz isso?

Estou sangrando. Durante meses, ia e vinha, e eu me contorcia de dor.

Por que você não me disse? Não, a culpa é minha. Deveria ter conversado com você. Você voltou a sangrar?

Achei que estava melhor porque o sangramento parou e não voltou. Mas agora acordo e como e não consigo manter nada na barriga. E o dia todo só quero ficar deitada, dormindo.

Mabel finalmente entendeu; ela levou a menina até a mesa de piquenique e se sentou num banco.

Você terá um bebê, você e Garrett. Você está carregando o filho dele.

A névoa caiu sobre o leito do rio e era possível ver a respiração delas soprada em nuvens que saíam de seus lábios. Rígida e com as costas retas, Faina se levantou e ficou olhando para as montanhas.

Sei que você está com medo, menina, mas você vai conseguir. Acredito em você.

Como? O que sei sobre bebês ou mães?

A menina se virou para Mabel e seus olhos exibiam uma dor desesperada.

Você!, disse ela de repente. Você deve saber algo sobre bebês. Por favor. Você tem de fazer isso. Pegue-o e seja a mãe dele.

Mabel pôs as mãos no colo.

Durante anos, seus braços doeram de ansiedade. Era uma autoindulgência que ela não costumava se permitir, mas às vezes ela se sentava numa cadeira, fechava os olhos, cruzava os braços sobre o peito e se imaginava segurando um bebezinho — o calor dele contra seu corpo, a cabecinha cheirando a leite e talco, a pele mais macia do que pétalas de rosa. Ela observava outras mulheres com crianças e às vezes entendia o que tanto queria: a permissão infinita — não, a necessidade absoluta — de abraçar e beijar e acariciar a pessoa. Segurando crianças em seus braços, mães distraidamente levavam os lábios à testa dos bebês. As mães os despenteiam ou os pegam no colo e os beijam com força no rosto e pescoço até que as crianças gritem de prazer. Em que outro momento da vida uma mulher podia amar tão abertamente e com tamanho abandono?, pensava Mabel.

Então agora um bebê, ou ao menos o potencial de um bebê, aparecia inesperadamente diante de Mabel e ela se sentia tentada a aceitá-lo como um presente. Talvez fosse o destino. Tudo levara a este momento quando finalmente os desejos de Mabel eram atendidos.

E era a coisa certa a fazer, não? Como uma menina que vivia sozinha na natureza, ela mesma uma criança, podia manter um bebê quente e seguro e bem cuidado? Enquanto ela e Jack, por mais velhos que fossem, eram bem capazes de criar um bebê. Eles tinham um lar, um meio de sobrevivência. A criança teria de ter uma cama para dormir e comida quente no prato. Quando chegasse a hora, a criança poderia ir para a escola na cidade e fazer ditados e desenhar imagens lindas e tolas para eles.

Mabel se permitiu sonhar acordada, mas desistiu. Por mais que quisesse muito um bebê, não poderia ficar com aquele. Aquele era o bebê de Faina, pelo menos foi disso que ela se convenceu.

A menina estava prestes a correr como fizera tantas vezes antes. Para a floresta. A natureza. Longe. Mabel a segurou pela mão, cuidadosamente pedindo que ela se sentasse a seu lado.

Você não pode fugir, menina. Não disso. Está dentro de você.

Os dedos finos de Faina, como ossinhos brancos de um passarinho, estavam pousados na mão de Mabel. Como as mãos da menina eram diferentes daquelas mãos ásperas, quentes, pesadas e manchadas pela idade.

Você terá ajuda, disse Mabel, baixinho. De todos nós. Eu e Jack. E Esther. Ela é a mulher mais generosa que conheci e vai adorar ajudar. E Garrett também.

A menina olhou para baixo.

Vou lhe dizer, Faina. Agora que você entende o que está acontecendo, que vocês dois criaram uma criança crescendo dentro de você. Agora que você sabe, tem de contar a ele.

Ele vai ficar com raiva.

Não. Não vai. Vai ficar assustado, como você, mas não terá raiva. Ele a ama. E acredito nele, assim como acredito em você.

Faina a deixou sentada sozinha na mesa de piquenique e Mabel tremeu dentro do casaco, cruzando os braços. Era um gesto egoísta e solitário, o de abandonar uma criança. Faina, uma coisinha assustada, desapareceu na floresta, e Mabel ficou com raiva da injustiça da situação — o fato de ela querer tanto um bebê que lhe foi negado e de essa menina jovem ter sido amaldiçoada com uma criança que talvez fosse um fardo que ela não poderia suportar.

— Faina está grávida.

Mabel sabia que era um hábito horrível esperar o jantar para dar as más notícias a Jack, mas aquele era um dos raros momentos que tinham juntos. Desta vez, porém, ela teve medo de matá-lo sem querer. Ele engasgou, tossindo até que seu rosto ficou assustadoramente roxo. Demorou tanto que ela se levantou, preparada para golpeá-lo nas costas e tirar o objeto da sua garganta, mas Jack conseguiu parar e respirar. Ela esperou que ele falasse, mas o marido não disse nada.

— Ela está grávida, Jack.

— Eu ouvi.

— Então...

— Então?

— Bem, não tem nada a dizer?

— O que há para dizer: A culpa é toda nossa. Ela era a mais inocente das crianças e só nós dois podíamos protegê-la. Deixamos que isso acontecesse.

— Ah, Jack. Por que sempre alguém tem de ter culpa?

— Porque sim.

— Não. Às vezes as coisas acontecem. A vida nem sempre é o que planejamos ou esperamos, mas não precisamos ter tanta raiva, não é?

Ele continuou comendo, mas sem prazer, pelo que Mabel via. Era como se ele estivesse forçando a comida. Por fim, Jack desistiu e afastou o prato.

— Vai ter um casamento, suponho. — A expressão de nojo não saía de seu rosto.

— Ah. Bem. Ninguém falou disso.

— Vai haver um casamento. — E foi uma afirmação dura e clara que não dava espaço para discussão.

— Vamos ter de dar a notícia a Garrett e Faina, então. — E ela sorriu ironicamente para o marido. — Mas concordo. É a única forma.

Foi só naquela noite, deitada na cama e pensando no casamento, que Mabel se lembrou do conto de fadas. Ela saiu da cama e, descalça, acendeu um lampião e foi até a estante. Ela tirou os desenhos de dentro do livro ao abri-lo sobre a mesa e depois folheou as ilustrações até encontrar uma de que se lembrava. Era um campo no meio da floresta, cheio de folhagens e flores. A donzela de neve, o vestido branco brilhando com as joias e a cabeça coroada com flores silvestres, estava ao lado de um belo jovem. A Fada da Primavera estava diante deles, realizando a cerimônia de casamento. No alto, o sol brilhava intensamente.

Mabel quis fechar o livro, jogá-lo no forno e vê-lo queimar. Em vez disso, porém, ela virou as folhas até chegar à ilustração que temia. Havia uma coroa de flores silvestres, não mais na cabeça da menina, e sim florescendo na terra como se marcasse um túmulo. Ela levou a mão à boca, mas era desnecessário. Mabel não fez nenhum barulho.

Jack se mexeu na cama. Mabel reuniu os desenhos e os devolveu ao livro antes de colocá-lo na estante. Demoraria muito até que ela o visse novamente, e jamais falaria sobre aquilo.

CAPÍTULO 49

Jack estava calmo. Ele não podia voltar no tempo, mas ao menos tinha um plano.

Tudo começou quando Garrett se aproximou dele dias depois das notícias de Mabel a respeito de Faina. Jack achou que o jovem tinha vindo terminar a briga e acabar com o relacionamento entre eles. Em vez disso, Garrett se aproximou com o chapéu nas mãos.

— Estou aqui para pedir permissão para me casar com Faina. Sei que somos jovens e não tenho muito a oferecer, mas somos muito unidos e quero fazer meu melhor.

Foi como um golpe no peito e Jack teve de se sentar na cadeira da cozinha. Garrett ficou por perto, inquieto e pigarreando.

Ele não previra aquilo. Jack tinha certeza de que os dois se casariam, achava que Garrett assumiria mesmo a responsabilidade. Mas o menino foi até ele — Jack — para pedir permissão.

Não aconteceu instantaneamente como ele sempre esperara, com um jato de sangue e a lamúria insuportável; em vez disso, a paternidade lhe chegou calma, aos poucos, ao longo de anos, e ele não percebera. Agora, quando finalmente entendia que uma filha entrara em suas vidas, agora estavam pedindo a Jack que a deixasse partir.

— Serei bom com ela. Você tem minha palavra.

O foco de Jack se voltou para o menino e, quando olhou para a expressão sincera, viu o que Mabel tentara lhe dizer — Garrett amava mesmo a menina. Mas bastava? O menino traíra a confiança dele, mentira sob seu próprio teto e se aproveitara das circunstâncias. Jack ficou sentado, mas se levantou para encarar Garrett.

— Seja bom para ela — disse Jack, e não foi uma concordância, e sim uma ordem. Ele estendeu a mão para Garrett e os dois se cumprimentaram como dois homens que tivessem acabado de se conhecer e que ainda não confiavam um no outro.

Naquela noite Jack teve o plano e acordou Mabel.
— Vamos construir uma casa para eles aqui na nossa propriedade.
— O quê? Jack, que horas são?
— Vamos construir uma cabana perto do rio. Assim, Garrett ficará perto da fazenda, mas eles terão sua própria casa.
— Hã? — Mabel meio que dormia, mas ele continuou.
— Faina e o bebê ficarão perto de você, para que você a ajude. Vamos começar a construir logo depois do plantio. Talvez possamos até fazer o casamento lá.
— Onde? Casamento?
— Aqui, Mabel. Eles viverão aqui, perto de nós. Vai ser bom.
— Hã? — Mas Jack a deixou dormir. Ele estava feliz.

Jack notou como a luz da manhã entrava pela janela e iluminava um lado do rosto de Faina e se perguntou se sempre era tão difícil assim ser pai. Eles terminaram de beber o chá e comer algumas fatias de pão com geleia de mirtilo e Jack não teve como se livrar da conversa que prometera a Mabel. Na bancada da cozinha, a esposa tentava lavar a louça em silêncio. Ela nunca a lavava pela manhã, mas agora cada prato e garfo eram lavados, ensaboados e enxugados como se fossem porcelana fina, porque Mabel fazia força para ouvir.

Jack pigarreou, esperando soar paternal.

Faina? É isso o que você quer?

É o que se faz quando se ama alguém, não?

Sua vida vai mudar. Você não poderá mais desaparecer na floresta por semanas. Você será mãe e esposa. Entende o que isso significa?

Faina tombou a cabeça para o lado, meio que dando de ombros, mas depois focou os olhos azuis em Jack, e a clareza daqueles olhos o atingiu. O rosto dela tinha a mesma aparência de anos anteriores, uma mistura incrível de jovialidade e sabedoria, fragilidade e força. Ele percebera isso quando ela jogara neve no túmulo do pai, quando aparecia à porta com as mãos sujas de sangue. Não era dor nem amor, decepção ou conhecimento; era tudo ao mesmo tempo.

Eu o amo. E nosso bebê. Sei disso.

Então você quer se casar com ele?

Temos de ficar juntos.

Jack esperava ficar feliz. Não era isso o que um pai sentiria? Felicidade? Não este coração pesado e sofrido. Eles tinham escondido o amor e gerado uma criança fora do casamento, mas algo mais o afligia. Faina jamais voltaria a ser a menininha que ele via correndo pelas árvores, os pés leves na neve como se feitos de gelo. Ela fora como mágica na vida deles, indo e vindo com as estações, trazendo tesouros da natureza nas mãozinhas. Aquela menina se fora e Jack se percebeu sentindo falta dela.

CAPÍTULO 50

Os pés de morango estavam começando a ficar verdes e exibir brotinhos arroxeados. Mabel foi de planta em planta e, com uma tesoura, cortou os galhinhos do ano passado e jogou fora as folhas velhas. Ao chegar ao fim da horta, ela se levantou, guardou a tesoura num bolso do avental de jardinagem e levantou a aba do chapéu de palha.

Ainda estava ali. O último trecho de neve no jardim, protegido pela sombra no lado norte da cabana, onde a neve era mais profunda. Ele diminuíra com os dias quentes até que só restasse um círculo do tamanho de uma roda de carroça.

Mabel fechou os olhos para o sol já quente no céu e arregaçou as mangas do vestido. Seria um dia escorchante, como Garrett gostava de dizer. Ele e Jack trabalhavam sem camisa ao plantarem os campos. Voltariam queimados de sol, Mabel tinha certeza.

Ela abaixou a aba do chapéu para proteger os olhos novamente, pegou o rastelo apoiado na cerca e começou a limpar a horta de morangos, soltando a terra e organizando as fileiras. Pelo canto do olho, ela viu o sol se refletir na neve branca. Em pouco tempo ela desapareceria.

Ela andou pensando nas palavras de Ada sobre criar novos finais para as histórias e escolher a alegria em vez da dor. Nos últimos anos,

Mabel chegara à conclusão de que a irmã estava parcialmente enganada. Sofrimento, morte e perda eram inevitáveis.

Ainda assim, o que Ada escrevera sobre a felicidade era verdade. Quando ela fica à sua frente com seus membros compridos e nus e seu sorriso misterioso, você deve aceitá-la enquanto pode.

Quando Faina saiu da floresta de abetos, os raios do sol a atingiram e iluminaram seus cabelos loiros com uma peculiar cor dourado-prateada, tanto que do outro lado do campo Mabel se lembrou de fadas e vaga-lumes. O cachorrinho de Faina, agora encorpado e com patas grandes, olhava para ela e a seguia pelo jardim.

Os braços e as pernas magros da menina estavam nus. Ela só usava o vestido simples de algodão com estampa de flores azuis que Mabel costurara para ela. Seus passos eram alongados e seguros ao caminhar pelo capim novo e sob um choupo e, ao se aproximar de Mabel, ela viu que a pele da menina estava bronzeada. Ela não usava mais sapatos ou galochas. Alta e magra, ela ainda não exibia os sinais da gravidez.

Faina parou no limite da horta e se abaixou ao lado do cão. Pôs uma das mãos sob o focinho do animal e passou a outra entre as orelhas dele, e o cachorro exibiu os dentes como no primeiro dia. Quando se levantou e gesticulou silenciosamente, o cachorro se deitou no chão, o pelo escuro brilhando.

Ela seguiu pelas fileiras de morangos e seus pés nus pressionavam tanto o chão que Mabel viu o solo espremido entre seus dedos. Faina segurou as mãos de Mabel e a beijou no rosto. Quando a soltou, Mabel a abraçou e a segurou por muito tempo, mesmo depois de sentir o calor do sol nas costas de Faina.

Você parece bem, comentou Mabel.

Estou mesmo, disse ela. Estou mesmo.

CAPÍTULO 51

Jack levou Garrett pela estradinha e até um campo com vista para o rio.

— É seu — disse Jack. — Considere um presente de casamento. Vamos construir a cabana bem aqui, diante das montanhas.

— É um belo lugar.

Na noite seguinte, depois de encerrarem a plantação do dia e de jantarem, Jack achou que Garrett tinha ido dormir no celeiro. Ele disse a Mabel que ia tomar ar fresco e foi caminhar no campo. Ali, encontrou Garrett com uma pá e um machado, já desenhando o contorno da cabana na terra.

O trabalho era ritmado e com propósito, e Jack e Garrett o realizavam com facilidade e até mesmo com certo alívio: o ir e vir da serra dupla e o estrondo das árvores caindo; o golpe de machado nos abetos, a casca saindo em tiras compridas; os golpes do machado afiado, cada pedacinho esculpido. Amor e devoção, e a esperança devastadora e o medo contidos no ventre da mulher — tudo permanecia sem ser dito. À meia-noite, ao colocarem outro pedaço de madeira no devido lugar, podiam ouvir os rouxinóis e tentilhões piando nas árvores, e isso bastava.

Quando o plantio terminou, eles tinham paredes pela cintura e avançavam mais rápido agora que tinham o dia todo. Jack deixava

Garrett fazer o trabalho mais pesado e às vezes se sentava num tronco para descansar as costas e ver o jovem trabalhar. Mabel geralmente chegava com almoço e às vezes ficava o suficiente para discutir onde seria a janela e que tipo de varanda eles deveriam construir.

Faina não estava por perto. Jack achava que ela e Garrett se encontravam sozinhos às vezes, mas a menina não ia até a cabana de Jack e Mabel para jantar. Pela primeira vez era Jack quem estava preocupado.

— Ela não deveria estar descansando e comendo regularmente?

— Ela está bem — disse Mabel.

— Por que ela não fica aqui com a gente até o casamento?

— Ela está onde precisa estar. Não tem muito mais tempo.

— Muito mais tempo?

— A vida dela vai mudar em breve. O que quer que aconteça, ela não poderá continuar correndo pelas árvores. Tudo será diferente.

— Acho que sim. Só quero ter certeza de que fique segura e saudável.

— Eu sei. — E a voz de Mabel tinha um quê de resignação que Jack nunca tinha ouvido antes.

Faina chegou num dia quente de junho, ela e o cachorro surgindo das árvores como se estivesse numa corrida. Garrett assentava a parede enquanto Jack usava uma correia para pôr outro pedaço de madeira no lugar. Faina correu até eles com os pés descalços e o vestido de mangas curtas, os braços e as pernas bronzeados e musculosos, os cabelos compridos queimados pelo sol.

Ela e Garrett trocaram sorrisos tímidos e Jack se sentiu um intruso. Garrett desceu da parede e a guiou pela porta rústica até dentro da cabana sem teto.

Sei que é difícil imaginar com apenas quatro paredes, mas aqui será a cozinha e a janela dará para o rio. Não vai ficar lindo?

Faina fez que sim, mas seu olhar era distante, como se tudo fosse estranho para ela.

O fogão a lenha ficará aqui. E ali será nosso quarto e o quarto do bebê. Sei que não é grande, mas você acha que vai dar?

Faina fez que sim uma vez, lentamente.

Garrett pareceu ficar nervoso com o silêncio dela.

Vai ficar tudo bem, não? Assim que tivermos portas e janelas, parecerá uma casa de verdade. Não acha, Jack? Aos poucos está ganhando forma?

Jack começou a dizer que sim, que achava que seria uma bela cabaninha para uma família começar a vida, mas então viu a menina sorrindo para Garrett, um sorriso tranquilizador e terno. Jack ficou paralisado com a ideia de que ela talvez fosse mais sábia e forte do que os dois.

Faina ficou ali enquanto os homens trabalhavam. Ela jogou gravetos para o cachorro. Ela correu pelo capim verde e alto ao redor da cabana e colheu flores, mas seus olhos insistiam em voltar para a floresta. O cachorro correu, latindo, para perseguir um esquilo, e Faina o seguiu. Ao chegar ao limite do campo, ela olhou para trás e acenou para os homens.

— Ela está indo embora — disse Garrett.

— Está, mas vai voltar.

— Eu sei. Mas às vezes fico imaginando...

— O quê?

— Se isso é o melhor para ela. Um bebê, eu. Se é o tipo de vida que ela quer.

— Tarde demais para mudar isso — falou Jack. Ele se arrependia da raiva.

— Talvez ela não tenha de desistir de tudo — refletiu Garrett. — Sabe, vamos instalar armadilhas juntos no inverno, depois da chegada do bebê. Vou levá-la para a floresta para que ela instale as armadilhas dela. Nem tudo precisa mudar.

— Vai mudar. Tudo vai mudar. Mas você fará seu melhor.

Jack virou-se para a cabana porque aquilo era o que um homem podia fazer — derrubar árvores e encaixar troncos e construir uma casa.

— Vamos — disse. — Estamos quase na viga-mestra. Temos de fechar esta coisa antes do casamento.

CAPÍTULO 52

— Não há como a cabana ficar pronta a tempo para o casamento. — Esther levou as mãos à cintura ao olhar para os troncos cor de mel. — Só mais alguns dias, mãe. É o que ele me diz. Quase terminamos, diz. Por que os homens sempre superestimam seu poder?

Mabel sorriu.

— Eles fizeram muita coisa.

— Claro que sim. Mas vou lhe dizer uma coisa: a casa não terá telhado antes de domingo.

— Talvez não haja problema nisso. — Mabel pensou em Faina olhando para o céu aberto e de alguma forma se sentiu consolada.

— Está tudo bem, desde que não caia uma gota de chuva nem haja um único mosquito... no Alasca... em julho. — Esther não tentou esconder o sarcasmo. Então ajeitou as alças do macacão como um homem e deu de ombros. — Bem. Quando se é jovem, tudo é romântico, não é mesmo? Até uma cabana sem teto.

— É linda. Já fiz algumas cortinas para as janelas. E George me disse que você está fazendo uma colcha para eles.

— Sim. Vou terminar até domingo. — Esther riu de si mesma e acrescentou: — Acho que não vou dormir muito esta semana, não é? E quanto ao vestido?

— Está terminado, mas a Faina tem planos secretos. Ela anda trabalhando nisso há algumas noites na nossa casa. Espera até irmos dormir e depois fica à mesa fazendo alguma coisa, mas não me diz o quê.

— Ela é estranha, não?

Mabel nunca pensou em Faina assim, mas a menina era excêntrica, e até mesmo a não tradicional Esther podia ter dúvidas quanto ao casamento do filho. Uma estranha fascinante era uma coisa, uma nora estranha, outra.

— Verdade. Nunca conheci ninguém como Faina — declarou Mabel, escolhendo as palavras com cuidado. — Se bem que nunca tinha conhecido ninguém como você também.

— Certo. Certo. Vou lhe conceder essa. E sei que deveria me sentir abençoada por alguém estar disposta a aguentar aquele meu filho.

— Ela não apenas o aguenta. Acho que está apaixonada por ele.

— Hum. — Esther parecia ter dúvidas.

— Eles têm muito em comum. Amam este lugar e se amam.

— Mas quem é ela? Ela é um ser selvagem das montanhas. Várias vezes Garrett nem sabe onde ela está. E o que acontecerá quando ela estiver presa a um bebê chorão e um monte de fraldas sujas? Ela permanecerá por perto tempo o bastante para ser esposa e mãe?

Mabel sentiu um nó na garganta. Ela foi até um canto da cabana, fingindo estudar a parede. Esther rapidamente se aproximou.

— Ah, Mabel. Não quis ofender. Sei que ela é como uma filha para você, e meu filho certamente a ama. Vamos ter de nos acostumar com isso, não?

Mabel sorriu e fez que sim e afastou as lágrimas. As duas mulheres se abraçaram e deram os braços no caminho de volta para a cabana.

Os pesadelos tinham voltado. Bebês nus chorosos derretiam quando ela os segurava e pingavam no chão quando ela tentava fechar os dedos e contê-los com as mãos. Às vezes, ela abraçava os bebês junto ao peito, só para descobrir que o calor do seu próprio corpo era o que os matava.

E havia Faina — seu rosto aparecia nas árvores como uma cena numa vidraça molhada pela chuva. No seu sonho, Mabel corria para fora e chovia como no verão, uma torrente quente e cegante. Ela chamava Faina, tentava correr pela floresta para encontrá-la, mas a chuva enchia seus olhos e sua boca e ela acordava sem fôlego. Noutro sonho, Mabel estava no rio com água pela cintura e segurava as mãos molhadas da menina enquanto a corrente as carregava. Mabel tentava se segurar, mas nunca tinha força o bastante, e Faina se soltava e era levada pela água turbulenta. A menina agitava os braços e gritava "socorro, por favor, socorro" para Mabel, mas ela não conseguia se mexer. Ela se levantava e ficava olhando a bela filha se afogar. Nunca nesses sonhos Mabel chorava, se mexia ou falava.

Chegou o dia do casamento, e Esther tinha razão — a cabana não estava terminada, mas isso a deixou mais bonita, como se fosse uma catedral esculpida em madeira e céu. Mabel entrou ali pela manhã e ficou feliz em estar sozinha. Aquele tinha se transformado num lugar sagrado, o som do rio, o cheiro da madeira recém-cortada, o céu azul, o campo verde. Os choupos floresciam e sementinhas brancas flutuavam pela brisa como penas.

Jack estava de volta à cabana deles, carregando uma carroça com mesas e cadeiras para levar à casa de Garrett e Faina. George e Esther chegariam pouco antes da cerimônia para trazer a comida. O irmão mais velho de Garrett os casaria. Ele não era pastor nem frequentava a igreja regularmente, mas Garrett queria que ele realizasse a cerimônia, e ninguém se opôs. Apesar de ser um homem bom de oratória, Mabel preferia um pastor ordenado, mas nunca se manifestou. Os irmãos, juntamente com as esposas e filhos, seriam os outros convidados do casamento. Ninguém mais foi chamado; nisso Mabel insistira.

Eles cobriram uma parte da cabana com lençóis brancos para que Faina pudesse se vestir e se preparar. Ela ainda não tinha aparecido e estava com seu vestido de noiva.

Mabel costurara o vestido com seda que Esther lhe dera, restos do vestido de noiva da nora mais velha dela.

— Ela tinha metros e metros de tecido — disse Esther. — Ela queria volteios e camadas e dobras. Era um milagre conseguir enxergar. Só posso dizer que fiquei feliz por os pais dela pagarem pelo vestido.

A seda com tom de marfim foi comprada numa loja de São Francisco e com certeza tinha custado mais do que Mabel e Jack poderiam pagar, mas Esther insistia que ninguém mais usaria os restos. Mabel não ofereceu muita resistência — o tecido era maravilhoso, leve, delicado e liso.

Ela não tinha molde, mas via claramente o vestido de Faina em sua mente, e desenhou, costurou e bordou durante dias. Mabel teve de ser criativa com as tiras e cortes e extremidades da seda; felizmente era um vestido simples que não precisava de muito tecido. A saia era reta e na altura dos tornozelos, mangas compridas e um corpete ajustado sob as costas. O colarinho acompanhava a clavícula. Nada parecido com o estilo exagerado na moda recentemente; nem ao estilo dos vestidos formais de gola alta da juventude de Mabel. Era algo diferente, algo que fazia Mabel se lembrar de noivas europeias em capelas do interior, das belezas alpinas e das donzelas russas.

O vestido em si foi fácil de costurar; os bordados é que mantiveram Mabel acordada à noite, inclinada sobre a mesa da cozinha e cerrando os olhos como se não enxergasse nada. Nas mangas, no corpete e pela saia, Mabel usou o fio de seda para bordar flores e trepadeiras e folhas. Os pontos brancos da seda cor de marfim eram sutis; quando a luz os atingia, era possível confundir as flores com flocos de neve e as trepadeiras com turbilhões.

Ainda assim, Mabel tinha de ver o vestido em Faina.

É uma surpresa, disse ela. Espere e veja.

Mabel o costurara, então como podia ser surpresa? Mas ela só pôde obrigar a menina a prometer que, se o vestido não ficasse perfeito, ela o traria de volta para alterações. Ela não via Faina desde então.

Garrett tampouco foi visto naquela manhã, e ele estava com as alianças. Novamente havia algo de secreto — Esther queria que um de seus netos levasse as alianças, e outro, o buquê. Garrett disse que ele e Faina tinham outros planos. Ele pediu a Mabel que fizesse um arranjo de flores.

— Para a cabeça de Faina? — perguntou Mabel, a voz trêmula. Não, pensou. Não vou permitir isso. Não uma coroa de flores.

— Não. Não para Faina — disse Garrett. — Precisa ser maior. Deste tamanho. — Ele fechou os braços num círculo do tamanho de uma bacia.

Mabel esperou até o dia do casamento, sabendo que as flores murchariam rapidamente no calor do verão. E estava mesmo muito quente. Pouco depois das oito da manhã, o orvalho já tinha evaporado das folhas e o sol ártico queimava sobre os picos das montanhas.

Flores para o véu de Faina e flores para o buquê, flores para os enfeites e flores para a coroa que Garrett pediu, pétalas e caules, folhas e botões — Mabel queria ser consumida pelas flores como foi pelo bordado. Ela queria fugir da sensação de que o destino rolava sobre as montanhas como nuvens de tempestade. Ela queria se esquecer das porções de neve que derretiam, de coroas de flores e beijos ferozes, dos fins de contos de fadas.

Cuidando para não rasgar seu novo vestido, Mabel pegou um balde de metal e foi até o campo: epilóbios, os caules altos começando a florescer; campainhas, com seu néctar doce; rosas selvagens, simples com cinco pétalas e caules com espinhos; gerânios, as pétalas finas cor de lavanda com veias roxas. Dentro da floresta, longe do sol escaldante, Mabel se abaixou para pegar estrelas-do-campo com caules finos e delicados como fios de seda; cornisos-anões, com suas pétalas brancas gordas; samambaias; e, no último instante, alguns galhos de groselha, com suas folhas de várias pontas e trepadeiras de frutas vermelhas translúcidas como joias.

Os Benson chegaram quando Mabel estava arrumando as samambaias e os epilóbios em potes de geleia com água gelada do rio.

— Bem, olhe só para nós — disse Esther, descendo da carroça.

— Meu Deus, Esther, acho que nunca a tinha visto num vestido antes!

— Não se acostume. Trouxe meu macacão para a festa. — As duas mulheres riram e se abraçaram.

— Então onde está o casal feliz? Eles não fugiram ainda, não é?

— Não tenho ideia. Espero que Faina chegue logo. Preciso ajudá-la com o vestido e o cabelo. Que horas são?

— Quase meio-dia. Sem tempo a perder.

Foi então que todos se viraram para um som estranho que vinha da estradinha.

— O que é isso? — perguntou Mabel.

— Deve ser Bill — falou George, e da curva apareceu um automóvel novo e sacolejante lançando uma nuvem de poeira atrás de si. Esther fez uma cara de nojo para Mabel.

— Foi um presente da família dela. Deve ser bom nadar em dinheiro.

Jack ficou imóvel, claramente impressionado.

— Este é um dos caminhões sobre os quais ouvi falar?

— Sim. Um Ford. Uma caminhonete — explicou George, orgulhoso, e Esther revirou os olhos na direção de Mabel.

— Tiveram de embarcá-lo na Califórnia e depois o enviaram pelo trem. Tudo para eles virem da nossa casa para a de vocês — disse Esther a Mabel.

O automóvel parou sobre o capim perto da mesa de piquenique e o filho mais velho dos Benson abriu a porta e saiu rindo.

— Não é uma forma ruim de viajar, hein? — disse. Ele tirou o chapéu branco na direção de Mabel.

— Você poderia recuar alguns metros — comentou Esther. — Não precisa estacionar bem na comida.

— Certo, mamãe. Certo.

Bill e sua esposa e duas criancinhas desceram do automóvel parecendo que saíam das ruas de Manhattan. As crianças estavam vestidas com babados e pompons e sapatos que brilhavam ao sol. A esposa usava um vestido elegante de seda e um chapéu sem aba sobre seus cabelos encaracolados.

— Eles nem parecem fazer parte da mesma família, não é? — sussurrou Esther no ouvido de Mabel. — Mas acho que não se pode expulsá-los só por isso. — E, na verdade, Mabel ficou surpresa ao descobrir que eram afetuosos e charmosos. A esposa de Bill, Lydia, rapidamente ajudou com as comidas e as flores e o que mais precisasse ser feito, enquanto as crianças corriam felizes pelo campo.

O outro filho dos Benson, Michael, chegou em seguida com a esposa e três filhas, a mais nova ainda no colo da mãe.

— Ela já está aqui? Não acredito que nenhum de nós a conheceu antes — Mabel ouviu as duas jovens esposas sussurrando. — O que ela vai vestir? Ouviu falar alguma coisa sobre o vestido?

Ao ajudar Esther a estender toalhas brancas sobre as mesas de piquenique e da cozinha, Mabel tentou se concentrar no tecido e na sensação do linho sobre a madeira rústica enquanto alisava as pregas.

Estou aqui.

A voz era um sussurro sobre o ombro de Mabel, mas, ao se virar, ninguém estava por perto.

Aqui. Dentro da cabana. Pode me ajudar?

Era Faina. Sua voz vinha da janela sem vidro da cabana. Como ela passou sem ninguém perceber? Mabel pediu licença e entrou.

A armação de madeira no alto partia a luz do sol e confundia os olhos de Mabel.

Estou aqui.

Você pôs o vestido?

Não. Você não pode ver ainda. Mas vai me ajudar com meu cabelo?

Faina se levantou, descalça, usando o vestidinho de algodão que Mabel fizera para ela. Havia um inchaço em sua barriga, só o suficiente para deixar o vestido justo, e nos seios também. Faina não era mais a criança, e sim uma jovem bela e alta, e nunca parecera tão importante e cheia de vida. Mabel rapidamente soltou a cortina atrás dela. Pela manhã ela tinha prendido o chapéu e o véu num gancho na parede e deixara a escova e o espelho de madrepérola brilhando ao sol. Faina jogou os cabelos por cima de um ombro exposto.

Pode fazer uma trança?

Vai ficar perfeito, menina, com o véu que lhe fiz.

Então Mabel penteou os cabelos compridos de Faina, tão loiros que eram quase brancos. Ela tirou pedacinhos de liquens e de cascas de bétula, nós de capim amarelo. Assim que ficou liso como seda, Mabel o dividiu em duas tranças, uma de cada lado, que caíram perfeitamente sobre o peito de Faina. Quando a menina olhou para o outro lado, para a janela sem vidro, Mabel pegou uma tesoura de costura do bolso e tirou um pouco de cabelo das tranças. Silenciosamente, ela guardou a tesoura no bolso.

Pronto. Aí está. Você está linda.

Para minha cabeça, você chamou de véu?

Você só pode vesti-lo depois de pôr o vestido.

Eu consigo. Só me ajude, por favor. Você não deve ver o vestido ainda.

Mabel pegou o chapéu e o véu do gancho e os pôs na cabeça de Faina, prendendo-os com grampos. Depois, entrelaçou rosas selvagens e estrelas-do-campo na renda sobre as tranças e a testa de Faina. Mas não era uma coroa, um círculo de flores que podiam brotar da terra.

Pode sair agora? Para eu pôr o vestido.

Tem certeza? Ainda será uma surpresa.

Mabel ficou olhando pela cabana, mas o vestido não estava ali.

Por favor.

Certo. Tudo bem, menina. Vamos esperar por você. Seu buquê está aqui no balde.

Faina segurou a mão de Mabel e a apertou. Seu toque era firme e quente, e Mabel retribuiu o carinho e impulsivamente levou a mão da menina à boca e a beijou.

Eu a amo, menina, sussurrou.

A expressão de Faina era de tranquilidade e carinho.

Quero ser a mãe que você é para mim, disse ela, tão baixo que Mabel duvidou do que ouvia. Mas foi mesmo aquilo o que ela disse, e Mabel absorveu as palavras e se apegou a elas para sempre.

Quando Faina saiu da cabana para a grama, as pessoas levaram um susto. Até as crianças ficaram em silêncio e olharam para ela, e Faina baixou a cabeça e sorriu como se os conhecesse.

A princípio, Mabel não percebeu o que havia de diferente no vestido. Ele caiu perfeitamente e se movia com um farfalhar baixo contra a pele dela. Faina usava galochas de couro decoradas com contas brancas e presas com laços nas pernas. O véu descia por suas costas e as flores enfeitavam sua cabeça. Ela segurava o buquê de flores silvestres, samambaias e groselha.

Então, quando Faina se aproximou, Mabel viu as penas — penas brancas costuradas no pescoço do vestido. Elas estavam coladas ao tecido, de modo que pareciam parte da seda, apenas uma variação na textura. Mabel entendia agora como as penas passavam das menores para as maiores no meio do peito. Outras penas foram costuradas na barra e nenhuma escondia as flores bordadas, mas todas pareciam parte do projeto.

Mabel ouviu alguém respirar fundo, talvez uma das jovens, mas então Faina estava passando por ela e se colocando ao lado de Jack, e Mabel pôde ver a parte detrás do vestido. Penas branquíssimas desciam pelo meio da saia e aumentavam de tamanho até que na barra houvesse algumas compridas como um braço feminino, todas coladas no tecido e se movendo elegantemente com a seda. Como o tecido, as penas brilhavam, uma espécie de luminosidade que vinha dos próprios filamentos.

Jack, usando seu melhor e único terno, segurou o braço de Faina, e os dois começaram a caminhar lentamente rumo ao rio, onde havia potes de flores sobre os tocos das árvores. O cheiro de pinheiro cortado era forte. Todos seguiram sem dizer nada e o farfalhar do vestido de Faina se transformou no barulho do rio. Eles se colocaram perto da margem, os picos nevados das montanhas atrás deles.

— Onde está Garrett? — Mabel ouviu alguém sussurrar. Eles se remexeram em seus vestidos e o bebê choramingou. O sol estava insuportavelmente quente sobre a cabeça e os ombros de Mabel e seus olhos doíam por causa da luz intensa. Quando olhou para Jack, ele fez que sim e apontou com a cabeça para a estradinha. Ela se virou e ali estava Garrett, galopando em seu cavalo pelo campo. Ele também usava um belo terno e, com uma das mãos, mantinha o chapéu na cabeça, e com a outra segurava as rédeas. Aos pés do cavalo, o cachorrinho de Faina corria, a língua para fora da boca.

Garrett diminuiu a velocidade do cavalo ao se aproximar da cabana e desceu com o animal ainda trotando. Ele amarrou a guia num choupo próximo, enxugou a testa com as costas da mão e se aproximou das pessoas. Mabel ficou surpresa quando ele veio diretamente em sua direção.

— Está com as flores? — sussurrou ele.

Mabel franziu a testa, confusa.

— A grinalda? — Então ela se lembrou e apontou para a mesa onde estava o círculo de epilóbios e rosas e samambaias.

— Obrigado — disse Garrett, e ele a beijou no rosto.

Curiosa, ela o viu pegar a grinalda e batê-la na perna com uma das mãos. O cachorro de Faina correu até ele. Garrett ergueu a mão e o cão se sentou. Ele passou a grinalda na cabeça do animal e também o que parecia um laço e uma bolsinha. Novamente ergueu a mão e o cachorro ficou imóvel, enquanto Garrett ia até os convidados.

— Uma entrada e tanto — sussurrou Bill enquanto Garrett se juntava a ele.

Quando a cerimônia começou, Mabel segurou o braço de Jack, mas era como se estivesse flutuando e girando. O sol quente turvava sua visão. Ela ia desmaiar, ou já tinha desmaiado. As palavras se perdiam e ela não sabia se estavam sendo ditas em voz alta ou somente em sua mente...

... A esperança tem penas... presas à alma... ter e manter... Você?... rápido... rápido... para a madeira nua... sem rosas na minha cabeça... Você?... até que a morte os separe... até que a morte...

Sim..

Sim...

Aceito...

Aceito...

Ouviu-se um assovio, como o de um chapim, e o cachorro de Faina passou correndo e Mabel enxergou novamente. Ela se segurou ao braço do marido. Faina chamava o husky e Garrett sorria, orgulhoso. O cachorro, com a grinalda de flores ao redor do pescoço, sentou-se obedientemente aos pés da noiva, e Garrett se ajoelhou e desfez o laço. Ele abriu a bolsinha e de lá pegou dois anéis de ouro. Mabel ouviu uma criança bater palmas e Esther rir.

Então todos os sons se perderam no turbilhão do rio e o chão tremeu sob Mabel. Ela viu Garrett e Faina cara a cara. Viu o brilho dos anéis de ouro ao sol e eles se beijaram e de repente todos gritavam animados.

— Você está bem, Mabel? Mabel? — Jack a segurou por trás, os braços firmes sob seus cotovelos. — Aqui está, vamos nos sentar à mesa. É o calor. Você não aguenta.

Alguém lhe trouxe um copo com água e uma das jovens a abanou. Pelo menos ela conseguia respirar e pensar.

— Faina? Onde está nossa Faina?

— Está bem ali. — Jack apontou para um dos choupos, e a menina se levantou, branca e reluzente, ao lado Garrett.

— Mas... está nevando? — E ela ouviu alguém rir ao seu lado.

— Graças a Deus, não, querida. — Era Esther. — Só sementes de choupo. Mas parece mesmo como neve, não?

O ar se encheu de neve branca. Algumas subiam e passavam sobre as árvores, outras sementes caíam lentamente no chão. Faina olhou para Mabel em meio ao branco e ergueu a mão, um aceno, como quando era criança.

— Eles se casaram? — sussurrou Mabel.

— Sim, se casaram — disse Jack.

CAPÍTULO 53

A noite estava fria e de um azul-claro, e Faina deitou-se nua sobre a colcha de casal. Ela estava de lado, as pernas compridas dobradas, um braço sob a cabeça e o outro sob a barriguinha inchada. Garrett tirou o paletó do terno. Sua camisa branca estava manchada de suor e seus pés doíam dos sapatos que calçara o dia todo. Ele tirou a roupa e a deixou no piso de madeira. Ao se aproximar da cama, ele passou a mão pelo vestido de casamento que tinha sido jogado sobre uma cadeira, como se um gigantesco pássaro branco tivesse tirado a pele e a deixado de lado. Depois da cerimônia, enquanto comiam salmão assado, salada de batata e um extravagante bolo com cobertura branca e docinhos em forma de rosa, enquanto as vozes pairavam no ar e o sol se refletia nos copos de vinho caseiro, várias vezes Garrett levou a mão às costas de Faina, onde as penas se colavam à pele, e ele sabia que eram penas de cisne.

Não está com frio?, sussurrou Garrett ao se deitar ao lado dela. Ela fez que não e o segurou pelo pescoço para beijá-lo. No alto, mariposas voavam pelas vigas do telhado e umas poucas estrelas brilhavam. Podia chover e os insetos podiam ser ferozes, ele lhe dissera, mas Faina insistira em dormir na cabana ainda por terminar.

É nossa casa, dissera. Então ele carregou a cama nupcial até a cabana, juntamente com a colcha que sua mãe tinha feito para eles e os travesseiros de pena e lençóis macios que lhes foram dados de presente.

Os dedos de Faina tocaram o braço dele, e ela riu.

Mas você está com frio. Sua pele está arrepiada.

Garrett deu de ombros.

Está tudo bem. Não vou congelar.

Enquanto faziam amor sob o céu de verão, ele tentou não pensar na criança no ventre dela ou nos gemidos e suspiros ecoando pela terra. Ele só queria pensar nela.

Nas semanas seguintes, enquanto Jack e Garrett trabalhavam sob o sol inclemente para pôr o telhado na cabana e depois instalar a porta e as janelas e o fogão a lenha e os armários, Faina desapareceu na floresta, o cachorro correndo ao seu lado. Ela desaparecia por horas, às vezes durante todo o dia, e Garrett não sabia como agir. Ele educadamente declinava dos convites de Jack e Mabel para jantar, sem querer que eles soubessem que Faina raramente se juntava a ele para as refeições. Ele preparava sua comida sozinho na cabana, geralmente não mais do que uma lata de feijões aquecida no fogão. Uma noite, Garrett se sentou, esperando pelo retorno dela, até quase amanhecer. Não mais aberta para o céu, a cabana estava escura e sufocante, mas ele não se permitiria sair como um animal incansável. Ela voltaria para casa.

Aonde você vai?

Quando?

Todos os dias. Noites também. Achei que você quisesse ficar aqui comigo, na nossa casa.

Quero.

Então?

Mas ela só piscou os cílios brancos na direção dele e acariciou o cachorro. Garrett se lembrou daquele dia no lago congelado, quando quis xingar e chutar o chão e lutar, mas só conseguiu segui-la.

Nós nos amamos, não?

Ele não queria que sua voz soasse como um lamento.

Ela se aproximou de onde ele estava sentado, ergueu a cabeça dele e o beijou com força. Naquela noite, ela dormiu em casa.

Quando chegou a hora da colheita, Garrett passava os dias nos campos e não conseguia mais controlar onde Faina estava. Depois de semanas de chuva, o céu finalmente se abriu e Jack e Garrett trabalharam várias noites seguidas para cortar o feno. Ele se sentava entorpecido à mesa de Jack, tomando um café da manhã com panquecas, bacon e ovos fritos, e se perguntava se Faina alguma vez dormira sozinha na cabana como ele.

Era o fim de setembro e fazia frio. Ele sentiu o cheiro de madeira queimada uma noite ao caminhar pela estradinha. Ao se aproximar, viu fumaça saindo pela chaminé e Faina à porta, as mãos na barriga crescida. Garrett nunca tinha visto algo tão receptivo.

Você está em casa, disse ele.

Você também.

Lá dentro, fileiras de cestos de bétula no chão, todos cheios até a boca.

O que é tudo isso?

Também andei trabalhando, disse ela com um sorrisinho.

Ela o guiou pelas fileiras de cestos e parou para levar uma folha ao nariz e uma fruta aos lábios. Algumas coisas Garrett conhecia: batata-de-esquimó, mirtilos e brotos de abetos. Algumas plantas ele vira antes, mas não conhecia os nomes; outras, como cogumelos e liquens, ele teria medo de comer se as encontrasse na floresta. Mas ele confiava em Faina e levou os cestos até o abrigo que havia construído.

Ainda assim, ela voltava para a floresta com sua mochila ou cestos de bétula. Ela usava uma saia comprida de lã e blusa. Mabel tinha costurado para ela, e Faina colocava as mãos nas costas para contrabalançar o peso de sua barriga cada vez maior. Ela trazia para casa timalo e salmão, ganso e coelho, animais que ela limpava e secava em poleiros às margens do rio Wolverine, onde o vento espantava as moscas. Às vezes, ela fazia uma fogueira com galhos verdes de carvalho para defumar a carne.

Todas as noites, quando as janelas escureciam com a aproximação do inverno, ela ficava em casa. Ela servia a Garrett sopas com cheiros estranhos e tigelas de comidas sem nome. Ele demorou um pouco a se acostumar com a comida da esposa. Cogumelos selvagens fritos e salmão no café da manhã. No jantar, sopa de ganso com brotos de abeto e folhas que ele não sabia identificar; mirtilo e banha doce de urso para sobremesa. Sua mãe notou que ele tinha perdido peso e sentiu o cheiro da carne defumada e das plantas silvestres. Ela quis saber com o que Faina o estava alimentando, mas Garrett batia na barriga e lhe dizia que estava se deliciando com a comida. Então pegava uns dos biscoitos amanteigados da mãe e, quando ela o obrigava a ficar com potes de geleia, ele não recusava.

Faina? Faina? Onde está você?

Garrett segurava o lampião contra a noite de inverno. Ele tinha acordado e, assustado, percebera que ela não estava ao seu lado na cama. Era uma nevasca fraca, a primeira da estação, mas parecia que duraria. Ele ficou ali, tremendo, as pernas nuas e um casaco de lã.

Faina?

Aqui, Garrett. E ele a viu na margem do rio.

O que você está fazendo aí no meio da noite?

Está nevando.

Eu sei. Você vai pegar uma gripe. Entre.

Ele voltou o lampião na direção dela e viu que ela usava apenas a camisola de algodão que voava ao vento e neve.

Sim. Sim. Entrarei por você.

Na cabana, Garrett pôs o lampião na mesa e outro pedaço de lenha no fogão. Faina continuou na soleira da porta, a cabeça jogada para trás. Garrett a pegou pela mão e a puxou para dentro, fechando a porta. Ela riu, o rosto molhado de neve, e ele enxugou o rosto dela com as mãos.

Aqui, disse ela, colocando a mão dele sobre sua barriga. Ali. Sente?

Ele pôs a mão com mais firmeza contra seu corpo e algo reagiu.

O que foi?...

Ela riu novamente e fez que sim com a cabeça. Garrett manteve a mão ali e a barriga de Faina se mexeu, como se o bebê estivesse virando cambalhota.

Garrett não estava preparado para os gritos. A voz de Faina sempre era clara e serena como uma geleira, mas agora arranhava a garganta dela num urro bestial e torturado. Ele foi várias vezes até a porta, mas Jack colocou a mão no ombro dele.

— Não é lugar para você.

— Ela está bem? O que está acontecendo?

Jack parecia cansado e velho, mais velho do que nunca, mas estava calmo.

— Nunca é fácil.

— Quero vê-la.

Na mesma hora, Esther apareceu e Garrett só conseguiu ficar olhando para o sangue nas mãos e braços da mãe, até os cotovelos, como se ela estivesse retalhando um alce.

— Precisamos de mais panos.

— Ela está bem? O bebê está bem?

— Eu disse mais panos. — E ela voltou para o quarto onde Faina estava deitada na cama. Antes que a cortina se fechasse, Garrett viu as pernas dela, os pés ao ar, e sangue, sangue por todos os lados.

— Nossa, essas coisas são assim mesmo? — Garrett pensou que ia vomitar. Jack passou por ele com os braços cheios de toalhas.

O cheiro quente e úmido de sangue e suor e algo mais, como um pântano salgado, tomou conta de Garrett, que se arrastou até a porta.

Lá fora estava escuro e frio. Quantas horas se passaram desde que ele procurou ajuda? Garrett inspirou o ar frio e foi até o rio. Então ouviu os gritos de Faina novamente. Ele não podia fazer nada quanto ao sofrimento dela? Voltou para a cabana e perguntou a Jack se deveria pegar mais toalhas ou aquecer mais água.

Em algum momento da noite, Garrett pegou no sono na cadeira e, acordando sem ouvir gritos, ele se assustou. Foi até a cortina e ficou ouvindo. Faina gemia baixinho e depois ele ouviu a voz de Mabel, acalmando-a como mãe.

— Ele está aqui? O bebê nasceu? — sussurrou ele através do tecido. A mãe dele se aproximou e lhe pôs as mãos nos ombros.

— Ainda não, Garrett. Ainda não. — E o tom de voz dela, calmo e afetuoso, era tão incomum que o deixou ainda mais assustado.

— Nossa, mamãe. Ela está bem? Está tudo bem?

— É difícil. Mais difícil do que quando pari vocês. Mas ela é forte e ainda está lutando.

— Posso vê-la?

— Não agora. Vamos deixá-la descansar um pouco antes de ela fazer mais força. Ela está pedindo neve. Você poderia trazer um pouco. Não vai fazer mal.

Garrett trouxe um jarro cheio de neve fresca e entregou à mãe.

— Diga que eu a amo. Pode fazer isso?

Horas mais tarde, quando o sol era uma bola fraca no céu, as vozes soaram novamente.

Aí está. Vamos, querida. Empurre com toda a força. Vamos. Vamos.

E ali ouviu-se o grito monstruoso mais uma vez.

A cabeça está aparecendo. Vamos, agora. Não desista, menina. Vamos. Vamos.

E então ouviu-se um choro, como o mugido fraco de um bezerro, e Garrett não entendeu o que ouvia. Ele olhou para Jack, que estava ao seu lado.

— É seu bebê, Garrett. Está aqui. — Jack o acompanhou até a cortina. — Ele vai entrar agora, senhoras. Entrando para ver o filho.

— Só nos dê um segundo. Deixe limparmos tudo.

— Ela está bem? Faina, você está bem? Pode me ouvir?

Sim, Garrett, e era a voz que ele amava, como um sussurro em seu ouvido. Estamos bem.

E ouviu-se o choro da criança novamente, trêmulo e fino.

Aí está, pequenininho, disse Esther. Hora de conhecer seu papai.

Mabel ficou ao lado da cama, lágrimas rolando em seu rosto. Esther estava perto do criado-mudo, colocando panos na bacia. Faina estava sentada na cama com travesseiros às costas. Seu rosto brilhava de suor e seus cabelos estavam desgrenhados. Ela olhou para Garrett e depois para os braços dela, onde havia algo envolto num cobertor.

Vamos. Não tenha medo, disse Esther. Vá conhecer seu filho.

Filho?

Isso mesmo. Como se não houvesse homens demais por aqui.

Ao chegar ao lado da cama, ele pôs um braço ao redor dos ombros de Faina e olhou para o cobertor, de onde um rostinho vermelho e enrugado olhava para ele. O recém-nascido fechou e abriu lentamente os olhos claros e franziu a testa. Garrett se abaixou e beijou o rosto do bebê, e a pele era tão macia que ele mal a sentia. Então ele se virou para Faina e beijou sua testa molhada.

CAPÍTULO 54

Os dias se tornaram frágeis e novos para Mabel, como se ela tivesse acabado de se recuperar de uma doença e saído para o dia para descobrir que o verão tinha dado lugar ao inverno enquanto ela dormia. Foi como quando seguiu Faina para as montanhas, quando o mundo pareceu se abrir e tudo brilhava e reluzia com o maravilhamento inexplicável dos cristais de neve e uma eternidade de nascimentos e mortes.

E tudo isso — o mundo inteiro — estava contido nas mãozinhas fechadas do recém-nascido. Estava em seu choro e nos seios cheios de leite de Faina e nas palavras que Mabel sabia que Garrett não podia dizer porque estava espantado demais. Mas era algo maior do que tudo. Era algo até na forma como o sol batia na neve de fevereiro, tanto que Mabel tinha de fechar os olhos.

Todas as manhãs ela atravessava o caminho coberto de neve até a cabana de Faina e Garrett. Ele sugeria que ela passasse a noite, mas ela sabia que os três precisavam de um tempo sozinhos. Num cesto, levava ovos cozidos, pão e tiras de bacon que sobraram do café com Jack, juntamente com fraldas, panos e roupas que levava em casa e secava perto do fogão.

Como você está hoje?, perguntava ela a Faina, e esta sorria e olhava para o bebê nos braços.

Estou bem. E ele também. Veja como ele olha quando fala. Ele sabe que você está aqui.

A criança realmente parecia crescer bem. Os primeiros dias de amamentação foram difíceis, mas Esther ajudou a guiar a boca do bebê até os mamilos de Faina e a lhe mostrar como dar o peito. Não lhe dê a oportunidade de morder o peito, senão você vai se arrepender, avisou Esther quando o menino gemeu e virou a cabeça de um lado para o outro. Ele é quem sabe, disse. Ele tem de aprender.

E ele aprendera. Agora, duas semanas mais tarde, ele mamava fazendo barulho enquanto Faina se cobria com um cobertor de pele que ela mesma fizera. Ela cantarolava enquanto o filho se alimentava e fechava os olhos, feliz, enquanto o bebê dormia, e Mabel pegava o caderno e os lápis e fazia desenhos.

Quando o bebê acordou, Mabel trocou a fralda dele, as pernas se dobrando e se esticando e ele gritando.

Ele não vai se acostumar a isso, não?, perguntou Mabel, prendendo a fralda limpa.

Mas Faina não ouvia. Ela tinha ido até a janela e estava olhando para a neve.

Você pode sair um pouco. Ficarei aqui com ele.

Faina não disse nada ao vestir o casaco azul e as botas até o joelho, mas, ao abrir a porta, olhou para Mabel e o filho. Ela não sorriu e Mabel não entendeu sua expressão. Será que ela se sentia culpada por querer algum tempo sem o bebê? Ela tinha medo de deixá-lo por um instante?

Por causa da lufada de vento frio ou pela falta da mãe, o bebê se remexeu nos braços de Mabel, então ela se levantou e o segurou de pé contra o ombro, embalando-o e andando de um lado para o outro na cabana. Garrett saíra para ajudar Jack a cuidar dos animais no celeiro e depois pegaria um pouco de lenha. Era um inverno frio, calmo e nevado, e a lenha acabava rapidamente.

Mabel foi até a janela, ainda dando tapinhas nas costas do bebê e o embalando. Ele se aquietou e ficou olhando de olhos arregalados por sobre o ombro dela. Ela se virou para encará-lo, para sentir seu cheiro e calor, e foi envolta na graça que a cercava. Ela havia começado a cantarolar para ele quando, pelo canto dos olhos, viu o casaco azul contra a neve branca.

Faina andava pelo campo e rumo às árvores, mas tinha dificuldades para avançar e parava com frequência para descansar. Demorou um pouco para chegar à floresta e o tempo todo Mabel observava e se preocupava com o que via. Era cedo demais. Ela não deveria ter deixado a menina sair. O trabalho de parto consumira o corpo dela e Faina precisava descansar mais. Ela pensou em ir à porta e chamá-la de volta, dizer para a menina entrar e se deitar, mas Faina não andava mais. Ela não corria para os abetos como fizera tantas vezes antes. Faina simplesmente ficou lá, um contorno na neve, a natureza diante dela, os braços ao lado do corpo, os cabelos loiros brilhando sob o sol de inverno. E então ela se virou para a cabana, para o filho e o lar, e seguiu sua própria trilha pela neve.

— Você já lhe deu um nome?

Faina não respondeu. Ela embalava o bebê num berço de madeira ao lado do fogão.

A noite caía e Mabel sabia que deveria voltar para casa logo.

— Você tem de lhe dar um nome, menina. Não pode ser como seu cachorro. Ele não pode atender a assovios. Temos de chamá-lo de algum jeito.

Mas Faina não respondeu, só ficou embalando o bebê sonolento.

Já estava escuro quando Mabel foi embora. Garrett se ofereceu para acompanhá-la ou para lhe dar um lampião, mas ela recusou. Era uma noite sem luar e com temperatura bem abaixo de zero, mas Mabel encontraria o caminho. À medida que o brilho da cabana se transformava numa luz remota em meio às árvores e depois em escuridão, seus olhos se ajustaram e o brilho das estrelas sobre a neve branca bastava para iluminar o caminho. O frio queimava seu rosto e pulmões, mas Mabel se sentia aquecida com seu xale e chapéu de raposa. Uma coruja piou entre os abetos, uma sombra voando baixo, mas ela não teve medo. Ela se sentia velha e forte como as montanhas e o rio. Mabel encontraria o caminho para casa.

Mabel acordou com o coração disparado, levantou-se rapidamente na cama e esperou para entender o que a havia assustado.

— Mabel? Você está acordada? Sou eu, Garrett. — Um sussurro áspero pela porta do quarto.

Mabel passou por cima de Jack e vestiu uma blusa sobre a camisola ao sair para a sala da cabana. Ela ficaria assustada com qualquer um a acordando no meio da noite, mas a presença de Garrett bastou para sentiu um peso no coração.

— Desculpe por acordá-la...

Mabel estendeu a mão para Garrett. Ela estava fraca e nauseada.

— Deixe-me sentar.

Garrett puxou uma cadeira da mesa e pôs uma das mãos nos ombros dela para acalmá-la.

— Pronto. Deixe-me respirar. — Ela se sentou sem dizer nada e tentou ficar assim por um tempo, evitando contato. Mas finalmente respirou fundo e disse: — Sim? A Faina?

— Ela não está bem — falou Garrett, e foi então que Jack veio do quarto.

— O que foi? O que está acontecendo?

— Shh. Ele vai nos contar. Diga, Garrett.

— O dia inteiro ela está agitada e diferente. Ela continua saindo de casa, por mais frio que esteja, e tentei detê-la. Mas não consegui. Eu deveria...

— E agora? — perguntou Mabel, tentando ajudar o jovem a se concentrar.

— Ela ficou pior. Disse que tinha dores e, quando perguntei onde, disse por todos os lugares, e seu rosto estava vermelho. Ela não queria sair da cama e não comia nada. Mas deu de mamar para o bebê e os dois dormiram e pensei em esperar até hoje de manhã para ver como ela estava. Mas agora me virei e meu braço tocou o dela e ela está pegando fogo.

— Ela deveria ter dado à luz no hospital. Deveríamos tê-la levado a Anchorage — disse Jack.

— Ela não queria ir — Mabel o lembrou. Ela foi até o banheiro e se vestiu à luz de velas. Ao voltar, Garrett estava sentado na cozinha com a cabeça nas mãos. O relógio dizia que era pouco depois da meia-noite.

— Onde está o bebê?

— Eu o deixei em casa, dormindo no berço. Não sabia o que fazer. Parecia frio demais para trazê-lo.

— Você agiu bem.

— Pela manhã a levaremos diretamente para Anchorage — concluiu Jack enquanto ele amarrava as botas.

— Se o trem estiver funcionando. Se os trilhos estiverem limpos — disse Mabel, mas então viu a cara de medo de Garrett. — Faremos o que for possível. Se não pudermos levá-la a Anchorage amanhã, pelo menos podemos enviar um telegrama para o hospital e obter conselhos dos médicos. Vai ficar tudo bem, Garrett. Agora vamos cuidar dela e do bebê.

No caminho, Mabel tentou se preparar para o que estava prestes a encontrar e sentiu a mesma calma e determinação de quando Jack machucou as costas. Quando eles chegaram, o bebê ainda dormia no berço e Faina estava na cama. Garrett estava certo em ficar preocupado. Ela estava encolhida de lado, os braços na barriga e gemia baixinho, e então Faina se virou e Mabel viu seu rosto. Gotas de suor desciam pelas têmporas e molhavam seus cabelos, e sua pele estava vermelha e manchada. Mabel foi até a cama e pôs uma das mãos em sua testa. Estava quente. Ela fechou os olhos, a mão ainda na testa de Faina, quando sentiu dedos quentes na cintura e ouviu um sussurro rouco.

Mabel? Você está aqui?

Ela abriu os olhos e Faina a segurava. Ela achou ter visto rios de suor descendo por seu rosto, mas depois viu que eram lágrimas. Faina chorava.

O que está me acontecendo?

Shhh. Não tenha medo, menina. Você vai ficar bem logo.

Que doença é esta?

Uma infecção no seu sangue. É o que provoca a febre. Mas existe um remédio que você pode tomar e que a deixará melhor.

Não vou ao hospital. Não vou deixar meu bebê.

Mabel sentiu um alívio ao ver aquele narizinho desafiador e o brilho nos olhos azuis dela.

Não vamos pensar nisso agora. Aqui, trouxe-lhe água. Você tem de beber. Vai resfriá-la e ajudá-la a produzir leite para o bebê.

Mabel levou o copo aos lábios partidos de Faina e ela bebeu até esvaziá-lo. Depois Mabel passou uma toalha na testa da menina, enxugando o suor. Quando Garrett apareceu na porta do quarto, ela pediu uma bacia de neve. Mabel mergulhou a toalha na neve fria e pegou uma porção de gelo. Quando passou a neve na pele de Faina, a menina gemeu e suspirou de alívio. Várias vezes, até que seu rosto começasse a esfriar e perder a cor avermelhada. Com as mãos nuas, Mabel pegou um punhado de neve e passou pela testa de Faina, levando outra porção a seus lábios. Faina abriu a boca e Mabel lhe deu um pedacinho para comer. A neve derreteu ao tocar sua língua.

Aí. Aí. Melhor?

Faina fez que sim e segurou a mão fria e úmida de Mabel e a levou ao rosto.

Obrigada.

Ela fechou os olhos e apoiou a cabeça contra o braço de Mabel. Só depois de ter certeza de que ela dormia é que Mabel tirou a mão do rosto de Faina. Ela lhe alisou os cabelos, cuidadosamente os tirou do pescoço molhado de suor e a cobriu com um lençol.

Eram três da manhã quando Mabel ouviu Jack colocando mais lenha no fogão. Os dois homens dormiam alternadamente nas cadeiras e se ocupavam de pequenos afazeres. O bebê acordou para comer e Mabel o levou até Faina.

Seu pequeno está com fome, querida.

Faina se virou de lado, mas nunca pareceu acordar completamente, mesmo tirando o seio da camisola e segurando o bebê contra seu corpo. Novamente sua pele estava quente e manchada e ela levantou os joelhos, com dor, enquanto o bebê mamava.

Só depois que o bebê tinha voltado para o berço, estava alimentado e dormindo é que Faina acordou e começou a pedir por Mabel.

Por favor, sussurrou ela. Me leve para fora.

Não, menina. Você precisa ficar na cama e descansar.

Mabel falava sem convicção. Talvez houvesse esperança lá na noite invernal. Mas o que Garrett e Jack diriam?

Estou tão quente e sinto que não consigo respirar. Por favor?

— Ela quer sair.

— O quê? Agora? No meio de noite? — indagou Jack.

— Ela está quente demais e está muito abafado aqui. Acho que ela se sente sufocada. Só quer tomar um pouco do ar da noite.

— Podemos deixar a porta aberta — sugeriu Garrett.

— Ela quer sair para o céu da noite — repetiu Mabel, e Garrett acenou a cabeça, compreendendo.

— Certo — finalmente disse. — Vamos levá-la para fora.

— Vocês dois estão loucos? — perguntou Jack. — Está trinta graus abaixo de zero lá fora. Ela vai congelar.

— Não vai — respondeu Garrett. Depois se virou para Mabel. — Você a ajuda a se vestir?

Mabel colocou Faina sentada na beirada da cama. Ela amarrou as botas da menina e pôs o casaco de lã azul sobre a camisola. Depois pegou o cachecol e as luvas que Garrett lhe dera e, ao enrolar o cachecol no pescoço de Faina, reconheceu o ponto de costura da irmã.

Sempre quis lhe perguntar...

Mas ela parou e pôs as luvas nas mãos de Faina.

Você tem de me prometer que não vai sair andando a esmo pela noite. Vamos levar uma cadeira para você e pode se sentar por alguns minutos.

Dói muito.

Ficar sentada?

A menina fez que sim.

Mabel a ajudou a se deitar na cama. Ao explicar a Garrett a dor, ele disse que sabia o que fazer. Pouco depois, voltou ao lado da cama e, junto a Mabel, ajudou Faina a se levantar. Garrett pôs um chapéu de marta na cabeça da esposa e fechou as abas sob o queixo dela.

Venha e veja a cama que fiz para você sob as estrelas.

Faina sorriu para o marido, que a ajudava a sair. Não muito longe da cabana, ele havia colocado vários pedaços de madeira lado a lado e, sobre eles, peles de caribu e castor que formavam um colchão grosso.

Era uma noite tranquila e fria, talvez a mais fria de que Mabel se lembrava. A neve rangia sob suas botas e o ar era ríspido. Era aquele tipo de frio que penetra na lã mais grossa e estrangula os pulmões, e Mabel hesitou. Talvez fosse um erro. Mas ouviu as respirações profundas e fáceis de Faina e imaginou o ar frio contra sua testa febril. Segurando cada um dos braços dela, Mabel e Garrett a levaram até a cama improvisada, onde Garrett a ajudou a se deitar. Ela soltou um suspiro demorado quando o marido a cobriu com o cobertor de pele de castor. Mabel trouxera a colcha nupcial da cama e a cobriu também.

Olhe só para as estrelas, sussurrou Garrett. Você as vê todas?

Sim. São lindas.

Ele ficou lá, sentado numa cadeira ao lado dela, enquanto Mabel voltou para a cabana. Pouco depois, quando o bebê acordou querendo colo, Mabel pediu a Garrett que entrasse um pouco. Ela podia ficar com Faina.

Quer que eu fique?, perguntou ele a Faina. Talvez você deva entrar agora.

Não, disse ela, baixinho. Entre. Segure nosso bebê.

Mabel se aproximou de Faina, enfiou as laterais da colcha sob seu corpo e pôs as abas do chapéu de pele contra seu rosto. Depois, envolveu-se num cobertor que trouxe da cabana e se sentou na cadeira.

Está bem, menina?

Ah, sim. Aqui, com as árvores e a neve, consigo respirar novamente.

Foi como um sonho extraordinário: os suspiros de Faina e os barulhos do gelo no rio e dos galhos das árvores se quebrando no frio, as estrelas espalhadas pela noite profunda e ampla, interrompidas apenas pelo contorno acidentado de uma cadeia montanhosa no horizonte. A luz por trás dos picos surgiu em raios azul-esverdeados como fogo em extinção, ariscos e contorcidos, depois círculos lilases que se prolongaram sobre a cabeça de Mabel até que ela ouvisse uma faísca elétrica como as de um cobertor de lã na cabana seca à noite. Ela olhou para a aurora boreal e ficou pensando se aqueles espíritos frios eram capazes de lhe tirar o ar e a alma do peito e levá-los para as estrelas.

— Meu Deus, Mabel, você está coberta de neve. Onde está Faina?

Ela não se lembrava de ter dormido. Quem poderia dormir naquele frio? Mas ela estava aquecida em seu cobertor, o nariz afundado no casaco, e só acordou depois de ouvir vozes masculinas.

Faina. Você está aqui ao meu lado?

Mas ela não estava.

— Ela deve estar na cabana, cuidando do bebê.

— Não. Ela não está lá.

Dura e dolorida, Mabel se levantou e ficou olhando para a neve que cobria o cobertor. A noite estava nublada, as estrelas desapareceram e tinha nevado muito. Quanto tempo havia se passado? Ela foi atrás dos homens e ouviu Garrett chamando da cabana.

— Faina? Faina?

— Onde ela está, Mabel? — Jack se virou para ela, quase a acusando.

— Ela estava bem aqui ao meu lado. Deve estar por perto. Não está na cabana?

— Não. Já disse que não está lá. — Jack gritou para as árvores: — Faina! Faina!

Garrett veio da cabana com um lampião.

— Onde está ela? — Não havia raiva em sua voz, só desespero, e ele correu para o rio. — Faina! Faina!

Entre as peles de caribu, Mabel viu a colcha nupcial escondida na neve. Como ela pôde ter sido tão negligente? Ela pegou a pele para tirar a neve e viu o casaco azul.

— Jack?

Ele se aproximou, olhou para onde a esposa apontava, ajoelhou-se e, com as mãos nuas, tirou a neve. O casaco azul de Faina, bordado com flocos de neve. O cachecol. As luvas. As botas. Ele os pegou um a um, tirando a neve.

— Ah, Jack. — Ali, ainda abotoada dentro do casaco, estava a camisola dela. — O que isso significa?

Em silêncio, Jack pendurou as roupas no braço e as levou para dentro. Mabel o seguiu com a colcha molhada de neve e eles colocaram tudo sobre a mesa.

— Vou atrás de Garrett. Cuide do bebê — disse.

— Mas, Jack... Não entendo.

— Não?

— Ela se foi?
Ele fez que sim.
— Para onde?
Sem responder, ele saiu da cabana.

Quando o bebê acordou chorando e pedindo o leite da mãe, Mabel ficou perdida. Ela mergulhou a ponta de um pano limpo em chá quente e doce e a pôs na boca do bebê. Ele sugou freneticamente, depois virou a cabeça e chorou. Mabel o embalava diante da janela da cozinha até que ele dormiu, e o tempo todo ela não viu a luz do lampião nem sinal de Garrett ou Jack. Ela se sentou numa cadeira e ficou lado a lado com o bebê e rezando para que aquela noite não fosse real, e sim um pesadelo. Então Jack apareceu na porta sem falar nada. Atrás dele, o nascer do sol invernal irrompia. Ela arqueou as sobrancelhas na direção do marido e ele fez que não com a cabeça.

— Nada? — perguntou ela.
— Nem mesmo pegadas.
— Onde está Garrett?
— Ele não quer entrar. Diz que vai encontrá-la. Ele foi pôr a sela no cavalo.
— Ah, meu Deus, Jack. O que fizemos?

Ele ficou sem falar por um tempo, mas depois tirou as botas e limpou o gelo que cobria a barba. Jack pôs lenha no fogão e se aproximou de Mabel para pegar o bebê. Surpresa, ela se levantou e cuidadosamente pôs a criança nos braços dele. Jack segurou o cobertor com firmeza e passou o dedo pelo rosto do bebê, a cabeça tão baixa que a princípio Mabel não viu as lágrimas que desciam de seus olhos.

— Jack? — Mabel estendeu os braços e segurou o rosto dele nas mãos. — Ah, Jack. — Ela pegou o bebê dele e o pôs no berço, embalando-o lentamente até ter certeza de que ele dormia. Ao se levantar,

Jack estava atrás. Mabel foi até ele e pôs a cabeça em seu peito, e eles se abraçaram por um tempo.

— Ela se foi, não é?

Jack ficou sério e fez que sim, como se o corpo todo estivesse doendo.

A dor tomou conta de Mabel com tanta força que seu choro não tinha barulho nem palavras. Era uma angústia trêmula e ela só soube que sobreviveria porque já tinha passado por aquilo. Mabel chorou até não restar mais nada e enxugou o rosto com os dedos e se sentou na cadeira, esperando que Jack saísse e a deixasse sozinha. Mas ele se ajoelhou a seus pés, pôs a cabeça em seu colo e os dois se abraçaram e dividiram a dor de um velho e uma velha que perderam a filha única.

Talvez fosse apenas o vento ou sua dor insuportável, mas Mabel teve certeza de ter ouvido a voz de Garrett. Às vezes era um grito pelo rio. Outras vezes, um choro melancólico que parecia vir das próprias montanhas.

Ela e Jack ficaram com o bebê naquela noite, esperando que Garrett voltasse para casa. Mabel cochilou ao lado do berço onde o bebê dormia quietinho, mas acordou várias vezes assustada.

— Ouviu isso? — perguntou ela.

Jack estava ao lado do fogão a lenha, o rosto tenso.

— O que foi isso? — perguntou ela.

— Lobos, acho.

Mas Mabel sabia que não. Sabia que era Garrett, cavalgando e procurando e chorando para o céu sem estrelas. Faina. Faina. Faina.

EPÍLOGO

— Olá. Alguém em casa? — Jack bateu na porta da cabana e lentamente a abriu. — Olá? — Usando a bengala, ele entrou na cabana. Ficou por um instante na soleira e ouviu o silêncio. Ele veio procurar por Garrett no outono, mas acabou tropeçando em lembranças. Ali, numa estante perto do fogão, estava a boneca de porcelana de Faina, os cabelos loiros ainda em tranças, o vestidinho azul e vermelho ainda reluzente como no dia em que Jack o pôs sobre uma pedra e disse: "Isso é para você. Não sei se você está aí ou se pode me ouvir, mas queremos que você fique com isso".

Jack não saiu da soleira, mas seus olhos vagavam em todas as direções. Dobrado sobre o braço da cadeira estava o cobertor que Mabel fizera usando o casaco da infância de Faina. Quando Jack viu várias fotografias na parede, não fechou a porta atrás de si nem notou que estava entrando ao se aproximar delas. A maioria era de Garrett e os irmãos, e de Esther e George no dia do casamento. Mas a que chamou sua atenção foi a imagem de uma mulher segurando um bebê envolto num cobertor. A última vez que ele vira aquela fotografia foi há quinze anos, ao descobri-la num abrigo escavado na lateral da montanha. Era Faina quando bebê.

Em algum lugar da cabana, talvez dobrado num baú ou pendurado num armário, estava um vestido emplumado e um casaco azul bordado com flocos de neve. Garrett deve ter ficado com eles, assim como ficou com outras lembranças da vida dela. Mas tudo era pouco.

Aquilo impressionou Jack ao olhar pela cabana. Aquelas eram as poucas coisas que Faina deixou para trás.

Aconteceu assim, a dor. Os anos aparam as arestas, mas às vezes elas ainda o surpreendem. Como numa noite, há algumas semanas, quando ele viu o livro em capa de couro azul na estante. Sempre esteve ali, mas seus olhos passaram por ele diariamente sem notar. Jack tinha certeza de que o livro passou anos sem ser aberto. Mabel emprestara todos os livros para Garrett ler, menos aquele. Ele tinha certeza de que Garrett nem sabia da existência do livro, e nem ele nem Mabel o mencionou.

Mabel estava no quarto penteando o cabelo quando ele pegou o livro e, de pé junto à estante, o folheou. Ele tocou as ilustrações coloridas da menina de conto de fadas, metade neve, metade criança, com o velho e a velha ajoelhados ao seu lado. Quando folhas caíram no chão, ele pensou que a encadernação estava se desfazendo. Olhando para o quarto, Jack rapidamente as pegou do chão. Não eram folhas do livro, eram os desenhos de Mabel, e ele viu todos e ficou admirado com a habilidade e os detalhes.

O rosto delicado e infantil de Faina, emoldurado pelo chapéu de marta. Ela à mesa da cozinha, o queixo apoiado nas mãos. Depois havia desenhos de Faina quando jovem, um recém-nascido mamando. Eram rascunhos, cada qual de uma perspectiva diferente, alguns mais próximos e outros mais afastados. A mão de Faina no bebê dormente. A mãozinha fechada do bebê. Olhos fechados. Olhos abertos. Mãe. Filho.

As marcas fracas feitas a lápis captaram algo que ele sentira, mas nunca pôde expressar. Era uma completude, uma espécie de vida afetuosa e sobrecarregada que tomava conta de Faina em seus últimos dias, e uma ternura generosa que se derramava sobre o bebê como a luz dourada do sol.

Quando Mabel o chamou, perguntando se ele voltaria para a cama, Jack cuidadosamente devolveu os desenhos às páginas do livro e o colocou na estante, onde ele permaneceu sem ser mencionado.

Jack percebeu que estava no meio da cabana de Garrett sem ter sido convidado.

— Garrett? — chamou ele novamente, sabendo que não obteria resposta. Ele saiu e fechou a porta.

Ele não estava longe na estradinha, caminhando com seu passo lento e estranho, apoiado na bengala, quando o menino gritou em meio às árvores.

— Vovô! Vovô!

Jay correu na direção dele e não muito atrás vinha um cachorro velho. Sem nome para chamá-lo, o husky de Faina passeava livremente entre as duas cabanas, mas, sempre que o menino estava ao ar livre, o cachorro ficava a seu lado.

— Vovô! Olhe o que peguei! — O menino segurava um galho de salgueiro com um timalo na ponta.

— Você o pegou?

— Bem, a vovó ajudou. Mas eu pus o anzol sozinho.

— Muito bem. Muito bem.

— E vovó disse que podemos comê-lo no jantar.

Jack pegou a vara das mãos do menino e estudou o peixe.

— Pelo que lembro, o vovô George e a vovó Esther vêm jantar também.

— E o papai?

— E seu pai.

— Você o encontrou?

— Não. Ele ainda está por aí. Mas vai voltar logo.

— Ele gosta das montanhas, não é? Gosta muito de cavalgar lá. Ele diz que este ano posso ir com ele até as armadilhas e até caçar um carcaju.

— Isso seria ótimo, não?

Mas o menino já tinha saído correndo.

— Jay? — Jack o chamou. — Acha que devemos pegar mais alguns peixes, para termos certeza de que haverá comida para todos?

— Claro, vovô. Podemos pegar mais alguns.

O menino desapareceu na curva, correndo para a cabana de Jack e Mabel.

— Só eu e você, velho — disse Jack, acariciando o pelo acinzentado do cachorro. — Acho que você vai gostar mais do meu passo.

O dia de outono estava frio, e a estradinha, coberta por folhas amarelas de bétula. Nas montanhas, muitas nuvens.

— Sinto o cheiro de neve — comentou Jack, e o cachorro levantou o focinho, como se concordasse.

Jack passou pela cabana e pela mata e chegou ao rio a tempo de ver Mabel puxando um timalo que se debatia na água rasa. O menino gritava entusiasmado numa pedra próxima.

— A vovó pegou o maior de todos! Olhe, vovô. Olhe! — O menino pulou na margem, tirou o anzol do peixe e o levantou no ar.

Mabel sorriu para Jack, a vara de pescar ainda nas mãos. Os cabelos dela estavam totalmente brancos agora e havia rugas em seus olhos e na boca, mas havia um quê de jovialidade em seu olhar.

Ela passava várias tardes ao ar livre com o menino, ensinando-o a pescar e a ouvir os pássaros e procurar alces. Como era fácil para ela conversar com o menino. Alguns dias ela contava a Jay sobre a mãe dele, como ele tinha os olhos azuis dela e como ela vinha das montanhas e da neve e conhecia os animais e as plantas como a palma de suas mãos. E às vezes ela abria o medalhão no pescoço para mostrar a mecha de cabelos loiros e contar ao menino sobre o lindo vestido de casamento emplumado que Faina vestira naquele dia.

— O pequeno Jack poderia ter pegado aquele peixão — disse Mabel, beijando o alto da cabeça do menino. — Ele simplesmente o deixou escapar.

Pequeno Jack. Era assim que Mabel sempre o chamava. Garrett pedira permissão, quase um mês depois de Faina desaparecer e de o bebê permanecer sem nome. Tudo bem se eu der ao bebê seu nome? Afinal, ele é seu neto.

— Jack? Está me ouvindo? Acho que você está perdendo a audição — provocou Mabel, entregando-lhe a vara. — Ou só está me ignorando porque não quer limpar o peixe?

— Não parece certo — disse Jack, piscando para o menino. — Um homem não pega o peixe, mas tem de limpá-lo.

— Posso ajudar, vovô? Por favor?

Mabel deixou os dois no riacho e voltou para a cabana para pôr lenha no fogão. Jack se apoiava na bengala à beira da água. O menino pôs o peixe sobre o capim amarelo. Jack pegou sua faca dobrável do bolso da calça. Com uma das mãos na bengala, ele se abaixou quando sentiu a mãozinha do menino no braço.

— Aqui, vovô — falou o menino e, apesar de ser pequeno demais para ajudar, de alguma forma o toque da mão da criança no seu braço fez com que a dor nos ossos velhos de Jack não parecesse muita.

O menino lhe entregou o timalo e Jack o segurou na palma da mão ao passar a faca sob a pele prateada e abrir a barriga. Ele mostrou ao menino como prender um dedo sob a mandíbula e puxar as entranhas do animal. Quando jogaram os restos na água, um salmão surgiu e mordiscou os intestinos. Jack pôs a mão no peixe e passou o dedo para tirar o rim como se fosse um coágulo sanguíneo, e limpou o sangue na água do rio até que suas mãos doessem de frio.

O menino esperou agachado ao seu lado.

— Por fim, as escamas — disse ele ao menino, e mostrou como passar a faca contra elas. Quando Jack limpou o peixe no riacho, as escaminhas se soltaram e se espalharam pela água, levadas pela corrente e se prendendo às pedras como lantejoulas.

— Elas são até bonitas, não, vovô? — perguntou o menino, uma escama na ponta do dedo.

— Acho que sim — disse Jack.

George e Esther chegaram à noite e como sempre Esther falava antes mesmo de entrar e trazia montes de potes e comidas envoltas em panos. Enquanto elas empanavam o peixe e o fritavam numa panela com manteiga, Jay correu até a janela.

— É o papai! O papai está aqui!

Jay se jogou nos braços do pai antes mesmo que Garrett conseguisse tirar o casaco e o chapéu.

— O que você viu, papai? O que você viu?

— Ah, deixe-me pensar. Ah, sim. Vi... um carcaju.

— Não provoque o menino — repreendeu Esther, virando o peixe.

— Sem brincadeira. Estava bem no alto, depois das árvores, num vale que visitei há muito tempo. Tinha um carcaju lá, mas não o via há anos.

— Mas você viu um? — perguntou o menino.

— Vi. Amarrei o cavalo na árvore e estava subindo as pedras quando, num promontório, um carcaju olhava na minha direção. Pensei que ele fosse pular em mim. Ele tinha garras compridas assim. — Garrett mostrou os dedos para indicar vários centímetros.

— Você ficou com medo?

— Não. Não. E ele não pulou em mim. Só me olhou com seus olhinhos amarelos. Depois se virou bem devagar e se afastou.

— O que mais você viu, papai? O que mais?

— Acho que um carcaju não basta — disse Esther, rindo.

— Bem, não muito mais. Exceto pelas nuvens nas montanhas. Parece neve.

O menino ficou olhando pela janela, depois olhou para o pai com uma expressão de decepção.

— Não está nevando.

— Não se preocupe. Aposto como vai nevar hoje — garantiu Garrett.

Por todo o jantar, o menino mal conseguiu ficar sentado, mesmo com os adultos o mandando saborear o peixe que ele ajudara a pegar.

— Acalme-se, Jay — disse Esther. — Você sabe que, quando observado, o céu nunca neva. Vá se sentar com o vovô George. Talvez ele divida o bolo com você.

George brincou fazendo uma careta para o menino e depois o pegou num abraço de urso e fez cócegas.

— Meu Deus! Cuidado com a louça — advertiu Esther. — Vocês vão derrubar a mesa.

Depois da sobremesa, George e Esther começaram a pegar as coisas e falar em ir para casa, e o menino parecia triste. Ele sempre reclamava quando as reuniões terminavam e uma vez disse que todos deveriam viver juntos na cabana de Jack e Mabel para que ninguém tivesse de ir embora.

Mabel ajudou Esther a vestir o casaco, Jack deu a mão para George e Garrett disse que ele e Jay sairiam para pegar os cavalos e preparar a carroça.

— Vista seu chapéu, pequeno Jack — disse Mabel atrás dele, mas o menino já saíra correndo.

Jack estava pondo a louça na mesa quando ouviu a carroça saindo pela estradinha de terra e ouviu outro barulho — gritos e risadas. Mabel estava na janela da cozinha.

Jack olhou por sobre o ombro dela. A princípio só conseguiu ver os reflexos na vidraça, mas logo começou a ver para além dos dois rostos e distinguir as figuras na noite.

Garrett estava perto do celeiro com um lampião na mão e ali perto o menino pulava e jogava os braços ao céu. De dentro da cabana, Jack ouvia os gritos dele. O cachorro se abaixou feliz ao lado do menino, latiu e pulou e correu em círculos também.

Quando os olhos de Jack se acostumaram à escuridão, ele viu o chão coberto de branco e, à luz do lampião de Garrett, flocos de neve caindo.

Ele segurou a mão de Mabel e, quando ela se virou, viu nos olhos dela a alegria e a dor de toda uma vida.

— Está nevando — disse ela.

AGRADECIMENTOS

Em primeiro lugar, obrigada a Sam, que sempre acreditou. À minha filha, Grace, cuja imaginação incrível alimentou a minha própria. Para minha mãe, Julie LeMay, uma poeta que me ensinou a mágica das palavras e o poder da empatia. Para meu pai, John LeMay, que me ensinou a amar a natureza, os animais selvagens e, sempre, os livros. E para meu irmão Forrest LeMay, que me mostrou o amor de uma criança pela primeira vez.

Gratidão imensa a meus editores, Andrea Walker e Reagan Arthur, e meu agente, Jeff Kleinman, da Folio Literary Management — não há páginas o bastante para descrever o talento, entusiasmo e esforço que vocês dedicaram a este projeto. Obrigada a todos da Reagan Arthur Books/Little, Brown and Company, principalmente Amanda Tobier, Marlena Bittner, Terry Adams, Tracy Williams, Karen Torres, Heather Fain e Michael Pietsch. Obrigada aos editores, livreiros e leitores do mundo todo que receberam Faina.

Aos meus primeiros e gentis leitores — John Straley, Victoria Curey Naegele, Rindi White e Melissa Behnke —, o apoio e conselho de vocês foram inestimáveis.

Vários livros influenciaram meu texto — *The Snow Child,* versão de Freya Littledale e com ilustrações de Barbara Lavallee; *Russian Lacquer, Legends and Fairy Tales,* de Lucy Maxym, principalmente a história da "Snegurochka"; e "Little Daughter of the Snow", de *Old Peter's Russian Tales,* de Arthur Ransome.

Muitas pessoas na minha vida me ensinaram, inspiraram e me apoiaram como escritora durante o trabalho em meu primeiro romance: James e Michele Hungiville, Jacqueline LeMay, Michael Hungiville, Kachemak Bay Writers' Conference, David Cheezem e meus amigos e clientes da Fireside Books, Andromeda Romano-Lax e 49 Writers, e os Baers. Para os Betties — os primeiros seis da caixa são seus.

E o brinde que faço em memória à nossa querida amiga Laura Mitchell McDonald (26 de novembro de 1973-1º de janeiro de 2007).